新潮文庫

眠狂四郎無頼控

(一)

柴田錬三郎著

新潮社版

1418

目次

眠狂四郎無頼控

（一）

雛《ひな》の首

一

夜二更《にこう》の鐘が、どこかで鳴った頃合《ころあい》——。

裸蠟燭《はだかろうそく》の焰《ほのお》に照らされた盆蒲団《ぼんぶとん》をかこんで、七八名の、いずれも一癖二癖ありげな無職者《ぶしょくもの》・渡り仲間《ちゅうげん》が、巨大な影法師を、背後の剝《は》げ壁や破れ障子に這《は》わせて、ゆらゆらとゆらめかしていた。

空家である。

五つ刻《どき》からはじめられた勝負は、いまや、殺気に似た凄《すさま》じい緊迫した空気をはらんで、いつ果てるとも思えぬ。

花見の季節が来ていたが、夜半は、まだかなり冷える。しかし、この連中の五体は、かた肌《はだ》もろ肌を脱ぐ程熱していて、それぞれの刺青《いれずみ》をあぶらぎらせていた。

中でも、すっぱり、褌《ふんどし》ひとつになった壺振《つぼふ》りの、くりからもんもんは、全面朱ぼかしで、ひときわ鮮《きわだ》やかであった。まだ二十歳を越えたばかりの、はりきった白い肌理《きめ》が、一層朱色を美しく際立たせているのであった。

向いに坐《すわ》っている中盆《なかぼん》が、丁半の張りかたを見くらべて、鋭く、

「壺っ！」

と、声をかけた。

壺振りは、紙張りの藤《ふじ》の壺皿《つぼざら》に、鹿《しか》の角《つの》の骰子《さいころ》を、ぽんと抛《ほう》り込んで、くるっとまわして、ぱっと伏せ、二三度、つつつと動かした。この手振りが、張り方の呼吸に合わぬと盆の空気は、乱れる。

朱ぼかしの若い壺振りの手は、一同の全神経を、びりっと緊《し》めつける見事な動作をしめした。

血走った、飢えた野獣のそれにも似た眼光が、壺皿へ集中して、まばたきもしない。だが、たった一人だけ、冷やかな眼眸《まなざし》を、壺皿へ送っている者があった。勝負に加らず、先程から、壁に凭《よ》りかかっている黒羽二重《くろはぶたえ》着流しの浪人者であった。異人の血でも混っているのではないかと疑われる程彫《ほり》のふかい、どことなく虚無的な翳《かげ》を刷《は》いた風貌《ふうぼう》の持主であった。まだ三十にはなるまい。

今夜はじめて、この鉄火場《てっかば》へあらわれた人物であった。

「博奕《ばくち》というものを見せてくれ」

それが挨拶《あいさつ》で、あとは終始無言で、皆から忘れられている存在であった。

「勝負っ！」

中盆の威勢のいい掛声とともに、壺振りは、さっと壺皿をあげた。

その刹那《せつな》、壺振りの微妙な右の小指の動きを——それは目にもとまらぬ素早さであったが、浪人者の眸子《ひとみ》だけは、見のがしてはいなかった。壺皿があげられるたびに、浪人者の口もとに、かすかな皮肉な微笑が泛《うか》べられるのが、見破った証拠であった。

「ちょっ！　今夜は、四三と四六がよく出やがるの」

と、一人が吐きすてた。

四三と四六が出ると、丁と半との金高は対等しなくてもいい。差額は胴元《どうもと》の負担となる。半払いでよく、半額は胴元の儲《もう》けである。

それから、幾度びか、勝負がすすめられているうちに、ついに、渡世人《とせいにん》の一人が、壺振りのいかさまを見破って、いきなり、

「野郎っ！　ふざけるなッ！」

と、喚《わめ》きざま、拳《こぶし》をふるって、なぐりつけると、盆蒲団の上へ仁王立ちになった。

「なにをしやがる！」

「どうも、おかしいと思ったら、いかさまをつかやがって——こん畜生っ！　おい、みんな、この壺振りと胴元を、たたき斬《き》っちまえ！」

喧嘩《けんか》には馴《な》れている連中である。ぱっと二手にわかれて、おのおの脇差《わきざし》や木刀や匕首《あいくち》を抜きはなった。

この時、壁に凭りかかっていた浪人者が、のそりと立ち上って、

「待て——」

と、声をかけた。

「この場を、私にまかさぬか」

「うるせえ、すっこんでろ！」

いかさまを見破った渡世人が、凄《すご》い目つきで睨《にら》んだが、浪人者は、微笑したまま、

「私は、この壺振りの身柄《みがら》を預かりたいのだ」

と、云《い》った。

「なんでえ、おめえさんなんかに、おいら、用はねえぜ」

こんどは、壺振りが、嚙《か》みつくように怒鳴った。

「お前に用はなくとも、私の方にある」

「すっこんでいやがれ！　駄《だ》さんぴん！」

苛立《いらだ》った渡世人が、抜いた脇差を、真っ向から斬りおろした。

だが、浪人者は、躱《かわ》すでもなく、刀の鞘《さや》で、ぽんとはらいのけ、鐺《こじり》で、渡世人の水落《みずおち》を、突いた。うっと呻《うめ》いて、渡世人は、膝《ひざ》を折る。

「やりゃがったなっ！」

他の無職者たちが、喚いて、どっと斬りかかろうとした瞬間、

「たわけっ！」

と、浪人者の口からほとばしった気合の凄じさが、部屋を森《しん》としずまりかえらせた。

さして大声でもなかったにも拘《かかわ》らず、一同の四肢《しし》をしびれさせるに充分の威力を持ってい

たのである。

「おい、若いの、着物をつけて、私について来い」

「へ、へい――」

浪人者の鮮やかな威圧ぶりに、気をのまれたというよりも、畏敬《いけい》の念が生じたか、若い壺振りは、いそいで着物をひっかけた。

二

外は、明るい月夜であった。

ひっそりと寝鎮《ねしずま》った町中《まちなか》を、浪人者と壺振りは、地面を濡《ぬ》らしたように濃いおのれの影法師を踏んで、ゆっくりと歩いて行く。

「旦那《だんな》、どちらへいらっしゃるんで？」

それにこたえず、ふところ手の浪人者は、前方を向いたままで、

「お前は、本職は、掏摸《すり》だな」

と、云った。

「図星！　お目が高《たけ》え。金八《きんぱち》と申しやす。……あっしの指さきを御入用でござんすか？」

「なに、お前の身ごなしの軽いのを借りてな、これから、押込強盗をやろうという趣向だ」

「御冗談を――。旦那、掏摸やいかさま博奕は、職人でさあ。強盗なんて、人ぎきのわるい」

「私も、あまり気がすすまぬが……、金にはなるぞ。忍び入るのが大名屋敷だ」

「へ？」

金八は、びっくりして、浪人者を窺《うかが》い見た。薄気味わるいくらい冴《さ》えた冷たい横顔であった。

「その大名屋敷の側頭役《そばがしらやく》が、今日まで、おれを養ってくれたのだ。無下《むげ》に断れぬので、引受けた」

奇妙なことを、浪人者は、口にした。

「旦那は、なんと仰言る《おっしゃ》方なんで？」

「眠狂四郎《ねむりきょうしろう》――とおぼえて置いてもらおう」

「ねむり――へえ」

金八、なんとなく、首をひねった。しかしもう、この得体の知れぬさむらいの持っている
ふしぎな魅力を、金八は、敏感に肚裡《とり》にうけ入れていたのであった。

「旦那は、博奕もなさらねえのに、なんで、あそこへおいでになったのでござんす？」

と、訊《き》いてみて、

「お前のような男を捜しに来たのだ」

と返辞されると、金八は、にやっとした。

やがて――。

狂四郎が立ちどまったのが、その言葉通り、宏壮《こうそう》な大名屋敷の門前であったので、金八は、

少々身がちぢまりつつも、棟飾《むねかざ》りの鯱《しゃち》を仰いで、

「こいつは、すげえや」

と、呟《つぶや》いた。

押込強盗をやると云い乍《なが》ら、意外であったのは、眠狂四郎が、突棒《つくぼう》・差股《さすまた》・袖搦《そでがらみ》などを飾った番所の前を悠々《ゆうゆう》と通り過ぎて、長屋門脇の潜門《くぐりもん》で、堂々と自分の名を告げたことであり、またそれを待っていたかのように、門が開かれたことであった。

金八は、勝手を知った足どりで表長屋の前をすたすたと進む狂四郎に、

「旦那、このお屋敷は、もしや、御老中《ごろうじゅう》の水野越前守《えちぜんのかみ》さまの？——」と、ささやいた。

「上屋敷《かみやしき》だ。押込みをやるには、不足はなかろう」

「押込みを、門番が通してくれるなんて——」

「そういう筋書なのだ」

狂四郎が、入って行ったのは、一軒建ての門構えの家であった。重役の住いである。

用人《ようにん》に、書院へみちびかれて、金八は狐《きつね》につままれたような面持《おももち》であった。

時刻は、すでに、三更《さんこう》をまわっていよう。静寂は、重苦しい程であった。

待つ間もなく、あらわれたのは、五尺足らずの、額と顴骨《かんこつ》が異常に突出した、およそ風采《ふうさい》のあがらぬ老人であった。

「今夜あたり参るであろうと思っていた」

最初の言葉が、これだった。

「酒を頂きたいが――」

それが、無表情な狂四郎の挨拶であった。

老人は、頷《うなず》いて、手をたたき、それから、携えている折りたたんだ紙をひろげてみせた、屋敷の見取図であった。

「ここと、ここじゃ」

老人は、朱点を入れた二個所を指さしておいて、ちらと金八を見やり「貴公がえらんだ男なら、うまくやるだろうの」と、独語めかして云った。

女中が、酒をはこんで来ると、老人は、よいしょと立ちあがり、

「では、たのむ」

「ご老人――。念の為《ため》に、おたずねして置くが、筋書をどたん場で書きかえるようなことはあるまいな?」

そう訊《たず》ねる狂四郎の面上を一瞬、鋭いものが掠《かす》めた。

「わしが、そんな人間かどうか余人は知らず、貴公から疑われるのは心外だの」

「私の首ひとつぐらい飛んだとて、けろりとしている御仁だ、あなたは――」

「いやいや、貴公は、滅多にあの世に送れぬ男だよ。たのむぞ」

顔に深く刻まれた縦横の皺《しわ》の中に一切の感情をひそめてしまい、いっそ好々爺然《こうこうや》としたにこやかさで、老人は出て行こうとしたが、襖《ふすま》を閉めがけに、ひょいとふりかえって、

「眠――、毒を持っていても花は花だぞ、散らしかたに気をつけてくれ。そっとな、そっと

――」

と、謎《なぞ》めいた言葉をのこした。

狂四郎は、苦笑した。

酒を口にはこび乍ら、しばらく、見取図を熟視していた狂四郎は、

「そろそろ、やっつけるか」

と、呟いた。

「旦那、あっしの役目は?」

金八が、緊張した面持で、訊ねると、

「うむ。お前が、忍び込むのは、この部屋だ。ここに雛段《ひなだん》が設けられてある。盗むのは、その内裏様《だいりさま》だ。お小直衣《このうし》雛と申してな、お前などはじめて見る代物《しろもの》だから、すぐわかる。あわをくらって、楽人や能人形をひっ摑《つか》んで逃げるな。上段の鏡蒲団に乗ったやつだ」

「へい。でも。暗闇《くらやみ》じゃ、ひょっとして――」

「雪洞《ぼんぼり》がつけっぱなしの筈《はず》だ……お前は、次の間に忍び入って、息を殺して居《お》れ。そのうち――そうだ、半刻も経《た》ったら、騒ぎが起る」

「え? 騒ぎって?」

「待って居れば、わかる。すると、雛の間で、内裏様の伽《とぎ》をしていた女中も、あわてて、そっちへ走るだろう。その隙《すき》に、お前は、内裏様を頂戴《ちょうだい》して、この家へ逃げ戻るのだ。ついでに、お菱《ひし》かちんの三枚もくすねて来るか。はははは」

三

眠狂四郎は、墨を流したような闇の長廊下を、まっすぐに音もなく、歩いていた。闇に目が利《き》き、足音を消す修業の出来ている人物であった。

賭場《とば》でひろったいなせな巾着切《きんちゃくきり》を、雛の間の控部屋へひそませておいて、これから、一人の奥女中が臥《ふ》している部屋へ、踏み込もうとするのであった。そのことに躊躇《ちゅうちょ》はなかったが、かすかな自嘲《じちょう》が、胸の底にたゆとうていた。ばかげた行為なのである。節義廉恥《れんち》を知る者のなすべきしわざではなかった。それを敢《あ》えてやってのけようとするのは、依頼者の、あの五尺足らずのみにくい老人——この水野忠邦《ただくに》邸の側頭役武部仙十郎《たけべせんじゅうろう》の、底知れぬ肚《はら》の意図を、面白いと読んだからにほかならぬ。余人の企ておよばぬ途方もない運だめしであった。

狂四郎は、ぴたりと足をとめた。この時、はじめて故意に小さな音をたてていた。

襖へ手をかけて、耳をすました。

静寂にかわりはない。闇は動かず、内部に、なんの気配もきかなかった。にも拘らず、狂四郎の直感力は、鋭く磨《みが》いた神経にふれるものを予知したのであった。

——成程《なるほど》、これは、花の散らし甲斐《がい》がある。

次の瞬間、狂四郎は、襖をすっと開いていた。

一歩入る。

闇は、しいんとして、ひそまっている。ほのかな伽羅《きゃら》の匂《にお》いがした。

狂四郎は、うしろ手で襖を閉めた。すでにこの時、彼は、右横の襖に、ぴたりと身を吸いつけている者をさとっていた。襖を閉めてみせたのは、この刹那《せつな》をはずさず、相手が飛びかかってくるのを誘うためであった。ところが、相手は、それに乗ってこなかった。こちらから飛びかかるのは、好まぬ気性であった。狂四郎は、わざと、のべられた夜具を狙《ねら》うがごとく、二歩あまり進んでみせた。

はたして、背後から、風のような襲撃があった。身をひねって、短剣を摑んでいる手を、逆にねじって、無造作に、床の上へ組み敷いた。

「出来るな、そなたは——」

狂四郎は、大きく闇に瞠《みひら》いたまなこを、相手の顔へ寄せた。化粧と甘肌の香りが心地よい。

相手は、あくまで、無言で、はげしくもがいた。押えつけた太股《ふともも》や二の腕の、しなやかな弾力のある手ごたえが、狂四郎の血を、残忍なものにかりたてた。

「抵抗しても無駄とさとったら、いさぎよく観念せい——と教えられている筈だぞ。間者《かんじゃ》は、いかなる屈辱をも、あまんじて受けるべきだろう」

狂四郎のささやきが、女の力を、がくっと失わしめた。

闇は、そのまま、沈黙の男女をつつんで、時刻を移した。

ふいに、狂四郎は、女から身をどけて、臥床《ふしど》を抜け出た。女は、死んだように動かなかった。

かちっと、狂四郎の手で、燧石《ひうちいし》が打たれたとたん、女は、「あっ——」と驚愕《きょうがく》の声を発した。

て、はじかれたように起き上った。

「明りだけは、おゆるしを――」

せき込む必死の嘆願を、狂四郎は、冷やかにしりぞけた。

「礼儀をわきまえて忍び入った人間ではない、我慢してもらうことだ」

角行灯《かくあんどん》に入った灯《ひ》が、部屋へ、波紋のように赤い明りをひろげた。

狂四郎は、白羽二重に緋縮緬《ひぢりめん》のしごきを締めた寝間着姿へ、じろりと一瞥《いちべつ》をくれて、透けるような白い項《うなじ》の、いたいたしい細さに、ふと、胸の奥に、かすかな痛みをおぼえた。

――自らもとめて、間者となって、この屋敷へ奉公したのではあるまいに……。

当時――。

幕閣における、政権争奪のために、互いに密偵《みってい》をはなつのは、日常のこととなっていた。

文政十二年の今日、江戸城内に権勢を専《もっぱ》らにし驕奢《きょうしゃ》を恣《ほしいまま》にしているのは、老中筆頭水野出羽守忠成《でわのかみただあきら》であった。将軍家斉《いえなり》とその生父一橋治済《ひとつばしはるさだ》の殊寵《しゅちょう》を得、徳川一門以外に例のない紋付の鞍覆《くらおおい》まで下賜《かし》されていた。そして、若年寄林肥後守《ひごのかみ》（御勝手掛）、御側御用取次水野美濃守《みののかみ》、御納戸《おなんど》頭取美濃部筑前守《ちくぜんのかみ》（新番頭格《しんばんがしら》）という城内要部をかためた三人が、忠成の腹心であってみれば、他の閣僚は、手のつけようがなかった。

ところが、昨年、水野越前守忠邦が、京都所司代・侍従より西丸老中に任じ、家斉の世子家慶《いえよし》の輔佐《ほさ》役として登場するや、幕閣内は、微妙な変化を、徐々に示しはじめたのである。

水野忠邦が、国政を一手でとりしきる大志を抱いていることは、誰《だれ》の目にも明らかであった。忠邦は、もと唐津六万石の領主であった。ところが、唐津を領する者は、他の西国の諸侯と交代して、長崎を警衛する重任を負っていたために、老中の任に昇ることを許されなかった。忠邦は、これを憾《うら》みとして、自らすすんで、封《ほう》を浜松に移さんことを請《こ》うて、ついに許された。実収入を比べると、唐津は、二十五万石の上を出て居り、浜松は、僅《わず》かに十万石の下にある。家臣たちが、移封を諫《いさ》めたのは、当然のことであった。だが、忠邦は、頑《がん》として、きき入れなかった。それ程、忠邦の、老中たらんとする野心は、熾烈《しれつ》だったのである。

この忠邦の江戸城登場を、水野忠成一統が、黙過している筈はなかった。暗黙の闘争は、ここに、凄《すさま》じい展開をみせようとしていた。

このたぐい稀《まれ》な美しい女が、若年寄林肥後守のはなった密偵であることを疑った忠邦の側頭役武部仙十郎が、狂四郎をつかって、その正体をあばく苦肉の計をとったのは、すでに、美保代というこの女に忠邦の寵愛が注がれていたからである。尋常の手段で、美保代を追放することは不可能と知った仙十郎は、ついに、最もむざんな賭博《とばく》をやってのけたのである。

賭博は、成った。

眠狂四郎は、一片の憐憫《れんびん》を払いすてると、ゆっくりと立ち上った。

「美保代——どのと申されたな……正体を見破られた以上、覚悟は、おできだろう。わるびれぬことだ。お互いさまにな」

美保代は、この言葉に、はじめて、顔を擡《もた》げて、ふりかえった。

瞬間、四つの瞳《ひとみ》が、食い入るように、相手を、凝視した。

——美しい！　美しすぎる！

たったいま犯した女が、もう近づきがたい﨟《ろう》たけたものに、狂四郎には、眺《なが》められた。美保代の方も、不思議なことに、憎悪《ぞうお》とはちがった、名状しがたい戦慄《せんりつ》を、うっそりと立ったこの浪人者から受けていた。

奇妙であったのは、狂四郎がとった次の行動であった。

ずかずかと廊下へ出ると、突如、大声をあげて、

「水野越前守の上屋敷は、空家か！　一介の素浪人が、御老中の寵愛する美女を奪いとったのだぞ！　出あえ！」

と、よばわったのである。

瞬時の後、屋内は、騒然となった。

その隙に、内裏雛を小脇《こわき》にした小者が、影のように、物蔭《ものかげ》から物蔭へ、掠《かす》め去ったのであった。

四

淡い黄色の釉《うわぐすり》をかけた青磁の肌《はだ》をおもわせる、あけはなたれた空の色であった。

陽《ひ》は、斜めに、ひろびろとした白砂の庭に落ちていた。築山《つきやま》もなければ、泉水もない。風《ふ》情《ぜい》といえば、箒目《ほうきめ》の美しい白砂の、ところどころに、苔《こけ》をのせた奇岩が、島影見たてに浮いていることであった。

狂四郎と美保代の二人は、広縁の前の敷石に、ひき据《す》えられていた。縛られてはいなかった。狂四郎が、頑《がん》として拒み、急報ではせつけた武部仙十郎が、それを容《い》れたのである。予《あらかじ》め打合わせていたことであった。

横と背後を菖蒲革《しょうぶがわ》の模様の袴《はかま》の股立《ももだ》ちをとった数名の家臣が、六尺棒を持って、まもっていた。

狂四郎の昂然《こうぜん》と擡げた顔は、全く無表情であり、美保代の、うなだれた顔は、血の気をひいて蒼白《そうはく》であった。

静かな朝である。

やがて、広縁のかなたに、水野忠邦の姿があらわれた。三十半ばを迎えたばかりの忠邦は、野望に燃えた精悍《せいかん》の気概を、その風貌《ふうぼう》にあらわしていた。上背もあり、胸も厚く張っていた。

佩刀《はいとう》を捧《ささ》げた小姓のうしろから、武部仙十郎が、曲げた腰にうしろ手を組んで、ひょこひょことついて来た。他《ほか》には、誰もしたがっていなかった。武部仙十郎の配慮に相違なかった。

忠邦は、広縁の端に立ちどまると、狂四郎を、じっと見下ろした。

「眠狂四郎、と申したな。偽名だの？」

「聊《いささ》か、故《ゆえ》ありまして――」

「この女中を犯したと高言したと申すが左様か？」

「偽《いつわ》りは申しませぬ」

「理由をきこう」

「一昨日、この御女中が宿下りの途次、ふとお見受け致し、懸想《けそう》いたしました」

ぬけぬけと狂四郎が云いはなつや、うなだれた美保代の顔色が、かすかに動いた。一昨日の宿下りは事実であった。しかし町なかの通過にあたっては、乗物にかくれて、一切、顔をのぞかせたおぼえはない。見受けたというのは嘘《うそ》である。なぜ、嘘をつくのか、美保代には、わからなかった。

「たわけ！　その方は、余程の拗者《すねもの》だな」

「御意《ぎょい》――」

狂四郎は、平然として、かすかな微笑さえ口もとに刻んだ。

忠邦にとって、これは、信じられぬことであった。世にも途方もない曲者《くせもの》がいるものではないか。報《しら》せを受けた時は、かっと激怒したが、こうして見下ろしていると、この浪人者の面上にただよう不敵な静けさに、ふと惹《ひ》かれるものをおぼえ、忠邦は、相手の微笑にさそわれそうになって、急に、険しい表情をつくった。

「逃げ去らずに、高呼ばわりした理由を申せ」

「ふたつの首をはねて頂きたい為《ため》でございました」

この言葉は、流石《さすが》に、忠邦を、むかっとさせた。

「なんと申す！」

鋭く睨《ね》めつける眼光を、冷やかに受けて、狂四郎は同じ言葉をくりかえした。

「うぬがっ、よし、はねてくれる」

忠邦は、あらためて、寵妾《ちょうしょう》を犯したこの浪人者に対する憤怒《ふんぬ》をわきたたせると、いきなり小姓の捧げた佩刀を摑《つか》んで、抜きはなった。

すると、武部仙十郎が、

「殿——。そやつを斬るのは、しばらく、御猶予《ゆうよ》下され。ちと、詮議《せんぎ》の筋がござれば——」

と、とどめた。

「なんの詮議だ？」

「昨夜のうちに、将軍家より拝領のお小直衣《このうし》雛が、紛失いたしたのでござる。女中どもめ、生きた心地も無うて、屋敷中を捜しまわって居りますわい。あるいは、こやつのしわざかも知れませぬて——」

——狸爺《たぬきじじい》さまめ。

狂四郎は、肚裡《とり》で、苦笑した。

何食わぬ顔つきとはまさしく、この老人の表情をいうのであった。

忠邦は、大声で、

「その方、雛まで盗み居ったかっ⁈」

と、叱咤《しった》した。

「いかにも、無断拝借つかまつりました」

「何処《いずこ》へ匿《かく》した？」

「申上げる前に、ひとつおききとどけ願わしき儀がございます」

「盗人《ぬすっと》め、小ざかしい交換条件を持出す心算《つもり》か？」

狂四郎は、微笑して、人ばらいを願い、仙十郎が、それを忠邦に許させた。

「私は、御老中お手ずから、ふたつの首をはねて頂きたい為に、逃げ出さずに、斯《か》くの如《ごと》く、神妙に御前に在る、と申上げました。左様、ふたつの首と申すのは、われわれ両名の首にあらず、内裏雛の首のことでございます」

「…………」

忠邦は、大きくまなこを瞠《みひら》いた。

「御老中！　将軍家拝領のお小直衣雛の首を、見ん事はねる勇気があらせられるや否《いな》や？」

「…………」

こたえぬ忠邦にむかって、狂四郎は、遽《にわか》に、容儀語調を、粛然たるものに改めた。

「御老中！　つたえきくところによれば、ここ数年の公儀歳出入は年平均五十余万両の赤字と申すではございませぬか。この赤字埋めが、貨幣改鋳、その出目《でめ》によって繰合わせてあるしまつ。世は、上下驕奢《きょうしゃ》をきわめ、物価ばかりを騰貴《とうき》させ、大名旗本は、いずれも、財の足りた者は一人も居らず、大阪の商人どもに一時しのぎに借財して、かえって利息返償に苦しめられ、家中の禄《ろく》を借りあげたり、紙金の通用でごまかして居《お》らざる者なき有様。それにひきかえて、町人どもは、徽宗《きそう》の画の小幅を千両で買入れたり、南蛮暖簾《のれん》の水さしを三百両で求めたり、言語道断の贅《ぜい》をつくして居りますぞ……かかる時世がいつまでつづくか——誰かが、やらなければなりませぬ。誰かが、この弛解《しかい》を引《ひき》しめ、奢侈《しゃし》を競う世俗を更新させねばなりませぬ。白河楽翁《しらかわらくおう》が、田沼が廟堂《びょうどう》に倒れた後の塵世《じんせい》を浄化したように——」

正論であった。いや、これは、忠邦の心中をそのまま、狂四郎が代弁したようなものであった。狂四郎は、実は武部仙十郎からきいた忠邦の大きな野心を、逆手に取って捩《ねじ》ったにすぎなかった。

狂四郎は、つづけた。

「今日、幕政の紊乱《びんらん》に改革の鞭《むち》を加え得るお人は、御老中——貴方《あなた》様を措《お》いて外には、ございますまい。されば、その勇気の程を、お見せ願わしゅう存じまする。将軍家拝領の雛の首を断つ勇気がなくて、なんの改革の大志ぞ！」

厳然と云《い》いはなたれて、忠邦は、ひくく呻《うめ》いた。いわば、これは、将軍家斉を倒さずして、改革決行はならず、の謎《なぞ》である。しばしの息づまる沈黙の後、忠邦は、努めて声音を穏かなものにして、

「雛の在処を申せ」

と、云った。武部仙十郎が、にやにやと相好《そうごう》をくずした。

「このご老人の家の玄関わき、木賊《とくさ》の中にかくしてありまする」

あらかじめ、仙十郎と打合わせて置いた場所を狂四郎は告げた。

間もなく、お小直衣雛が、忠邦の前へ据えられた。忠邦は、それまで、抜いた佩刀を右手に携えたなりであったが、ものも云わずに、一閃《いっせん》二閃した。

二個の首は、広縁から飛んで、偶然か、男雛《おびな》のそれは、美保代の前へ、女雛《めびな》のそれは、狂四郎の前へ、落ちていた。

「その首、その方どもへくれてやる」

と、云いすてて、忠邦が、佩刀を仙十郎に渡しておいて歩き出そうとした時であった。

ふいに狂四郎が、美保代のからだを、だっと突きとばした。一本の矢が、唸《うな》りを生じて、美保代の坐っていた跡をかすめて、縁の下の根肘木《ねひじき》へ、突き立った。次の瞬間、狂四郎は、仙十郎から投げ与えられた忠邦の佩刀を摑んで、庭の一角へむかって、飛鳥のごとくひたばしっていた。

狂四郎の目ざす白砂上の奇岩の陰から、小者風のいでたちの男が、次の矢をつがえて全身をあらわした。この男が、水野忠成側の隠密《おんみつ》であることは云うまでもなかった。捕われた味方の間者を、自らの手で殺すのは、定められた掟《おきて》であった。

狂四郎は、奇岩三間のてまえで、飛び来《きた》った矢を、走り乍《なが》ら、切り払った。

男は、つつつつと左方へ走って、陽ざしを背にして、脇差を抜いた。

間合《まあい》をとった狂四郎は、敵の構えが見事であるのを見てとると、にやりとした。

「眠狂四郎の円月殺法を、この世の見おさめに御覧に入れる」

静かな声でいいかけるや、狂四郎は、下段にとった。刀尖《とうせん》は、爪先《つまさき》より、三尺前の地面を差した。そしてそれは、徐々に、大きく、左から、円を描きはじめた。男の眦《まなじり》が裂けんばかりに瞠いた双眸《そうぼう》は、まわる刀尖を追うにつれて、奇怪なことに、闘志の色を沈ませて、憑《つ》かれたような虚脱の色を滲《にじ》ませた。

刀身を上段に――半月のかたちにまでまわした刹那、狂四郎の五体が、跳躍した。

男のからだは、血煙りをたてて、のけぞっていた。

眠狂四郎の剣が、完全な円を描き終るまで、能《よ》くふみこたえる敵は、いまだ曾《かつ》て、なかったのである。

霧人亭《きりすとてい》異変

一

花曇りの午後、眠狂四郎は、北日ケ窪《きたひくぼ》町から六本木へ出る芋洗坂を、急がぬ足どりで、歩いていた。

小役人の家と寺が並んだ静かな通りであった。春の懶《ものう》さが、家々をひっそりとしずまりかえらせ、風もないのに、寺の土塀《どべい》の上につき出た樹《き》から、白い花がひらひらと散るのが、この裏道に風情《ふぜい》を添えていた。

人影はなく、坂を登りきるまでに、すれちがったのは、黒塗り桶《おけ》を肩にした油売りだけであった。

参府交代の季節で、彼方《かなた》の大通りを、すぎて行く大名行列も、影絵のようにもの静かな眺《なが》めであった。

この静寂は、狂四郎の心に、柄《がら》にもなく、湿った感慨を呼んでいた。

狂四郎は、水野忠邦から譲られた寵妾《ちようしよう》美保代を、側頭役《そばがしらやく》武部仙十郎の家に預けて来たのだが、出て行こうとする時、じっと見あげた女の潤《うる》んだ眸子《ひとみ》の色が、脳裡《のうり》にのこって消えやらずにいた。その色は、怨《うら》みも含まず、憎しみにも燃えてはいなかった。といって、虚脱の哀れさを湛《たた》えていたわけでもない。

——あの女、死ぬかも知れぬな。

と、思うと、狂四郎は、急に、肩に重いものをおぼえたのであった。

——こんなものを持っているせいかも知れん。

袂《たもと》をさぐって、手にふれた物を、そっと握ってみて、狂四郎は、一人苦笑した。内裏様の、女雛《めびな》の方の首であった。男雛の首は、美保代の懐中にある筈《はず》である。

忠邦に迫って、斬《き》り落させたこの雛首を、何故《なぜ》か、狂四郎は、すててしまう勇気がなかったのである。

——ままよ、死ぬ奴《やつ》は死ね！

冷たくはらいすてて、狂四郎は、つと、横道へ曲った。彼は、美保代のことを考えてやるより先に、ひとつ、なさねばならぬ仕事があった。

暫《しばら》く行くと、急に道が広くなり、左右に並んだ旗本屋敷の構えも大きくなった。御書院番組、大御番組などが集まったところであった。

狂四郎が、立ちどまった門前は、しかし、このあたりで最も古びた、荒れ屋敷であった。

表札には、

「茅場《かやば》修理之介《しゅりのすけ》」とあった。

脇門《わきもん》の潜戸《くぐりど》を押して一歩入ってみて、狂四郎は、五百坪以上と測った。旗本の中でも上位にある者の住いである。屋敷坪数は、食禄《しょくろく》の高をもって標準とした時代である。

しかし、門前で想像したよりも、内部はもっと荒れ放題にすててあった。

玄関に立って、声をかけると、しなびた顔の用人が、出て来たが、こちらが名乗らぬさきに、顔を伏せて、

「主人、目下不在で御座りまする」

と、ことわった。

「それを承知で参上した。いや、その御不在の御主人のことについて、御家族の方に御相談申上げたくうかがった者です。眠狂四郎と申す」

「は、しかし——」

「奥方は、おいでか？」

「主人は、いまだ妻帯いたして居りませぬ」

「では、ほかの方でもよろしい」

妻がない、ときいて安心した狂四郎であった。

「あいにく、只今《ただいま》は、誰も留守いたして居りまして——」

警戒しているな、と見破った狂四郎は、

「私は、御主人の遺髪を持参した者です」

と、冷《お》たく云《い》った。

「なんと仰《おお》せられます？」

さっと顔色を変えたのへ、狂四郎は、

「お取次ぎ願おう」

と、きめつけるように促した。

通された書院を一瞥《いちべつ》して、狂四郎は、この旗本の先祖が、名門であったことを察した。附書院、床、棚《たな》、納戸構《なんどがま》えなど、すべては、古い時代の格式にふさわしいたたずまいであった。

間もなく出て来たのは、まだ二十歳前後の娘であった。どこといって特長はないが、強く抱けばくだけそうな、姿ぜんたいの、ほっそりとした影の薄さが、印象にのこりそうであった。

「貴女《あなた》は、御主人のお妹御ですか？」

「はい。静香《しずか》と申します。……兄の遺髪を御持参下さいました、とうかがいましたが――」

「左様、たしかに――」

「兄は何処《いずこ》で果てましたでしょうか？」

しっかりとした声音であった。おそらく、この屋敷を守っているのは、この娘一人なのであろう。

「貴女は、兄上が、何故《なにゆえ》に、長らく不在であったか、ご存じか？」

「いいえ、存じませぬ」

「ということに、きいておこう。兄上は、水野越前守の上屋敷で死なれた。斬ったのは、この私です」

狂四郎は、ずばりと云ってのけた。

静香という娘は、大きく目をひらいて狂四郎を瞶《みつ》めたが、かたちのいい唇《くちびる》をわななかせただけで、声を出さなかった。

「貴女の兄上が、若年寄支配の庭番であり、水野越前守の上屋敷内に忍んだ、と申上げれば、納得される筈です。兄上が仆《たお》れなければ、この私が仆れなければならなかった——余儀ない結果だったのです」

二

庭番——すなわち隠密《おんみつ》であった。特殊の職掌の故に、別外として、左手に竹箒《たけぼうき》を執って、御籠台下《ろうだいか》(江戸城大奥と中奥の中間)で下座して台命《たいめい》を拝したので、この名称があった。勘定所で金をもらい、大丸呉服店の奥の間で、備付けの農・商・工・僧侶《そうりょ》・売卜《ばいぼく》等の衣裳《いしょう》で身を変えて、何処かへ出て行き、妻子眷族《けんぞく》から行方を断《た》った。中道で発覚して非業《ひごう》の最期《さいご》を遂げても、その報《しら》せは無かった。

美保代に矢をはなち、狂四郎の一刀に伏した小者が、それであった。茅場修理之介という名は、狂四郎が、美保代の口を割らせてきき出したのである。

「公儀に届出て、仇《かたき》とねらうわけにはいかない仕儀故、私の方からお報せに参った次第です。私は逃げかくれはしない男だから、いつ何処《どこ》で、助人《すけつと》を率いて討ちかけられてもよい」

そう告げてから、狂四郎は、いったん口をとざして、相手の言葉を待った。返辞がないと

見るや、

「もうひとつ、出向いた理由があります。これは、こちらから、うかがいたいことだ」

と云って、懐中から紙包みをとり出して、畳の上にひらいた。遺髪のほかに、妙なものがあった。

それは、人差指程の大きさの青銅の十字架の板(Lignum Crucis)であった。

「これを、兄上は、頸《くび》から、かけて居られた」

狂四郎は、静香の表情の、どんな微細な動きをも見のがさぬ鋭い眸子《ひとみ》を据《す》えた。静香の蒼《あお》ざめた顔には、当然起るべきはずの驚愕《きょうがく》の色はあらわれず、ただ、胸を疼《うず》かせている悲しみが滲《にじ》み出た。

すると、狂四郎は、つづけて、

「兄上は、自らが隠密であることをくらますために、わざと、この国禁の品を身につけて居られたのか？　それとも、隠密という、世にも悲惨な職掌に堪《た》え難《がと》うて、切支丹《キリシタン》宗門に帰依《きえ》されたのか？　まこと心から、主でうすをあがめ、その扶手《たすけて》ぜすすきりすとを礼拝し、天国《はらいそ》の在ることを信じて居られたのか？　如何《いかが》だ？」

舌頭鋭く、問うた。

静香は、目をあげて、狂四郎を見かえした。瞳《ひとみ》の中にはげしい不審の色が濃かった。

――十字架《くるす》を見ても驚かないこの娘が、おれが伴天連《ばてれん》の言葉を知っていることに疑惑を抱く？　……ふむ！

一瞬、狂四郎の五体が飛躍した。

躱《よ》ける間のある筈がなかった。

端坐《たんざ》した静香を、くるりとそびらにむけかえさせ、左手を口へ、右手を脇《わき》の下の身八ツ口《みやくち》から胸へ——もがきもさせずに、狂四郎はその姿勢をかためていた。

熱い滑らかな柔肌《やわはだ》をすべる右手の五指が、むっちりと盛りあがった乳房を越えようとすると、いかりとはずかしさで、静香は、無我夢中で、上半身をのけぞらした。そのために、かえって、膝《ひざ》が崩れ、赤い下着と白い脛《はぎ》が、しどけなくあらわになった。

次の瞬間、鳩尾《みずおち》をまさぐった狂四郎の右手は、さっと引かれ、そして、つと、三尺うしろへ身を退けていた。

右手に摑《つか》みとっていたのは、その兄修理之介が持っていたのと同じ十字架《くるす》であった。

「兄妹《きょうだい》で、はじめて洗礼を受けられたか、それとも、家代々のかくれ切支丹か——。いや、問うたところで、返答はのぞめぬな。いずれにしても、尋常でない勇気を要する信仰だ。感服したと申上げて置こう」

切支丹宗門の禁制は、そのむかし寛永年間をもって、目的を遂げ、以後、伴天連門徒は、完全に尽きたと、されていた。この文政末年に、十字架を胸につけている者が、しかも旗本の中に在ろうとは、誰人《たれびと》も想像しがたいことだった。

静香の、そむけた顔は、全く血の気をうしなっていたが、しかし、眉宇《びう》のあたりには、神の光を信ずる者の、しぶとい覚悟の色がはりつめられていた。

狂四郎は、やおら、立ち上ると、

「無礼のふるまい、おゆるし下されい。……お断りして置くが、私は、一介の素浪人にすぎぬ。公儀のまわし者でもなければ、あばいて何かに利用しようとする肚《はら》は、毛頭持っていません。私は、ただ、貴女が崇《あが》めているでうすや、その手先の毛唐《けとう》の伴天連に対して、聊《いささ》か敵意を抱く者です」

意味を含んだ言葉をのこして、狂四郎は、ついと縁側へ出た。歩み去る前に、振りかえった狂四郎は、意外にも、静香のおもてに泛《うか》べられた深いさげすみを見出《みいだ》して、瞬間、かっとなった。それを抑えるには、かなりの努力を必要とした。

玄関を出た時、狂四郎は、背後に、誰かの凝視を感じた。首をまわしてみると、用人が、式台に坐《すわ》っていた。

――あの男も、信者か？　いや、そうではあるまい。主家にとって危険な奴《やつ》と睨《にら》んでいるだけなのだろう。

狂四郎は、そのまま、すたすたと遠ざかった。

潜戸を抜け出ると、相変らず、静かな通りが、こぼれ陽《び》をあびて、人影もなくつづいていた。

狂四郎が、隣り屋敷の前までさしかかると、向いの土塀と土塀の小路《こうじ》から、ひょいとあらわれたのは腰きり半纏《ばんてん》の職人ていのいでたちをした掏摸《すり》の金八であった。

「先生、どうも、わかりにくいところでござんすね」

あとから来るように、住所を教えておいたのである。

「こんどは、どんな芝居をお打ちになるんで？」

金八は、今や、狂四郎の乾分《こぶん》気どりであった。

「筋書通りにゆけば、おれが斬られる役にまわる」

「へえ？」

「お前は、敵方にまわる」

「冗談じゃありませんや。まっぴらでさ」

「いや、そうしないと、筋が運ばぬ。……あの屋敷から、たぶん今夜のうちに、若い女が出て来る。どこへ行くか、尾《つ》けてみてくれ。もしかすれば、待ちぼうけかも知れんが——」

「なあに、若い女ときいた日にゃ——へっ、おまえ待ち待ち塀の外、見越しの松に、梅桜、月が出て来て、木（気）にかかる、雨と桐《きり》とはまだかいな、七つの鐘が鳴るまでは、こちゃかまやせぬ、とくらあ。先生、やりまさあ」

うきうきとこたえて、低い鼻をこすりあげたものであった。

三

静香が、黒縮緬《くろちりめん》のお高祖頭巾《こそずきん》を被《かぶ》って、そっと、屋敷を出たのは、暮六つすぎであった。

これを待ちかまえていた黒い影が、すいと物陰からあらわれて、跫音《あしおと》を消して尾行しはじめたのを、静香は、気がつかなかった。

北日ケ窪町から宮下町へ――宵《よい》の明るさに賑《にぎわ》った町家の通りを、静香は、終始俯《うつむ》向き加減で、急いで行った。

静香が、はじめて立ちどまって、あたりを見まわしたのは、一ノ橋がむこうに見える飯倉新町の、川沿いに建った可成りな構えの店の前であった。看板には「地廻《じまわり》米穀取扱・備前屋」とあった。これは、おそらく、深川にある廻米《かいまい》問屋の脇店であろう。船付水揚げに便利な場所に、市井《しせい》に散在している店のひとつであった。

つと、店さきへ寄ろうとした静香を、ふいに、脇から、

「もし――」

と呼びとめたものがあった。

振り返った静香へ、腰をかがめて、人なつっこく笑ってみせたのは、金八にほかならない。

「お呼びとめいたしやして、申しわけございません。お旗本さまの、茅場さまのお嬢さまでございますね。……いえ、べつに、怪しい者じゃございません。ちょっとお耳に入れたいことがございまして――なに、ここで、結構でございます。お嬢さま、もしかして、今日、眠狂四郎という浪人者が、お屋敷へ参りませんでしたか？」

この問いは、無表情を努めている静香をして、ぎくっとさせ、思わず、眸子に光るものを生じせしめた。

「あっしは、ひょんなことから、あの浪人者が、お嬢さまのお兄上を殺したのを、知って居

るのでございます。あっし自身も、あいつに、深い恨みを持って居ります。……お嬢さまが、お兄上の仇討をなさりたいのでございましたら——その場所と時刻をお教えいたしましょう。……あの浪人者は、近頃《ちかごろ》、毎晩、芝増上寺の大門前の、ある常磐津《ときわず》の師匠に惚《ほ》れてかよって居ります。帰りは、いつも九つ過ぎで……へい、その時刻、将監橋《しょうげんばし》の袂《たもと》で待ち受けておいでになれば——というわけでございます。嘘《うそ》偽りは申しません。あっし自身の手で、あいつを殺してやりたいと考えているくらいでございますから。……じゃ、ごめん下さいまし」

低い声音で、しかも早口に告げると、静香の返辞は、きこうとせず、さっと身をひるがえしていたのであった。

静香は、いつの間にか、全身を石のように固くして、人ごみを縫って遠ざかる職人ていの後姿を見送っていたが、はっとわれにかえると、急いで、備前屋の中へ入って行った。

静香が、女中にみちびかれたのは、母屋《おもや》と渡り廊下でつなぐ、奥の離れであった。

迎えたのは、五十がらみの、でっぷり肥えた、福々しい顔立ちの町人であった。が、その細く切れた目の据《すわ》り方と、大きな厚い唇のひきむすび様が、生きることに瞬時も油断をせぬ人柄《ひとがら》をしめしていた。これが主《あるじ》じの備前屋であった。

「おいでなさいまし、……おや、お顔色がよくありませんが、どうかなさいましたか？」

静香は、俯向いて、ちょっとためらっていたが、呟《つぶや》くように、

「兄が、殺されました」

「ほう——それは、とんだことで」

備前屋は、声だけはおどろいてみせたが、目は冷たくすわったままだった。

「兄を殺した浪人者が、自ら、本日、出向いて参りまして、あれを——十字架《くるす》を置いて行きました」

「なに？　それは——」

他人の死に対しては冷淡であったおのれに、鞭《むち》がくだされた——そんな、愕然たる態度を、備前屋はみせた。

「何者でございます、その浪人者は？」

「眠狂四郎と名のる、まだ若い男でした。水野越前守さまのお屋敷で、兄を斬ったとか……その時、十字架を発見して——」

「お待ち下さい。くわしく、お話をうかがいましょう」

備前屋は、静香が語り出すと、相槌《あいづち》を打たず、じっと耳をかたむけた。静香は嘘のつけない娘であった。自分もまた十字架を奪われたと白状した刹那《せつな》、備前屋はむむっと呻《うめ》いた。

暫く、重苦しい沈黙があった後、備前屋は、冷静にたちかえっていた。

「その男は、何処に住んでいると申しましたな？」

「ききませんでした」

静香がかぶりをふると、備前屋は、ぎろっと瞳を動かした。凄《すご》い光であった。

「お嬢さま。その者の口から、もし発覚すれば、御一統三十七名は申すにおよばず、一家一族悉《ことごと》くが、惨刑《ざんけい》になりますぞ。ころびの許されたのは、百年前までのこと。ひとたび、御主でうすのおん前で、懺悔《こんひさん》した者は、捕えられれば、この世とは別れねばなりませぬ。その人自身は、天国《はらいそ》を信じて居るからそれでよいかも知れぬが、なにも知らぬその人の父母や妻や子が、刑場へひき出されるのは、無慚《むざん》に過ぎる」

静香の、小さな肩が、わなわなと顫《ふる》えた。備前屋に云われるまでもないことだった。眠狂四郎が立去ってから、ずっとこのことを想像して生きた心地はなかったのである。

やがて、恐怖の果ての虚脱の中で、静香は、先刻、店の前で、見知らぬ若者が告げたことを、口にした。

「九つ過ぎ、将監橋の袂でな――ふむ！」

備前屋は、腕を組み、太い眉《まゆ》の片方を、ぴくりと痙攣《けいれん》させた。この男が、ある決断をする時の癖のようであった。

「お嬢さま。私に、万事おまかせ願いましょう」

「あ、あの……」

不安をあおらせたまなざしを、備前屋にすがりつかせて、静香は、何か云おうとしたが、白く褪《あ》せた唇を顫わせたのみだった。

でうすの無量無辺の御慈悲を信ずる切支丹門徒たる者が、復讐《ふくしゅう》の業《わざ》など、主ぜすすきりすとの御名《みな》において、どうして行い得るものであろう。それは、備前屋も、百も承知の筈ではないか。備前屋は地獄《いんへるの》へ堕《お》ちるのを覚悟で、敢《あ》えて、それをなそうというのであろうか。

四

十三夜であったが、雲が掩《おお》っていて、下界は暗かった。弥生《やよい》というのに、初秋に似たさわやかな澄んだ夜気が微醺《びくん》の肌に心地いい。

狂四郎は、増上寺前の、学寮の塀《へい》のつらなった大通りを、流行《はや》り唄《うた》をひくく口ずさみ乍《なが》ら、歩いていた。

　久かたの
　雨の降る日も雪の夜も、
　通い廓《くるわ》のわしゆえに、
　染めて、なまなか浮名たつ

夜に入ると、全く人影の絶える淋《さび》しい場所であった。学寮の塀が切れると、また、西蓮社《せいれん》の塀であった。

将監橋は、すぐ、むこうに見えていた。

　宵より、しめて、
　寝る夜半《よわ》は
　月が、出るやら、出ないやら、

「どうやら、出たらしいぞ――」

と、呟いて、ゆっくりと近づいて行った。

橋袂《はしだもと》――右の土手の陰から、覆面の武士が、すうっとあらわれて、行手をふさいだのである。この時、月もまた、雲間から顔をのぞけていた。

「眠狂四郎殿と見受けた」

「左様――」

狂四郎が頷《うなず》くのと、相手が、抜き討ちに斬りかけるのが、殆《ほとん》ど同時だった。

体をひらいて、刀を流した。

しかし、すぐ、敵は、たち直って青眼に構えた。

かなり出来る腕前である。そうザラにいるという使い手ではない。

月光を吸って夜光虫のように光る刀尖《とうせん》を、じっと見据え乍ら、狂四郎は、同時に、左右背後に、神経をくばった。どうやら、刺客《しかく》は、この武士一人だけのようであった。それならば、こちらは、刀を抜かずに済むし、計画通りに、筋書が運べそうであった。待っていたのは、こちらの方なのである。

狂四郎は、だらりと両手を下げたまま、一歩、踏み出した。

敵は、当然、狂四郎が刀を抜くものと考えて、その間合をとっていた。狂四郎が裏をかいて、無手で間合をつめたのは、常識では考えられぬところであった。敵の太刀は断じて虚《きょ》ではない。もし、これが正式の試合ならば、たとえ、いかに狂四郎の技が秀《すぐ》れていても、一刀のもとに両断された筈である。

だが、この場合、待ち伏せていた者の方が、実は待ち受けられていたのだということを、狂四郎の無言の高圧の態度から教えられて、はっとしたのである。その心理的怯《ひる》みにむかって、さらに、狂四郎は、おそるべき間積《まつも》りをもってした。勝敗はこの刹那、すでに決定していた。

心胆を貫かれた敵が、

「やあっ！」

と、怪鳥の啼《な》き声にも似た絶望的な掛声もろとも打ち込みをかけて来るのを、狂四郎は、充分の余裕をもって、分身自在に転じて、その強撃を挫《くじ》いた。そして、前に泳いだ敵の、腰を蹴《け》って、地べたへ匍匐《ほふく》させておいて、ひらりと馬乗りになり、当身をくれていたのである。

「金八！」

と、呼ぶと、

「へい、待ってました」

と、うてばひびく返辞がした。

橋袂の、架橋由来を記した石柱のかげにひそんでいたのである。

「紐《ひも》を貸せ」

「ほいきた」

素早く縛りあげてから、狂四郎は、

「駕籠《かご》が要るな」と、呟いた。

「ちゃあんと用意してありまさあ。そこに抜かりはねえや。あっしゃ、先生に見込まれたカンを持っている江戸っ子つばめの金——着切《ちゃくきり》」

「あとで、吉原《よしわら》の三分女郎《ぶ》を抱かせてやる」

笑い乍ら、狂四郎は、相手を引き起して、膝頭を背中につけると、ぐいっと活を入れた。

刺客は、はじかれたように首をたてたが、身の屈辱をさとると、呻くように、

「殺せ！」

と、云った。

「ひとつしかない生命《いのち》だ。お互いに大切にしよう」

「お、おれは、ただ、貴様を斬るようにたのまれただけだ。ほかのことは何も知らぬ。きかれても、返答は出来ぬ」

「私は、あいにく、口を割らせる方法を、いろいろと知っている人間だ」

そう云ってから、狂四郎は、金八に、

「備前屋へ行って、おれとこの男が、相討ちになったと、教えて来い。死体は、自分たちやくざ仲間でしまつするからと云えば、十両も寄越すだろう。疑われたら、お前の首がとぶぞ。うまくやれ」

「合点！」

橋のむこう側に待たせておいた駕籠屋を呼んでおいて、金八は、たちまち、月を飛ぶ雁《かり》のように、彼方へ消えて行った。

五

それから、四日の後の深夜――。

狂四郎は、和泉橋《いずみばし》を渡ったつきあたり、柳原土手にむかいあった小屋敷（大奥付医師邸）の庭園の一隅《いちぐう》に佇《たたず》んでいた。勿論《もちろん》、無断で忍び入ったのである。

刺客を責めて白状させた場所が、此処《ここ》であった。今夜が、ぜすすきりすと復活節の逮夜《たいや》であることを、狂四郎は知っていた。

十六夜《いざよい》の月のあかりで眺《なが》める数千坪の庭園は、見事な造りであった。一木一草に心と手がこめられ、狂四郎が身をかくしている高麗塔《こうらい》などは、どうやら海むこうから運ばれた品とおぼしい。廻遊《かいゆう》式庭園で、地割《じわり》の考慮が、実際の地積の五倍も十倍にも大きく感じさせ、深山幽谷のおもむきをおびている。

――こんなところで、伴天連の布教がおこなわれていようとは、こいつは、文字通り、知らぬが仏というやつだ。

それにしても、大奥の医師が、切支丹門徒であったとは、おそれ入ったというものである。室矢醇堂《むろやじゆんどう》というのが、医師の名であった。名医と称されていたが、これは、ひそかに伴天連より西洋医学を修めた証拠にほかなるまい。

狂四郎は、高麗塔のかげから抜け出ると、樹《き》から樹へつたって、岬《みさき》・入江をかたどった池をまわって行った。

池の中央に、かなり大きな島が築かれてあり、岩国の錦帯橋《きんたい》を見たての反橋《そりはし》が架けられてあった。

こちらの岸の橋袂に、見張りの黒影が立っていた。

突如、音もなく、月光を撥《は》ねて跳躍した狂四郎は、拳《こぶし》の一撃で、その黒影を、地にはわせていた。

つつつつと、反橋を渡りきると、いったん、身を沈めて、島内の気配を、鋭くはかってから、――よし、と肚《はら》をきめて、こんどは、ためらうことなく、飛石をふんで、そこに建った茶室に近づいて行った。

入母屋《いりもや》の妻には「霧人亭」という扁額《へんがく》がかけられてあった。――成程、霧人――きりすとか。

狂四郎は、ひとり苦笑して、にじり口の板戸を、音たてずに開けた。中は、ひっそりとしていた。見まわした狂四郎は、すっと床の間に進んで、その壁を押した。壁は、かすかな軋《きし》りとともに、廻転した。そこから、階段が、地下へ通じていたのである。

一歩一歩、階段を降りるにつれて、人声が――神のめぐみを説く声が、きこえて来た。

狂四郎は、地下室の板戸の前に立って、その声に、しばし、耳をかたむけた。

それは、あきらかに、日本人のものでない、たどたどしい言葉づかいであった。

「……よろずの源《みなもと》、天地をおつくりになったでうすこそ、この世の、どこにでもあらせられるのでござります。……とは申せ、ぷうろえすひりつと申すおん色体《しきたい》（肉体のこと）を有《も》たせられませぬゆえ、でうすは、どこにでも、あらせられますけれど、五体の、六根《ろっこん》には、かからせたまわぬ……」

突如——。

狂四郎は、板戸を蹴った。

およそ十坪もあろう日本座敷に詰めた三十余名の顔が、一斉《いっせい》に、はげしい驚愕をあふらせて振りかえり……狂四郎は、流石《さすが》に、おのれの顔面がこわばるのをおぼえつつ、ずかずかと、祭壇へむかって、つき進んだ。

殺気を含んだ悽愴《せいそう》な形相《ぎょうそう》は、一同をしてただ固唾《かたず》をのませ、行手をはばむことを忘れさせた。

祭壇には、二尺大の幼ききりすとを抱いたびるぜん・まりあ観音像がまつられてあった。その下に、こちらを向いて立っているのは、すでに七十を越えているとおぼしい黒衣の異人であった。

眠狂四郎は、無言で、異人をはねのけるや、抜く手もみせず、白光を、まりあ観音へ走らせた。像は、まっ二つになって、左右へ倒れた。

ぱちりと鍔《つば》鳴らせてから、踵《きびす》をまわした狂四郎は、あらためて、人々を見わたした。

静香の顔があった。それへ、冷やかな目をとめてから、歩き出した。

「お待ちなさい」

名状しがたい異様な沈黙を破って、呼びとめた者があった。

じろりとふりかえった狂四郎へ、

「なぜ、お斬りになった?」

と、鋭く問うたのは、でっぷり肥えた町人であった。

「貴様が、備前屋か?」

「左様です。……理由をおきかせ願いましょう」

「おれは、切支丹伴天連を憎む異端者《ぜんちょ》だからだ」

「失礼だが、……貴方様の親御様の、どちらかは、日本のお方ではありますまい」

ずばりと指摘されて、瞬間、狂四郎の双眼が、凄《すさま》じい光をきらめかせた。

おそろしい無言の睨《にら》み合いがつづいた。

ふっと——狂四郎の片頬《かたほお》が、ゆるんで、自嘲《じちょう》の微笑を泛《うか》べた。

「備前屋、おれと貴様の間には、いつか、勝負を決する日が来そうだな」

「そうなりましょう」

備前屋は、おちつきはらってこたえた。

「おれは、貴様が、この中で、たった一人だけ、まやかし信者だと睨んだが、どうだ、備前屋?」

「どうぞ、いか様にも、御想像なさるといい」

狂四郎は、そのふてぶてしい顔へ、かあっと、唾《つば》をはきかけておいて、風のごとくに、この屋敷を去って行ったのであった。

隠密《おんみつ》の果て

一

天下の御膝元《おひざもと》・花の大江戸――野暮《やぼ》と化物は、箱根より東に住まぬ、と称して、江戸っ子が、意気たり通たり粋《すい》たることを最大の誇りとした時代であった。

横町新道に曲れば、どこからでも、三味線の音がきこえて来ていた。

深川の、仙台堀《せんだいぼり》に沿うた今川町の、とある横町からも、朝から、陽気な唄声《うたごえ》がひびいていた。看板には「常磐津文字若《ときわずもじわか》」とあった。三十過ぎた年増《としま》であったが、小股《こまた》の切れあがった佳《い》い女で、半年ばかり前に引越して来たのだが、いまでは、ここが、町内の若い衆の寄合所の観を呈していた。

今日も――。

格子窓《こうしまど》から通りの見える表の部屋で、三四人の若い衆が、吉原の花魁《おいらん》や食い物の話をしたり、格子の外を行き過ぎる女たちをからかったりしていた。

奥の稽古場《けいこば》からは、師匠の文字若の、張りのあるいい声と三味線の音が、きこえていた。

猪牙《ちょき》でセッセ、行くのは、深川通い

上る桟橋《さんばし》がアレワイサノサ
　いそいそと、客の心も上《うわ》の空
「どうだい、十文ずつ出しあって、あの唄で、師匠に踊らせちゃあ。あがるう、さんばし……と、裾《すそ》をひらいたところで、白粉《おしろい》をぬった内股《うちもも》をのぞいた方が、あみだくじで大福餅《だいふくもち》を食うよりゃ、気がきいてらあ」

「東西東西《とざいとうざい》、ここもと御覧に入れまするは、餅変じて蛤《はまぐり》となる――」

「添えてやりたい剝身《むきみ》の貝柱」

　稽古場から、文字若の声で、

「うるさいね。しずかにおしよ」

「慍《おこ》られて、かん酒与五郎詫《わび》証文、とくらあ」

「さっさとお帰り。いい若いもんが、昼間っから、ぐうだらぐうだら、ろくでもない無駄話《むだばなし》ばかりして――。矢場へでも行って、弓でも引いて来やがれ」

「おい、師匠が、弓を引いて来いってよ。うまい話も、なしの与市《よいち》、か――。そろそろ引きあげようぜ」

　若い衆が、ぞろぞろと出て行ってから間もなく、裏口の戸を忍びやかにひきあけて、すっと入って来た手拭《てぬぐ》いを吉原冠《かぶ》りにした男があった。

「おや、金八さん。ずいぶん御無沙汰《ごぶさた》じゃないか」

　午《ひる》のしたくをしていた婆《ばあ》やが、けげんそうに見下ろした。いつもは、威勢のいい入りかたをする金八だったからである。

「師匠に、ちょいと、顔を貸してもらいたいんだが――」

「どうしたんだよ、いやに、もったいぶって――」

「ばばあの知ったことじゃねえ。早くしろい」

「おう、こわい」

婆やに呼ばれて、文字若が出て来た。眦《まなじり》に険はあるが、すっきりと水際立《みずぎわだ》った顔立ちであった。

「なんだい、金八？」

「姐御《あねご》に……、いや、師匠に、折入っておねげえがあるんだ」

金八の真剣な表情に、文字若は、頷《うなず》いた。実は、この女の本性は、凄腕《すごうで》の掏摸《すり》だった。尤《もっと》も、今では、殆《ほとん》ど足を洗ったかたちになっていたが、弟分の金八とは、切っても切れない縁があった。

「ま、お上りな」

「いや、それが……外に、人を置いているんだ」

金八は、戸口から首を出して、

「お入りになっておくんなさい」

と、促した。

ためらいがちに入って来たのは、三味線をかかえた鳥追い姿の女であった。褄折笠《つまおりがさ》をふかくかぶって俯向《うつむ》いているので、顔は見えなかったが、緋《ひ》の鹿《か》の子《こ》絞りの紐《ひも》でむすんだ腮《あご》が、抜けるように白かった。松坂木綿の着物を、裾短く着けた立姿が、なんともいえぬ優雅さであった。

「このお人を、暫《しばら》く預かってもらいたいんだ」

文字若は、女が棲折笠を取るや、思わず息をのんだ。それ程、美しかったのである。

二階にあげてから、文字若は、あらためて金八と女を見くらべた。これは、あまりにも不《ふ》釣合《つりあい》な組み合わせだったのである。その不審は、次の金八の言葉で解けた。

「このお人は、御老中の水野越前守様の奥女中をしていなさった美保代様と仰言《おつしや》るんだ。……理由は、いずれ、くわしく話す折もあるだろうが、ともかく、このおいらが、越前守様の側頭役《そばがしらやく》で、武部仙十郎という爺様《じいさま》から、こっそり、どこかへ、かくまってくれって、たのまれたんだ」

「お前が、かい？」

文字若には、信じられぬことだった。

「それに、まちがいございませぬ。……おねがい出来ますれば、ご恩の程、生涯《しようがい》忘れませぬ」

美保代に両手をつかえられた文字若は、あわてて、

「いいえ、こんなむさっくるしいところでよろしければ、いつまでおいでになってもかまいませんが――」

「たのむ、師匠。……実は、おいらが、いのちを預ける親分――じゃねえ、先生が出来たんだ。眠狂四郎ってな、幸四郎の助六だって足もとにもおよばねえ程意気で鉄火で、こう、なんともいえねえ味のあるおさむらいなんだ。その先生が、つまり、そのう……このお人を……水野の殿様から、頂いた、ってえことになるんだ」

「あいよ、わかったよ。もうあとは、事情はきくまいさ。……美保代さま、わたしはごらんの通りの礼儀も作法も知らぬあばずれでございますが、……お世話させて下さいまし」

そう云《い》いつつ、文字若は、美保代の﨟《ろう》たけた面差《おもざし》にただよう深い憂愁の色を、ふしぎなものに見まもらずにはいられなかった。

二

眠狂四郎は、両国の並び茶屋のとある一軒の奥の間で、茫然《ぼうぜん》と仰臥《ぎようが》していた。銚子《ちようし》は、七八本もならんでいたが、小鯛《かすご》も湯豆腐も吸物も、一箸《はし》もつけられていなかった。流連《いつづけ》の吉原帰りを、ふらりと、ここへ寄って、そのまま幾刻《とき》か過ごしているのであったが、大きな空洞《くうどう》の出来たような虚《むな》しいからだには、酒は水のように不味《まず》いものであった。

後頭で手を組み、じっと目蓋《まぶた》をふさいでいると、落着きはらったひとつの声が耳の底にひびくのである。

「貴方《あなた》様の親御様の、どちらかは、日本のお方ではありますまい」

大奥医師・室矢醇堂邸の地下室で、備前屋という町人が吐いた言葉であった。

「貴方が、まりあ観音を両断した理由は、その出生の無慚《むざん》さにあるのではないか！」

その意味を、備前屋は含めたに相違なかった。

まさしく、その通りであった。狂四郎が年少の日の記憶は、ひとつとしてどす黒い秘密に掩《おお》われていないものはないのである。ふと、その忌《いま》わしい記憶のひとつが甦《よみがえ》る瞬間、狂四郎の四肢《しし》には、狂暴な戦慄《せんりつ》が走らずにはいなかった。二十歳の頃《ころ》、憑《つ》かれたように、剣法修業に身を打ち込んだのも、修羅《しゅら》の過去を断たんが為《ため》であった。皮肉にも、過去を断たずして、太刀を握る天稟《てんぴん》だけを発見したのであった。

剣の道は、仏教の根本――無相の太極と有相の無極に通ずという。円転流通、循環変動、あたかも環《わ》に端がないごとく、天地自然とおのれ自身を交一させて、現実を円成する。と師より教えられた時、狂四郎は、不逞《ふてい》にも、それを心とせず、腕の技にしたのである。すなわち、狂四郎は、敵と相対した時、その刀尖をもって、大きく円月を描く殺法をあみ出したのである。敵の闘魂をうばい、一瞬の眠りに陥らせて、一刀で斬《き》り下げる。――いわば、敵をして、一切皆空の状態たらしめ、おのれは、心中で、堪え難い罪悪感を呻《うめ》きはなつのであった。

極意を悟った兵法者《ひょうほうしゃ》の姿が、「花下《かか》の睡猫《すいびょう》、意は舞蝶《ぶちょう》に在り」とすれば、狂四郎の姿は、羽を休めた蝶を一撃で落す無情な野良猫《のらねこ》に似ていた。

……幾度びか、腰間《ようかん》の刀身を衂《ちぬ》らせては、肚裡《とり》に業苦《ごうく》の呻きを発する毎《ごと》に、狂四郎の虚無は、黯澹《あんたん》として深まりゆくばかりであった。

――備前屋め！　斬りすてるべきだった！

急に、狂暴な衝動が起って、狂四郎は、かっとまなこを瞠《みひら》いて、天井を睨《にら》んだ。

このおり、おもてから、金八が、ひょっこり入って来た。常磐津文字若の家を出て、まっすぐに、ここへやって来たのである。狂四郎から、自分を捜す用があるなら、両国の並び茶屋を覗《のぞ》いてみろ、と云われていたのである。

金八は、緋縮緬《ひぢりめん》の前掛けをつけた茶汲女《ちゃくみおんな》に迎えられて、

「へへっ、すごいべっぴんだぜ、これが、たった今、チョンの間一朱で転んだとは思えねえ。あわてて、帯を締めやがったとみえて、みろ、いの字と、ろの字にゆがんでやがら」

「なに云ってるのさ。いなせなお前さんが来るのを待っていたんじゃないか。主《ぬし》の来る夜は、宵《よい》から知れる、締めたしごきが空《そら》どける、ってね」

すると、すぐ脇《わき》に腰かけていた、味噌漉縞《みそこしじま》の縮緬をぞろりと裾長にまとった見えぼう風俗の客が、

「その元歌を教えようかな」

と、にやにや笑った。御家人《ごけにん》ともやくざともつかぬ、あたまは武家髷《まげ》、丸腰、袖口《そでぐち》からは紅裏《もみうら》をちらちらさせている、のっぺりした顔立ちの若い男であった。

「うたたねに、待ちや明かさん下紐の解けぬる宵は、枕《まくら》だにせず、という歌でな、藤原垣子という上﨟《じょうろう》が――」

「おっと、旦那《だんな》、知ってるぜ。その女郎が待ちこがれていたのは、業平朝臣《なりひらあそん》てんだろう。お

いらの先祖での、今だに、子孫が、朝臣《あそん》で食ってら」

と、へらず口をたたき乍《なが》ら、金八は、――おや？　と小鼻をぴくつかせた。――この銀流し野郎、なんだか妙な匂《にお》いをさせやがる。こんな臭え香を着物にたきこめるのが、流行《はや》っちゃ、たまらねえや。

「金八――」

奥から、声がかかった。

「ほいきた。今日こそカンはぴたりだ」

金八は、真鍮《しんちゅう》の鑵子《かま》をかけた朱塗の竈《かまど》をまわって、奥の間にあがった。

「先生、この十日あまり、足を擂粉木《すりこぎ》にしてさがしましたぜ。……とうとう待ちきれずに、あっしが、一人合点《がてん》で、美保代さまを、越前屋敷からつれ出しましたが、お慍《おこ》りになっちゃいけませんよ」

狂四郎は、仰臥したまま、じろりと金八を見やったが、

「どこへ連れ出して行ったのだ？」

「あっしの懇意にしている常磐津の師匠のところでね。今川町で、文字若っていえば、ちょいと名の通った小粋《こいき》な年増でさ。そこの二階に、ひとまず、預けて来やしたがね。あとは、どうかひとつ、先生の方で、お考えなすって……」

「欲しけりゃ、お前にくれてやろう」

「冗談も、事によりけりですぜ、先生」

金八は、むかっと、目くじら立てた。

この時、いつの間にか、席を移して、衝立《ついたて》のむこうに近寄っていた見えぼう男が、妙な薄ら笑みを泛《うか》べて、すっと立って出て行くのを、狂四郎も金八も、気がつかなかった。

――おれが、いったい、あの女に何をしてやれるというのだ？

狂四郎は、心で冷たくつきはなして、

「金八、この料理を平げてくれ」

「あっしと一緒に行くと約束して下さりゃ、皿《さら》まで噛《かじ》ってみせまさあ」

狂四郎と金八が、茶屋を出たのは、興行物の打出し太鼓が、川面《かわも》を渡る暮六つ過ぎであった。

三

常磐津文字若の家の表格子は、どうしたのか開かなかった。

「おかしいな。ばばあがいねえ筈《はず》はねえんだがな」

いくら叩《たた》いても、うんともすんともないので、金八は、狂四郎をそこへのこして、裏へまわった。裏口は開いていた。だが、呼んでも誰も出てこないのは同様であった。

小首をかしげ乍ら、上って、障子戸を開いたとたん、奥から奇妙な呻き声が洩《も》れて来たので、金八は、ただならぬ不吉な予感で、血相変えて、そこへとび込んだ。

唖然《あぜん》としたことであった。

雨中、蛇《じゃ》の目傘《めがさ》をさしてすれちがう距離で、相手のふところを抜き、黒元結連《くろもとゆいれん》という江戸で腕ききの掏摸組から姐御とたてられた素通りのお仙の文字若が、猿《さる》ぐつわをかまされ、両手両足をしばられて、太股あらわにころがっていたのである。

「ど、どうしたってんだ？」

仰天した金八が、走り寄って、猿ぐつわを解くと、文字若は、はげしく首をふって、

「二階！」

と、のどを切り裂くように叫んだ。

弾《はじ》かれたように、跳びあがった金八は、襖《ふすま》を一枚蹴倒しつつ、階段をかけのぼった。そして、障子戸を力まかせにひき開けた瞬間、水をあびたように立ちすくんで、びいどろ玉のように眸子《ひとみ》の色を遠いものにした。あまりの衝撃の強烈さに、脳裡《のうり》が、一瞬、空白になったのである。

だだだっと、階段を二三段降りかけた金八は、いつの間にか、階下に立っている狂四郎を見出すや、

「せ、せんせい！　こ、これだっ！」

と、わななく右手の人差指で、斬る真似《まね》をした。

狂四郎は、一気に二階へかけあがった。

たったいま沈んだ陽《ひ》の、残り明りをとどめた座敷の床柱に、美保代は凭《よ》りかかって、がくりと首を折っていた。柱にすがって立とうとして、そのまま崩れ落ちたに相違なかった。上

半身と下肢を、逆にねじまげ、右手は蘇芳《すおう》染めになった白綸子《しろりんず》の半襟《はんえり》をつかんで、胸をひきはだけ、左手は、さしのべてむなしく宙へ懸け——それなりに凝結した悽愴《せいそう》な姿は、普通の人間には正視に堪えぬむごたらしさであった。

いかに、最後の力までふりしぼって、討手を追おうとしたことか。

全身は、なま血に濡《ぬ》れていた。乱れた緋縮緬も、それで染まったのではないかと思われる程の痛ましい光景であった。

狂四郎は、素早く、美保代を、床柱からはずして、仰臥させると、胸をひらいた。べっとりと朱《あけ》に染まった豊かな隆起の下に傷口があった。手練者《てだれ》にひと刺しされた深さであったが、狂四郎の目は、急所をわずかにはずれているのを見のがさなかった。

「金八、焼酎《しょうちゅう》と晒《さらし》を持って来い」

「先生っ！　い、いきて、いるんですかい？　有難《ありがて》え！」

ぱっと顔をかがやかした金八は、身をひるがえして、階下へ——。

狂四郎は、傷口をおさえてやって、じっと、その蠟色《ろういろ》に褪《あ》せた美貌《びぼう》を瞶《みつ》めた。

死ぬなら勝手に死ぬがいい、とふりすてて顧みなかった女である。だが目の前に、この無慚な姿が横たわってみれば、狂四郎の心は、曾《かつ》ておぼえたことのない悔いに疼《うず》いた。

この女を斬ったのは、この女の味方なのである。これが、素姓をあばかれた密偵《みってい》の辿《たど》らねばならぬ末路であった。素姓をあばいたのは、他ならぬ狂四郎なのである。しかも、その操《みさお》を奪うという最も残酷な手段によって——。

思えば、この女も自分と同様、平穏な世間からは門を閉された異端者の烙印《らくいん》を押されたのである。自分には、まだ、運命にさからう、円月殺法という兇刃《きょうじん》がある。この女には、いったい、身をまもる何があるというのだろう？

焼酎と晒をさし出す金八の背後から、文字若が、覗き込んで、

「先生っ！　これを、早く――」

「ああっ！」

と、悲鳴をあげた。

「畜生っ！　こ、こんな目に遭わせやがって――。あの野郎っ！」

「どんな男だったのだ？」

狂四郎は、手当を加え乍ら、訊《き》いた。

「そ、それが……覆面をしやがって、あっという間に――」

「当て落されたのだな、お前さん」

「あたしゃ、くやしくって、くやしくって――。ね？　先生が、眠狂四郎ってお方でござんすね。この仇《かたき》は、きっと取って下さるんでしょうね？」

「相手が何処の何某《なにがし》と判明すればだ」

「つきとめずにおくもんか。草の根をわけたって――」

この時、美保代の白い唇が、かすかにわななかいた。

「先生、なにか、云いましたぜ」

「うむ」

狂四郎が、てのひらを、そっと、凍ったような額にあてると、美保代は、ふたたび、口をわずかにひらいて、

「ひなを……」

と、呟《つぶや》いた。

意識をとりもどしたのか、夢の中でか――それは判然としなかったが、その呟きには、文字通り必死の願いが罩《こ》められていた。

「雛《ひな》を！」

鸚鵡《おうむ》がえしにして、狂四郎は、一瞬、凝然と、顔面をこわばらせた。

「雛って、先生、あ、あの内裏様のことですかい？」

金八が、怯々《おずおず》と訊いた。

金八は、しかし、自分が盗んだお小直衣《このうし》雛の首を、水野忠邦《ただくに》が斬り落し、女雛のそれを狂四郎へ、男雛のそれを美保代へ呉《く》れたことを、いまだ知らされていなかった。

狂四郎は、返辞もせず、名状し難い感動を、非常な努力で抑えつけてから、文字若をふりかえり、

「着換えさせてやってくれぬか」

「はい。では、先生たちは下へ降りてて下さいましな」

狂四郎は、立ちあがって、ゆっくりと階段を降りつつ、

——そうだったのか！

と、あらためて、自分に合点していた。敵は、勿論《もちろん》美保代の生命を奪う目的もあったろうが、それよりも雛の首を盗みに来たのであった。美保代は、生命をすてて、それをまもろうとした。狂四郎を感動させたのは、美保代にとって、男雛の首が、生命をすててまで、まもらねばならぬ大切な品となっていたことである。男の理性のとどかぬところに、女心の神秘な哀《かな》しさがあった。

狂四郎は、茶の間に入って、如輪目《じょりんもく》の長火鉢《ながひばち》の前に坐《すわ》ると、手にしていた印籠《いんろう》を、眺めた。一輪牡丹《ぼたん》を描いた精巧な研出蒔絵《とぎだしまきえ》の品であった。

「なんです、先生？」

「あの女が、左手に摑《つか》んでいたのだ。夢中で、曲者《くせもの》の腰から捥《も》いだのだろう」

「へえ？……お、おやっ！」

首をのばした金八は、途端に頓狂《とんきょう》な声をあげた。

「見おぼえがあるのか？」

「どうも、あいつのと、そっくりみてえだ。……先生がおいでになった水茶屋に腰かけていた野郎でさ」

狂四郎は、それをきくと、遽《にわか》に、眉宇《びう》を険しいものにした。

金八は、掏摸である。ならい性となって、女のあたまやら、武士の腰やらへ、その欲求がなくても、自然に目が行く。したがって、そうした記憶は、普通人よりもたしかであった。

「どんな奴《やつ》だ？」

「ぞろりっぺとした、御家人だか地廻《じまわ》りだか末成《うらな》り瓢簞《ひょうたん》みてえなのっぺり面《づら》の二十七八の……ともかく、その野郎、なんともいえねえ妙ちきりんな匂いを、ふわふわたてやがるんでさあ」

「妙な匂い？　香か」

「あれが、香なら、こうさん退散河童《かっぱ》の屁《へ》、七里けっぱいぶるぶるでさ。まったく、こう、へその中までしみ込んでやがるような、しつっこい、いやな匂いで――」

狂四郎は、何を思ったか、印籠の蓋《ふた》をとって、鼻孔へ近づけてみて、

「こんな匂いか？」

と、金八へさし出した。

かいでみて、金八は、

「ちげえねえ。この匂いだ！」

と、叫んだ。

狂四郎は、にやりとした。

「そうか。わかったぞ！」

四

深川土橋にある料亭「平清」は、浅草山谷《さんや》の「八百善」とともに、通人が一度は上らなけ

ればならぬ店であった。

爛熟《らんじゅく》は、食物において、それを極めた時代であった。江戸全市、五歩に一楼、十歩に一閣、みな飲食の店ならずということなし、という有様であった。労働者の一日の手間が二匁《もんめ》(百八文)なのに、「平清」で出す鮓《すし》は、一個五匁というぜいたくさであった。

いま――。

「平清」の凝った離れでは、その一個五匁の鮓やら、半日がかりで玉川から汲《く》んで来た水で煎《せん》じた一杯十匁にも価《あたい》する極上茶などのならんだ卓子をへだてて、二人の客が向いあっていた。

一人は、備前屋であった。床を背にしているのは、六十前後の、瘦《や》せた総髪の人物であった。鉤鼻《かぎばな》と反歯《そっぱ》に特長があった。大奥付医師・室矢醇堂《むろやじゅんどう》である。

何事かの密談が終り、くつろいだ座になっていた。

備前屋は、鮓をつまみ乍ら、

「近く、また、長崎から薬が届きまする。いつかおたのまれした、手術にあたって、からだをしびれさせる麻酔剤も加わっていると存じます」

「それは、かたじけない。ところで、今度の献上品は何かな?」

「イギリス製の懐中時計でございます。御老中様(水野忠成《ただあきら》)、水野美濃守様、美濃部筑前守様、お三方へ、同じ品をさしあげまする。勿論《もちろん》、貴方《あなた》様へも――」

備前屋は、柔和な微笑で、狡猾《こうかつ》な眼光を消していた。

この町人を、まやかし切支丹《キリシタン》門徒と看破した眠狂四郎の目は正しかった。備前屋は、かくれ伴天連《ばてれん》を利用して、大規模な抜荷買いをやっているのであった。幕閣の要人たちが、備前屋の献上品をそれだと知らぬ筈はない。にも拘《かかわ》らず、かえって、次の献上を待っているところに、驕奢心《きょうしゃ》は、施政の根太《ねだ》を腐りつくしていたのである。

幕府が、文政無二打払令を発し、攘夷《じょうい》の方針を樹《た》てて、米船モリソン号を砲撃退去せしめたのは、四年前のことである。しかるに、裏面にあっては、水野忠成らは、備前屋らの密貿易を、黙認し、高価な文明の珍品を嬉々《きき》として受け取っていたのである。

「室矢様、ついでに、差出がましく御忠告申上げますが、長崎のシーボルトとは、文通なさいませぬように——。いずれは、国外追放になる蘭医《らんい》でございます。弟子の高野長英《たかのちょうえい》という男も、いずれ捕えられましょう。御研究に必要な書籍、器具、薬剤は、私めが、一手でとりはからってさしあげまする」

「わかって居る」

それから、西洋の珍しい機械の話などを交して、備前屋が、去って行って、程なく、姿をみせたのは、両国の水茶屋で、金八に話しかけた、のっぺり面の見えぼう男であった。だが、醇堂の前に坐った途端に、男の顔は、別人のように厳しくひきしまったものになっていた。

「眠狂四郎めを尾行致した甲斐《かい》がありました」

その言葉を挨拶《あいさつ》にして、ふところから、懐紙に包んだものをさし出していた。

醇堂は、ひらいてみて、それが男雛の首であるのをみとめて、目を瞠《みは》った。

「これは！」

「若年寄へお渡しねがい度《と》う存じます。女雛の方も、いずれ、近いうちに手に入れる所存、とおつたえ下さいますよう――」

この男が、公儀隠密であることは、この言葉で明らかであった。

水野忠邦邸で、美保代が捕えられ、茅場修理之介《かやばしゅりのすけ》が斬られ、そして、忠邦が、将軍家斉《いえなり》より拝領したお小直衣雛の首を刎《は》ねた事件は、すでに、別の隠密によって、若年寄林肥後守に通報されていたのである。

当然、肥後守が、この事件を公《おおやけ》のものにして、忠邦失脚の因を作ろうと意図したのは、云うを俟《ま》たない。

この男が、御籠台下で受けた使命は、お小直衣雛の首二個を、こちらに奪うことであった。

室矢醇堂は、いわば、この男と若年寄の間に立つ連絡役であった。

「では――」

男が立ちかけると、醇堂は、

「薬は、効いているかな！」と、訊《たず》ねた。

「西洋薬のききめには、おどろきますな」

男は、笑って、腕をまくってみせた。ひどい皮膚病に罹《かか》っていたらしく、白い瘡蓋《かさぶた》が、肌《はだ》を鱗《うろこ》状にしていた。奇妙な匂いは、このせいであった。

五

室矢醇堂は、その帰途、駕籠《かご》の揺れで酔いが出て、ウツラウツラの心地よさであった。

急に、駕籠が地におろされたので、仮睡が距離を短くしたのだと思って、たれをあげた駕籠舁《か》きに、「ばかに早く着いたの」と云いかけて、愕《ぎょ》っとなった。

肩棒の端にさげられた提灯《ちょうちん》の明りの中に、宗十郎頭巾《ずきん》の武士が、黒々と立っていたのである。

「何、何者だ！　拙者は、大奥付――」

「名医室矢醇堂殿と知って、止めたのです。私は、つい先頃《さきごろ》、貴方のお屋敷内へ、無断で参上したことのある者です。眠狂四郎という名は、多分、備前屋あたりから、おききおよびの筈です。……今夜は、正門から堂々とおうかがいしたが、あいにくの御不在で――今まで、この途上に、芸もなく待ちくたびれて居りました」

「な、なんの用だ！」

「これの持主を、貴方は、ご存じの筈だ」

狂四郎は、つと、研出蒔絵の印籠をさし示した。

「知らん！」

「知っていると、その顔に書いてある。この中に入っている薬は、海のむこうから、伴天連が持参したものだ。そこいらの町医者が入手も不可能ならば練りあわせる方法を知っている筈もない。江戸《いえど》広しと雖も、患者に与え得るのは、伴天連に宿を貸した貴公ただ一人だ」

そうきめつけて、狂四郎は、冷たい微笑を泛べると、

「御老体を歩かせるのは失礼にあたる。乗られていてよい。印籠の持主のところへ御案内願おう」

と、云ったのである。


それから、半刻《とき》あまり後——。

狂四郎は、浅草田町の袖《そで》すり稲荷《いなり》の裏手にある、小粋なしもたやの表戸を、室矢醇堂にたたかせていた。

戸を開いた小女を当て落して置いて、狂四郎は、風のごとくに、奥の間へ駆け入った。

だが、この時すでに、相手は、床を抜け出て、床柱を背にして、刀を構えていた。

狂四郎は、憎悪《ぞうお》の眼光を射込みつつ、

「この眠狂四郎を尾《つ》け狙《ねら》っていたのならば、なぜ、まず女雛の首を取ろうとしなかったか！ 虚脱した女の方を先に襲ったその卑劣さが憎いぞ！」

と、鋭くあびせかけた。

相手は、無言である。茅場修理之介よりはるかに優《まさ》る、選ばれたる者の構えだった。素手でとらえて、男雛の首を奪いかえし得る敵ではなかった。

狂四郎は、一足引いて腰間の利刀をすらりと抜いた。

刀尖を、爪先前三尺に落したのは、修理之介と相対した時と同様であった。

だが――円月殺法は、敵の鋭気を吸い寄せる汐合《しおあい》を測るために、しばし、構えを不動のものにした。この不動の中に、無量の変動が生じ、懸《かか》る中に待ち、待つ中に懸る覚知があった。懸待一致すれば、技熟して理に至り、理きわまって技に至る。

汐合は終った。

狂四郎の心中は、一個の人命を断つ黯然《あんぜん》たる業念《ごうねん》に満ち、同時に、その手は、ゆるやかに、刀身をまわしはじめた。

くわっと双眼を瞠いた相手は、狂四郎が、半月を描くまで能《よ》くもちこたえ、次の刹那《せつな》、ふっと陥ろうとする目晦《めくら》みを猛然とはねのけて、

「えいっ！」

と、凄《すさま》じく斬り込んで来た。

一瞬にして、その位置が変り、狂四郎は、のめり込む敵の姿を流して見ておいて、男雛の置き場を捜すべく、せわしげに部屋の彼処此処《かしこここ》へ視線を移した。

しかし、男雛の首が、ここに無かったのは云うまでもない。狂四郎は、不覚にもそれが醇堂の手に渡っていることまでは気がつかなかった。

捜しあぐねて、茫然《ぼうぜん》と立ちつくした狂四郎の眼前を、死線をさまよう美保代の蒼白《そうはく》な面差《おもざし》が、横切《よぎ》っていた。

躍る孤影

一

初夏の風が、武蔵野《むさしの》を渡っていた。

眠狂四郎は、渋谷の、とある丘陵に佇《たたず》んでいた。

東方に、宮益《みやます》町の町家が、くろぐろとひとかたまりに沈んでいるほかは、見わたすかぎり、樹木と雑草と麦穂が、濃淡に染めわけられていた。十里彼方《かなた》にかすむ遠山をふちどった広大な平蕪《へいぶ》だった。その中央を、大きくうねる堀川《ほりかわ》が、白く光っていた。

富士は、中腹に白雲をたなびかせて、青空を、すっきりと切り抜いていた。

狂四郎の佇む丘の上は、櫨《はじ》の木が三本、雑草に影を落しているだけで、そのむかし、此処《ここ》にそびえていた壮大な館《やかた》の跡をどこにもとどめてはいなかった。

一本の櫨の根かたに、小さな自然石が据《す》えられてあった。狂四郎は、それを、じっと瞶《みつ》めていた。十余年前、狂四郎が、運んで来たものである。「霊」という一文字が刻まれてある。少年狂四郎が、鑿《のみ》と槌《つち》をふるったのである。

これが、狂四郎の母の墓であった。

この丘陵の頂きを、永眠の栖《ねぐら》にしてほしい、と母は、狂四郎に遺言したのであった。母の先祖が、豪族として栄華を誇った――夢の跡がここにあった。

今日が、母の命日であった。ふしぎなことは、狂四郎がやって来る前に、何者かが詣《もう》でているのであった。樒《しきみ》が花立にさしてあり、線香がゆらゆらと細い煙をのぼらせていた。近くに住む人が、この墓を見つけて、供養《くよう》してくれたのだとしても、今日が母の命日であることを知っている筈《はず》がないではないか。

狂四郎は、人知れず、自分一人で、穴を掘り、遺骸《いがい》をはこんで来て、葬《ほうむ》ったのである。一人で生きて行こうと決意して、為《な》した最初の行動がそれであった。

物心ついて以来、母と二人きりの暮しであった。広尾町の祥雲寺山内の小さな離れが住いであった。

母が、麻布《あざぶ》にある大きな旗本屋敷の娘であることは、祥雲寺の下男からきかされたが、何《なに》故《ゆえ》に、自分と二人きりで、世間を避けているのか――その理由をつきとめたのは、母が逝《い》った後であった。狂四郎は、山門から出ることさえも、かたく禁じられていたのである。

母を不幸にした秘密が、どの様に、おそろしい、むごたらしいものであるかを、まざまざと見せつけられる一夜を、狂四郎は、十歳の冬に持った。

真夜中、ふと目覚めた狂四郎は、奥座敷から、ひくい異様な声音がもれて来るのをきいて、はっと身を起して、

「母上！」

と、隣りの臥床《ふしど》へ、手をのばした。

母は、いなかった。

狂四郎は、床の間から、脇差《わきざし》をとって、そっと廊下へ忍び出て、奥座敷へ近づいて行った。

障子戸の隙間《すきま》から、中を覗《のぞ》き見た刹那《せつな》、狂四郎は、くらくらと激しい眩暈《めまい》に襲われた。十歳の少年が、わが手で口をふさいで、叫びをとめたのは、武士たる者の心得を、母から厳しく躾《しつ》けられていたからであった。

だが、その母は、一糸まとわぬ素裸となって、床の間に仰臥《ぎょうが》しているではないか。のみならず、その額、その胸、その腕、その太腿《ふともも》に、蠟燭《ろうそく》をくりつけて、ゆらゆらと焰《ほのお》をゆらめかしていたのである。

壁には、口が耳まで裂けた凄《すさま》じい形相《ぎょうそう》の、黒衣の像を描いた掛物が、さげられてあった。それは、生けるが如《ごと》く、長く尖《とが》った爪《つめ》をもった十指をかざして、母の裸形へ、つかみかかろうとしていた。

この奇怪な祭壇にむかって、ひざまずいているのは、褐色《かっしょく》の頭髪と、おそろしく高い鼻梁《びりょう》をもった大男であった。物心ついてまだ一度も町へ出たことのない少年の目には、即座に、この大男を異人と断定する能力はなかった。しかし、それだけに、かえって、人間以外の化物と受け取る衝撃に堪えねばならなかった。ひくい異様な声音は、その大男の口から呟《つぶや》かれていたのである。そして、その右手には、赤い液体を容《い》れたぎやまんのさかずきが、捧《ささ》げられていた。

狂四郎が、脇差を抜いて、とび込まなかったのは、恐怖の為ではなく、母のあさましい姿の故であった。

狂四郎は、衝撃とともに、目を隙間から離していた。そして、必死の努力で、足音を消して、寝間へ戻って来た。

奇怪な画像と母の白い裸形と大男の相貌《そうぼう》は、その後、狂四郎の眼前に、時と処《ところ》をえらばずに、ふっと甦《よみがえ》って来て、どきりと胸を疼《うず》かせることとなった。

翌朝、目覚めた時は、それは、悪夢だったような気がしたし、またそう信じようとしたが、奥座敷の床の間に蠟燭のしたたりを発見した狂四郎は、奈落《ならく》に突き落されたような絶望にうちのめされなければならなかった。

そのことに就いて、一言も母を糺《ただ》そうとせず、胸に秘めて堪え通したおのれを、成長してからの狂四郎は、ひそかに、けなげな奴《やつ》と誇ったことであった。

異人は、その後、ついに、一度も、姿をあらわさなかった。

二十歳の折、狂四郎が、長崎へ出かけたのは、自分の血の半分が、異人のものではないか、と大きな疑惑を抱く機会が偶然起ったからであった。驚愕《きょうがく》の烈《はげ》しさは、彼をして、夢中で、江戸をとび出させずにはおかなかったのである。

長崎において、狂四郎は、必死になって調査した挙句、ふたつの事柄《ことがら》を知り得た。

そのひとつは――。

自分が生れる二年前に、長崎に入ったイギリス船フレデリック・ファン・ベルガン号が、一人のオランダの医師を乗せていた。医師は、出府して、幕府の黙認によって、前野良沢《まえのりようたく》ら蘭医《らんい》に、新しい医術を教えた。ところが、これを憎んだ儒医たちが、このオランダ人こそ、医術の教授は名目であって、実は、日本伝道のために、マニラから渡って来た布教師《いるまん》である、と公儀へ訴え出たのであった。医師は捕えられ、踏絵を迫られ、ついに、それを為したということであった。

もうひとつは——。

伴天連《ばてれん》にあっては、ひとたび、ころんだからには、こんどは、ぜすすきりすとにつかえる代りに、悪魔を信奉することによって、科《とが》の懊悩《おうのう》をふり払うという。御主でうすを祭るべき壇上に、悪魔をかかげ、裸女の犠牲《いけにえ》をそなえ、聖なる葡萄酒《ぶどうしゅ》の代りに、月経の血と精液をまぜた液体をあおって、神に反逆する呪文《じゅもん》をとなえるという。これが、海の彼方の国の異端者《ぜんちょ》の行う黒弥撒《くろみさ》という。

——オランダのころび伴天連が、おれの父ではなかったのか？

——ころびの罪の苦悶《くもん》に堪えきれず、悪魔の所業で、わが身を、地獄に堕《おと》そうとして……そうだ、清純な武家娘を犯して、おれを産ませたのではなかったか？

——あの大男が、あいつだったのではないか？　母を犠牲にして、黒弥撒を行ったのではないか？

胸が裂け、血の噴くような確信が、長崎から持ち帰った狂四郎の、悽惨《せいさん》なみやげであった。

いま——。

凝然として、母の墓を瞶める狂四郎の胸中は、しかし、もはや、このことによって、痛もうとはしなかった。

ただ、亡《な》き母を懐かしむ淋《さび》しさが、胸をひたしていた。

狂四郎は、声をたてて笑った母を見た記憶がなかった。立居振舞が影のようにひっそりと静かな人であった。この世で唯《ただ》一人、狂四郎が、愛した女性だったのである。

「母上！」

ひくく、そっと、呼びかけてみた。しかし、その声は、乾いて、むなしかった。

二

ゆっくりと丘をくだって行く狂四郎の脳裡《のうり》には、母の俤《おもかげ》にかわって、美保代の面差《おもざし》が泛《うか》んでいた。

男雛《おびな》を取りかえしそこねて以来、狂四郎は、まだ一度も、常磐津《ときわず》文字若の家を、たずねて行っていなかった。すでに、二十日あまりが過ぎている。

男雛の首を、生命《いのち》をすててまで、まもろうとした女心の不思議さが、ずうっと、狂四郎の心の裡《うち》に、解き得ぬままにとどまっていた。会って、それをきいてみたい衝動は、幾度か起っていた。

しかし、そのためには、是が非でも、男雛の首を取りかえして、美保代の手に握らせてやらねばならぬような気がして、じっとしていられぬ焦躁《しょうそう》に駆られはしたが……、そのくせ、その焦躁を冷たく払いのける虚無的な自嘲《じちょう》も、心のどこかにはあったのである。

――どうでもいいではないか。おれの知ったことか。

いまも、美保代の面差をふりすてるために、そう呟いてから、狂四郎は、堀川に沿うた道を辿《たど》って行った。水鶏《くいな》が、どこかで啼《な》いていた。

やがて、畑を抜けて、宮益町の町裏を過ぎて行くと、御嶽《みたけ》神社の前に出た。

母に内証で、寺男について、この神社の祭りに詣でた幼い日のことを思い出して、狂四郎は、つと、門内に足を入れてみた。

がらんとした広い境内の、ちょうど中央に、縹色《はなだいろ》の若葉をしげらせて、明るい影を地に這《は》わせている丈高い公孫樹《いちょう》に、はっきりと見おぼえがあった。

公孫樹のむこう側から、きこえて来るこどもたちの唄声《うたごえ》が、狂四郎の空虚な胸中を、なごませた。

かごめ、かごめ

かごの中の、とりは、

いつ、いつ、出やる

狂四郎が、樹《き》をまわってみると、七八歳の男の子、女の子が、四五人、手をつないで、輪をつくって、まわっていた。

狂四郎は、立ちどまって、微笑した。少年の日、こうした遊戯を愉《たの》しむことを許されなかった人間の目には、子供たちが無心に描く風景は、美しいものに映った。

と——。

急に、一人の男の子が、動きを中止して、いぶかしげに、狂四郎の顔を仰ぎ見ていたが、みるみる、恐怖の色をあふらせて、無言で、ぱっと走り出した。

この子の視線につられて、他《ほか》の子たちも、じっと狂四郎を見あげたかと思うや、たちまち、逃げ出した。

まん中に、両手で顔をかくして、しゃがんでいた女の子だけは、一人とりのこされても、まだ、おとなしく、そうしたままであった。その姿が、いかにも、可憐《かれん》であった。

狂四郎は、ふっと、胸が熱くなった。彼の心が人間らしい感動で顫《ふる》えるのは、子供たちの遊戯を眺《なが》める時だけであった。

竹馬、輪廻《わまわ》し、面打《めんち》、縄《なわ》とび、道中駕籠《かご》、竹返し、淀《よど》の河瀬の水車、天神さまの細道、ずいずいずっころばし、鬼ごっこ等に夢中になっている子供たちの姿は、この上もなく清らかで、美しかった。

だが、したしみをこめて見まもる狂四郎に対して、子供たちが、意外な恐怖をしめしたのは、どういうわけであったろう。

最後にのこされた女の子も、また、ふと両手を顔からはなして、立ちあがり、狂四郎が、笑いかけて、

「みんなは、あっちへ行ったよ」

と、やさしく云ってやったにも拘《かかわ》らず、何故か、遽《にわか》に、くちびるを、ぴくっぴくっとひき

つらせたかと思うや、わっと泣き叫んだではないか。

泣き乍《なが》らかけ出し、石につまずいてころび、さらに激しく声をたてて、逃げて行く女の子の後姿を見送って、茫然と彳《たたず》む狂四郎に、ふいに、

「もし——」

と、呼びかけた者があった。

首をまわすと、いままで気がつかなかったが、すこし離れたところにある石灯の根石に、蟬《せみ》の羽のような紗《しゃ》の十徳《じっとく》に、頭巾をかぶった七十あまりの老人が、腰を下ろしていたのである。白いあご鬚《ひげ》を垂らした、一瞥《いちべつ》、宗匠とも見える人態《にんてい》であった。町家の隠居にしては、どこか犯し難い気品がそなわっていた。

「こどもに逃げられましたな」

柔和な笑顔で、云った。

「私の顔つきは、よほど、異常とみえる」

「いや、顔かたちではありますまい」

おちつきはらった口調で、老人は、否定した。

「何と云われる？　こどもを怕《こわ》がらせたのが、顔つきでないとすると——？」

「血の匂《にお》いを、剣風に乗せていなさる」

老人は、ずばりと云ってのけたものだった。

瞬間、狂四郎は、眉宇《びう》を険しいものにした。

すると、老人はすかさず、

「それ――その殺気！」

と、あびせた。

狂四郎の負けであった。相手は、微笑を顔に湛《たた》えつづけていたのである。

「私の剣気がわかるお手前こそ、只者《ただもの》ではないようだ」

「なに、こどもでさえも感ずるのですよ」

たくみにかわして、老人は、立ち上った。

「手前の家は、すぐそこにあります。お寄りになりませぬか」

「抹香《まっこう》臭い訓戒なら、お断りする」

「そう買いかぶって頂けるのは光栄と申すものですが、なんの、近頃《ちかごろ》、茶事の真似《まね》ごとにうつつをぬかしましてな。これには、あいにく、客を必要としますのでな。御足労をお願いするのは、それだけの意味にすぎません」

ものやわらかな口調で誘って、老人は、歩き出していた。

三

老人の家は、閑静な雑木林の中にあった。

午《ひる》さがりの陽光が、縞《しま》を織って梢《こずえ》の間からひっそりと落ちた小径《こみち》を辿り、冠木門《かぶきもん》を抜けて、蘚苔《こけ》の中の石だたみを踏んで行くと、柿葺《こけらぶき》の土庇《どびさし》のふかい玄関があった。すべての造りは、古雅な、くすんだ匂いをただよわせていた。

迎えに出た女中の物腰も、町家につかえる者とはどこかちがった奥床しさがあった。

みちびかれた書院は、家の構えが田舎風にも拘らず、はっとする程立派な、凝ったものであった。

そして、飾付けの品々も、それぞれ由緒《ゆいしょ》ありげに見受けられた。山水を描いた三幅一対《つい》の掛物、香炉、花瓶《かびん》、燭台《しょくだい》、棚《たな》の食籠《じきろう》、茶入、茶碗《ちゃわん》、火鉢、湯瓶など、どれひとつとして品位を保たぬものはなかった。中でも、黒棚に飾った大文箱は、松喰鶴《まつくいづる》の蒔絵《まきえ》の唐櫃《からびつ》で、優美をきわめていた。

——これは並の武家の住いではない。

そう直感したが、狂四郎は、沈黙をまもった。

老人もまた、無言のうちに、茶をたてた。

その点前《てまえ》ぶりが、茶道の奥儀《おうぎ》をきわめたものであることは、狂四郎にも、容易に想像し得たが、それよりも、老人の気品のある所作が、微塵《みじん》も隙《すき》のない厳しさによって保たれているのを見まもらねばならなかった。器物およびそのあつかいが、風韻雅致にあるという斯道《しどう》を、老人は狂四郎に見せて、千句万言にまさる訓戒を垂れようとするのであったろうか？

地紋に雲鶴《うんかく》の絵のある茶碗を受け取った時、飲みかたを知らぬ狂四郎は、ただ、その姿勢を隙のないものにしたが、一瞬、忸怩《じくじ》たる意識にとらわれた。

自分が、姿勢を隙のないものにすれば、すなわち、おのずから、血の匂う剣気が走るであろう。老人は、これを軽蔑《けいべつ》するのではないか？

老人の点前は、隙のない厳しさを保ってはいたが、枯淡幽雅の禅味を添えていた。剣の道の隙のなさとは、およそ遠い静けさを湛えていたのである。

――くそ！　剣気が走ろうが、それが、どうしたというのだ！

狂四郎は、一息で、飲みほした。

それから、両手を正しく膝《ひざ》に置き、

「私は、眠狂四郎と申す素浪人者です。御老人のお名前をおきかせ下されたい」

と申出た。

「茶道楽の爺《じい》さんと、行きずりにお会いしたお客――それだけのことにして、お別れしたいのですよ。お互いに、名乗らぬ方がいいのではありますまいか、貴方のお名前は、失礼ですが、偽名と思います故、わたくしの名も、楽水楼とだけ、おぼえておいて頂きましょうか」

これ以上のことは、いかに執拗《しつよう》に訊《き》かれても打明ける気配は、みじんもない、と見てとれた。

この折、襖《ふすま》が開いて、女中が、袱紗《ふくさ》をかけた品をはこんで来た。

楽水楼老人は、それを、把《と》って、狂四郎の前に置いた。

「御趣味に合わぬかも知れませんが、御笑納下さい」

袱紗をはらうと、盆に、一寸五六分の長さの、松竹梅を金銀で描いた絹地の包みがあらわれた。

「これは？」

「十炷香《じしゅこう》です。お気が向かれたら、ときどき、独り聞きなさるといい」

香を聞いて、剣気を鎮《しず》め、なごやかな無心のひとときをすごせというのか——。

拒絶する理由がなかった。

狂四郎は、礼をのべて、受けとった時、女中が主人につたえるひくい声を、ふときき とがめた。

「静香さまがおみえでございまする。粽《ちまき》をつくったので、とどけに、と仰《おお》せられまして——」

——静香?!

この名は、当然、狂四郎の脳裡に、強くひびいた。

自分が斬り伏せた隠密、茅場修理之介の妹の名が、それではなかったか。

「待たせておけ」

「それが……すぐ、おいとますると申されて居りまする故——」

これをきいて、狂四郎が、

「あいや……私は、これで失礼いたしますから、そちらへどうぞ——」

と云って、もう立ち上っていた。

四

狂四郎は、その屋敷を出ると、半町あまり遠ざかり、とある松の木の陰に寄って、動かなくなった。門から、太竹と細い竹柴《たけしば》で編んだ垣根《かきね》が、ずうっと、ここまでつづいていた。

――楽水楼！

あの老人に、いかにもふさわしい雅号であった。そういえば、書院の縁の下まで、堀川の水がひき入れてあった。

――何者だろう？

曾《かつ》て、政道に権勢を誇った人物の隠棲《いんせい》した姿に相違ない、とにらんだ狂四郎であった。閑寂――の二字にふさわしい門前を、遠くから、じっと見まもりつつ、狂四郎は、腕を組んでいた。右の袂《たもと》には、女雛の首がある。左の袂には、いま貰《もら》った香包みがある。

こうして、見知らぬ場所に彳んでいるおのれに、狂四郎は、なぜか、ふっと、淋しい孤独を感じた。

――もしかすれば、あの老人は、おれという男を知っていて、誘ったのではなかったか？

その疑惑が、狂四郎を、立ち去らせずにいたのである。

「来たな！」

門を抜け出て来た若い娘のすがたをみとめた途端、狂四郎は、――やっぱり、そうであったか、と自分に頷《うなず》いた。

俯向《うつむ》き加減に、こちらへむかって歩き出したのは、茅場修理之介の妹に、まぎれもなかった。

狂四郎が、のそりと、その行手をはばむや、静香は、竦然《ぞっ》として、立ちすくんだ。

「妙なところで、お会いしましたな」

狂四郎は、わざと明るく微笑してみせた。

「貴女《あなた》が出て来られた家に、私もいたのです」

「…………」

「ところが、あいにく、私は、あの家の主人が何者か知らぬ。貴女におたずねすれば、わかると思って、待っていたのです」

「…………」

「お教え願おう」

静香は、しばしの間ためらっていたが、

「わたくしの母方の祖父です」

「御姓名は？」

「もと大目付を勤めて居りました松平主水正《まつだいらもんどのしょう》と申します」

「なに？　松平主水正?!」

愕然《がくぜん》として、狂四郎の表情は一変した。

——あの老人が！

奇《く》しくも、それは、狂四郎の祖父の名でもあったのである。母が教えてくれたわけではない。祥雲寺の寺男が、こっそりと、

「お坊っちゃまのお祖父《じい》さまは松平主水正と申されて、大目付という、高い御身分の御旗本

でございますよ」とささやいてくれたことがあった。

——母上の墓に樒《しきみ》と線香をそなえたのは、あの老人だった。おれが、詣《もう》でるのを、どこかで眺めていたのだ。おれを、自分の孫だと知っていた！

胸の中に、大波のようにうねりあげる名状しがたい激情があった。

——すると、この娘は、おれの従妹《いとこ》なのか！　斬った修理之介は、おれの従兄《いとこ》だったのか！

どす黒い悪血が、四肢《しし》を逆流するような悪寒《おかん》に襲われつつ、狂四郎は、辛うじて口調だけを低く押えて、訊《き》いた。

「貴女の母上の、姉妹に、千津という名の女性がいたのを……ご存じか？」

「存じて居ります、母の姉です。でも、千津さまは、少女の頃にお亡《な》くなりになったときいて居りまする」

——嘘《うそ》だ！　母は、このおれを産み、生ける屍《しかばね》となって、十余年間、古寺の離れに、笑い声ひとつ立てずにくらしていたのだ！

狂四郎は、絶叫したかった。

しかし、絶叫するかわりに、袂から、香包みを摑《つか》み出すと、地べたへたたきつけて、土になれと蹂躙《ふみにじ》った。

——くそっ！　おいぼれめ！　見すてた母子に対して、今更なんの墓参、なんの訓戒か！

おれは、天地にただ一人で生きて行ってやるぞ！

狂四郎は、踵《きびす》をめぐらして、宙を睨《にら》んで歩き出した。

静香は、なぜか知らぬが、祖父の名がこの浪人者に与えた衝撃の大きさを目撃して、胸のさわぐままに、目に見えぬ糸につながれたように、ついて歩きはじめた。

林は、つづいていた。

「貴女は、私が、憎くはないのか？」

前を向いたままで、狂四郎は、ぼそりと訊《たず》ねた。

「……忘れようとつとめて居ります」

「でうすに祈ることによってな——」

狂四郎は、皮肉な口調で、云った。

突然——。

狂四郎の足が、とめられた。

はっとして立ちどまった静香は、振り向いた狂四郎の双眼が、ぎらぎらと、けだものの光を発しているのをみとめた。

「なにがでうす！　なにがきりすと！」

満腔《まんこう》の憎悪をこめて、叫ぶや、いきなり、ずかずかと寄って、静香の、ほっそりとした肩を摑んだ。力をこめれば、くだけてしまいそうな、脆《もろ》い処女のからだを、狂四郎は、林の繁《しげ》みの中へ押し倒してやりたい狂暴な発作に襲われたのであった。

もし、静香が、この瞬間、この前の時のように、その表情に、神の光を信ずる者のしぶとい覚悟をみせたならば、狂四郎は、そうしたかも知れない。
静香は、ぐっと迫った男の険しい顔を仰ぐや、急に、なんともいえない悲しげな眼眸《まなざし》にな
ったのであった。だが、それは、許しを乞《こ》うためではなかった。いや、それとは反対に猛《たけ》っ
た男の形相が滲《にじ》ませている孤独の焦躁を、女の本能が読みとったためであった。
——憐《あわれ》まれた！
と、知った狂四郎は、静香を、ぱっと突きとばしておいて、逃れるが如く、急ぎ足になっ
た。
その後姿から、静香は、こんどこそ、はっきりと、愛情に飢えている者の哀れな寂寥《せきりょう》を、く
みとっていたのであった。

五

常磐津文字若の家の二階では——。
床に就いている美保代の、しずかにまぶたをとじた寝顔は、やつれて、かえって妖《あや》しい凄《せい》
艶《えん》さをおびていた。
美保代が、こうして、ひっそりと仰臥《ぎょうが》し乍ら、いったい、なにを胸に秘めているのか、下
の女たちや金八には、見当がつかなかった。
狂四郎が、男雛の首を取りかえして、戻って来るのを一日千秋の思いで待っているのであ
ろう、と想像してはみるものの、そのことを一言も口にしようとはせず、また文字若や金八

が、狂四郎のことを噂《うわさ》しても相槌《あいづち》さえ打とうとはしなかったのである。

「わからないねえ、おひいさまの心の中なんて。寝言でいっぺんぐらいは、本音をつぶやきそうなものだのにさ、まるでもう、昼も夜も、しーんとなっているんじゃないか。あれで、ほんとに、先生を待っているのかねえ」

と、文字若が、小首をかしげると、金八が、舌打ちして、

「待ってるにきまっているじゃねえか。心の中じゃ、泣いていらあ。松という字は木へんに公《きみ》よ、きみに離れて、きはのこる、って潮来《いたこ》にもあらあ。……まったく、先生の野郎、どこをうろついてやがるんだろう」

「大丈夫かねえ?」

「なにが?」

「ああやって、じっと思いつめていると、だんだん、気持が滅入《めい》って、つい、ふらふらと、くびでもくくりたくなったり——」

「おどかしやがるない!」

金八は、慌《あわ》てて、立ち上って、階段をかけのぼって行った。

「ごめん下さいまし。金八でござんすが——」

障子の手前で呼びかけてみたが、返辞がなかった。

不安になって、そうっと開けて、石像のような寝顔を見やった金八が、大丈夫かな、と首をひねった時、そのまぶたが、ひらかれた。

ほっとして、

「へい。金八でござんす」

と、呼びかけると、美保代は、潤《うる》んだひとみを天井になげたなりで、

「眠どのが……おもてに……戻られたのではありませぬか？」

「へ？」

「そのような気がいたします」

「そ、そんな——」

びっくりした、金八は、臥床《ふしど》の裾《すそ》をまわって、窓から、半身をのり出してみた。

通りには、四方格子の荷箱を天秤《てんびん》の前後にかけて担《にな》った大形染浴衣《ゆかた》のところてん売りが、のんびりと歩いているだけであった。

「気のせいでござんすよ、美保代さま。かげもかたちもありませんや」

「そうでしたか。……すみませぬ」

美保代は、ほっとかすかな溜息《ためいき》をもらして、ふたたび、まぶたをとじた。

気のせいではなかった。病めるものの鋭く磨《と》ぎすまされた感覚は、おもてに立ったその人の気配をさとっていたのである。

眠狂四郎は、たしかに、いったんは、格子戸の前に足をとめた。しかし、手をかけようとして、思いとどまり、足早に去ってしまったのであった。

陽《ひ》は落ちようとして、西の空を、茜色《あかねいろ》に染めていた。

夕餉時《ゆうげどき》の、なんとなくあわただしい賑《にぎ》わいを呈した町を過ぎて、正覚寺橋を渡って行く狂四郎は、いつとなく、自分の後を尾《つ》けている者があるのを、察知していた。女雛の首を狙《ねら》う隠密の一人であることは云わずと知れている。

――斬るか！

狂暴な業念《ごうねん》が、狂四郎の全身をめぐった。

――しかし！

今日は、母の命日であった。

両者の距離は、三間をたもち、せばまりもしなければ、はなれもせずに、やがて、霊巌寺《れいがんじ》の塀《へい》が長くつづく、人影稀《ま》れな道へ出ていた。

町人姿の尾行者は、いかにもただの通行人のような足どりで進んでいたが、狂四郎が、寺塀の切れめの、ひょろ高い松の木が一本、途上へふかく枝をさしのべている地点で、立ちどまったのを見て、自身も出足をとめた。

一瞬――。

狂四郎の右手が、ひらりとおどり、斜陽を撥《は》ねて、白光が一閃《いっせん》したように思えた。

しかし、次の瞬間には、もう何事もなげに、狂四郎は、すたすたと歩き出していた。

――妙なまねをする？

と、不審を湧《わ》かせつつ、尾行者が、その地点まで追った時――。

風もないのに、松の木が、ぐうっとかたむいて、仰天する尾行者の面前へ、すさまじい音たてて横倒しになったのであった。直径六寸あまりの幹は、地から二尺上を、両断されていたのである。

狂四郎の姿は、すでに、三間先にあった。

毒と柔《やわ》肌《はだ》

一

　青空に浮いた白雲の鮮かさが、夏の来たことをしめす、目が痛い程明るい日の八つ下り……。

　廻米問屋《かいまいどんや》・備前屋は、大奥医師・室矢醇堂《むろやじゅんどう》邸の庭園の苑路《えんろ》を、ゆったりとした足どりで辿《たど》っていた。

　この前、眠狂四郎をして、月明りの眺《なが》めで一驚させたこの庭園は、陽光の下に、その見事な造りの全貌《ぜんぼう》をひろげていた。

　池縁の石組の美しさ、仮山《かざん》上の蘇鉄《そてつ》の異趣味、苑路わきの萱葺《かやぶき》屋根の待合《まちあい》の風雅ぶり、石をたたんで池中に突出した荒磯《あらいそ》の岬《みさき》みたての凝った意匠、そして、その彼方《かなた》に築かれた島が形造った風致——。

　ただ一人、苑路に、影を這《は》わせて、あゆんで行く備前屋の姿は、一幅の画中の茶人とも見受けられる。頭上の梢《こずえ》で、時鳥《ほととぎす》が、鋭く啼《な》いて、中空へ羽音をたてた。

　備前屋が、反橋《そりはし》を渡って行くと、「霧人亭《きりすとてい》」の茶席の下にしゃがんでいた人影が、立ちあがった。この瀟洒《しょうしゃ》なたたずまいに、およそふさわしくないやくざ態《てい》の若い男であった。

備前屋は、無表情で、

「つれて来い」

と命じておいて、左折して、茶亭の正面へまわった。

なだらかな青芝の傾斜が、池へすべり落ちていた。

備前屋は、手をうしろで組んで、目を細めた。

背後で、障子戸が開き、やくざ者が高手小手《たかてこて》に縛られた武士を連れて出て来たが、備前屋は、ふり向きもしなかった。

武士が、斜面の中程に立たされた時、はじめて、備前屋は、並の人間なら受けとめられない、射るような凄《すご》い眼光を送った。

「覚悟は、できておいでだろうね、鷹野《たかの》さん――」

武士は、蒼白《そうはく》な頬《ほお》をぴくっとひきつらせただけであった。鷹野と呼ばれるこの武士は、備前屋の命令を受けて、将監橋袂《しょうげんばしたもと》で、眠狂四郎を襲撃し、失敗した刺客《しかく》にまぎれもなかった。

狂四郎に生捕りにされ、この「霧人亭」の秘密を白状させられた鷹野が、自分からすごすごと備前屋の面前へ戻って来たとは考えられない。備前屋の方で、その失踪《しっそう》をはばんだに相違ない。ということは、備前屋という町人が、いかに、おそろしい潜勢力を持っているかの証拠となろう。

「私はね、鷹野さん、あんたの腕前に愛想《あいそ》をつかしたのではないよ。眠狂四郎という奴《やつ》の方が、すこしばかり強かっただけのことで……こりゃあ、どうも、仕方がない話さ。私が、あんたに覚悟してもらったのは、一度へまをやった飼犬は許さぬという自分の主義を枉《ま》げたくないのでね。あんたを傭《やと》ってから恰度《ちょうど》五年になるが、幸い、あんたは、私がこの世に生かして置きたくない人間は、全部消してくれた。あんたは、たしかに、私にとって、必要な人だった。生かして置けば、これからも大いに役立つ人だと思いますよ。しかし、そのこととこんどの失敗は、別に考えるのが、私という男の処世方針でね」

云い終ると、備前屋は、懐中から、一梃《ちょう》の短銃をとり出した。金銀象嵌《ぞうがん》の華麗な品であった。

「あんたを、今日まで、ここの地下室に生かして置いたのは、これが、長崎から届くのを待っていたからさ。燧石発火《フリントロック》という、日本でためすのは、私がはじめてのしろものでね」

ゆっくりと備前屋の右手が、水平にのばされ、銃口は、ぴたりと、鷹野の胸をねらった。

瞬間、鷹野の双眼が、かっと剝《む》かれ、虹彩《こうさい》に血を滲《にじ》ませたかと思われた。

「ま、まってくれッ！」

「そういう、おびえた面《つら》が、私の趣味に叶《かな》っている」

「ち、ちがうっ！　もう一度、お、おれに機会を与えてくれッ！　たのむ！　眠狂四郎を斬《き》る機会を、も、もう一度だけ」

凄惨《せいさん》な必死の形相を、備前屋は、これ以上冷酷な色を湛《たた》えられない眼眸《まなざし》で、じっと見据《みす》えていたが、やがて、にやりとした。

「私のたてまえには、例外はないのだよ、鷹野さん」

捕えた鼠《ねずみ》を弄《もてあそ》ぶ猫《ねこ》の、残虐《ざんぎゃく》な快感を、備前屋は、愉《たの》しんでいるようであった。

「たのむ！　備前屋！　……剣をもって生きて来たおれは、そ、それで撃たれては、死んでも死にきれぬ！　むしろ、眠狂四郎の刀で斬られたい！」

「よろしい――」

備前屋は、活殺の呼吸を、心憎いまでに心得た男であった。鷹野が、狂四郎を討つか討たれるか――そのいずれかをえらぶ修羅出立《しゅらでたち》の鬼と化したのを見てとったのである。

「鷹野さん、武器は、私が貸してあげましょうよ。私が発明した、折たたみのできる槍《やり》ですよ。穂さきには、南蛮薬が塗ってある。相手は、かすり傷を受けただけでも、たすからぬというしくみになっているやつさ」

備前屋が、書院に戻って坐った時、恰度、主人の醇堂が、大奥から帰って来たところだった。

「いま、使いを出そうと思っていたところだった」

「急ぎの御用が出来ましたか？」

「知恵を借りたいと思ってな……」

醇堂は、奥に入ったが、すぐ戻って来て、片手に握っていた紙包みを、備前屋の前に置いた。

備前屋は、その中からあらわれた男雛《おびな》の首を、怪訝《けげん》なものに眺めた。

「先般、眠狂四郎が、浅草田町で、隠密《おんみつ》を一人斬ったことは話したじゃろう。眠の奴《やつ》、これを取りかえしに行ったのじゃよ。わしの方が先に受けとっていたとは気づかずにな。……これは、実は、水野越前守が、上様から拝領したお小直衣雛《こ のうし びな》でな、女雛《めびな》の首の方は、眠狂四郎が持って居る。越前守が、斬り落して、呉《く》れたのだそうな。……いや、白状すると、わしも、本日はじめて知ったばかり……つまり、若年寄の口からな」

「成程。で、——貴方様《あなた》は、殺された御庭番から、受け取っていない、と林肥後守様に対して白をお切りになった」

備前屋のカンは、おどろくべき鋭さで、働いた。

新興勢力たる西丸老中水野忠邦をどうにかして失脚せしめんと焦慮している本丸老中水野忠成《ただあきら》とその一統が、将軍家拝領雛を斬った忠邦の暴挙を知って北叟笑《ほくそえ》み、弾劾《だんがい》の証拠品として、二個の雛首を手に入れようとしている——その陰謀を、備前屋は、瞬時にして、察知したのであった。

「死人に口なしでな。……わしは、若年寄に呼ばれて、雛の首を受け取って居らぬか、ときかれた時、ふと、お前さんの顔を思いうかべたのじゃよ。これは、ひとつ、お前さんに相談してみての上でのことにしようとな」

「大出来でございました。この男雛の首に、女雛の首を揃《そろ》えてやれば、これは、大層高価で売れましょう。はははは」

「しかし、あの眠狂四郎という浪人者から奪い取るのは、なまなかのことではあるまい」

「勿論《もちろん》でございますよ。御広敷《おひろしき》で選ばれた腕ききの隠し目付が、これで、二人までも斬り伏せられて居るのでございますからね。まず、まともにぶつかって行っては、不可能と申すよりほかはありますまい。尤《もっと》も、私の方でも、たった今、刺客を一人、送っては置きましたが——」

「お前さんは、眠の隠れ家《が》をご存じか？」

「飼犬がかぎつけては居りますが、手も足も出るものではありませぬ。送った刺客も、おそらく、戻っては参りますまい。……と申して、せっかくの大儲《おおもう》けの口を、みすみす、指をくわえて見のがすわけには参りません。私は、商人でございますからね」

「どんな手段があるというのだ？」

「まあ、ひとつ、この備前屋に、万事おまかせねがいましょうか」

二

備前屋が、六本木の茅場《かやば》修理《しゅり》之《の》介《すけ》の家をたずねて行ったのは、その日の暮れがたであった。

静香が、書院に入って、間をへだてて坐ると、備前屋は、さあらぬ口調で、

「そろそろ、このお屋敷もおたたみにならねばなりますまい」

静香は、この男が、突然たずねて来た不審を、澄んだ眸子《ひとみ》にしめして、黙っていた。

「お嬢さま。今日は、この備前屋が、申上げにくいお願いにあがりましたが……これは是非

おききとどけ下さらねばなりませぬ」

「どんなことなのでしょう?」

「操《みさお》をすてて頂きたいのでございます」

備前屋は、臆面《おくめん》もなく云ってのけた。

静香の顔から、さっと血の気が引いた。

「お驚きはご尤もでございます。……いや、ひとまず、私の話をおきき届け下さいまし」

備前屋は、おちつきはらった口調で話しはじめた。

「貴女《あなた》さまのお兄上が、水野越前守邸にしのび入っていた理由は、われら隠れ切支丹一統をまもるためでもあったのでございますよ。と申しますのは、水野越前守は、ご存じかも知れませぬが、もと唐津の御領主、すなわち長崎御固めを勤めて居られました。その在任中に、さきの世に、根絶やしにした筈《はず》の切支丹が、まだまだ、全国土にちらばっていることを、探知されたのでございます。あのお方が、公儀の実権を一手につかもうという野心を抱いておいでのことは、衆目のみとめるところでございます。もしそうなりますれば、第一に着手なさるのが、切支丹宗門改めであることは、疑う余地はありませぬ。いや、げんに、もう、明年より、百姓町人のみならず、御武家衆まで、正月には、一人のこらず、宗旨改めの絵踏みをさせるように——と、評定所の方へ提議なされたとか……」

まことしやかに、備前屋は、黯然《あんぜん》たる表情をつくってみせた。

当時——。

毎年、正月になると、青銅の基督像《キリスト》を踏む儀式を行っていたのは、長崎を中心として、大村地方及び豊後国《ぶんごのくに》など、北九州にかぎられていた。

正月二日になると、年番町寄方が、奉行所から、聖像板を借り受けて来る。

当日は、何処《どこ》の家でも、よく清掃して、家中の人たちは、晴着に着換えて、町役人《おとな》の来るを待つ。日行使番人が、聖像板を納めた箱をかかえて入って来て、聖像板を畳に置き、宗旨改踏絵帳をひらいて、この家の人名を読みあげる。読みあげられた者は、役人に一礼して、しずかに進んで、聖像板を、素足のままで踏む。青銅の冷たさと鋳物《いもの》の凸凹の触感が、邪教に対する穢《けが》らわしい戦慄《せんりつ》となって、全身につたわる。幼児は母に抱かれて、小さな蹠《あしのうら》を、それにふれさせなければならぬし、重病人もまた臥《ふ》したまま、そうしなければならぬ。例外は、断じて許されないのである。

この北九州の絵踏み儀式を、江戸に於《お》いてもとり行う企図があるときかされて、切支丹門徒たる者が、どうして竦然《しょうぜん》とならずにいられよう。静香は、からだ中が凍るような気がした。

この慴怖《しょうふ》のさまを見とどけておいて、備前屋は、語を継いだ。

幸い、今のところは、本丸老中水野忠成一派の勢力が強いから、この莫迦《ばか》げた提議はおさえられている。しかし、越前守は、外戚《がいせき》の家筋に列《つら》なり、譜代の席にあり、しかも奸佞邪智《かんねいじゃち》、いつ野望を成らせるかわからぬ。そうならぬうちに、越前守を閣老の地位から追いはらわねばならぬ。

備前屋は、越前守が将軍家拝領のお小直衣雛の首を刎《は》ねた事、このことを公《おおやけ》にすれば越前守が失脚必定の事、そこでそれを手に入れようとして静香の兄修理之介が一命を落した事、などを、強く迫る熱を帯びた語調で、静香にきかせた。

「お兄上は、男雛の首の方だけを奪いとって、お果てなされました。女雛の首の方は、あの眠狂四郎が持っていて、どんな秀《すぐ》れた腕ききの隠密をも寄せつけませぬ。あの男は、鬼とも魔とも知れぬばかりの妖剣《ようけん》の使い手でございましてね。尋常一様の方法では、奪いとるわけにはまいりませぬ。むしろ刃《やいば》よりも、女の柔肌で――これでございますな」

ここで、いったん、口をとざして、備前屋は、相手の返答を待つことにした。

しばしの沈黙の後、静香が、かすかな声音で云った。

「わたくしに、その女雛の首を奪って欲しいというのですか？」

「この江戸で、絵踏みが行われた時のことをご想像なさいまし」

ところで――。

備前屋と静香の会話を、固唾《かたず》をのんで、ぬすみぎきしている者が、襖《ふすま》のむこうにいたのである。この茅場家に仕えて三十余年、忠義一途《いちず》に、おのれを空《むな》しゅうして来たしなびた顔の用人であった。

三

本所横川に架《かか》った業平橋《なりひらばし》を渡り、宏壮《こうそう》な西尾隠岐守《おきのかみ》の下屋敷を右手に見て、川沿いの往還を辿《たど》って行くと、押上《おしあげ》村に出る。

田畠《たはた》と森と寺院の屋根が、たそがれの靄《もや》の中に溶けていた。

どこまでもつづく往還を、長い影法師を這わせて、歩いて行く深編笠《ふかあみがさ》の浪人姿ひとつ——。

眠狂四郎は、この押上村の、とある古寺の庫裡《くり》を隠れ住いとしていた。

そこへ帰って行こうとする足どりは、爽《さわ》やかな夕風を受けて、放念の悠揚《ゆうよう》さであった。だが、道を右へ折れて、花盛りの躑躅《つつじ》の色鮮かな植木屋の地所脇《わき》を過ぎようとした時、その放念は断たれた。

躑躅につづく楓《かえで》や欅《けやき》の薄暗い木立ちの陰に、狂四郎は、殺気がひそんでいるのを直感したのである。尤も、直感はしたが、歩みはそのまままつづけた。

何時《いつ》、何処で、何者が襲撃して来ようとも受けてみせる——その覚悟のできている狂四郎は、敵の気配に対してこちらの動きを変えることはしなかった。敵の打ち込み如何《いかん》によって、無想自在に転化し、相手の動きに随《したが》って勝ちを制する修練が完成していた。

狂四郎は、とある欅の幹の横へ来るや、ふっと微笑した。

当然、そこにひそむ敵が打って出る位置に、狂四郎は、達していたのである。

だが——敵は出ない。

狂四郎は、歩みを止めずに、二歩すすんでから、

「おい——」と、声をかけていた。

「用があるなら、早くするがいい」

同時に、幹の陰から、流星のように槍がくり出されていた。

狂四郎は、軽く一間を跳んで、向き直っていた。そして、その時もう、深編笠をぬいで、片手にしていた。飛び出して来た敵が、凄じい形相で、槍を構えて、じりじり肉薄して来るのを、狂四郎は、刀も抜かずに見据えて、

「あんただったのか――御苦労なことだ」

と、笑った。将監橋袂で生捕りにしたことのある鷹野なにがしなる刺客だったのである。

「あんたの腕では、おれは討てぬ。それを承知の上で持ち伏せていたのは、備前屋の酷薄なる命令によるのか。なぜ、逐電《ちくでん》せぬ？」

鷹野は、こたえず、生きるのぞみをすて去った者の死力を全身にみなぎらせて、爪先《つまさき》をきざんで間合を詰めて来る。

狂四郎は、この男に逐電を許さぬ程、備前屋の勢力が隠然たるものであるのを、この時はじめてさとった。

「ええいっ！」

苦悶《くもん》の呻《うめ》きにも似た掛声もろとも突き出して来た槍を、身をひねってかわすとともに、むんずと千段巻《せんだんまき》を摑《つか》んで、

「死に急ぎをするなっ！　備前屋ごときがなんだ！　これだけの覚悟を、なぜ生きのびる努力の方につかわぬのだ？」

と、叱咤《しった》した。

鷹野は、からだ中を隙《すき》だらけにして、息荒く、肩を喘《あえ》がせつつ、血走った両眼に、怯懦《きょうだ》と

も自嘲《じちよう》ともつかぬ光を浮かせた。闘志は、敢《あえ》なく、崩れ果てていた。

冷やかに凝視していた狂四郎は、つと千段巻をはなすと、

「この穂さきには毒が塗ってあるな。刃の色でわかる。備前屋の考えそうなことだ。……備前屋は、いずれ、私が斬る！　それまで、あんたは、どこかに、身をかくしているがいい」

と、云いすてて、不敵にも、鷹野にそびらを向けて歩き出していた。

茫然《ぼうぜん》と虚脱した鷹野の手から、槍が、音たてて地べたに落ちた。

四

雷鳴とともに、驟雨《しゆうう》があった。

どこかの軒下でこれを避けた狂四郎が、龍勝寺という古寺へ戻って来た時は、雲が散じて、月色が明るかった。その光を映した水田で、蛙《かえる》の声が、降るように喧《やかま》しかった。

濡《ぬ》れ葉をきらきらと輝かせている竹藪《たけやぶ》のそばを通って、門内に入ると、住職の空然《くうねん》が、甃《しき》石《いし》に佇《たたず》んで、月を仰いでいた。飄々《ひようひよう》とした人柄《ひとがら》で、檀家《だんか》もない貧乏寺を、托鉢《たくはつ》で持ちこたえることに、至極満足しているくらしぶりだった。互いに素姓もろくに知らぬ間柄なのに、狂四郎が居候《いそうろう》を願い出ると、こころよく、庫裡《くり》つづきの離れを空けてくれたのである。

「お客様ですよ、眠さん」

金八が、持前のカンで、とうとうかぎあてたか、と思いつつ、雑草を踏んで離れへまわって行った。障子が、灯《ほ》影《かげ》を映していた。

狂四郎の眉《まゆ》がひそめられた。障子に映っているのは、女の姿だったからである。

こちらが、無言で、沓脱《くつぬ》ぎに立つと、その影は動いて、障子を開いた。

「おかえりなさいませ」

両手をつかえて頭をさげたのが、意外にも静香であったので、狂四郎は、大きく目を瞠《みひら》いて、

「誰に、ここをきかれたのか?」

「備前屋さんが、傭いの者をつかって、さがしあてました」

「なんの御用だ?」

「しばらく、おそばに置いて下さいませ」

「貴女は、それを正気で云うのか?」

「もし、わたくしの力で、貴方様の、異端者《ぜんちょ》としてのお苦しみを解くことが出来れば、と存じます」

それに対する怒声がほとばしろうとするのを、歯裏でとどめて、狂四郎は、居間にあがった。

おどろいたのは、居間が見ちがえるばかりに掃除され、整理されていることであった。片隅《かたすみ》には、夕餉《ゆうげ》のしたくまでしてあった。

「貴女は、いつ、ここへ来たのです?」

「昨日、朝からでございます」

狂四郎が出て行ったのは三日前であった。

「貴女一人で考えてしたことなのか？」

「いえ——。ここへ参るように指図したのは、備前屋さんなのです。貴方様がお持ちの内裏様の首を奪って欲しいとのたのみでした。……盗みの罪はゆるされませぬ故《ゆえ》、固くお断りしようと思いましたが、ふと、貴方様にお目にかかって、なにもかもかくさずに申上げて、わたくしの身も心もさしあげたら、ききとどけて下さるのではないか、と決意いたしました」

この告白を遠いものにきき乍《なが》ら、狂四郎は、この娘が自分のまごうかたなき従妹《いとこ》であることを考えていた。綯交《ないま》ざる感慨が、当惑を呼んでいた。

「私は、貴女の兄上を殺した男だ」

「兄は、天国《はらいそ》に召されて居ります。怨讐《えんしゅう》をこえるのが、信仰でございます」

そう云いつつも、静香は、急に胸が熱くなり、顔に血がのぼったので、俯向《うつむ》いた。自分をここへ来させたのが、信仰による犠牲的精神ではなく、この得体の知れぬ浪人者が滲《にじ》ませている孤独の寂寥《せきりょう》に惹《ひ》きよせられた母性本能であることを意識せぬままに、なぜとなく羞恥《しゅうち》の感情が湧《わ》いたのであった。

「雛の首と、操《みさお》を交換しようというのか？」

「水野越前守さまが、この江戸で絵踏みを実施なさろうとして居ります。阻《はば》まねばなりませぬ」

「備前屋がそう云ったのですか。……貴女は、あの男に踊らされているようだ」

「いいえ。わたくしは、自分がいやなら参りはいたしませぬ。かりに備前屋さんに欺《あざむ》かれているにしても、そのこととは別に、わたくしは、自分に誓いました。貴方様は、どんな仔細《しさい》がおありか存じませぬが、御主でうすを呪《のろ》っておいでです。そのお苦しみを、わたくしのまごころで……」

「もうよい！　私の返答はひとつしかない。帰ってもらうことだ」

狂四郎は、断ち切るように、きっぱりと云った。

その直後、狂四郎は、何思ったか、鋭い直感を働かせた眸子《ひとみ》を障子に向けて、そっと刀をひき寄せた。狂四郎の態度に、静香も、はっとして、からだをこわばらせた。

――こんどは、隠密か！

縁さきまで忍び寄った気配に対して、狂四郎は、胸のうちで呟《つぶや》いた。

もとより、こちらから討って出る気はない。ただ、居間を血でよごすのを好まぬので、いったん、敵を、とび退らせるべく、刀を逆にすると、鐺《こじり》を障子の桟《さん》にかけて、すっと引こうとした。

その刹那《せつな》、宙を切る刃の音とともに、断末魔の呻きがほとばしった。

ぱっと障子をひらいた狂四郎は、先刻自分に突きかけて来た鷹野という刺客が、槍を摑んだ両手を痙攣《けいれん》させつつ、どっと沓脱ぎへのめるのを目撃した。その背中に、手裏剣が突立っていた。

五

狂四郎は、六間ばかりはなれた庭の端の、大きな百日紅《さるすべり》の下に、くろぐろと立っている異形の影を見出《みいだ》した。

「何者だ？」

それにこたえて、影は、ひょこひょこと片脚を下す毎《ごと》に大きく半身を傾け乍ら、近づいて来た。ひどい跛《びっこ》であった。のみならず、その背は大きな瘤《こぶ》を負っていた。

俯伏した鷹野のそばまで来て、居間から流れ出る明りを受けた顔は、皮肉にも、五尺に充《み》たぬ軀《からだ》に比して、ひどく幅広かった。造作は尋常であったが、ぞっとするような陰惨な翳《かげ》を刷《は》いていた。大小をたばさみ、袴《はかま》をつけているのが、かえって滑稽《こっけい》なものに眺められた。

「なぜ、殺した？」

狂四郎の鋭い詰問《きつもん》に、傴僂《せむし》は、にやっと白い歯をみせて、

「邪魔だからだ。……おれは、おぬしを殺しに来た」

「貴様も、隠密か？」

「ちがう。おれは、茅場家の家来のような者だ。そのお嬢さまが、おれにとっては、生きた観世音だ」

傴僂は、屍《しかばね》が摑んでいる槍を、ひょいと捥《も》ぎ取ると、

「出て来い！　眠狂四郎！」と、叫んだ。

すると、静香が、

「喜平太！　お戻り！　勝手な真似《まね》は許しませぬ！」

と、つよく叱《しか》りつけた。

「おれは、此奴《こやつ》を殺してもいいと、伯父のゆるしを受けて居りますぞ！」

茅場家の用人が、この片端者の伯父であった。備前屋と静香の会話をぬすみ聞いた用人が、異形の甥《おい》を、ひそかに、姿なき護衛役につけておいたのであった。

「主人は、わたくしです。許しませぬ！　お戻り！」

「いいや！　ひさしぶりに生血のにおいをかいでみると、もう、自分で自分を制御出来なくなりましたて……ふっふっふっ」

「よかろう」

狂四郎は、いっそ明るい声で応じた。

「お互いさまに、生きていても、毒にはなっても薬にはならぬ人間だ。毒は毒をもって制すに如《し》かずだ」

「い、いけませせぬ！　この喜平太は、むささびと異名をとる男です。まともの試合では勝てませぬ！」

静香の必死の制止をきき流して、狂四郎は、庭へ降りた。

喜平太は、つつっと三間さがって、槍の穂さきを、おのれの頭よりも高いところへ、ぴたっと静止させた。

卒然として、狂四郎の背筋を戦慄が走った。この化物から放射される不気味な殺気は、狂四郎が曾《かつ》て受けたことのない凄《すさま》じい迫力をみなぎらせていた。

むささび！　静香の告げたこの異名が意味するものを、狂四郎は、読みとって、肚裡《とり》で呻いた。喜平太の距離の取り方と槍の構えは、いかなる槍術の秘手にもなかったのである。槍術の極意は、「五月雨《さみだれ》」といい、日月星辰《じつげつせいしん》の一切を知ることをゆるさぬ空一面を掩《おお》う五月雨雲の如《ごと》く、敵をしておのれの心も技も全く窺知《きち》させないことである。ところが、喜平太は、平然として、自分が次に取るであろうむささびの早業を予告してみせたではないか。すなわち、地上よりの攻撃ではなく、空中より襲うぞ、と。

この異常な戦法に対して、円月殺法を用いるには、こちらから間隔を詰めなければならぬ。そのことに、狂四郎は、危険をおぼえた。

咄嗟《とっさ》の思念で、狂四郎は、左手を栗形《くりかた》へ、右手を柄《つか》へかけて——鯉口《こいぐち》をきったまま、抜かずに、居合いの型をとった。

「行くぞっ！」

傴僂は、氷上をすべるように、一間を走って、ぱっと地を蹴《け》った。

まさしく、むささびの異名にたがわず、その短軀《たんく》は、狂四郎の頭上二尺の空を翔《か》けつつ、目にもとまらず槍尖《やりさき》を突き下したのであった。同時に、狂四郎の腰間から、白刃が、きえーっと空気を切って鳴らして、その槍のけら首を断っていた。

穂さきは、流星のように、夜空を何処かへ飛んだ。

忽焉《こつえん》として二間かなたに降り立った喜平太は、いつ刀を抜きはなったか、たちまち大上段に構えていた。

その構えの、心気体一致した、鋭気横溢《おういつ》の見事さ——。

狂四郎は、剣を学んで以来、この瞬間ほど、猛然たる闘志の湧《わ》きたったことはなかった。まさに、今日まで、出るべくして現われなかった真の強敵である。円月殺法の一機閃電《せんでん》が、真価を発揮するのは、この強敵——と、狂四郎は、さとった。

もし、円月を描く万理一刀が空を流れた時は、敵が無相の必殺剣は、こちらの身体《からだ》を両断しているに相違ない。

すっすっすっと三足進んで、刀尖を地に落した一瞬、狂四郎は、はっとなった。静香の呻き声をきいたのである。

「しまった！」

次の刹那、狂四郎は、勝負をすてて、ぱっと跳び退ると、縁側へむかって走り出していた。

「逃げるかっ！」

喜平太の怒号をあびつつ、狂四郎は、静香にかけ寄りざま、その膝《ひざ》の着物を縁板に縫いつけた槍の穂さきを、さっと抜き取った。とともに、追いせまった背後の影を振りかえって、はったと睨《ね》めつけた。

「たわけっ！　この穂さきには、毒液が塗ってあるのだぞっ！」

鉄槌《てっつい》で脳天を打たれたように棒立ちになった喜平太へ、

「立去れっ！」

ときめつけておいて、狂四郎は、静香をかかえあげると、居間に入って、音高く障子を閉めた。

行灯《あんどん》の前に仰臥《ぎようが》させられた静香は、狂四郎の手が、裾《すそ》にかけられるや、

「ああっ！」

と悲鳴をあげて、身もだえして、拒んだ。

「動いてはならぬ！」

凄じい語気で叱りつけた狂四郎は、矢庭《やにわ》に、裾を――緋鹿《ひが》の子《こ》の長襦袢《ながじゆばん》も白羽二重の腰巻も、一気にひき剝《む》いた。

ふっくらと肉の盈《み》ちた脛《はぎ》から太股《ふともも》にかけての曲線が春雪に掩《おお》われた丘が夕陽をあびたように、行灯の仄《ほの》かな赤い明りの中に、白じろと浮きあがった。

妄念《もうねん》をねじ伏せた狂四郎は、膝下《しつか》へ片手を入れて、ぐいと大きく股《また》をひろげさせると、鮮血を噴いている内股の刺傷へ、いきなり、自分の口を吸いつけたのであった。口腔《こうこう》いっぱいに、血を吸って、ぱっと畳へ吐きすて、また吸いついた。

静香は、胸の上で十指を結んで、かたく目蓋《まぶた》をとじ、疼痛《とうつう》と羞恥に堪えていたが、やがて、毒が全身にまわったか、それとも、狂四郎の唇《くちびる》に吸われた柔肌が、女の本能にめざめたのか、その眉宇《びう》に、頰に、口もとに、一種の恍惚《こうこつ》の表情を徐々に泛《うか》べたのであった。

禁《きん》苑《えん》の怪

一

梅雨あがりの、じっとりと肌《はだ》が湿付《じめつ》く、風のまったく落ちた宵《よい》であった。月も星影もなく、ここ柳原堤の切れる筋違《すじかい》御門の前にひらけた八辻原は、墨を流したような闇《やみ》につつまれていた。

和泉橋《いずみばし》の方から、しずしずと進んで来た行列の提灯《ちょうちん》が、ぼうっと赤く滲《にじ》んで、狐火《きつねび》を思わせる。闇の中を、濃い靄《もや》が流れているのであった。

提灯の家紋三楓《みつかえで》は、大奥医師・室矢醇堂《むろやじゅんどう》のものであった。これから登城して、明晩まで御《お》広敷見廻《ひろしきみまわり》を勤めるのである。醇堂は、御典医としては最高の法印《ほういん》という位をさずけられて、行列の格式は、無職の旗本大身などとはくらべものにならぬものものしさであった。供廻り侍が四名前後をまもり、挟箱《はさみばこ》持、薬箱持、長柄《ながえ》持、草履取などが十名余。そして、醇堂の乗っているのは四枚肩（六尺四人）の、美々しい長棒駕籠《かご》であった。

行列が、筋違御門を過ぎて、半町も行った頃合《ころあい》、先頭の侍は、ふと、左方の青山下野守《しもつけのかみ》の屋敷の方から、戞々《かつかつ》たる馬蹄《ばてい》の音がきこえて来たので、この暗闇の中で、責め馬とは御苦労な、と思った。

それにしても、馬蹄の音は、非常な急《せわ》しさで、こちらに迫って来たので、先頭の侍は、身分を知らしめる必要から、提灯を高く掲げてみせた。

だが、それは無駄《むだ》であった。

騎馬の者は、提灯の明りの距離の中に入り乍《なが》らも、馬の足掻《あが》きをゆるめずに、突入して来たのみか、皆の者が、あっとなって列を崩すのを尻眼《しりめ》にかけて、いきなり、抜刀した。

宗十郎頭巾《ずきん》の武士であった。

「曲者《くせもの》っ!」

叫びにこたえて、

「眠狂四郎、御典医の薬箱を頂戴《ちょうだい》する!」

高らかに云《い》いはなった。次の瞬間、さっと一刀をさしのべて、薬箱持が担《かつ》いだそれへぶすっと刺し通して、ぽんと撥《は》ね上げるや、たくみに小脇《こわき》にかかえ込んだのである。

「御免――」

と、一言のこして馬を躍らせて、闇の中へ――。まさに、通り魔というにふさわしい早業であった。

眠狂四郎が、水野忠邦の上屋敷内にある側頭役《そばがしらやく》武部仙十郎の家をおとずれたのは、この夜のうち――五つ過ぎであった。

「隠密やら刺客《しかく》やらに、盛んに尾《つ》け狙《ねら》われているそうだの？」

「頭上の火の粉だけを払う積りで居ったのですが、それだけでは済まされなくなった模様です。これも、元を糺《ただ》せばあなたのせいだ」

書院における最初の会話がこれだった。並の挨拶《あいさつ》は、不必要とする間柄《あいだがら》であった。

「わしはわしでな、貴公がそうなるのを待っていたのじゃよ」

仙十郎は、含み笑いをして、上目使いに、からかうような視線を、じろりと送った。

額と顴骨《かんこつ》が異常に突出した、風采《ふうさい》のあがらぬこの老人と対坐《たいざ》していると、狂四郎は、故《ゆえ》もなく、圧迫と反撥《はんぱつ》をおぼえるのを常とする。そのくせ、底知れぬ器量を蔵したその肚《はら》の裡《うち》に、どのような企てがめぐらされているのか、とさぐる興味も大きく働いているのだった。

「そうすると、私が今夜うかがった用件は、どうやら、老人の思う壺《つぼ》かも知れぬな――」

狂四郎も、薄ら笑いを泛《うか》べて、懐中から、黒塗りの小函《こばこ》をとり出して、蓋《ふた》をひらいた。仙十郎は、からだをふたつに折って覗《のぞ》き込み、ちょっと嗅《か》いでから、小指で嘗《な》めてみて、

「阿片《あへん》じゃの」と、呟《つぶや》いた。

長崎奉行の下にいたことのある仙十郎は、こうした方面の経験に豊富だった。

「大奥に於《お》いて、誰《だれ》かがこれを飲まされている筈《はず》です」

狂四郎のこの言葉は、仙十郎の顔の縦横の皺《しわ》の間から驚きの反応を呼ぶに充分であった。

「貴公、これを何処《どこ》から手に入れた？」

「今宵《こよい》、奥医師・室矢醇堂が登城の中途を襲って、薬箱を奪った、と思って頂こう」

「ふむ！」

仙十郎は、なんの理由で奪ったかは訊《き》こうとせず、腕を組んだ。その薬箱の中に、この阿片があったという事実とむすびつけなければならぬ事柄の方へ思慮を集めたのである。

狂四郎は、押上村の古寺の離れに臥《ふ》している静香のために、薬箱を奪ったのであった。毒《どく》槍《やり》に傷ついた静香の症状は、重かった。全身をめぐった外国製の毒を駆除するには、やはり、蘭医《らんい》の内服薬を用いるほかはない、ととって、醇堂出仕の途次を待ち伏せたのであった。

古寺龍勝寺の住職空然《くうねん》が待っている両国の水茶屋に入って薬箱を調べてみると、さいわい、静香に与えるべき薬はあった。それと同時に、この阿片を発見して、不審を抱いた途端、容易ならぬ事態が、大奥内で起りそうな予感がふと脳裡《のうり》にひらめいたのである。

狂四郎は、仙十郎の表情が、曾《かつ》て見たことのない緊張をしめしているのを眺《なが》めて、自分の予感の正しさをさとった。

やがて、仙十郎は、長い沈黙を破って、妙なことを、ぼそりと独語《ひとりご》ちた。

「これは……幽霊退治をせずばなるまいて――」

「幽霊？」

「近頃、西丸に、幽霊が出てのう。文字通りの幽霊じゃ……丑満《うしみつ》どきに、白衣をつけた、足のない奴《やつ》が、ふわりふわりとな」

仙十郎は、ちょっと道化て、両手でその真似《まね》をしてみせて、にやにやとした。

幽霊は、真実存在すると信じられていた時代であった。そして、柳営《りゅうえい》における幽霊話はその特殊の因襲によって、すこしも珍しくはなかった。本丸四万七千三百坪、二之丸一万千百坪、三之丸六千四百八十坪、西之丸二万五千坪、紅葉山二万坪、吹上《ふきあげ》御座向十万八千八百坪——という厖大《ぼうだい》な地域に、およそ五百人の女中が、男子禁制の異常生活をおくっているのであってみれば、民間では想像もおよばぬ陰湿な欲情・怨恨《えんこん》・憎悪《ぞうお》・嫉妬《しっと》が肌の粟立《あわだ》つ淫虐《いんぎゃく》な行為を招くのは亦《また》やむを得まい。そしてその経路にふさわしい亡魂の祟《たた》りとなって、人々をおびえあがらせ——語り伝えが重なりあって、十一代を経た今は、かぞえきれぬといって過言ではない。

「眠、幽霊退治は、貴公の役目じゃよ」

仙十郎は、こともなげに云ったことだった。

「私に、大奥へ忍び込めと云われるのか？」

「左様——。後学のために、女護ガ島を見物するのも悪くはなかろう。手筈は万端、わしがととのえよう」

西丸には、将軍家斉《いえなり》の世子である家慶《いえよし》がその妻子と住んでいた。水野忠邦は、その輔佐《ほさ》役である。忠邦の側頭役たる武部仙十郎に、西丸へ狂四郎を送り込む方法がとれない筈はないわけであった。

二

手習いの子供たちが、騒々しい音をたてて走り過ぎた後は、窓につるした風鈴の音が涼しく鳴る静かな明るい朝——。

今川町の横町にある常磐津《ときわず》師匠文字若の家の茶の間は、ひさしぶりに、陽気な雰囲気《ふんいき》につつまれていた。二階の美保代が、はじめて、床をたたんで、降りて来たのである。まだ、顔色だけは透き徹《とお》るような蠟色《ろういろ》であったが、その所作からは弱々しさが消えていた。

ずうっと泊り込んでいる掏摸《すり》の金八が小おどりせんばかりによろこんで、美保代を笑わせようと出放題を喋《しゃべ》りまくっているところへ、隣家に住む読本《よみほん》作者立川談亭《たてかわだんてい》が朝湯の帰りを寄ったので、いよいよ賑《にぎ》やかになった。談亭は洒脱《しゃだつ》な独身の老人であった。

「おや、談亭先生、お敷きなさいまし」

文字若が、長火鉢《ながひばち》の前の座蒲団《ざぶとん》をすすめると、金八が、

「そこは先生、情夫《まぶ》の席ですぜ。あっしにゃ坐《すわ》らせやがらねえんだ」

「有難や、かたじけなや。罰《ばち》が当りませんかな」

「三味線ひきの家だあな。バチを当てなくちゃ、音は出ねえや。こんな別品が隣にいるのに、先生、指をくわえて、眺めているテはありゃせんぜ」

「荘子《そうし》曰《いわ》く、君子の交わりは淡きこと水の如《ごと》く、小人《しょうじん》の交わりは甘きこと醴《あまざけ》の如し——と申してな。……とはいうものの、あらたまって、そうすすめられてみると、ひとつ、とくと思案して——」

談亭は、文字若が立てた片膝《かたひざ》の裾合《すそあい》から、白い股《もも》と紅縮緬《ちりめん》がのぞいているのを眺めて、大《おお》袈裟《げさ》に首をふってみせた。文字若は、笑って、

「冗談じゃありませんよ。いくら、あたしが婆《ばあ》さんでも、まだ、こんな禿《は》げ頭から、とくと思案してもらう程男ひでりはしてやしない」

「禿げ頭は、とくとうにきまってら」

「左様、坊主頭《ぼうずあたま》は、得度《とくど》と申してな、波羅蜜多《はらみった》に出ている」

「そうよ、朝飯は芋がゆで腹満ちた、ついでに薬缶《やかん》頭を茹蛸《ゆでだこ》にしようって、湯銭八文泣き泣き払い——」

「これだ。近頃の若い者は目上をかろんずこと土の如し。論語に、上に事《つか》うるや敬なり、とちゃんと出て居るぞ。己を知らざる者は、即《すなわ》ち馬鹿《ばか》という」

「知ってらあ、子《し》のたまわく、ってんだ。馬の鹿《しか》に似たる者は千金なり、天下に千金の馬鹿は、あんまり居らざり奉《たてまつ》らず、ってんだろう。このあいだ、両国の垢離《こり》場《ば》の辻《つじ》講釈できいたばかりだ」

「無学文盲《もんもう》は困るの。それは、論語ではないて。さあて、中庸《ちゅうよう》であったか左伝であったかな——」

　すると、美保代が、微笑し乍ら、

「淮南子《えなんじ》、説山訓ではありませぬか」

「おお、そうそう——これは、どうも恐れ入りました」

「そうれ、みろ。子のたまわく、頭の禿げたが故に尊からずだ」

　この時、表の格子《こうし》が開いて、案内を乞《こ》う声がした。とたんに、美保代の表情が一変した。

ばあやが使いに出ていたので、文字若が、立って行って、何気なく土間を覗いて、

「まあ、先生！　いったい、なんだって、こんなに長い間、鼬《いたち》の道切《みちきり》をしてたんです」

うっそりと彳《たたず》んだ眠狂四郎は、無表情で、

「世話をかけたな。あの女の傷の方はもう癒《い》えたか？」

そこへ、金八が、首をつき出してうれしそうに叫んだ。

「あっしがついているんですぜ、先生！」

「なに云ってるんだい、金公。ここをどこだと思っているのさ。三味線も人間もピンシャンするのはあたりまえだよ」

「ちげえねえ」

やがて、二階の一室で、二人きりで対坐すると、美保代は、無言で頭を下げ——そのまま、顔を伏せた。

「貴女《あなた》に詫《わ》びなければならぬ。貴女を襲った男は斬《き》り伏せたが、残念乍ら、男雛《おびな》の首は取り戻しそこねた」

狂四郎は、そう告げつつ、美保代の妖《あや》しく冴《さ》えた美貌《びぼう》へ、食い入るように、冷たく光る眼《まな》眸《ざし》を送った。

——この女は、なにもかも、あまりにも美しく、気品高く造られすぎている！

一種の焦躁《しょうそう》感が、狂四郎の体内を走りすぎた。美しすぎることが、罪の匂《にお》いをはなっている——と意識する男の、逃れ難い感情であった。

「私は、男雛の首をとり戻すまでは、貴女に会わぬ積りでいた。なぜか知らぬが、そうしなければならぬような気がしていた」

美保代は、顔を擡《もた》げて、じっと狂四郎を瞶《みつ》めかえした。理智《りち》の光を宿した明眸《めいぼう》がみるみる、たかぶる感動に潤《うる》んだ。

「うれしゅう存じます」

秋波を動かすそのかがやきにあやうく惹《ひ》き込まれそうになった狂四郎は、強《し》いて声音を冷やかなものに抑えて、

「確約は出来ぬが、努力はする。お手元に戻らぬ節は、運命とあきらめて頂くほかはない。……今日の用向きは、ほかのことだ。西丸大奥に、貴女と同様の役目をおびて入っている女中がある筈だ。その名と職掌をききたい。ご存じないか？」

「存じて居ります。……でも、おききになって、どうなさいます？」

美保代のおもてに、咎《とが》めるようなきつい色が動いた。その隠密もまた、自分と同じ運命に置かれるのではないか、という疑惑が湧《わ》いたのであろう。狂四郎は、苦笑した。

「私は、これ以上、間者《かんじゃ》の貰《もら》い溜《だ》めはせぬ」

そう云われて、美保代は、屈辱と羞恥《しゅうち》で、顔を伏せ、ややしばし、思案していたが、

「そのかたは、志摩どのと申します。たしか、大納言《だいなごん》様（家慶のこと）の御世継ぎ政之助君《ぎみ》のお守《も》り役を勤めておいでの筈でございます」

「うむ――」

狂四郎は、大きく頷《うなず》いた。ひそかに予想していたことが当ったのである。

政之助は、家慶の第四子、当年六歳、最近正式に世子となって、家祥とあらためた。家慶が、やがて十二代将軍ともなれば、当然、十三代の地位を襲うことになる少年であった。

白衣の幽霊が出るのは、政之助が住んでいる御殿のお縁座敷に面した中庭であった。そのせいか、最近、政之助は、深夜よく怯《おび》えて、はね起きて、わっと泣き出したり、恐怖の叫びを発したりするようになった。生来、病弱で、よく熱を出すが、ここ一カ月ばかりは目に見えての衰弱ぶりで、日中微熱のとれる時がない。といって、医師たちが交々《こもごも》診断しても、どこにも判然とした症状はみとめられなかったのである。

てっきり、幽霊のせいだ、と信じたお付きの者が、当分別の御殿へ移ることを願い出たが、気性の強い家慶は一言でしりぞけてしまった。

「幽霊ごときに負けるようで、次代が背負えるか。病気なら、医者が治療いたせ。手当をつくして回復しなければ、天命じゃ」

水野忠邦が、このことをきいて、たのもしき大納言卿《きよう》だと、賞讃《しようさん》していたのを、武部仙十郎は、狂四郎から阿片を見せられた時に、はっと、思い出したのである。

幽霊と政之助の病気と阿片が、深い関連があるなと仙十郎の脳裡で、直感されたのであった。本丸老中水野忠成一統のめぐらした陰謀と睨《にら》んであやまりはないようであった。

西丸大奥に入っている間者の名と職掌を、美保代が知っているのではないか、と考えたのも仙十郎であった。

はたして――狂四郎は、まず、陰謀の一端を摑《つか》んだ。政之助の守り役は、敵方の間者であった！

狂四郎は、刀を把《と》ってすっと立ち上った。

「急ぐ故、これで失礼する」

「あ、あの――」

美保代は、反射的に、目をすがりつかせて、何か云いかけたが、こうした場合云うべき言葉を知らぬかなしさに、そのまま口を緘《つぐ》まねばならなかった。

階段を降りて玄関に出た狂四郎は、ふと思いついて、

「金八――」

と呼んだ。

「へい」

金八がとび出して来ると、狂四郎は、土間へ降り乍ら、

「ついて来い。千代田城の大奥を見物させてやる」

三

どんよりと曇った、むし暑い日の午後、坂下御門を、表使いの中﨟《ちゅうろう》を乗せた鋲打《びょううち》乗物が、大丸呉服店のしるしの入った長持一棹《ひとさお》をしたがえて、しずしずと通り過ぎた。御簾中《ごれんちゅう》（家慶夫人）の夏の衣類――羽二重、絽《ろ》、縮緬、透紗、越後縮《えちごちぢみ》など一式の誂《あつら》え品を受領して、戻っ

て来たのである。

乗物と長持の前後左右をまもる局《つぼね》、添番《そえばん》、伊賀者《いがもの》、お小人《こびと》が八人。ほかに一人、大丸呉服店の使いとして、唐桟《とうざん》を尻《しり》ばしょりにしてちくさの股引《ももひき》をはいた町人が長持のわきを随行していたが、それは、金八にまぎれもなかった。

御裏御門を抜けて御切手《きつて》御門に達すると、流石《さすが》の金八も、顔はおろか全身の筋肉がつっぱり、膝頭だけが、妙に力が抜けてがくがくして来た。

――先生！　大丈夫でござんすか？　バレたら、それこそ磔《はりつけ》ですぜ！

金八は、長持の中にひそむ人にむかって、心で呼びかけずにはいられなかった。

無事に御切手御門を通過して、一行は下御広敷の関門七つ口に到着した。時刻は、閉鎖直前になっていた。

御用達《ごようたし》町人は、この七つ口の脇の勾欄《てすり》に来て、部屋部屋の買物をうけたまわるならわしであったので、金八がそこにうずくまってもすこしも不審ではなかったが、奥から長持を受取りに来たお下男《しも》たちが、

「これは、重いぞ」とううんと力んで持ちあげるのを眺めて、思わず立ちあがって、勾欄からのり出したおかげで、

「控えい！」

と締戸番から咎められてしまった。

金八、一生のうち、この時程、びっしょりと冷汗をかいたことはなかった。

——先生！　生きて帰っておくんなさい！　なんまいだ！　なんまいだ！

深夜——。

針ひとつ落ちても遠く響きそうな静寂にとざされた大奥の、とある御納戸《おなんど》で、廊下から洩《も》れ入る金網灯籠《どうろう》の仄明《ほのあか》りを受けて、ひとつの黒影が、長持の蓋《ふた》を音もなくひらいて、忍び出た。部屋いっぱいに、整然とならんだ箪笥《たんす》、長持、装束箱を見わたして、ここがまちがいなく御簾中の衣裳《いしょう》部屋であるのをたしかめた狂四郎は、脳裡に諳《そら》んじた西丸御殿絵図をひらいて、目ざすべき部屋の方角と距離を測った。

ここは、南端である。目ざす部屋は、西端にある。縁側をつたって行くべきか？　庭園をつき切るべきか？　瞬時の思案の後、狂四郎は、不敵にも、縁側を、非常な速歩で、しかも跫音《あしおと》を消して、つき進んでいた。ところどころに金網灯籠が、赤い灯《ひ》をぼうっとひろげている人気のない縁側は、おそろしい長さで、つづいていた。

一気に、縁側を通り抜けた狂四郎は、やがて西端の畳廊下へ姿をあらわしていた。この畳廊下も、およそ二町余あったろう。狂四郎は、その距離を、風のように駆けぬけた。この間に、狂四郎が、不寝審の女中に出会わなかったわけではない。ただ、彼女たちは、雪洞《ぼんぼり》をかかげ、上草履の竹皮三枚裏のすり音をたてていたので、狂四郎は遠くで、ききわけて、素早く身を躱《かわ》すことが容易だったのである。

——あそこが、御寝所だな。

と、みとめた狂四郎は、つと、とある襖《ふすま》を開いて、空部屋へ忍び入った。狂四郎にとって幸いしたのは、人の住む部屋からは必ず、ほのかな香の匂いがただよい出ていたことであった。

空部屋から、天井裏へ入り——そして、政之助のやすむお縁座敷へ——。

やがて、お縁座敷の天井の張終《はりじまい》の板が二分あまりずらされて、鋭い眼光が、下へ注がれた。

十畳の上段いっぱいに、水浅黄の蚊帳《かや》が吊《つ》られてあった。天井の際《きわ》まで吊りあげてあるので、中のさまは、有明行灯《ありあけあんどん》のあかりで、くまなく見おろすことが出来た。赤い絹ちぢみの夜具を胸まで掛けて、いかにも病弱そうな少年が睡《ねむ》っていた。頬《ほお》が赤いのは熱のせいであろう。その枕元《まくらもと》には、お守りや、神仏の御影を表具したものをかけた小さな衣桁《いこう》が据《す》えてあった。

少年の床から、一畳をへだてた下座に、別の夜具が敷かれ、紅絹《もみ》の枕切れに額をつけて俯《う》伏《ぶ》せにやすんでいるお付女中の、かたはずしの黒髪が、くっきりと浮きあがっていた。

——あれが、志摩という間者か？

狂四郎が、じっと視線を据えつけ乍ら考えたのは、自分の仕事が非常な忍耐を要するということだった。

その通りであった。狂四郎は、それから、二昼夜を、この天井裏ですごさなければならなかった。政之助は、狂四郎が見まもる二夜を、何事もなく、睫毛《まつげ》もうごかさずに、すやすやと睡入《ねい》ったし、お付女中も疑わしい振舞いをみじんもしめさなかった。

凶事は、三日目の丑《うし》八つ下刻に起った。

ふいに、睡っている筈の中﨟が、すっと身を起すのを見おろして、狂四郎は、天井裏の暗《くら》闇《やみ》で、にやりとした。

美保代に劣らぬ凄艶《せいえん》な美貌の中﨟は、すすすっと上段へ進むと、夜具をはねて、政之助を抱き起すや、いきなり、その股のあたりを強くつねりあげたではないか。

政之助は、瘦《や》せた両手をもがかせると、全身を激しく痙攣《けいれん》させて、

「ああっ！」

と、悲鳴をあげた。

間を置いて、中﨟の白い手は、残虐《ざんぎゃく》なしぐさをくりかえし、少年の悲鳴をつづけさせた。

次の間から、

「だんなさま！」

と、側《そば》女中が、不安そうに呼び掛けると、中﨟は、わざとおそろしげに、

「また……出たのではありませぬか！」

と、声を顫《ふる》わせた。

「見て参りまする」

とこたえて、走り出て行ったかと思うと、すぐにかけ戻って来て、恐怖をあおらせた蒼白《そうはく》な顔を覗かせた側女中は、息をはずませつつ、

「出て居りまする！」

と、上ずった声で告げた。

この時――。

音もなく天井裏を走った狂四郎は、空部屋へ跳び降りて、縁側から、中庭へ躍り出ていた。

月はなかったが、満天に、降るような星がかがやいていて、広い白洲《しらす》や泉水に、その光を映しているせいか、遠目が利《き》いた。

泉水の東端にあたって、宙に、白いものが、ふんわりと浮いていた。

それにむかってひたばしる狂四郎の黒影は、鹿よりも速かった。

宙に浮いているのは、左右に袖《そで》をひろげた一枚の白衣であった。顔も手足もなく、地上数尺のところで、その綿入の裳裾《もすそ》を、夜風になびかせつつ、くるりくるりとゆるやかにまわっていた。宛然《さながら》、大きな凧《たこ》であった。

その真下には、古井戸が、暗い口を開いていた。白衣は、この井戸の底から舞い上ったとおぼしい。

馳《は》せ寄りざま、狂四郎の腰間《ようかん》から鞘走《さやばし》った一刀は、裳裾と井戸の石縁との空間を、横に薙《な》いだ。

すると、奇怪――白衣は、ふわっと一尺あまり上空へ昇ったではないか。

次の刹那《せつな》、狂四郎は、地を蹴《け》って跳躍するや、襟《えり》からふきまでの四尺余の丈《たけ》を、一直線に斬りおろしていた。

白衣は、異様な撥音を夜空にひびかせて、まっぷたつになって、へなへなと地上へ舞い落ちた。

狂四郎は、それをひろいあげようともせず、のっそりと、古井戸に近づいて、じいっと覗き込んだ。暗々たる黒一色の底から、いかなる気配を察知したか、狂四郎が次に取った行動は、無造作に石縁をまたぎ越すことであった。綱梯子《つなばしご》が、石縁に鉤《かぎ》をかけて、垂れ下っていたのである。

四

爽《さわ》やかな朝風をはらんで、陽光は、斜めに、後苑《こうえん》の林泉に落ちていた。

権《ごん》大納言・右大将家慶は、昨夜狂四郎が怪衣を両断した地点に彳《たたず》んで、古井戸へ、若々しい眼眸《まなざし》をそそいでいた。すぐ脇にひかえているのは、西丸老中水野忠邦であった。後方に、奥女中二十余名が小砂利に膝《ひざ》をついてきらびやかに居並んでいた。

いま——。

二人の伊賀者が、忠邦の下知によって古井戸の底に沈もうとしていた。

「これが幽霊の正体でございまする」

朝食を摂《と》り終えてすぐ、表御座所へ出て来た家慶に、水野忠邦は、両断された大紋綸子《りんず》の間着《あいぎ》をさし出したのであった。

十五筋立の葵《あおい》紋が染め抜かれてあるのをみれば、御簾中のものであることに疑いはなかった。

「これが、宙に、浮いていたと申すのか？」

訝《いぶか》しげに眉《まゆ》をひそめる家慶に、忠邦は、笑い乍ら、妙な形の絹袋を示した。これは、今の言葉でいえば、液状の弾性ゴムを塗った小型気球であった。勿論《もちろん》、外国製品であり、これに石炭瓦斯《ガス》を充塡《じゅうてん》して浮游《ふゆう》力を与えて、白衣を宙に泳がせていたのである。

忠邦は、何者がこの様な密輸入品を使用していたかは、わざと告げずに、

「この幽霊めが迷い出ました古井戸を一度御上覧賜《たま》わりますよう――」と、すすめたのであった。

やがて、綱梯子をつたって、伊賀者がひきあげたのは、荒縄《あらなわ》でぎりぎりに縛りあげられたお伽坊主《とぎぼうず》であった。（お伽坊主といっても、男ではなく、仏をまつるお清《きよ》の間と神をまつる大清の間に付いている尼僧《にそう》のことであった。）

家慶は、大きく目を瞠《みは》って、息をのんだ。勿論、後方の女中たちの間に、波のように驚愕《きょうがく》のざわめきが立った。

「この坊主めが、幽霊を操《あやつ》って居りました。なれど、この坊主めもまた、その目上から操られていたにすぎませぬ」

忠邦は、そう云ってから、じろりと、女中の群へ、鋭い視線を投げて、

「御幼君お付き志摩！　立ていっ！　御幼君に、南蛮製の阿片をお飲ませして、それを幽霊になすりつけた不埒《ふらち》な姦婦《かんぷ》め！」

瞬息の間を置いて、中臈志摩は、すっくと身を起すや、その右手を、さっとおのれの頸《くび》へまわした。

「あぶないっ！」

忠邦が家慶を突きとばした。間一髪の差で、その空隙《くうげき》を、白光をひいた小柄《こづか》が飛んで、あわれ、古井戸の石縁に凭《よ》りかかっていたお伽坊主の喉元《のどもと》へ、ぐさと突き立った。

つづいての志摩の右手の動きは、兇器《きょうき》が一本だけではないことを教えた。

だが、第二の小柄が飛ぶ直前に、家慶の前をふさいだのは、古井戸の中から躍り出た眠狂四郎にほかならなかった。

「御免――」

と叫んで、利刀を抜きはなつや、吸い込まれるように一直線に襲い来たった小柄を、木枝でも払い落すように、弾《はじ》きすてていた。

志摩は、形相すさまじく、第三、第四の小柄を、背から抜き取って、投げた。

狂四郎は、冷然として眉毛一本動かさずに、これらを手もなく薙《な》ぎはらいつつ、一歩一歩進んで行った。

志摩が、第五の小柄を投げ了《お》えるやいなや、胸元より抜きとった短剣を逆手に握りしめるを眺めた狂四郎は、その片頬に、皮肉な微笑を泛べた。

刀をダラリと下げて、四尺の近きにまで迫った狂四郎めがけて、志摩は、裂帛《れっぱく》の気合とともに斬りかかった。

ひらりと、狂四郎のからだが、横にひらくと同時に、志摩の締めていた空色綸子の帯が、ぱらりと切れて、足もとへすべり落ちた。

あっと狼狽《ろうばい》して、短剣をとり落して、褄《つま》をおさえる志摩の背後から、狂四郎の刀が踊って、そのけんらんたる辻模様の衣裳を、裳裾から逆に、さあっと切り裂いていた。

ぱくっと背を割って前へめくれた衣裳が足にもつれて、たたらを踏む志摩。その悲惨な姿に対して、狂四郎の刀は、さらに情容赦ない攻撃をくわえた。たちまちにして、白羽二重の下着を切り、緋ぢりめんの肌襦袢《はだじゅばん》を切り、むっちりと肉の盈《み》ちた肩を、胸を、背を、腰を、剝《は》ぎ出させていった。

そして、ついに、女の悲痛な叫びとともに、腰をまとうた最後の一枚をも、刀尖《とうせん》ではぎとって、空中へ投げ拡《ひろ》げてみせた狂四郎は、ぴたりと刀身を鞘におさめ、家慶にむかって、丁寧に一礼すると、つつつつと、ひき下って行ったのであった。

あとには——。

一糸まとわぬ雪白の柔肌を、惜しみなく朝陽《あさひ》になぶらせて、かたく前部をかくして俯伏した裸女へ、一斉《いっせい》に視線をそそいで固唾《かたず》をのむ異様な沈黙があった。

修《しゅ》羅《ら》の道

一

江戸の町の朝の眺《なが》めは、美しいものである。武家屋敷はもとより町家でも、朝陽《あさひ》がさしそめた頃《ころ》、外の道路に、水を打って、塵《ちり》ひとつとどめず綺麗《きれい》に箒目《ほうきめ》をつけておくならわしであった。

ここ――大奥医師・室矢醇堂前も、大きく門扉《もんぴ》が左右に開かれて、二人の仲間《ちゅうげん》が、澄みった夏の朝の空気の中で、箒を動かしていた。

むかいの柳原堤につらなった柳が、目のさめるような鮮かな緑色を、乳色の空の下に浮き立たせていた。

仲間の一人は、ふいに、足音もなく、自分の前の地面へ、長い影法師がのびて来たので、びっくりして、顔をあげた。

浪人ていではあるが、若く、秀麗な風貌《ふうぼう》の持主であったので、仲間は、腰をかがめて、早朝珍しい客を通した。

悠然《ゆうぜん》と玄関に入った客は、

「頼もう」

と、高く透《とお》る声をかけた。しいんとしずまりかえった奥から、やがて、袴《はかま》の音がして、若党が取次に出て来た。

「御典医は本日は非番で、御在宅と存ずる。眠狂四郎が参上いたしたとお取次ぎ願おう」

と、名乗られて、若党は、唖然《あぜん》として客の顔を見あげた。先夜、八辻原で、狂四郎が、醇堂出仕の途次を待ち伏せて、薬箱を奪い去った際、この若党も、後尾に加わっていたのである。

狂四郎は、石のように固くなって瞠目《どうもく》している若党に、冷たい微笑を投げて、

「先夜頂戴《ちょうだい》した薬箱中の黒塗りの小函《こばこ》、御典医にとって貴重の秘薬と存じた故《ゆえ》、お返しにあがったとおつたえ願いたい」

と云《い》った。

若党が引込んでから、ややしばし、間があって出て来たのは、年配の用人であった。

「こちらへ――」

用人は、敵意をかくすのがせい一杯のこわばった表情で、狂四郎を、書院にみちびいた。

狂四郎が、客の座に端坐《たんざ》してから、およそ半刻《とき》の時が移った。これは、予期したことであった。

狂四郎は、平然として、待った。

障子が開けはなたれ、見事な技巧をこらした廻遊《かいゆう》式庭園が、一眺めで見わたされる。

当時、法印《ほういん》(僧正相当)の位を持つ大奥医師は、盆暮に千両ずつの薬礼がある程の富有であったが、それにしても、恰《あたか》も仙境《せんきょう》にあるの感をおぼえさせるこの風趣をきわめた屋敷を維持する金力が、薬礼の収入だけとは到底考えられない。

——余程大規模な密輸が、この庭園をこうも美しくささえているということになる。

狂四郎が、そのことを思い乍《なが》ら、チチチチと啼《な》く雀《すずめ》の音を静かなものにきいていると、襖《ふすま》が開いた。

あらわれたのは、醇堂ではなく、備前屋であった。

「貴方様《あなた》とは、このお屋敷でお会いする因縁がございますな」

二間余の間隔をとって、むっくりと盛りあがった膝《ひざ》へ正しく手を置いた備前屋は、いかにも磊落《らいらく》げに笑ってみせた。

半刻待たせたのは、このおそるべき町人を迎えて来るためだったのだ。

「もしかすれば、お主があらわれるのではないか、と思って居った」

狂四郎も、不敵な微笑を泛《うか》べた。

「御用向きは、なんでも、醇堂先生からお取上げなさいました小函をお返し下さるとかで——」

「備前屋! 阿片《あへん》をもちいて、公方《くぼう》の孫を衰弱させるように入れ知恵したのは、貴様だろう?」

「滅相もない。わたくしめは、ただの廻米問屋にすぎませぬ。薬の知識などは、とんと一向に——」

「何も知らぬ男が、匙《さじ》加減ひとつで、本丸老中をはじめ若年寄やら大目付やらを、見て見ぬ盲《めしい》にしたり、聞いて聞かぬ聾《つんぼ》にしたりしているらしいな」

「眠さん！　話は、早いところ片づけましょう。わたしくも忙しいからだだ」

急に、備前屋は、別人のように顔をひきしめて、太い眉《まゆ》の片方を、ぴくりと痙攣《けいれん》させた。

「のぞむところだ！」

「わたくしは、あんたをお待ちしていたのだ。わたくしが、茅場《かやば》の娘をそそのかして、あんたのところへ遣《や》ったのは、あんな小娘の力であんたから女雛《めびな》の首を奪いとれるとはよもや思っていたわけではない。あの娘御は、まことの切支丹信者だし、莫迦《ばか》正直が取柄《とりえ》だ。だから、あんたに会ったら、男雛の首は室矢醇堂が持っていると、白状するだろう。すると、あんたという人間は、男雛の首を取りかえしに、この屋敷へ真正面から乗り込んで来るのじゃないか。……と、まあこう考えた——その通りにあんたは、こうしてわたくしの目の前にある」

「おれは、阿片と男雛の首を交換に来た」

「ご尤《もっとも》なお考えだ。……が、これは、こちらにとって、損な取引だ。というのは、幽霊と阿片をつかって、大納言様の御世継ぎを亡《な》きものにしようとした御中臈《おちゅうろう》は、なんでも、あんたに素裸にされた口惜しさと羞《はず》かしさで、舌を噛《か》み切って果てたというじゃありませんか。つまり、こっち側は、有難いことに、陰謀を白状する者が消えてくれたわけだ。あんたの持っている阿片は、証拠の品にはなりませんぜ。……わたくしは、商人ですからね。損な取引はしないことにしている」

「成程。貴様らしい言草だ。……では、やむを得ぬ。腕で取りあうか」

「そうなりましょうな。……失礼乍ら、わたくしは、あんたというおさむらいが好きだ。わたくしが、これまで会った人間で、あんた程の魅力をもった者は一人もいなかった。……と申したからとて、ひとつ、こっちに寝返ってくれとはたのみはしませんよ。お互いに、敵同士の星の下に生れついたんだ。どっちが先に仆《たお》れるか、やってみることだ」

「備前屋！　手練者《てだれ》を幾人、用意した？」

「十三人揃《そろ》えて居りますよ。……飛道具も用意してあるが、これは、あんたの態度の立派さに敬意をはらってひっこめることにいたしましょう。――では、ひとつ、御腕前、拝見といこう」

備前屋は、ゆっくりと立ちあがった。

この瞬間、狂四郎は、相手を斬《き》りすて得る隙《すき》を見た。しかし、敢《あ》えて、それをしなかった。

二

備前屋が襖のむこうに消えるや、たちまち、十五畳の書院は、姿なき敵十三人から放たれる殺気で、ひしひしとおしつつまれた。

すっくと立って、太刀を腰に落した黒の着流しの瘦軀《そうく》長身が、このおそるべき一瞬の静寂を吸って、影のごとく、つと、一足出た。

刹那《せつな》――。

蒼《あお》く冴《さ》えた白面に、凄愴《せいそう》な微笑が刷《は》かれるや、畳を蹴《け》って、斜横に飛び、

「ええいっ！」

と、ひと薙《な》ぎ、葭《よし》六枚屏風《びょうぶ》の中央二枚をはすかいに切り裂いた。

異様な呻《うめ》きとともに、その陰にひそんでいた男が、屏風もろとも、どうっと倒れ伏した。

その風に煽《あお》られたように、狂四郎のからだは、すすすすと、畳をすべって、広縁へ移っていた。

屏風の陰に人が潜伏して工夫をほどこした油竹の押縁の銃口《つつぐち》を嵌《は》めて自分を狙《ねら》っているのを、狂四郎は、この書院に坐って、間もなく見破っていたのである。備前屋が、落着きはらっていたのは、この掩護《えんご》があったからこそである。

闘いは、機先を制すことにある。

狂四郎は、川の面《おもて》を掠《かす》める燕《つばめ》のような迅《はや》さで、広縁を右方へ走り乍ら、姿なき敵の陣が動揺する気配を敏《さと》く神経につたわせていた。

広縁を約五間走ってから、狂四郎は、庭園へ跳んでいた。

もし、書院からまっすぐに、広縁をつききって、庭先へ降りたら、縁下にひそんでいる敵が、無言の一刀をあびせて来ることを、狂四郎は、察知したのである。

ものの見事に、攻撃方法の裏をかかれた伏勢は、広縁の下から、次の間から、入側の陰から、どっと躍り出るや、狂四郎にむかって、野犬の群が餌食《えじき》を襲うように殺到して行った。

狂四郎は、芝生を横断して、露地の入口の片袖形《かたそで》の灯籠《とうろう》を背にして立つと、刀尖《とうせん》を、ひく く下げた。その自若たる静止の姿から、濛《もう》として妖《あや》しい剣気がたちのぼった。

十二名の刺客《しかく》は、狂四郎の前面に、さっと散って、半円を形造った。

武家屋敷の露地口というものは、敵に備える工夫が凝らされ、築山《つきやま》と石と樹《き》の配置によって、敵を防ぐに一人で足りるようになっている。灯籠の前後に、樹を植えるのは、灯籠をありありと見えないように枝葉で灯口の妨げをして、幽閑の趣きをおびさせる美的効果だけをねらったのではなく、明りを敵に向けて、おのれの姿を影にするためでもあった。そして、この灯障《とうさわり》の位置こそ、敵にも味方にも、最後の攻守の場所であった。いわば、狂四郎は、この屋敷に攻撃しかけて来た一番手と同じ条件に置かれたのである。

一瞬にして、守勢をとらされた刺客陣は、じりじりと間合を詰め乍らも、結局は、一人一人が打って出るよりほかないことに、切歯した。

いずれも、備前屋が、その金力にものいわせて、選《え》りすぐった熟練の業の持主たちである。刀尖を爪先《つまさき》前三尺に落した狂四郎の異様の構えに、戦慄《せんりつ》すべき魔力がたくわえられていることを読みとった。

「おのれがっ——」

功をあせった一人が、つつつと進み出て、太刀を頭上高く振りかぶった。

じりりっと半歩、詰めた瞬間、狂四郎の口辺がぞっとするように陰惨な業念《ごうねん》を滲《にじ》ませた。

「あの世に行って、おれの円月殺法を破る技を編んでも、もうおそいぞ!」

云いつつ、刀尖を、しずかにしずかに、まわしはじめた。

くわっと瞳孔《どうこう》が飛び出さんばかりに両眼をひきむいて、真二つにする隙をねらっていた相手は、狂四郎の刀身が水平にまであげられるや、ふっと、その目蓋《まぶた》を細め、名状しがたい怯《おび》えの色を顔に浮かせた。

「うっ！」

狂四郎の刀が刎《は》ねたとも見えぬのに、相手は、大上段にふりかぶったまま、どどっとよろめいた。そして、がくんと顔を仰向けたとたん、その喉《のど》から、真紅の噴水がびゅっと一尺あまりもほとばしっていた。

狂四郎の構えは、元にかえって、微動もせぬ。

ようやく熱気をくわえた陽光は、枝葉を縫って、妖気《ようき》冴えた狂四郎の姿を、斑《まだら》の明暗に染めわけている。

「かっ！」

飛鳥の迅速を誇って、一人が、左方から躍り込んで来た。

斬り浴せた一刀は、しかし、いたずらに、狂四郎の背後の灯籠の笠《かさ》から、ぱっと火花を散らしただけで、

「わっ！」

と絶叫して、宙を泳ぐその顔は、つぶれた鬼灯《ほおずき》のように無慚《むざん》に朱にそまっていた。

その時、もう、狂四郎は、第四の敵にむかって、その刀身を半月に描いていた。

「う、う、うっ……」

恐怖とも嫌悪《けんお》ともつかぬ異状に追いつめられた者の呻きを発した敵は、絶望的に白い歯をむいて、八相の構えをすてて、猛然と斬り込んで来たが、これまた、あっけなく、一颯《いっさつ》の刃《は》風《かぜ》を受けて、苔《こけ》むした地面へ俯伏《うつぶ》した。

瞬間――狂四郎は、たちまち、たたっと右方へ移って、第五、第六の敵を、その地摺《じず》りの刀尖へひきつける磁力を放射しつつ、三たび円月を描きはじめた。

奇怪にも、燠火《おきび》のように業念の色を湛《たた》えた狂四郎の眸子《ひとみ》は、第五と第六の敵の中間に虚空《こくう》に据えられていた。

まわる刀身は、金色の陽光を撥《は》ねて、きらっ、きらっ、と輝いた。

「ええいっ！」

喉を裂く気合をほとばしらせた第五の敵が、死出の旅を急いで、血相凄《すさま》じく、一閃《いっせん》を見舞った。

狂四郎は、一足引いて、わずかに体を右にひらいただけで、目にもとまらず、その頸根《くびね》から肋骨《ろっこつ》へかけて袈裟《けさ》掛けに、にぶい骨の音とともにずんと割りつけたと思うや、飛ぶ鮮血の虹《にじ》を掠《かす》めて、びゅうんと刀を振りもどした。

第六の敵の拝み打ちが、きえーっと宙に鳴って、肩先を流れた刹那、狂四郎の振りもどした剣は、ぞんぶんに、その胴を断っていたのであった。

一瞬にして、二人を斃《たお》した狂四郎は、血顫《ちぶる》いするや、それまでの風揚乱曲《ふうようらんきょく》の「静」なる姿

勢をすてて、遽《にわか》に一人あまさず斬戮《ざんりく》するぞ！　という気魄《きはく》を満身にみなぎらせて、

「行くぞっ！」

と、叫ぶとともに、刀尖を地摺らせつつ、すすすっと一体分身の積極攻撃に移った。

背を敵に曝《さら》して、刀圏内に入った狂四郎は、

——備前屋！　おれの殺法を、ようく見ておけ！

と、肚裡《とり》でうそぶきつつ、八方の敵に応じて、四方四隅《しぐう》へ翻転《はんてん》しつつ、一人また一人と、円月剣の贄《にえ》をつくって、白洲を、飛石を、苔を、夥《おびただ》しい血汐《ちしお》で濡《ぬ》らしていった。

三

押上村の古寺龍勝寺の裏にある墓地は、すでに数十年前に見すてられて、無縁仏となった墓石が、蓬々離々《ほうほうりり》たる夏草に掩《おお》われ、高い楠《くすのき》の下に立つ地蔵尊も、哀れに、頭が半分欠け落ちていた。

住職空然《くうねん》は、かまびすしい蟬《せみ》の声と、炒《い》りつける炎熱の陽光を、坊主頭にあび乍ら、むっとする草いきれの中に、身を跼《こご》めていた。

うしろに、下駄《げた》の音がして、

「空然さん——」

と呼んだ声は、静香のものであった。

「ほ——」

びっくりして立ち上った空然は、

「まだ起きてはいかんな、お嬢さん」

と、云った。

狂四郎が、室矢醇堂から奪いとった薬の効験はいちじるしく、内股にうけた毒槍の疵《きず》はあらかた癒《い》えてはいたが、まだ体内をめぐる毒気が完全に消えたというわけではなかった。静香の、ただでさえ青味をおびた細おもては、こうして白昼のまぶしい光をあてられると、殻《から》から出たての蟬の羽のように、透けるようにいたいたしい繊弱な色艶《いろつや》だった。

「日本橋から、提灯屋《ちようちん》さんが見えておいでです」

静香は、告げてから、空然が、片手に携《さ》げている竹籠《たけかご》に目をとめて、

「なんですの？」

と、訊《き》いた。

「きりぎりすですよ。これも、かせぎのうち——」

空然は、笑った。暑いのを我慢して、虫を捕えていたのである。江戸の虫売が、朝早く、このあたりに、鈴虫や轡虫《くつわむし》や蟋蟀《きりぎりす》や蛍《ほたる》などを仕入れに来るのであった。

盆をひかえて、この飄々《ひようひよう》たる托鉢《たくはつ》雲水は、急に、せっせと内職をはじめたのである。提灯問屋から鬚骨提灯を山のように運ばせて、その瓜《うり》形、丸形、瓢簞《ひようたん》形に応じて、巧みな紅色・藍《あい》色の花鳥風月を描くのもそのひとつだった。白張に立花を図し、鬚題目《ひげだいもく》を描いたのは法華《ほつけ》宗《しゆう》向き、散り蓮華《れんげ》を描いたのは諸宗向き——といったあんばいに、空然の余技は鮮やかで

あった。

当時の風俗として、どんな貧しいその日ぐらしの裏長屋でも、必ず盆提灯をともしたのである。また、鳴き虫を飼って置いて、迎え火の晩に放つのも、佳《よ》い習慣であった。

空然は、こうして内職かせぎをして、盆になると、村中の子供たちに、各種の花火をくれてやるのを、愉《たの》しみにしていた。また子供たちも、その期待で胸をふくらませていたのである。

描きあげた提灯を問屋の小僧に持たせてやってから、空然と静香は、荒れた庫裡《くり》の囲炉裏端で、薄茶を飲んだ。

「このお寺は、何宗ですの？」

「さあ、何宗ですかな？」

「まあ！　住職さんがご存じないなんて――」

「ははは、わたし自身、俄《にわ》か坊主で、まだ何宗ともきめていないのですよ。わたしが尊敬しているのは、白隠《はくいん》ですから、禅宗にしておきますかな」

「では空然さんは、もともとお坊さんではないのですか？」

「微禄《びろく》のさむらいだったのです。窮屈なさむらいのくらしがイヤになって、閑雲野鶴《かんうんやかく》、何《いず》れの天か飛ばざらん、という了簡《りょうけん》になったのです」

「ずいぶん、勇気がおありだったのですね」

「人間は、なにか大きな不幸に襲われると、勇気が出るものです。……白隠禅師だって、もりますよ。やっとこさ、仏道を悟りかけて研鑽《けんさん》精進したところが、むくいられたものは、大《だい》喀血《かっけつ》だったのです。その時の苦しみを……普《あまね》く智識《ちしき》を訪ねて救いを求めんとすれど、病床は片時も離るべからず、仏神に祈念すれども霊験なく、兎《と》やせん角やせんと心を尽せども、何ひとつ能《あた》わず、と記して居ります。それで、とうとう、ヤケを起してふらふらとあてどない行脚《あんぎゃ》に出てしまったのです。死神野郎、殺すなら殺してみやがれ、というわけでした。その気力で、とうとう病気が治って、八十四まで生きのびてしまった」

「空然さんも、白隠禅師のように生きたいのですね」

「真似《まね》て真似られるものではありますまいがね」

とこたえて笑う空然の表情は、茫洋《ぼうよう》として、とらえどころがなかった。

——この人は、きっと、わたくしなどの想像もつかぬような、大変な不幸にお遭いになったのだ。

そう考え乍ら、静香は、わが身の境遇と信仰を、そっとひきくらべてみた。

四

静香は、俯向き加減に、雑草のかぶさった飛石を踏んで、離れへ戻って来て、何気なく顔をあげたとたん、はっと足をすくめた。

濡縁《ぬれえん》に、ひょこんと腰かけているのが姿なき護衛者むささび喜平太だったからである。異様に幅広い顔、赤ン坊を背負ったような大きな瘤《こぶ》、沓脱《くつぬぎ》から二寸もはなれて、ぶらんと宙に浮いている片足――造化の神の気まぐれでこの世に生れた醜い姿を、静香は、幼い頃から見《み》馴《な》れているにも拘《かかわ》らず、会った瞬間に悪寒《おかん》なしには接することができなかった。

静香が、つとめて無表情で、部屋に入るのを、喜平太は、縁側へ平伏して迎えた。

「わたくしの護衛は無用のことです。お帰りなさい」

つめたくつきはなして云う静香の後姿へ、死魚の目のように濁った眸子《ひとみ》をなげた喜平太は、抑揚のない口調で云った。

「お迎えに参じました。駕籠《かご》を用意して居りまするで、おしたくをねがいまする」

「自分のことは自分がきめます。そなたの指図は受けませぬ」

「お歩きなさるまでに御恢復《かいふく》なされたからには、彼奴《かやつ》の側《そば》にお置きすることは出来ませぬわい。お嬢さまがお帰りにならねば、おれは、眠狂四郎を斬りますぞ!」

「わたくしは、帰りませぬ!」

切りすてるように、静香は、云った。

ほんのわずかの間、沈黙が来た。

ふっと――静香が、背筋にかすかな戦慄をおぼえて、思わず振りかえろうとした刹那《せつな》、喜平太は、縁側から静香の坐った場所までの二間を、風のように跳んでいた。

ひと突きで当て落された静香は、他愛《たわい》なく、喜平太の胸へ崩れた。

喜平太の濁りまなこが、かっとひき剝《む》かれた。ま白い柔肌《やわはだ》、翠羽《すいう》のように優美な眉《まゆ》、明眸《めいぼう》を伏せた長いまつげ、花に似て露をふくむ小さな朱唇《しゅしん》が、いま、喜平太の意のままにして欲しいというがごとく、腕の中にゆだねられている。

しっとりと掛った処女の重み、皮膚の芳香、黒髪の匂《にお》い、乱れた裾《すそ》からのぞく脛《はぎ》の滑らかな白さ——。

喜平太は、肚裡の呻《うめ》きを、炎でも吐くかのように、熱した息にして、静香の寝顔へ、はあっとふきかけた。

喜平太は、この数年間、日々に美しくなってゆく静香のすがたを、遠くからじっと見まもって来た。ふれてはならぬ高嶺《たかね》の花として、羽をもがれた糞蝿《くそばえ》のように、雑草の陰で蠢《うごめ》きつつ、ふり仰いで来たのである。

だが、どこの馬の骨とも知らぬ浪人者に、みずから進んで操《みさお》を与えようとする静香を見出《みいだ》した時から、この醜い傴僂《せむし》の胸に、遽《にわか》に、愛欲の炎が燃えあがっていたのである。

——おれは、お嬢さまを抱いているぞ！　こうやって、抱き締めているぞ！

夢想しつづけて来たことが、いま現実となった歓喜の絶叫を、胸中でほとばしらせた喜平太は、わなわなと顫《ふる》える節くれた五指を、ひきめくれた着物の前へすべらせて、緋鹿《ひが》の子《こ》の長襦袢《ながじゅばん》の下へ、一寸きざみにさし入れつつ、かすかにひらかれた朱唇へ、黄色の反歯《そっぱ》を剝いた口を近づけた。

瞬間——

「喝《か》っ！」

屋内をびりりっと震動させるすさまじい一声が、前庭から飛んだ。

愕《ぎょ》っとなって、首をねじまげた喜平太を、はっと睨《ね》めつけたのは、空然であった。

「荒れはてたとはいえ、此処《ここ》は、夢想国師が光輝を浴びる武蔵《むさし》国五山十刹《じっせつ》の一であるぞ！　外道《げどう》解脱《げだつ》門に通ずる菩提《ぼだい》路上にあって、淫虐《いんぎゃく》の振舞いとは何事かっ！　すみやかに立去れ、外道め！」

凜々《りんりん》たる姿から、日頃の飄乎《ひょうこ》たる風貌《ふうぼう》は、あとかたもなく消えていた。

「く、くそ坊主っ！」

喜平太の大きな平らな面《おもて》は、屈辱と憤怒《ふんぬ》で二倍に脹《ふく》れたかとみえた。

次にとった喜平太の行動は、宛然《さながら》、菩薩《ぼさつ》に挑戦《ちょうせん》する速疾鬼《らせつ》であった。

ぐったりとなった静香を、ひょいと小脇《こわき》にかかえるや、半身を大きく傾斜させたまま、飛ぶが如《ごと》くにおそろしい迅《はや》さで走り出た。そして、空然の脇を駆け抜けざま、颯《さ》っと白刃《はくじん》を躍らせたかと思うや、切先から一条の紅《あか》い弧線を引きつつ、もうすでに、つむじ風のように数間さきにあった。

五

眠狂四郎が、血の匂う疲れた身を、この古寺にはこび入れたのは、それから、今の時間でものの五分も経《た》っていなかった。

離れへ戻って来て、障子に凭《よ》りかかっているむこう向きの空然を見出して、訝《いぶか》しげに、った。

「どうなされた？」

と、のぞき込み、片手でおさえた胸が、蘇芳《すおう》びたしになっているのをみとめて、愕然《がくぜん》となった。

狂四郎が、あわてて、たすけ起そうとすると、空然は、かぶりをふって、

「いや、動かぬ方がいい。出血を止めているのです。……浅傷《あさで》です」

「何者に、襲われた？」

「傴僂です」

「なにっ⁉」

咄嗟《とっさ》に、狂四郎は静香がつれ去られたのを直感した。

「化物め！」

あらたな闘志をわきたたせた狂四郎は、室矢醇堂から奪った薬箱から血止め薬をとり出すのももどかしく、空然に渡しておいて、庭へ跳んだ。

「眠さん、よしなさい。無駄なことだ」

空然が、首をまわして、云った。

「あの化物に、静香は渡せぬ！」

「惚《ほ》れて、女房にしようとする娘ではありますまい。すておいた方がいい。あの娘には、あの娘の運命があろう」

「私は、あの化物と、雌雄を決したいのだ」

「またの日にされては如何《いかが》だ。今日は、あんたの顔に疲れがみえる」

「なんの――私という男に、明日という日はない！」

叫びすてておいて、狂四郎は、猛然と走り出した。

この古寺から、本所方面へ出るには、堀川に添うた街道しかない。狂四郎が、喜平太と出《で》会《く》わさなかったのは、十三人の刺客を斃《たお》した疲労で、徒歩が面倒になり、小舟をやとって、一ツ目之橋から遠まわりして、柳島橋をくぐって戻りついたからであった。

竹藪《たけやぶ》のそばを駆け抜け、近道をえらんで田の畦《あぜ》を、人家の聚落《しゅうらく》のある森へむかって、まっしぐらに走った。

森をはなれた時、狂四郎の姿は、裸馬の上にあった。

白い街道に、埃《ほこり》を舞わせて、馬は、乗手の気合をふき込まれたように疾駆した。

遠く、小さく、一梃《ちょう》の駕籠が行き、その脇につき添うている人影に目をとめるや、狂四郎は、しめた、と叫んだ。

狂四郎が、その駕籠から、五間あまり後方で、手綱を引いて、馬から、身軽く降りた時、もう、むささび喜平太は、草履を脱ぎすてて、刀を抜きはなっていた。

傲然《ごうぜん》と、大上段にふりかぶった喜平太の、覇気《はき》あたるべからざる構えを凝視した狂四郎は、この一瞬が、自分の生死の境であることを、ひしひしと感じた。

危機は、こちらにあるのだ。一刻《とき》前の悽惨《せいさん》な血闘の疲労は、四肢《しし》に重く罩《こ》めている。

相手は、こちらが全能の活力をふるって、果して破ることが可能かどうかも測り難い、面《めん》妖奇怪《ようきっかい》な飛翔《ひしょう》の秘術をそなえているのだ。

この強敵に対して、円月殺法を用いるには、早遅悠急《ゆうきゅう》の汐合《しおあい》をはかる無量の鋭気を必要とする。

疲労の四肢をもってして、どれだけ鋭気を持続し得るか――狂四郎は、みずから敢えて、それを賭《か》けて、十三人の生血を吸った刀をすらりと抜くや、つつつつと間合を詰めた。

「来いっ！　化物っ！」

「おーっ！」

それっきり――。

狂四郎と喜平太は、大地に、根深く植えられたように、不動の姿勢をいつまでもつづけた。その間におそるべき生命力が、ついやされていったのは勿論である。

狂四郎の方は、円月殺法を使うには、あまりにも自分の五体が疲労でこわばっているのを悟ったし、喜平太の方は、むささびと化して空を翔《かけ》るには、狂四郎から、間合を詰められてしまい、打って出る機を計ることさえもゆるされなくなっていたのである。

ただ、眼光と眼光だけが、稲妻のように、空間を裂いていた。

と――不意に。

白刃と白刃の中間の宙へ、ふわっと、黒いものが音もなく舞って――地に落ちた。

紗《しゃ》の十徳《じっとく》であった。

おそれ気《げ》もない足どりで、つかつかと進み入って、悠々とその十徳をひろいあげた人物は、渋谷の森の中に隠棲《いんせい》する先の大目付松平主水正《もんどのしょう》——楽水楼老人であった。

静香の祖父であり、そしてまた奇《く》しくも狂四郎の母の父でもあるこの老人は、茅場家の用人の悃願《こんがん》を容《い》れて静香をつれ戻すべくやって来る途中だったのである。

「たわけっ!」

喜平太は老人の叱咤《しった》を浴びると、急に、卑屈に顔を歪《ゆが》めて、ぱっと跳び退《すさ》り、ものも云わずに身を翻《ひるがえ》していた。

「静香は、わたくしが預かる。よろしいな」

老人は、凛としたものを含んだ声音で、狂四郎に云った。

狂四郎は、相手の悠揚せまらぬ態度にむらむらっと烈《はげ》しい反撥《はんぱつ》をおぼえたが、強いてねじ伏せると、

「ご随意に——」

と、云いすてて、未練気もなく踵《きびす》をかえしていた。

狂四郎が、龍勝寺に戻って、床に就いている空然の枕元に、憮然《ぶぜん》とした面持《おももち》で坐ると、天井を見上げたなりのその人の口から、ぽつりと一言が洩《も》れた。

「去る者は追わずですよ」

無言で頷《うなず》き乍ら、故知れぬ寂寥《せきりょう》が、狂四郎の身を嚙《か》んだ。

江戸っ子気質《かたぎ》

一

ひょっとこ面《づら》の若い職人が、腰きり半纏《ばんてん》の両袖《りようそで》を、奴凧《やっこだこ》のようにひらひらさせて、『助六』の文句を口ずさみ乍《なが》ら、両国広小路の宵《よい》の雑沓《ざっとう》を縫っていた。

「はるかすみ、立てるやいずこ、み吉野の、山口三浦うらうらと、うら若草や、はつ花に、和らぐ土手を誰がいうて……おっと、どっこい、気をつけろい、唐変木《とうへんぼく》！」

どうやら生れてはじめて出府したらしい勤番ざむらいに、とんと肩をぶっつけて、職人は、威勢よく、どなった。

勤番ざむらいは、むっとして、職人を睨《にら》みつけた。

「なんでえ、文句があるけえ」

職人は半身に構えて、首をつき出した。

「こう……お江戸はな、さむれえと虱《しらみ》に遠慮してちゃあ、生きていられねえんだ。二本ざしが怕《こわ》くって、田楽《でんがく》は食えねえや」

勤番ざむらいは、かっと赤くなったが、刀の柄《つか》へは手をかけなかった。江戸へ出たら、市《し》井《せい》のつまらぬ者と決して争いを生じてはならぬ、と藩の重役から、くれぐれもいましめられていたのである。無礼討ちは、如何《いか》なる理由があろうとも、それは一生の疵《きず》になって、出世の邪魔になる泰平の世であった。

「おうおう……なんとか、野暮くたいお国訛《なま》りで御託《ごたく》を並べてみろい」

顎《あご》をしゃくって、せせら笑った職人の肩を、うしろから、ぽんとたたいて、

「止《よ》じねえ、富蔵」

と、声をかけたのは、眠狂四郎唯一《ゆいいつ》の乾分《こぶん》と自任する掏摸《すり》の金八であった。

「なにおっ——おっ、金八か」

「職人は、仕事をするのは、素面《しらふ》の時に限るぜ」

金八は、富蔵にだけわかる意味のことを、笑い乍ら云った。富蔵も、巾着切《きんちゃくきり》だったのである。

「余計なお世話だい。すっこんでろ」

「まあ、そう云わねえで——」

金八は、富蔵の胸を、とんとかるく突いた。とたんに、目にもとまらぬ早業で、勤番ざむらいからすりとった財布を、そのふところから、またすりとっていたのである。

「お武家様、ごらんの通りの酔っぱらいで、醒《さ》めりゃ猫《ねこ》のようになる男なんで——何分、ひとつ、了簡《りょうけん》してやっておくんなさい」

金八は、丁寧に腰を踞《こご》めて、詫《わ》びた。

青ざめた勤番ざむらいは、よくききとれぬ言葉を口のうちで呟《つぶや》いて、逃げるように、急いで行き過ぎた。

金八が、勤番ざむらいとすれちがった瞬間、財布をその懐中へ返したのを、勤番ざむらいはもとより誰も、気がつかなかった。いや、たった一人を除いては——。

おらんだ眼鏡の小屋の前に彳《たたず》んでいた、木綿縞《じま》に花色繻《しゅ》子の帯を甲斐《かい》の口に結んだお店者《たなもの》いでたちの男が、金八の動作に鋭い目をつけていたが、一瞬、にやりとしたものであった。頰《ほお》の殺《そ》げた、色艶《いろつや》の悪い男だった。

男は、ゆっくりと、富蔵へ近寄った。

富蔵は、立去る金八の後姿へ、ぶつぶつとすてぜりふを投げていたが、男が前に立つや、

「あっ、兄貴——」

「莫迦《ばか》野郎！　てめえのふところを調べてみろ！」

低いが、肺腑《はいふ》にひびく凄味《すごみ》のある怒声をあびせておいて、男は、金八の後を尾《つ》けて、急ぎ足になった。

黒元結連《くろもとゆいれん》という江戸で腕きき揃《ぞろ》いの掏摸組中、随一の手練を誇る、小春吉五郎というのが、この男の素姓であった。

二

金八が入って行ったのは、川沿いに並んだ茶屋のひとつ「東屋《あずまや》」という店であった。

赤い前掛の茶汲《ちゃく》み女が、好いたらしい若い町人と、別れの指きりをしているのを見て、金八は、

「ようよう——小指きりきり、きりぎりす、松虫鈴虫くつわ虫、蝶々《ちょうちょう》とんぼは浮気者、来てはちらちら思わせぶりな——ってな。お安くねえや」

と、からかった。

「いやな、金さん——」

背中をひとつたたかれて、わざとお祭佐七の殺しの場の見えよろしく、とんとんと踏んで、奥に入った。

「やっぱり、おいらのカンは狂わねえ」

衝立《ついたて》から、ひょいと首をのばして、そこに仰臥《ぎょうが》している眠狂四郎の姿を見出すや、金八は、うれしそうに、にやっとした。

しかし、あがって、あらためて、目蓋《まぶた》をふさいだ狂四郎の寝顔を眺《なが》めた金八は、

——こいつは、風向きが悪いや。

と、直感した。

彫られたように深い白皙《はくせき》の容貌《ようぼう》に刷《は》かれた翳《かげ》は、金八がこれまで接したことのない悽惨《せいさん》な暗い色を帯びていたのである。そして、そう直感するや、その微動もせぬ仰臥の姿勢から、鬼気せまる不気味さをおぼえて、金八は、思わずぞくっとした。

会ったら、矢庭に、

「先生、美保代さまを、あのままずておくたあ、どう考えたって殺生《せっしょう》でさ。生かすか殺すか、どっちかに片をつけておくんなさい」

と、談じ込もうとほぞをきめていた金八だったが……。

「先生——」

そっと呼びかけて、金八は、今日は用件だけをすますことにした。水野忠邦の上屋敷に呼ばれて、側頭役武部仙十郎から、狂四郎宛《あて》の手紙を託されたのである。

「これを、急いで読んでもらいたいって、武部様のおことづてでござんす」

間を置いて、むっくり起き上った狂四郎は、陰鬱《いんうつ》な眼眸《まなざし》を宙に据《す》えて、ぼそりと呟くように問うた。

「金八、お前は、何が愉《たの》しみで、この世に生きている?」

「へ? 何がって……そりゃあ、この世には、女がいるし、酒があるし、博奕《ばくち》だとか喧嘩《けんか》だとか——いいや、先生が、こうしろと仰言《おっしゃ》りゃ、ぶるぶるっと武者《むしゃ》ぶるいして、それだけで、生甲斐がありまさあ」

狂四郎は、しかし、耳を仮《か》そうともせず、武部仙十郎の手紙の封を切っていた。

読み下す狂四郎の表情が、いつもの冷やかな冴《さ》えたものに戻るのを見まもって、金八は内心、——しめた、と思った。

狂四郎は、巻紙を懐中にねじ込み、太刀を手にして、立ち上った。

「先生、あっしの役目は、ござんすかい?」

「あるだろう」

「ありがてえ！」

目を輝かして、金八は、ぱんと手をたたいた。

外へ出て、

「どちらへ、いらっしゃるんで？」

「吉原だ」

仙十郎の手紙によれば、仲の町の引手茶屋「若葉屋」に、水野忠邦の異母弟長谷川主馬《はせがわしゅめ》が、流連《いつづ》けている筈《はず》であった。

長谷川氏は寄合小普請《よりあいこぶしん》三千石であったが、先々代が山田奉行を職務怠慢の廉《かど》により罷免《ひめん》させられた所謂《いわゆる》お咎《とがめ》小普請の家柄《いえがら》であった。

徳川家康の母伝通院殿の生家であり、譜代の重席、加判の列に加わる水野家に生れた者が、お咎小普請の旗本の養嗣子《ようし》にされるのは、甚《はなは》だしい屈辱であった。

しかし、主馬は、明敏卓識の兄忠邦に比べて、あまりにも思慮浅い粗暴の性格の持主であった。兄忠邦が、十九歳で家督を継ぐや、自筆の条書を家中に下して、風儀を正し、容髪を改め、志向を教示して、君主たるの識見をしめす卓抜の俊才であっただけに、異母弟主馬の劣性はひどく目立ったのである。そして、その劣等感が、いよいよ主馬の放埒《ほうらつ》を激しいものにし、ついに、お咎小普請の旗本の家へ自らを追いやる仕儀となったのである。

今は、西丸老中として、閣老に列した兄と、無為徒食の弟との間には、千歩の距離がある。

武部仙十郎は、敵方の本丸老中側が、兄忠邦を憎悪《ぞうお》する長谷川主馬を自分たちに寝返らせようとしているのを、疾《と》っくに気がついていた。忠邦を失脚屠腹《とふく》せしめて、弟の貴殿をして水野家を襲わしめよう、という見えすいた餌《えさ》にまんまと釣《つ》られるに相違ない主馬だったからである。

仙十郎は、主馬が敵方に付いた証拠を摑《つか》んだならば、主馬の為に、討ち払わねばなるまい、と冷酷な決意をしていた。

狂四郎宛の手紙の内容は、そのことであった。

主馬が、急に仙十郎のもとへ使いを寄越して、「眠狂四郎という稀代《きだい》の刺客《しかく》を雇っている由《よし》だが、是非会ってみたい」と申入れて来たのを機会に、仙十郎は、狂四郎をつかって、裏切りの証左を明らかにしようと思いたったのである。

三

狂四郎と金八が、吉原の大門《おおもん》をくぐるや、数間おくれて、なんの目的か、ずうっと尾《つ》けて来た巾着切の小春吉五郎も、何食わぬ嫖客《ひょうかく》づらで、くぐっていた。

陽《ひ》が落ちて、たそや行灯《あんどん》の灯《ひ》が、涼風と菅掻《すががき》の流れる大通りを照らす頃合《ころあい》だった。

「いつ聞いても、こう、うきうきとしやすね。店すががきに引寄せられて、つい流連《いっづけ》の今朝の雪――」

金八が、口ずさむ吾妻《あずま》八景をきき流し乍ら、狂四郎は、引手茶屋「若葉屋」の花色暖簾《のれん》をつとはねて、入って行った。

長谷川主馬は、二階座敷に、立兵庫髪《たてひょうご》に金銀五彩のぬいとりの裲襠《うちかけ》を被《はお》った敵娼《あいかた》をかたえに坐らせ、香新、振新、禿《かむろ》を居ならべ、酒に倦《う》んだ身を脇息《きょうそく》に凭《よ》りかけていた。まだ、三十前だが、兄忠邦とは似もつかぬ遊蕩《ゆうとう》で崩れた病的な風貌だった。

座敷のまん中では、白襟《しろえり》紋付芸者が三味線をひき、太鼓持が踊っていた。

「あら——眠の旦那《だんな》」

びっくりして、撥《ばち》の手をとめた芸者の声に、主馬は身を起して、

「来たか、眠狂四郎。吉原芸者に顔がきいているとは話せるぞ、ここへ参れ——」

と、酔眼を据えて、手まねいた。

「ご免——」

狂四郎は、近寄って、主馬を一瞥《いちべつ》しただけで、どの程度の人物か読みとっていた。

窮屈煩瑣《はんさ》な式礼をきらって、供もつれずに、好んで遊里に溺《おぼ》れているのは、儀容を整わねばならぬ武家大身の世界に反逆する気骨によるのではなく、いたずらな惰性でしかあるまい。尤《もっと》も、無能さが、権家《けんか》の門に日々伺候《しこう》して、機嫌《きげん》をうかがい、賄賂《わいろ》を重ねて、官途にありつくあさましさにくらべれば、まだましかも知れぬ。

そんなことを、あるひとつの疑惑とともに、考え乍ら、狂四郎は、注《つ》がれるさかずきをのこらず飲み干した。

やがて——。

主馬が、なにげない口調で、

「狂四郎、どうだな、仙十郎に雇われて居るのを辞めて、身共に雇われぬか。仕度金五百両、月手当十両、でどうだ？　座興ではない。承知いたせば、即刻、その方の膝《ひざ》の前に積んでみせるぞ」

敵方——御納戸《おなんど》頭取美濃部筑前守あたりの差金に相違ない。

「総籬《そうまがき》の三分《ぶ》女郎の身請《みうけ》値段ですな」

狂四郎は、にやりとしてみせた。

「身共は、本気で申して居るのだぞ！」

「手前は、金にはあまり欲のない男です。——入用となれば、辻斬《つじぎり》もやれる無頼者です。——手前が、あの老人の頤使《いし》にあまんじているのは、金のためではなく、底の知れぬ度量に魅せられた故《ゆえ》だと申上げましょうか。といって、別段、あの老人に心服しているわけでもありません。……風の吹き様で、こちら様へなびいてもよろしいのです。但《ただ》し、こちら様が、この眠狂四郎という男を使いきれるだけの肚《はら》をお持ちならば、です」

「先《ま》ず身共の度胸をみせろ、と申すのか？」

「左様です」

ここで狂四郎は、わざと陽気な口調で、

「おい金八、お殿様が、退屈で困って居ると仰《おお》せられる。なにか面白い趣向はないか」

「へへえ、退屈、屁《へ》理屈、こちゃ空《から》っ穴《けつ》、敷かれて重いが女房の尻《けつ》——でげすか。……ひとつ、辻斬でもおやんなすっちゃ、いかがでございます？」

「おお、それがいい。そいつに限る」

この会話は、どうやら予《あらかじ》め打合せておいた呼吸の合いかたであった。

流石《さすが》に、主馬は、ひるんだ。わざと自儘《じまま》放埒を見栄として、泰平をすねてみせていても、露見すれば改易の危険がある無謀を敢《あ》えてするだけの不逞《ふてい》の度胸に乏しかった。

「なに——無辜《むこ》の町人を斬れとは申しません。斬られて親がよろこぶ手合は、掃いてすてる程居ります。手前が、さがしましょう」

「後の責任は、其方《そのほう》がとると申すのか？」

「手前が斬ったという一札を死体に乗せておいてもよろしい。刀も、手前がお貸しいたしましょう……雇われる方が、雇い主の腕を試してみる——こういうさかさま事も、たまにはあってよろしいではありませぬか」

小半刻《こはんとき》後、狂四郎が手洗いに立つと、金八が、そっと追って来た。

「先生、辻斬やらせるって、本気ですかい？」

「本気だ」

「あんまりいい趣向じゃありませんね。どうも、あっしは、あの旗本は虫が好かねえや。いくら親不孝の極道者でも、あのひょうたれ武士の刀のサビになるんじゃ、金輪際《こんりんざい》浮かばれませんぜ。いったい、どこから俎《まないた》の鯉《こい》を釣って来るんです？」

「お前だ、斬られるのは」

「じょ、じょうだんじゃねえや」

「それが、こんどのお前の役目だ」

「慍りますぜ、先生。西瓜や真桑瓜じゃあるまいし——」

「おれが、あいつに、刀を貸すと云ったろう。刃引きのしろものをあいつに渡してやるのだ。知りあいの道場から稽古《けいこ》用のを借りて来る」

「なある——だけど、莫迦《ばか》力で振りまわしたら、皮ぐらい破れますぜ。あたりどころが悪けりゃ、骨が折れらあ」

「骨も折らずに儲《もう》けてみろ。斬りつけて来たのを躱《かわ》して、あいつの印籠《いんろう》をすりとるのだ。……実は、そのことが目的だ。おれが、ねじ伏せて、印籠を奪うのは、小児の腕をひねるのに等しい。強盗は、おれの好みに合わぬから、お前の、巾着切の腕を見込んでの趣向だ。わかったか？」

　この密談を、障子をへだてた小部屋で、地獄耳にききとっていたのは、例の小春吉五郎であった。

四

　下弦の月が、晴れわたった空の片隅《かたすみ》を切り抜いたように、かかっていた。

　浅草寺《せんそうじ》の本堂や塔が、東方に影絵になった、ここ浅草裏の往来は、さっき九つの鐘をきいて、ぱったり人通りが絶えた。

きこえるのは、ひたひたと、おのれの影を踏んで行く盗《ぬす》っ人被《とかぶ》りの金八の跫音《あしおと》だけであった。

ともすれば、全身の筋肉がこわばり、胸の底から、げっぷのようなイヤな恐怖感が、ぐうっとせきあがって来るのを抑えようとして、金八は、小声で、二上り新内を口ずさんだ。

たぶさとる手にすがりつき
わけをきかせて下さんせ
私が悪けりゃ、あやまろう
邪険も時によるわいな

——あっ！　いやがる！

七、八間むこうに、黒い影をみとめるや、金八は、舌がひきつれて、声がかすれた。

——刃引きじゃねえか、おどろくない。

顔をつつんだ黒影は、ひとつだけだった。狂四郎は、どのあたりで見まもっているのか、金八の目にはとまらなかった。

一歩一歩に緊張が加わり——距離が二間にちぢまるや、あと二歩のうちに、相手が抜く筈だと教えられている金八は、思わず、足をすくめた。

瞬間、相手は、その二歩を待たずに、左手に携《さ》げていた白鞘《しろざや》から、ぱっと抜いたのである。

「何をしやがる！」

と叫んだつもりだが、声になったかどうか——。金八は、斬りつけて来た刀尖《とうせん》が、顔前一尺を閃《ひらめ》き落ちる恐怖で、きもをひきちぢめつつも、——べら棒め、とどくものか！ とあざける余裕をのこした。

畑の方へ、横っとびする金八にむかって、主馬は、なにか喚《わめ》いて、二の太刀を振り込んだが、またはずれた。

金八は、本能的に、相手の体勢が崩れた隙《すき》をねらって、だだっと体当りをくれて、その腰の印籠へ、手を——たしかに一度は指さきがふれた。しかし、主馬が、よろけて、のけぞったために、金八の上半身もまた、前へのめった。

「うわっ！」

主馬が、しりもちをつく寸前に、無我夢中で振りはらった刀が、金八の膝頭をしたたか打った。

唸《うな》った金八は、ぴょんと跳び上って、そのまま、びっこをひきつつ、一目散に走り去った。

主馬が、いまいましげに舌うちして、地べたから立ち上った時、いつの間にか、背後に、狂四郎が佇《たたず》んでいた。

「人間一人斬るのは、容易のわざではありますまい」

「たしかに……手ごたえがあったが——」

まだ肩を喘《あえ》がせている主馬の腰に、印籠がついているのを見とどけた狂四郎は、

「あらためての辻斬をおのぞみの節は、手前いつでも、いけにえを御用立ていたします。

……ここ数日は、江戸町二丁目の中まんじで寝ころんで居りますれば――御免」

と、冷やかに云いすてて、すたすたと歩き出していた。

――金八のやつ、そこいらで、うなっているのではないか。

と思い乍ら、狂四郎が、あたりに気をくばってゆっくり歩いて行くと、突然、小路から、目の前に進み出た人影が、腰をひくくして、

「金八は、駕籠《かご》で、今川町の文字若師匠のところへお送り申しました」

と、告げたのである。

狂四郎は、じっと見据《みす》えて、

――どこかで見たな？

と直感した。身なりは商戸《しょうこ》の主人ていであったが、狂四郎の神経にふれる鋭い気配をもった男であった。

「御不審は、ご尤もでございます。あっしは、金八と同じ稼業《かぎょう》をして居る者でございます。吉五郎と申します」

「どうして、今夜のことを知って居る？」

「お話すれば、長くなります。お歩き願いましょうか」

落着きはらった物腰と静かな口調であった。不敵な度胸である。

狂四郎が歩き出すと、吉五郎は、二歩ばかりへだてた横を足をはこび乍ら、昨日、金八が、自分の乾分《こぶん》の富蔵が勤番ざむらいからすった財布をすり戻した一件を、手短かに語った。

金八の鼻をあかしてやろうと、後を尾《つ》けているうちに、ずるずると引手茶屋まで入り込み、今夜のことをぬすみぎいた、という。

相槌《あいづち》もうたずに、歩いていた狂四郎はふいに、云った。

「お前はどうだ？　腕に、自信はあるのか？」

「へえ――」

ちょっと黙っていてから、

「せっかくの御趣向を、指をくわえて眺めていたのも、気のきかない話でございました」

「やってみせろ！」

狂四郎は、なげ出すように云った。

「やりましょう！」

と、きっぱりこたえて、

「……が、それについて、お願いがございます」

「なんだ？」

「あっしは、斬り手の方は一向に怕《こわ》くはございません。おそろしいのは旦那《だんな》の方でございます、あっしが、首尾よく印籠をせしめるか、やりそこなうか――いずれにしても、旦那は黙って、見ていていただきたいのでございます」

「おれは、べつに、あの旗本の味方ではない。そんなことは、わかっている筈ではないか」

「わかって居ります。しかし、その時になって、旦那のお気持がどうお変りになるかも知れましたのでね」

ない——突然、——あっしが小憎らしくなって、抜き討ちをおやりなさるかも知れぬと存じ
「懸念《けねん》のいらぬことだ。勝手にやるがいい」

「それをうかがいまして、安心いたしました。……では、ご免下さいまし」

吉五郎は、いんぎんに一礼すると、すっと、横町へ、身をかわしていた。

狂四郎が、ふと、ある不審を湧《わ》かせて、

「おい——」

と呼びとめたが、返辞もなく、跫音もなく、夜気の中へ溶けるように姿を消していたのであった。

五

江戸町二丁目の半籬《はんまがき》「中まんじ」で、馴染《なじみ》の一分女郎の部屋に、茫然《ぼうぜん》と寝そべっている狂四郎を、引手茶屋「若葉屋」の使いが迎えに来たのは、その翌々日の白昼であった。

長谷川主馬は、狂四郎があらわれると、

「こ、こんなものを投げ込んだ奴《やつ》があるぞ！」

と、気色ばんで、一通の封書を抛《ほう》り出した。

狂四郎は、まぶしい陽ざしの中で、主馬の血の気のない乾いた皮膚と異様に濁ったうつろな瞳《ひとみ》の色と絶えず痙攣《けいれん》する指などを、すばやく見てとってから、

――想像たがわず、阿片《あへん》中毒だな。

と、確信持ち乍ら、封書をひらいた。

『卒爾《そつじ》乍ら、一筆申入れます。一昨夜の御前さまのお腕前、酔いのかげんで、ちとお狂いなされたのは、まことにお気の毒に存じます。つきましては、いま一度のお試しは如何《いかが》なものでございましょう。人さまより刀などお借りなされずに、家宝の一振をもってお出かけ下さいまし。今夜、やはり、同場所同時刻、盗っ人かぶりで参上つかまつります』

――吉五郎め、味な真似《まね》をやる。

微笑せずには、いられぬことだった。

「狂四郎、その方が、やくざ連中に触渡《ふれわた》したのだろう？」

「あいつらは、目耳口の早い輩《やから》です。こういうことは、その日のうちに仲間に拡《ひろ》がります。それよりも、どうなさるお積りです？　お出かけになりますか？」

「勿論《もちろん》だ。小ざかしく挑戦《ちょうせん》し居って――斬りすててくれる！」

主馬が、肚《はら》から憤怒《ふんぬ》している様子を、狂四郎は、冷然と眺めた。

軽快豪爽《ごうそう》の三河武士の血は、すでに枯れて久しい。剽悍《ひょうかん》の意気は、今や、市井《しせい》の匹夫《ひっぷ》に移っている。旗本八万騎の上位にいるこの男に、徒手で白刃に向う度胸があろうか。一介の巾着切が、堂々と天下の直参に戦いを挑《いど》んだのである。挑まれた方は、その小気味のよさを、ほめてやるべきではないか。

吉五郎は、勝って、なんの名声栄誉を受けるわけではない。斬られれば、犬死にひとしい。ただ、おのれの心意気をほとばしらせて、敢えて、生命《いのち》を賭《か》けようというのだ。

——お前さんよりは、あの巾着切の方が、ずうんと見あげた男なのだ。

今夜も、晴れて、浅草寺の杜《もり》から啼《な》き立った夜鴉《よがらす》が、月下に、不吉な影を舞わせた。

黙々として彳む狂四郎より三間はなれて、主馬が、落着きなく、位置を変えたり、首をまわしたりしているのが、この寂寞たる深夜の地上に動く唯一《ゆいいつ》の影だった。

と——急に、主馬が烈《はげ》しい緊張をしめして動かなくなったので、狂四郎は、首をのばした。

——来たな。

月光の中に、くろぐろと浮かびあがった人影ひとつ——。

盗っ人かぶりの男が、無造作な歩調で、進んで来た。金八とは、比べもならぬ悠々《ゆうゆう》たる落着きぶりだった。不敵にも、男は、仁王立ちになった主馬のまん前へ、まっすぐに足をはこんだばかりか、夜目にも白く、歯をみせて、笑ったのである。

「やってみろ！」という誘いの笑いだった。

「ええいっ！」

主馬は、抜き討ちに、あびせた。一瞬早く、男は、身軽く、うしろへ跳び退《の》いて、また声もなく笑った。

苛立《いらだ》って、主馬が打ち込む、二の太刀、三の太刀を、男は、ひょいひょい、と躱して、いかにも無造作に、空を切らせていたが、そのうち、ぱっと月光を撥《は》ねて、主馬の手もとへ躍り入っていた。

そして、次の刹那《せつな》には、もう、主馬から、一間も離れている鮮やかなはなれ業を演じた。

主馬が、その後姿へむかって、刀を振った恰好《かっこう》は、いっそ道化たものだった。

狂四郎は、自分の前を走り過ぎる吉五郎を、微笑しつつ、見送った。

しかし——。

吉五郎の逃走は、ものの十間もつづかなかった。

突如、町家の黒板塀《べい》の陰から、抜刀したふたつの黒影が走り出て、その前後を遮《さえぎ》ったのである。

「待てっ！」

絶叫して、狂四郎は、地を蹴《け》った。

よもや、主馬が、仕損じた時のことを考えて、伏兵を用意して居ようとは、狂四郎も気がつかなかった。迂闊《うかつ》というべきであった。

狂四郎が、走り寄りざま、抜く手もみせずに、向って来た一人を一颯《いっさつ》で斃《たお》すのと、吉五郎が、呻《うめ》いて膝を折るのと、殆《ほとん》ど同時だった。

「しまった！」

狂四郎は、猛然と、吉五郎を斬ったもう一人へ突進したが、この方は、意外の強敵で、その青眼の構えの見事さをみとめるや、はっと思いあたることがあった。

「貴様、備前屋に飼われている刺客だな！」

相手は、無言である。無言が、肯定を意味した。

狂四郎は、静かに刀尖を、地に下げた。

この瞬間――。

背後で、轟然《ごうぜん》と、銃声がひびいて――狂四郎のからだは、ばたっと地に伏した。

「やあっ！」

正面の敵は、計略に驕《おご》った一刀を、振り下ろした。

だが、その切っさきは、むなしく土中へざくっと切り込み、その伸びきった胴は、狂四郎が地べたを一転しつつ、下から、びゅっと薙《な》いだ一刀に、ぞんぶんの手ごたえを与えて、血飛沫《しぶき》をほとばしらせる結果となった。

すっくと立った狂四郎は、短筒を摑《つか》んで凝然と彳む主馬を、睨《にら》み据えて、

「たわけっ！　それでも水野越前守の弟か！　卑劣者め！　恥を知れ、恥を――」

と、たたきつけるように怒鳴りつけておいて、吉五郎を抱き起そうとした。

すると、主馬は、短筒を投げすてて、狂ったような喚き声をあげて、拝み打ちに斬りつけて来た。

間一髪で、身をひねって、その手くびを摑んだ狂四郎は、そのまま、ずるずると、道端へ寄った。

「おれが貴様を斬らぬのは、同じ異端の子の不憫《ふびん》と知るがいい。麻薬で痴《し》れた頭をひやせ」

主馬のからだは、大きく宙を舞って、山谷堀《さんやぼり》に、高い水音をたてて落ち込んでいた。

ひきかえした狂四郎は、吉五郎を抱きおこし、傷をさぐってみて、——たすからぬかも知れぬ、と黯然《あんぜん》となった。

「旦那……た、たしかに、す、すりましたぜ」

吉五郎は、左手に握り締めた印籠を、持ちあげようとしたが、その力がなかった。

「よくやったぞ、吉五郎！　……しかし、お前は、莫迦《ばか》だ」

「旦那……白状しますあ。あっしは、備前屋に、たのまれて……旦那の、ふところの……女雛《めびな》の首を、す、すりとろうと……尾けねらって……いるうちに……いつか、あっしは、旦那に……惚《ほ》れ込んで、いたんでさ……で、あっしも、金八のように……旦那の乾分に、して、もらおうと……こ、この印籠をすって、ごらんに入れて——」

狂四郎は、大きく頷《うなず》いてやった。

「気に入ったぞ、吉五郎」

「……あっしも、江戸っ子の……はしくれでさ——」

翌日、阿片入りの印籠に添えて、長谷川主馬が、もはや敵方の意のままに操られる中毒患者になっている報告書が、武部仙十郎のもとへ届けられた。

悪魔祭

一

神祇《じんぎ》・釈教・恋・無常・みな入りごみの浮世風呂《ぶろ》――江戸庶民の生態は、湯煙りの中に、最もあざやかに描き出される。

読本《よみほん》作者立川談亭《たてかわだんてい》の唯一《ゆいいつ》の愉《たの》しみは、朝湯に行くことであった。

談亭が入って行くと、武者絵を描いた柘榴《ざくろ》口《ぐち》の中から、声高な云い争いがきこえた。近所の若い衆二人と材木問屋の隠居であった。ほかに、客といえば、むこう向きに沈んでいる浪人者が一人だけの、がらんとした明るい浴場である。

「おお、談亭先生。待ちかねたり。どうも、この青二才めが、わしの云うことを頭から信用せんのでな。ひとつ、先生から、教えてやってもらえませんかね」

「なんのことだな？　天地陰陽《おんよう》、森羅万象《しんらばんしょう》、拙《せつ》に和漢蘭《らん》ことひとつもないが――」

「なにね、先生、この隠居め、銭湯は、日蓮上人《にちれんしょうにん》が、はじめたなぞと、大ぼら吹きゃがってね」

「日蓮は元来法螺《ほら》吹きだが――、ともかく、日蓮以前に湯屋のあったことはたしかだな。村上天皇の御宇《ぎょう》編纂《へんさん》源 順《みなもとのしたごう》の和名抄《わみょうしょう》に、浴室これ俗に由夜《ゆや》という、と出て居る」

「へへえ、談亭先生がのたもうと、成程と合点《がてん》がいかあ」

「隠居が死んだら、通夜《つや》をしねえで由夜といこうか。由夜由夜、汝《なんじ》を湯灌《ゆかん》せん——」

「この江戸ではじめて湯屋が出来たのは、天正頃《ごろ》でな、銭瓶橋《ぜにがめばし》に伊勢の与市という男が立てて、永楽一銭取ったということだ。男女混浴でな」

「へっ、たった一銭で、年増《としま》の尻《しり》でも未通女《おぼこ》の臍《へそ》でも、選《よ》りどり見どりとはこてえられねえや」

「臍といやあ、もうそろそろ、どこかの色年増が、臍に、黒い十字をぬたくられる季節じゃねえか。甲州屋の女房が、ぬたくられたのが、一昨年《おととし》の今頃、女役者の坂東《ばんどう》秀弥がぬたくられたのが昨年の今頃——へっ、今年は、隠居の妾《めかけ》の出臍かも知れねえ」

「おや、おめえ、わしの妾のはだかをいつ覗《のぞ》いた。どこに、目がついてやがる。わしの妾は、出臍じゃないぞ。出ているのは、つんと、こう、通った鼻筋だあな」

「そいつがいけねえんだ。甲州屋の女房も女役者も、氷柱《つらら》みてえにつんと鼻筋が通ってやがったぜ。癪《しゃく》だが、みとめらあ。お前さんの妾は、あの二人にどこか似ているぜ。剣呑《けんのん》剣呑——蚊帳《かや》の中に入れて、出臍をしっかとおさえさせて置きな」

この時、むこうの浪人者が、すっと立って流しへ出た。

——おや、どこかで見たような？

横顔を一瞥《いちべつ》して、談亭は、小首をかしげたが、この時は、思い出せなかった。

思い出したのは、着物を肌《はだ》にひっかけて二階へあがった時であった。

この当時の湯屋の二階は、遊人集合場であり、密会媾曳所《あいびき》であった。座敷はぶっ通しの打ちぬきで、将棋を差す者、碁石を打つ者。中央に、二階番頭がいて、茶釜《ちゃがま》に白湯《さゆ》をたぎらせて、小綺麗《こぎれい》な雇女に、煎茶《せんちゃ》を客の前へはこばせた。

浪人者は、この二階の高欄に凭《よ》りかかって、こちらを見ていた。その白皙《はくせき》の顔は、談亭が、常磐津師匠文字若の家で出会ったものであった。

「これは、どうも、ついお見それいたしまして――先礼いたしました」

談亭が、近づいて挨拶《あいさつ》すると、眠狂四郎は、礼を返してから、

「女の下腹に黒い十字を書くという話は、本当か？」

「お耳にとまりましたか、妙な事件でございましてね」

一昨年夏、仙台堀《せんだいぼり》の亀久橋《かめひさばし》の下に、全裸の女の死体が浮かんでいた。その下腹に、臍を中点として、くろぐろと太い十字が記されてあった。水で消えなかったところをみれば、墨ではなかった。締め殺されて投げ込まれたらしく、水を呑《の》んでいなかった。この女は、入舟町の海産物問屋の女房で、美人の評判が高かった。前日亀戸《かめいど》村の親戚《しんせき》へ出かけた途中を襲われたものと判明した。

昨年夏は、こんどは小名木《おなぎ》川が大川へ流れ出る口の、万年橋下に、同じく下腹に黒い十字を記された全裸の女が浮きあがった。両国広小路の小屋で非常な人気を呼んでいた女役者坂東秀弥といい、これも群を抜いた美貌《びぼう》の持主だった。猿江町《さるえちょう》材木蔵脇《わき》の広済寺にある両親の

墓へ詣《まい》りに出かけて、そのまま行方を断って四日目であった。

黙ってきいていた狂四郎は、すでに心中で断定していたことを口にした。

「二人とも、死体を発見されたのは、八月十二日だな」

「よくおわかりでござりますな」

談亭は、びっくりして、狂四郎をまじまじと見まもった。

「二人の面差《おもざし》が、似かよっていると、若い衆がいっていたが——」

「左様でございますね。私も甲州屋の女房の方は、川開きの涼船の中で、ちらと眺《なが》めただけの記憶でございますが、そう申せば、秀弥と、目鼻立ちがどこやら似ていたような——」

「気品があったのだろう」

「ございましたな。秀弥は、役者などさせておくには、もったいない。大奥の御中﨟《おちゅうろう》にしても、同輩にひけをとらぬ……あ、そうでございます。身近なところに、似たご婦人がおいでございますよ。文字若の家においでの、美保代さまとおっしゃった——あの方が、秀弥そっくり、とまではいきませぬが、たしかに——」

瞬間、狂四郎は、大きく目を瞠《みひら》いた。

偶然にも、そうきいた、狂四郎の脳裡《のうり》の、ある暗くとざされた一隅へ、ぱっと眩《まぶ》しい光があてられたように、ひとつの発見があったのである。

——美保代は、おれの母の俤《おもかげ》に似ている！

このことだった。

いままで気がつかなかったのが不思議というべきだった。

美保代に会った時、美保代の姿を思い泛《うか》べる時、狂四郎の心が波立つのは、——あまりに美しすぎる！　という意識による為《ため》であった。しかし、その焦躁《しょうそう》感は、意識の下にかくれているあるものの作用であったと、たったいま、わかった。

あるもの——美保代が、母と似ているという、その事実だった。

——そうか、そうだったのか。

胸中の波紋がおさまると、狂四郎の思念は、現実に対する冷静な企てを咄嗟《とっさ》にめぐらしていた。

「談亭さん、使いをたのまれてくれぬか」

「なんでございましょう？」

「美保代を、ここまで、つれて来てもらいたい」

二

それから五日後の晴れた日の七つ下りであった。

小名木川に沿うて、新高橋から大島橋にむかってまっすぐに通じている往還を、一人の若い女が、しずかな足どりで歩いていた。

涼風の渡る、あかるく澄んだ川端の夕景色の中に、その姿は、「明石《あかし》からほのぼのと透く緋縮緬《ひぢりめん》」の粋《いき》な町方女房の装いで、水髪にさした京打簪《かんざし》が、きらりと斜陽を撥《は》ねて輝くのも、瀟洒《しょうしゃ》をよろこぶ江戸っ子好みだった。三つ足の駒下駄《こまげた》の塗革がくい込んだ、抜けるように白い素足は生れてはじめて足袋を脱いだなまめかしい痛々しさだった。

美保代であった。

狂四郎のたのみによって、一昨日、昨日、そして今日と、この扮装で、半刻あまり、この道を往復しているのだが、それが、なんの目的によるものか、美保代にはあきらかにされていなかった。

五日前、狂四郎は、談亭を使いにたてて、湯屋の二階へ美保代を呼ぶと、唐突に、

「そなたのからだを借りたい」

と、申し出たのであった。

美保代は、狂四郎の冷たい無表情は相変らずだが、身も心も与えたものの鋭い直感で、そのまなざしや口調の中に他人では窺《うかが》い知れぬ親しみがひそまっているような気がした。この前会った時は、まだ二人の間には、互いに歩み寄るのを拒む垣《かき》が横たわっていたが、それが、いまは、とりはらわれたように思えて、美保代の心は、にわかにときめいた。

といって、両者の態度は、外目には、およそ、よそよそしいものでしかなかったが——。

「わたくしのからだは、水野家を出た時から貴方《あなた》様のものでございます」

美保代は、俯向《うつむ》いて、そうこたえた。固く作られた言葉ではなく、自然にすらすらと出た真意であったのは、眉目《びもく》にかすかに紅味《あかみ》がさしたのであきらかであった。

「危険な仕事なのだ。もしかすれば、一命にかかわる。それでもよろしいか」

「かまいませぬ」

美保代は、目をあげて、狂四郎の視線を受けた。

狂四郎の眸子《ひとみ》は、遠いものを想《おも》う静かな色を湛《たた》えていた。自分の見目かたちから、狂四郎が亡《な》き母を見出《みいだ》そうとしているとは知る由《よし》もない美保代だったが、この孤独な浪人者がはじめてしめしたやさしい気振りに、彼女の胸のうちは、妖《あや》しく疼《うず》いた。

——この人のためなら、わたくしは、よろこんで死ぬことができる！

美保代の脳裏を、冷たいむくろとなった自分をかかえて、双眼を潤《うる》ませる狂四郎の姿が泛び、瞬間、全身が溶けるような恍惚感《こうこつ》がわきあがった。

その恍惚感を、美保代は、この五日間、絶えず甦《よみがえ》らせて来たのである。

こうして、この川沿いの道を辿《たど》ることが、どの様に、おそるべき危険なふるまいであるか——そのことに心は、すこしも怯《おび》えてはいなかった。美保代は、ただひたすら、狂四郎のことのみを想い描き乍ら、足をはこんでいたのである。

美保代の知らぬことだったが、狂四郎の判断では、甲州屋の女房も女役者も、この川沿いの道で、誘拐《ゆうかい》されたに相違ないのであった。甲州屋の女房は、入舟町から亀戸村へ行き、女役者は、両国から猿江町へ行き——その中途で襲われたのである。すなわち、両名が通った同じ道といえば、新高橋から大島橋にいたるこの一本道である。

この道すじは、町家がすくなく、川をはさんで、大名の下屋敷が、ずうっとつらなった淋《さび》しい屋敷であった。日中の人影も、半町にひとつかふたつ、かぞえる程度であった。

それに、ちょうど、時期としても、世間が静かな日々であった。去月の盂蘭盆会《うらぼんえ》、四万六千日、藪入《やぶいり》、二十六夜の月見、そして、この月朔日《ついたち》の田面《たのも》の祝賀も終り、十五夜八幡宮《はちまんぐう》祭まではまだ数日ある昨日今日は、残暑を避けて、町家も武家屋敷もひっそりとしていた。

美保代が、猿江橋を渡って、土井大炊頭《おおいのかみ》の下屋敷の門前までの数町をあるく間に、すれちがった者といえば、飲料水をかついだ仲間《ちゅうげん》の一群と、普化僧と、重い荷を背負った呉服屋の番頭と——それくらいのものだった。

と——。

美保代の行手に、とある小路《こうじ》からあらわれたのは、どこかの大名の家族が出かけるとおぼしい、立派な紅網代《あじろ》の乗物であった。前後を二人の黒羽織のお小人《こびと》がまもり、駕籠《かご》わきに、菊模様の派手な振袖《ふりそで》をまとった女中がつき添っているところをみると、あるいは大奥のお年寄の表使いと思えないこともない。

かつては、自分も、あのようにして、外出したことを考え乍ら、美保代が、川ぶちの方へ道を避けて、やりすごそうとしたとたん——。

お小人も黒看板（法被《はっぴ》）の人足も、女中もあらかじめ打合せておいた素早い呼吸の一致をみせて、つつつつと乗物を、美保代の面前へ迫らせた。

——あっ！　この者たち！

と、さとって、身をひきしめた美保代にむかって、先頭のお小人が、無言で躍りかかった。

当身をうけて、ぐらっと崩れる美保代を、走り寄った女中が、たくみにささえた。

武術に秀《ひい》でた美保代である。かんたんに当て落される筈《はず》はなかった。そのふりをみせただけであった。狂四郎から「襲われたら、抵抗してはならぬ」と命じられていたのである。

勿論《もちろん》、狂四郎が、この変事を、どこかで、鋭く目撃しているに相違ない安心もあって、美保代は、似而非《えせ》絶息のからだを、ずるずると乗物の中へ運び込まれるにまかせた。

ぴちん、と引戸に錠が下ろされて、乗物は、かつぎあげられた。

外のつくりは、華麗な乗物に相違なかったが、内部は、上下四面つめたい真鍮《しんちゅう》板がはりめぐらされ、いかにもがこうと、叫ぼうと、音は外に洩《も》れぬしかけになっていた。

ひやりとする感触に、美保代は、はじめて戦慄《せんりつ》した。

——狂四郎さま！

その名を、そっと呼んで、かたく、まぶたをとじた。

そのうち……美保代は、かすかな奇妙な臭気をかいで、ふっと、意識が遠のきそうになり、はっとなって、手さぐった。しかし、ふれるものは、滑らかな真鍮板だけであった。

急に、烈《はげ》しい恐怖が、つきあげて来た。

——いけない！　ねむってはならない！

と、必死の抵抗力をふるいたてようとしたが、襲って来る臭気はしだいに強くなり、やがて、美保代は、からだがふわっと宙へなげ出されたように実体を喪《うしな》ってゆくのをおぼえ、そのまま、昏迷《こんめい》の中へ陥《お》ちて行った。

この乗物の内部のどこからか、麻酔薬が匂《にお》い出るしくみになっていたのである。

三

陽が落ち、秋の夜風が星空を渡る頃合《ころあい》、眠狂四郎は、猿江裏町の摩利支天《まりしてん》に背中あわせたある武家屋敷の土塀《どべい》に沿うて、ゆっくりと歩いていた。

美保代を誘拐した乗物が、先刻、しずしずと入って行ったのは、この屋敷内であった。

かなり宏壮《こうそう》な構えである。庭も広く樹木も多いらしく塀の外からは屋根も、望めなかった。

表門は、かたく扉《とびら》が閉ざされ、門長屋の窓も雨戸がたてきってあった。人が住んでいる気配は、さらに感じられなかった。

しかし、空屋敷にしては、どこも荒れた様子がないのが不審だった。門前は、綺麗に掃き清めてあったし、塀越しに伸びた枝も手入れがしてあるとみた。

いったん、そこを離れた狂四郎は、町家の通りに入って、とある店へ寄って、聞いてみた。

すると、

「さあ、何様のお屋敷でございますかねえ」

と小首をかしげられたのである。

「手前は、この町に生れた者でございますが、数年前までは、たしかに、御公儀の大目付をなされて居りました松平主水正《まつだいらもんどのしょう》様がお住みでございましたが、他所《よそ》へお移りなされてからは、どなた様のお持ちものになりましたか、一向に……」

そこまで云いかけて、店の者は、何気なく、聞手を見あげて、ぎくっとなった。その表情が険しく一変していたからである。

その店を出て、道をひきかえす狂四郎は心に縺《もつ》れた謎《なぞ》の糸を解こうと、宙に目を据《す》えていた。

大目付松平主水正――すなわち、自分の母の父である。

偶然にも、この屋敷が、母の生家と知った感慨は、しかし、いまはこれを措《お》かなければならなかった。

松平主水正の屋敷であったという事実と、現在は、美女を誘拐して殺戮《さつりく》する凶悪な人間が棲《す》んでいる事実と、誘拐される美女が、似かようた容貌《ようぼう》の持主である事実と、そして、その人間が疑うべくもないころび伴天連《ばてれん》であるという推定と――この四つから、ひとつの答えを、狂四郎は、急《せわ》しく、割り出そうとしていた。

狂四郎は、ふた夏つづいて、若い女が、下腹に黒い十字を描かれて殺されていた、ときいた刹那《せつな》、

――ころび伴天連のしわざだな。

と、直感したのであった。

天主でうすを裏切り、御子《みこ》きりすとを呪《のろ》うべく、ころんだ伴天連は、悪魔に仕えなければならぬ。悪魔に仕えるためには、世にも陰惨残虐《ざんぎゃく》な黒弥撒《くろみさ》を行わねばならぬ。

八月十一日――この日は、切支丹における聖十字の日にほかならない。ころび伴天連にとっては、聖十字に対する最大の反逆をしめす黒弥撒を行う日となるのである。裸女の犠牲《いけにえ》を

悪魔にささげ、月経の血と精液をまぜた毒酒をあおって、ありとあらゆる憎悪《ぞうお》の呪文《じゆもん》をとなえる儀式の宴をはるのだ。

狂四郎は、このことを知っていた。

八月十一日は、今日である。

はたして、悪魔の僕《しもべ》は、狂四郎が囮《おとり》にした美保代を、さらって行った。

その隠れ家が、松平主水正の旧屋敷であろうとは、夢にも思わぬところだった。

だが、――推定を飛躍させれば、ここに、狂四郎としては是が非でもつきとめねばならぬ秘密が、あきらかに存在している。

甲州屋の女房と女役者と美保代は、面差が似ている。そして、美保代は、狂四郎の母と似ているのだ。このことは、決して、ただの偶然とは考えられないのである。

――悪魔め！ 待っていろ！

狂四郎が裏門へまわって行った時、土塀に沿うて近づいて来た小田原提灯《おだわらぢようちん》が、急に大きくゆれ乍ら、高くかかげられた。

「修道士《いるまん》さま！」

提灯をかかげた者が、突然口走ったのは、この意外な言葉だった。

「なに？」

狂四郎が、鋭く見たのは、なんと、ぼろぼろの衣をまとった行脚僧《あんぎや》だったのである。殆《ほとん》ど乞食にひとしく、垢《あか》と埃《ほこり》の異様な臭気がむうっと狂四郎の鼻孔をうった。窪《くぼ》んだまなこの据《すわ》り方が、半ば気が狂っていることをしめしていた。

「修道士さまではありませぬか」

「おれは、素浪人だ。……坊主《ぼうず》が、切支丹宗門に帰依《きえ》して居るのか？」

「い、いや。わ、わしは、切支丹ではない。ただ、も、もう一度だけ、あの、世にもたぐい稀《まれ》な……けだかい御姿を、お、おがみたいのじゃ」

「まりあ観音か？」

「ちがう。……まりあ観音よりも、もっと、もっと、けだかい……わ、わしの心を狂わせてしもうた……わしを、このようにむざんな破戒坊主に堕《おと》してしもうた……あの美しい御姿を……おん裸像を、も、もう一度だけ、おがみたい！」

「その、美しい裸像とやらは、どこにある？」

「こ、この屋敷の中じゃ……今、今夜は聖十字とやらのお祭りがある筈じゃ。わしは、伴天連のことなら、なんでも知って居る。……あ、あの御姿に、会いたいばかりに、わしは、こうして、寺をすて、御仏をすて、この屋敷のまわりを、うろついて居る……あなたが、もし、修道士さまなら、どうか、おねがい致しまする。会わせて下され……こ、この通りおねがい申し上げまする――」

破戒僧は、いきなり、地べたへ、ぺたりとすわり込むと、額を土へすりつけた。

ほんのしばしの沈黙の後、狂四郎は、云った。

「よし！　会わせてやろう」

四

深い深い水底から、もがき乍ら、あえぎ乍ら、死にもの狂いで浮びあがる悪夢が、水面へやっと顔を出したとたんに、ふっと切れて、美保代は、意識をとりもどした。

視覚のおぼろに狂った瞳孔《どうこう》に、最初に映ったのは、高い天井に、目まぐるしく廻《まわ》る幾つかの巨大な影像であった。次に、美保代は、意味の全く解けぬ、抑揚のはげしい呪文をとなえる声をきいた。自分の手足が、しっかと台板にくくりつけられていることに気がついたのは、そのあとであった。

すこしずつ視線を移して、自分が、どのような奇怪な所の中心に仰臥《ぎょうが》させられているかを、はっきりとみとめた時、美保代は、逆に、これも悪夢ではないか、とあやうく疑った。

広い、寺院の本堂のような、板の間であった。

須弥壇《しゅみだん》にあたる位置に、全身を黒衣で掩《おお》うた像が立っていた。生ける者か、彫像であるのか、わからなかった。美保代は、いわば、香炉、花瓶《かびん》などの仏具の置かれるところに、供えられていたのであった。

その前で、黒覆面をした男が十名あまり、互いに背中を内へ向けて、両手をつなぎ、円陣をつくって、ぐるぐると廻っていたのである。円の中心に立って、呪文をとなえているのは、老いた黒衣の異人であった。この異人だけが、顔を覆《おお》っていなかった。

呪文の声が、次第に、狂おしく昂《たか》ぶるにつれて、円舞も、急激に、迅《はや》くなった。

やがて、奇怪の所業は、最高潮に達した刹那、ばたっと停止した。

老異人は、その手に捧《ささ》げていた金色の大盃《たいはい》から、黒い丸いものをつまみとって床へ撒《ま》いた。

すると、男どもは、犬のごとく、腹這《はらば》って、それを争いくらった。

儀式の順序は、次に、生ける犠牲《いけにえ》に侮辱をくわえることであった。

美保代は、老異人が、自分にむかって進み寄って来るのをみとめるや、ひしとまぶたをとじて、心で、狂四郎を呼び叫んだ。

赤毛の生えた無骨な手は、容赦なく、美保代の帯を解き、明石《あかし》の着物をめくった。

美保代は、声を立てようとしたが、麻薬でしびれた舌はもつれて、稚児《ちご》の哭《な》くに似た音声しか発しられなかった。

老異人の指が、美保代の腰をまとうた緋縮緬にかかった時、息づまる異常な静寂を破って、ひとつの声が投げつけられた。

「おい――いい加減で、莫迦《ばか》げた祭りを止《や》めたらどうだ！」

一斉《いっせい》に振り向けられた視線をあびて、眠狂四郎の黒い着流しの痩軀《そうく》長身は、入口にうっそりと立っていた。

撥《はじ》かれたように四方へ散った覆面の者たちが、板に架けられた手槍《てやり》を摑《つか》みとるのをしり目にかけて、狂四郎は、すすっと、美保代のそばへ走り寄って、これを庇《かば》うと、老異人に向い立った。

「前にお目にかかったことがあるな」

まさしく――大奥医師・室矢醇堂《むろやじゅんどう》邸内の霧人亭《きりすとてい》の地下室で、熱烈な切支丹信徒にむかって神の恩寵《おんちょう》を説いていた布教師と、このころ伴天連は、同一人だったのである。

「片方で、でうすの慈悲を教え、片方で、悪魔仕えのなぶり殺しをやる。いったい、どういうわけだ？　おい、老いぼれ！」

不気味に冴《さ》えた狂四郎の眼光を射込まれつつも、老異人の、毛をむしりとられた鶏の肌《はだ》のような赤ら顔の無表情は、依然としてなんの変化もみせなかった。

じりじりと万端の手配を整えて迫る槍ぶすまに、神経をくばるともみえぬ平然たる態度で、狂四郎は、老異人を見据えたまま、

「どちらが本当の姿か、問う方が虚仮《こけ》だろう。貴様、どうやら、備前屋に飼いならされた犬畜生だな」

その言葉のおわらぬうちに、

「えいっ！」

と凄《すさま》じい気合を乗せて、一槍が繰り出された。

躱《かわ》すともみせずに、そのけら首をむずと摑んだ狂四郎は、にやりとして、

「毒が塗ってあるぜ。これと同じ槍にも、前にお目にかかったことがある」

と云いすてて、なおも、老異人から眸子《ひとみ》をはなさず、

「わかったぜ、爺《じい》さん！　備前屋がつかっている毒薬は、お前さんの培養するところだ。……備前屋に、毒薬を作ってやる報酬に、この屋敷をもらいうけ、こんな胸くそのわるい遊

びをやらしてもらっている——。図星だろう！」

鋭くきめつけて、槍を摑んだなり、つと一足出た。

槍ぶすまが、颯《さ》っと動いた。

一瞬——。

狂四郎の右手に、白刃が一閃《いっせん》して、最初の攻撃者が血煙りたてた。

「老いぼれ！　知っているのだぞ、おれは——。こちらから教えてやろうか、貴様の素姓を……」

はったと睨《にら》みつつ、その刀は、第二の突手に対して、徐々にまわされていた。

「やあっ！」

目くらみをふりきって、柄《つか》も通れと突いて来たのを、すっとすべり出て、背後へ流して、泳ぐやつを片手なぐりに斬《き》って落とした。

「三十年前、イギリス船フレデリック・ファン・ベルガン号でやって来たオランダ医師ジュアン・ヘルナンド——そいつが、貴様の名前だ！」

とあびせると同時に、狂四郎は、また一人を、床に匍《は》わせていた。

突手たちは、それぞれ熟達の腕を誇り、間然するところない脈絡をとって、狂四郎をおしつつんでいるにも拘《かかわ》らず、その孤影の片端にもふれる隙《すき》を見出し得なかった。

いかに非凡の静止であるかは、その眼眸《まなざし》が、ただの瞬時も、老異人からはずされたことがないので、あまりにもあきらかであった。しかも、刀尖《とうせん》の描く円月にとらえられた者は、魅せられたように、自らのぞむが如《ごと》く、その五体を紊《みだ》して、白刃下へさらしたのである。

「貴様は、この江戸へ出て、公儀黙許によって、蘭医《らんい》に医術を教えた。その時、身を寄せたのが、大目付松平主水正の屋敷——すなわち、此処《ここ》だった。ところが皮肉にも、貴様が伴天連であることを、最初に見破ったのは松平主水正だった。で、貴様は、捕えられ、拷問《ごうもん》を受け、踏絵を命じられ、ついに、ころんだ。……悲劇は、それから起るのだ。貴様は、おのれをころばせた張本人松平主水正に復讐《ふくしゅう》の決意をして、その娘を犯し、罪のかくし子を生ませた！」

そう云いはなってから、狂四郎の円月剣は、不意に、猛然たる積極に転じた。

疾風をまいて、狂四郎は、毒槍の列へ斬り入った。

穂先が飛んで天井に刺さった。絶鳴があがった。血飛沫《しぶき》がはね散った。刃風が唸《うな》るとともに、肉と骨の裂かれる音がした。

狂四郎の身の翻転が停《とま》った時、一人の敵も、床に立ってはいなかった。

満身に返り血をあびた狂四郎は、あらためて、凝結した老異人を、はったと睨みつけた。

「老いぼれ！　きけ！　貴様の前に立っているのは、何者でもないのだぞ！　貴様の犯した娘が生んだ子が、このおれだと知れ！」

老異人の双眸《そうぼう》が、はじめて、かっと瞠《みひら》かれた。その白けた口が、肩が、手が、瘧《おこり》を起したように、慄《ふる》えた。

この時——。

夢遊病者のように、この酸鼻の修羅場《しゅらば》へ、ふらふらと入って来たのは、狂った行脚僧であった。

横たわる屍《しかばね》も目に入らぬ憑《つ》かれたていで、祭壇に近づくや、ぶつぶつと何か呟《つぶや》き乍ら、そこに佇立《ちょりつ》する黒衣につつまれた像へ、わななく手をのばした。

ばらっとはずれた黒衣が、音もなくすべり落ちると……燃えつきんとする蠟燭《ろうそく》の、にわかに赤色を増した炎をあびて、しろじろと浮かびあがったのは、生けるがままの等身大の蠟人形であった。

「おう……おう……」

破戒僧は、はらわたからしぼり出すような感動の呻きを発して、べたりと床へひざまずいた。

狂四郎もまた、首をめぐらして、蠟人形をふり仰いで、思わず、あっと息をのんだ。

夢寐《むび》にも忘れぬ亡《な》き母の顔が、そこに再現していたのである。いるまんが、精巧無比な蠟人形を作ることはきいていたが、目のあたりに見るこの裸像の、名状しがたいなまなましさは、その足元に仰臥して気絶している美保代の姿にもまさる眺めであった。

この裸像を悪魔の化身に見たてて、似かよう面差《おもざし》の女を掠奪《りゃくだつ》して来て、犠牲の供物《くもつ》にしていたのである。

憤怒《ふんぬ》が、あらたにこみあげて来て、狂四郎が、目を燃やして、かえり見るのと、老いたる、ころび伴天連が、朽木のように倒れるのと同時だった。その息は、すでに絶えていた。

無想正宗《まさむね》

一

——尾《つ》けて来ているな！

眠狂四郎が、四間あまりうしろから歩いて来る男のことに気がついたのは、法恩寺橋を渡って、南本所出村町へさしかかった時であった。

曇り空が崩れて、深編笠《ふかあみがさ》へ、ぱらぱらと降りかかる冷えた午後である。

今日は中秋十五夜——。江戸中、武家寺社の別なく、工商農ともおしなべて、団子をつくり、柿《かき》・栗《くり》・ぶどう・芋・枝豆を三方盆に盛って、尾花を添えて、月を待っているのだが、あいにくの雨雲が、切れめもみせぬ深さだった。

月を愛《め》でる風流は、今の狂四郎にはない。が、落ちて来た雨を感じて、笠をあげて、空を仰ぎ、——望月《もちづき》の宴は、お流れか、と思ったとたんであった。尾け人のあるのをさとったのは——。

こちらの足がとめられると、後方の跫音《あしおと》も同時に消えたからである。異常なまでに鋭く磨《と》ぎすまされた狂四郎の神経は、意識せずして、前後左右にくばられていたのである。そしてまた、この半年間というもの、自分を狙《ねら》う者の気配を直感することに、非常に敏《さと》くなっていた。

出村町を、小梅村の方角へむかって折れた時には、もう、狂四郎は、尾け人の風態《ふうてい》をたしかめていて、

——はて？

と、小首をかしげていた。

無腰の職人ていであったが、赤銅色《しやくどういろ》に日焼けた容貌《ようぼう》は、この江戸の町人の持っていないものであった。といって、やくざな渡り者のそれでもない。それが、汐風《しおかぜ》によって鍛えられたものであることまでは、狂四郎の気づかぬところだった。

備前屋のはなった刺客《しかく》でもなく、公儀隠密でもないとみた。

——包みをねらっているのか？

狂四郎は、小脇《こわき》に、鬱金《うこん》木綿でくるんだ品をかかえていた。これは、ずしりと重いのである。

——斬るか！

狂四郎は、法恩寺の高い土塀《どべい》に沿うて、つと、まがった。

男は、急に足を速めて、その辻《つじ》に達したとたん、あっとなった。狂四郎の姿が、煙のように、消えていたのである。

広い往還に、人影といえば、半町あまりさきに、おそろしく小柄《こがら》で、しかも跛《びっこ》の普化僧《こむそう》が、

一人、尺八を吹き乍《なが》ら歩いて来ているだけであった。

「畜生っ！」

棒立ちになった男は、やり場のない焦躁《しょうそう》と憤怒を、唸《うな》り声にこめた。

右手は、法恩寺の高い土塀、左手は、富有な商人の別邸とおぼしい黒板塀が、ずうっとつらなっていて、門はぴったり閉ざされてある。

左右どちらかの塀を飛び越さない限り、瞬息にして姿を消すことは、不可能である。男は、狂四郎がかかえている品が、非常に重いことを知っていたので、そんな超人業は、信じられなかった。実は、狂四郎は、かるがると、塀越しの松の枝にとびついて、内側へ降りていたのだが……。

男が、黒板塀の方へ寄って、潜《くぐ》り戸を押してみて、びくともしないのに舌打ちした時であった。がくんがくんと、片足を地におろす毎《ごと》に、大きく体を傾け乍ら近づいて来た小人の普化僧が、突然、

「逃げたのは、寺塀の中だぞ」

と、告げた。

はっとふりかえった男は、異形の相手を、まじまじと見据《みす》えた。跛であるのみか、背中には、大きな瘤《こぶ》を背負っている。

相手もまた、天蓋《てんがい》の中から、こちらへ、じーっと目をつけて、さらに、意外な言葉を口にした。

「眠狂四郎は、お前さんの手に負える人間ではない」

「なに?!」

「斬られなかったのが、勿怪《もっけ》の幸いだと思うことだな」

「お、おめえは、何物だ？」

普化僧は、かまわずに、自分の云いたいことを口にした。

「眠は、わしを見たから逃げたのだ。お前さんをまくためではない。どうやら、彼奴《かやつ》のかかえていた品は、相当の目方があったようだ。それが大切なので、わしを避けたのだ。手ぶらであったら、勿論《もちろん》、わしと果し試合をした筈だて——。ふっふっふっふ……彼奴とわしとの宿命だ。どちらかが、この世におさらばしなければならん」

「あ、あんたは、あの浪人者に、なんぞ、恨みがあるのか？」

「恨みはない。彼奴の円月殺法が小憎いのだ。あれを破るのは、このわしを措《お》いて外にはない！」

普化僧は、急に音をたてて降って来た雨をよけて、門の廂《ひさし》の下にひょこりと入ると、

「相談に乗ろうではないか。眠のかくれ家は、こちらにはわかっているのだ」

と、低いが強く押しつけるような口調で云ったことであった。

二

龍勝寺の本堂では、空然《くうねん》が、黙念と坐禅《ざぜん》を組んでいた。

雨は本降りになり、風をともなって、時おり強く屋根をざあッとたたいては、また中空へ遠のいていた。本堂は、すっかり暗くなり、須弥壇《しゅみだん》の輪郭さえもおぼろになっていた。

空然は、もう半刻《とき》以上も、瞑目《めいもく》したなり、身じろぎもせずにいた。ふしぎに強靭《きょうじん》なからだの持主で、むささび喜平太に斬られた傷で、床に就いていたのは、わずか三日であった。以後は、起きて、力仕事こそしなかったが、日常通りに勤めをすませ、昨日などは、村はずれの小屋で乞食《こじき》が死んでいる報《しら》せを受けると、五町余の道程をあるいて行って、お経をあげてやったものであった。

やがて、縁がわに跫音がして、

「空然さん、坐禅中をおそれ入るが――」

と、呼びかけた声は、狂四郎のものであった。

入って来た狂四郎の着物は、ぐっしょりと濡《ぬ》れていた。

「昨日、金八さんという若い方が来られましたよ。また、うかがうと申されていました」

「そうですか」

狂四郎は、かかえて来た鬱金木綿の包みを、空然の前へ置いた。

「これを、供養《くよう》して頂けまいか」

「なんですか？」

「首です」

「……………？」

「いや――」

狂四郎は、笑って、

「まあ、ひらいてみて下さい」

空然は、結びを解いて、ぱらりと風呂敷《ふろしき》をはねた瞬間、はっと息をのんだ。

ちょうど雨足が遠のき、本堂が、薄明りをとりもどした時で、あらわれ出た首を、不気味に白く光らせるには、かっこうの仄《ほの》ぐらさであった。

それは、臈《ろう》けた気品を湛《たた》えている美女の首であった。気品高さは、この場合、異様な凄味《すごみ》になっていた。

「ほんものにみえるでしょう」

「えっ？」

「蠟《ろう》人形の首です」

「ほう……はじめて見ます」

空然は、そっと手にとろうとして、あまりの重さに眉《まゆ》をひそめた。

「これは！」

「中は、石かもしれません」

狂四郎の暗く沈んだ顔色を見て、空然は、事情をきかぬことにした。すると、狂四郎の方から、

「御不審を解いておこう。これは、わたしの母親の顔を摹《も》したものです。作ったのは――

多分わたしの父親です。わたしの父親は、日本人ではないのです。切支丹の布教師として……」

「あ、いや、眠さん——、そういうお話は、うかがっても、詮《せん》のないことですよ。わたしは坊主で、ただ、経文を誦《じゅ》すだけが役目です。御供養の儀、たしかに引受けました」

「かたじけない」

狂四郎は、空然の心づかいに感謝して、立ちあがった。

縁側へ出ようとして、ふと、気がついて、

「空然さん、わたしの留守中、寺のまわりに、怪しい者がうろついているのではありませんか」

「気がつきませんな。もし、うろついていても、愚僧にはかかわりのないことですよ」

空然は、こともなげに笑ってみせた。

「いや、しかし、げんに、あなたは、わたしを居候《いそうろう》させたために、あのように怪我《けが》をされて居る」

「わたしが、出しゃばったからです」

「御迷惑をかけぬ積りでいたのだが……居心地のよさに甘えていました。近いうち、折をみて、おいとまします」

「わたしのことなら、御放念なさい。第一、今日死んでも、べつに悔いはない身です。……こちらがおどろいているのは、あなたの度胸ですよ。敵にこのかくれ家をかぎつけられ乍ら、そうやって平然と戻って来なさる」

「わたしの場合、忍び寄って来る敵の気配は、文人墨士がひそかに季節のおとずれを感ずるに似ています。そういう殺伐な人間に生れついたらしい」

そう云いのこして、狂四郎は、しずかに去った。

三

離れに戻って、しばし、虚脱したように、茫然《ぼうぜん》と、暮れてゆく雨の庭を眺《なが》めていた狂四郎は、無意識に手が動いたように太刀を把《と》って、すらりと抜きはなっていた。

まっすぐに刀身を立てて、じっと見入った。磨上《みがきあが》り二尺三寸、浅い華表反りで、身幅ひろく、鋩子《ぼうし》の円弧はゆるやかである。凛《りん》と青白く冴《さ》えた小杢目肌《もくめ》の地鉄《じがね》の美しさ。刃の色は水晶のように白く沈み、湾刃《のたれば》の刃文から、むらむらと妖《あや》しいかげろうが昇るがごとくである。半月の模様の中に、いかにもこまかに沸《に》えて、刃堺うるわしく稲妻が走り、匂《にお》いは深い。

岡崎五郎入道正宗の作るところ――。

到底素浪人ふぜいの佩刀《はいとう》ではなかった。かつて、これは世に無想正宗として名高く、豊臣《とよとみ》秀頼《ひでより》の愛刀であったという。それが、時世流れて、どうして、瀬戸内海の一孤島に棲《す》む無名の剣客の手に渡ったか、誰《だれ》も知る由《よし》もなかった。

二十歳の時、おのが素姓を糺明《きゅうめい》すべく長崎へ行き、その帰途を海上にえらんだ狂四郎は、幸か不幸か、船が嵐《あらし》に巻かれて難破し、孤島へ泳ぎついて、その剣客に会うたのであった。

狂四郎の剣の天稟《てんぴん》は、すでに齢《よわい》七十を越えていたその老剣客の教義を受けて、完成した。滞在わずか一年余ではあったが、狂四郎は、師のすべてをわがものにしたのである。しかし、師が、剣の道は、流通円転して終始するところなく、循環変動常なき、天地神意の表象であると教えたのに対して、狂四郎が、おのれの太刀をして無想剣たらしめずに、敵をして、空白の眠りに陥らしめる殺法をあみ出したことは、すでに述べた。

狂四郎が、孤島を立去る時、師は、弟子のいまわしい殺法を見ぬいたかどうか——兵法極意秘伝書を与えるかわりに、この正宗一振《ひとふり》を与えたのであった。

その時、師は、云った。

「狂四郎、いいかな。兵法は卍字《まんじ》の極意——大は方処を絶ち、細は微塵《みじん》に入る、活殺、機に在り、変化、時に応ず、事に臨んで、心を動ずること莫《なか》れ、だぞ。名刀も、独尊の神我が持てば破邪降魔《ごうま》の利剣となり、無明の自我が持てば残虐《ざんぎゃく》無道の毒刃となる。心して、腰におびるがよい」

それから、師は、鞘《さや》をはらって、自作の歌を、朗々と詠じつつ、ひとさし舞ったのであった。

かりごもの、乱れにみだれ
朝夕に、いくさだちして
城をとり、いのちを奪い
人ごころ、あらびゆきては

君をすら、傾くる世に
おみのこの、秘めたるものを
召しうばう、事しげければ
ともすれば、その罪ならで
身をさえに、失うことを
聞くからに、思いわずらい
もののふの、魂《たま》ともたのむ
そのたから、たからの太刀を

………………


ああ、しかし——。

狂四郎は、師の教えと、まったく逆の暗い道をあゆんだ。

のたれ乱れの鋩子は、業念をこめて、幾十度《た》び円月を描いて、生血を吸ったことだろう。

いま、狂四郎がじっと見入る無想正宗は、一点のくもりもなく、沸《に》えも匂いも深く、地はあくまで澄んで青く、刃はあくまでも白い。

虚無の業念とはかかわりなく、名刀は依然として美しく冴えているのである。

と——。

狂四郎の坐す場所からは目のとどかぬ縁はしの、南天の陰に人の気配がうごき、狂四郎の神経もうごいた。

それきり……その者は、ひそと息をひそめている様子だった。

狂四郎は、刀を鞘におさめると、

「用があるなら、姿をみせてもらおう」

と、促した。

ほんのしばしのためらいの後、狂四郎の目の前にあらわれたのは、美保代であった。

金八から此処《ここ》をきいて、押しかけるようにすすめられて出て来たのか、それとも、自分の心を抑えがたく、ふらふらと足の向くにまかせたのか——いずれにしても、狂四郎の冷酷な拒絶をおそれる必死の面持《おももち》であった。

ころび伴天連《ばてれん》屋敷へつれ込まれた時と同じ艶冶《えんや》な町方女房のいでたちであった。人目を避けて、奴蛇《やっこじゃ》の目《め》のほそ傘《がさ》をすぼめて丸髷《まるまげ》をかくし、勝手知らぬ道を辿《たど》って来たのであろう、たくし裾《すそ》の下の緋縮緬《ひぢりめん》は、濡れてしっとりと白い素足にまつわりついていた。

狂四郎は、美保代を見た瞬間、なぜか、この女が、たずねて来ることを心のどこかで待っていたような気がした。

「無断でおうかがいして、おゆるし下さいませ」

その言葉に対して、狂四郎は、こたえるかわりに、上るがいいという意味で、座を移した。

美保代は、狂四郎がいままで坐っていた場所に就くと、作法正しく、一礼し、その手を膝《ひざ》で組んで、顔を伏せた。

ころび伴天連屋敷で、黒弥撒《くろみさ》のいけにえにされた時、気を失った自分の素裸が、狂四郎の目にさらされたことを思い出して、急に、羞恥《しゅうち》が、顔に出たのである。

狂四郎は、腕を組み、表情を沈めて、この女をどうしてやることができるのだろう、とおのれの心に問うていた。

こたえはなかった。

亡《な》き母の俤《おもかげ》に似かようたこの行先のない女に、いまの狂四郎は、してやれることがあれば、どんな労力も惜しまぬ積りであった。ただ、倶《とも》に同じ屋根の下に起臥《おきふ》すことは、狂四郎の堪えられぬところだった。

愛情を、静止の全身に滲《にじ》ませることしか知らぬ美保代を、この先の伴侶《はんりよ》にえらぶことは、あまりにも、心に重かった。狂四郎は、まだまだ、美保代の、たぐいまれな美貌よりも、虚無の孤独を愛していた。

つと、狂四郎が、立ちあがると、美保代は撥《はじ》かれたように腰を浮かせて、

「あの――」

と、眸子《ひとみ》に不安をあふらせた。

「住職から、酒をもらって来る」

それをきいて、美保代は、ほっと安堵《あんど》するや、にわかに、うれしげに長いまつげをまたたかせて、

「わたくしが、いただいて参ります」

と、云って、いそいそと立ちあがった。

「いや、それよりも、掃除をしてもらった方がよさそうだ。七日も空家にしておいたのだ」

「はい」

美保代の顔、というよりもからだぜんたいに、匂うように、よろこびの気色がただようや、狂四郎は、にわかな後悔におそわれて、何か冷酷につきはなす言葉を口にしかけたが、思いかえして、庫裡《くり》へ足を向けていた。

四

空然と小半刻話してから、朱塗の角樽《つのだる》をもらって、狂四郎が、離れへもどって来ると、片《かた》隅《すみ》にひっそりと坐っていた美保代は、なぜかあわてて顔をそむけた。

——泣いていたな！

すばやく見てとった狂四郎は、きれいに掃除された部屋へ視線をまわして、床の間へとめると、かすかな苦笑を泛《うか》べた。

そこに——静香が遺《のこ》した化粧道具が置かれてあった。押入を開けたとすれば、静香の衣類が幾枚かなげ込まれてあるのを発見した筈である。左様、その中には、肌の匂いをとどめた下着も交っている。静香は、去る意志がなくして、突如、むささび喜平太に拉致《らち》されたのであったから——。

狂四郎は、しかし、黙って、どっかとあぐらをかくと、酒を飲みはじめた。

美保代は、いくどか口にしかけてはためらった挙句、ついに思いきった風に、

「あの……わたくしが参りましたことは、ご迷惑なのではありませぬか？」

と、訊《たず》ねた。

「迷惑でないとは云わぬ」

「…………」

美保代は、一瞬、いいようのない悲しげなまなざしを、冷たい狂四郎の横顔へあてたが、急に堪えきれなくなって、顔を袂《たもと》で掩《おお》った。

どっと涙が堰《せき》をきってあふれるや、それまでささえていた女のたしなみも崩れた。

美保代は、くの字に、身をねじって、たたみにうつ伏すや、もう嗚咽《おえつ》を惜しまなかった。

いのちをきざむようなその声が、酒とともに、狂四郎の臓腑《ぞうふ》に染《し》み渡った。

不意に――。

「美保代！」

と、狂四郎の口から、はじめて、その名が呼ばれた。

打たれたように身を起した美保代は、裾のみだれを直して、居すくんだ。

「ここへ来るがいい」

「…………」

美保代は、ききまちがえではないかと、怯々《おずおず》と首をまわした。

「ここへ来い」

「は、はい――」

いざり寄って来た美保代の両手を、むずと摑《つか》んだ狂四郎のまなこは、陰火のように不気味に燃えていた。

「わたしは、生涯《しょうがい》妻を持たぬときめた人間だ。今夜、御身を抱くことは、明日を約束したことにならぬぞ。それでもよいのか!」

美保代は、喘《あえ》いだ。

「それでもよいのか!」

美保代の返辞は、がばと、男の胸へわが身をなげ込むことであった。

一瞬の情熱に身も心も焼きつくしても、みじんも悔いぬ烈《はげ》しさで、美保代は、もだえた。

狂四郎の腕に力がくわわれば、くわわる程、美保代は、狂おしい歓喜にもだえた。

だが、その歓喜は、ほんのまたたく間に、中断する運命にあった。

突然、狂四郎が、すっと、美保代を押しのけたのである。

その直後、障子の外から、

「眠さん――」

と、ひくく、空然の声が呼びかけた。その声がふくむ切迫した呼吸をききとって、狂四郎は、立って障子をひらいた。

「なにか?」

「本堂に、曲者《くせもの》が忍び入っています」

これをきくや、咄嗟《とっさ》に、狂四郎の脳裡《のうり》にひらめいたのは、帰途あとを尾《つ》けて来た町人の姿だった。

――やはり、あの首をねらっていたのだな。よし！

五

外は、いつの間にか雨があがり、流れの迅《はや》い雲の隙間《すきま》から、名月の光が、こぼれ落ちていた。

この寸刻の明りをよろこんだ家々では、縁先に、あるいは屋上の物干台に、観月の座をひらいているであろう。あわただしく、野に莚《むしろ》を敷いて、吟詠の愉《たの》しみを味わっている風流人もかなりいると考えられる。

だが――、

この古寺にあっては、月光は、やがて起る決闘に便を与えるべく、青白く、庭を照らしているのであった。

狂四郎は、本堂正面の階《きざはし》へ、片足をかけて、鯉口《こいぐち》をきっていた。

裏庭をまわり、跫音を消して、堂脇をぬけた時、狂四郎は、富士火灯の障子が、ぽっと灯《ひ》に映えているのを見た。ところが、この正面に立ったとたんに、その灯が、ふっと消えるのを、左側の角格子《かくごうし》の隙に見てとった。すなわち、内へ忍んだ者が、狂四郎の迫った気配をさとったのである。

この鋭い直感は、尋常ではない。

——あの男ではなかった！

狂四郎は、ぴたりと閉めきった蔀戸《しとみど》を睨《にら》んで、全身の筋肉が、闘志に燃えて、疼《うず》くのをおぼえた。

本堂の中は、コトリとも音なく、闇《やみ》が充満している。

忍んだ者は、幽鬼のごとく、気配を絶やしているのである。

動かぬということは、こちらの腕前を熟知している証拠である。

——うむ！

狂四郎は、肚裡《とり》で、うめいた。

——そうか！　あいつか！

稲妻のように掠《かす》めた確信で、狂四郎は、にやりとした。

——今夜こそは！

と心で叫んだ。しかし、狂四郎は、忍耐づよく、その姿勢を動かさなかった。

それから、いくばく過ぎたか——。

先に、忍耐を断ち切ったのは、敵の方であった。

「眠か——」

そう呼びかけられて、狂四郎は、声なくせせら笑って、すっと、身をしりぞけた。

「出て来い！　化物！」

蔀戸が、さっと開かれた。

しかし、敵の姿があらわれるには、一呼吸の間があった。

「要心ぶかいな、むささび！」

狂四郎があざけりの一言をあびせると、普化僧《こむそう》に化けたむささび喜平太は、闇を割って、ぬっと縁へ出た。その左手は、蠟人形の首をかかえていた。

喜平太は、白い歯をむいて、月光を吸わせた。

「眠！　今夜こそ、貴様の負けだぞ！」

「ふん！」

狂四郎は、鼻さきで、かるくあしらった。

両者の位置の利不利は、あまりにもあきらかであった。喜平太は、狂四郎の頭上の高さに立っているのである。むささびと化して、空を翔《かけ》る異常の技をそなえている喜平太にとって、これ以上有利な位置はない。

もとより狂四郎は、百も承知で、この地上で待ちうけたのである。というのは、喜平太が、かならず、非常に重い蠟人形の首をかかえているに相違ないと察知したからである。はたして、そうであった。その重い品が、喜平太の飛翔《ひしよう》を、かなり困難なものにすることは、疑いを入れぬ。

いわば、五分と五分である。

両者は、二間をへだてて、上下から、じっと正視しあった。

「おい、化物――。なんの理由があって、その蠟首を盗むのだ？」

「なんだと?」

意外なことに、喜平太の方が、狂四郎の詰問《きつもん》を、不審にきいたのである。

「貴様こそ、どこで、この蠟首の秘密をかぎつけた?」

「秘密? ……秘密があるというのか、それに?」

「白らばくれるな! ……それとも、秘密を知らずに、伴天連屋敷からかっぱらって来たというなら、そっちこそ、その理由をほざけ!」

「美しかったからだ」

狂四郎は、わざと静かな口調でこたえながら、いまはじめて、蠟首の重さに重大な意味があることに気がついた。そうとわかれば、断じて、謎《なぞ》は解かねばならぬ。

「化物! このおれが、むざむざ持ち逃げされると思うのか!」

「わしを、そこいらの腕自慢と同一視する貴様のうぬぼれが笑止だわい!」

「気の毒だが、手の内は見えて居る!」

「ほざくなっ!」

「首は、重いぞ」

「なんの——人間一人、背負っても、綿ほどにも感じないわしだぞ!」

「では……飛んでみよ!」

「おっ!」

喜平太は、つつつと半間あまり横へ移ってから勾欄《こうらん》へ、片足かけた。

狂四郎は、動かず、わずかに、肩をねじっただけであった。

ぱっと、喜平太の足が、勾欄を蹴《け》った。

醜い傴僂《せむし》の短軀《たんく》は、疾風に乗る夜鳥に似て、月影の中を、ひょーっと飛んだ。飛びつつ、抜く手もみせずに、狂四郎の立っている位置へ——いや、正確にいえば、狂四郎の立っていた位置へ、長刀を、あびせていた。

喜平太の一閃の太刀は、決して、神速の業《わざ》をあやまってはいなかった。ただ、狂四郎のうごきが、それよりも、さらに迅速をきわめただけである。

なんとも形容を絶する叫びがほとばしるとともに、地上に落下したのは、肱《ひじ》から断たれた片腕と黒髪をばあっと舞い散らせた蠟首であった。のみならず、蠟首は、顔を真半分に、ぱくっと割って、じゃん！　と奇妙な金属性の悲鳴をあげたのであった。

狂四郎は、もとの位置よりわずか一歩、身をかわしたなり、片腕と蠟首を両断した白刃を、ひくく地へ下げて、じっと、喜平太の出様を見まもった。

一間さきに降りたった喜平太は、手のない片袖《かたそで》を、ふわっとひるがえして、よろめいたが、しかし、刀を、狂四郎にむかって、ぴたりと青眼につけたのは、流石《さすが》であった。

「出直せ！」

狂四郎にひややかにあびせられると、苦痛よりも無念の呻《うめ》きを嚙《か》んで、じりじりとしりぞいて行った。

狂四郎は、喜平太の姿が、満開の百日紅《さるすべり》の陰に消え去るのを待ってから、蠟首へ近づき、視線を寄せて、はっとした。

さながら、巨大な柘榴《ざくろ》のように、まっぷたつに割られた顔の中身は、ぎっちりと詰められたおびただしい小判だったのである。

翌朝、狂四郎は、外出して、法恩寺うらの往還を通りすぎようとして、土塀のそばに、人だかりしているのを見出した。

ちょうど、岡っ引が、屍骸《しがい》を調べ終って、立ちあがり、

「こりゃあ、船頭だぜ」

と云ったのを、ききとがめて、狂四郎は、のぞき込み、それが、昨日、自分を尾けた男であることをみとめた。

——そうか！　むささびに斬られたのだな！

と、すぐわかった。

男が、備前屋の持っている抜荷買いの船の者であり、ころび伴天連屋敷にいたことも容易に想像された。何かの機会に蠟首の中に小判が詰められてあることを知っていたのである。狂四郎が、別の意味で首を持ち去るのを、男は、欲に駆られて尾けた。そして、喜平太に出会ったのが運のつきであった。

喜平太は、男から、その秘密をきき出すや、冷然として、一刀をあびせたに相違ない。

だが、その喜平太も、今頃《いまごろ》は、何処《どこ》かで、失った片腕を惜しんで、無念の形相をやわらげ

るすべもなく、呻きつづけているに相違なかった。

源氏館《やかた》の娘

一

天は高く澄みきって、秋風を渡らせていた。とんびが一羽、ゆるやかに大きく弧をえがいている。

ここ——江戸より十五里、相模愛甲郡《さがみあいこう》飯山の頂上にある観音堂境内は、ひっそりと静かであった。

中天にそびえた巨大な針葉樹の梢《こずえ》から、縞《しま》を織ってそそぐ秋の陽《ひ》の明るさの中で、本堂も鐘楼も礼堂も、鎌倉幕府以来の古びたすがたを、粛然としてたたずませていた。坂東順詣《ばんどうじゅんけい》の札所第六番であるが、時代の浮華な風に吹きのこされて、参詣人の影はまれなのであろう。

いまも、人影といえば、南をのぞむ空地の腰かけ石に、着流しの浪人者がただ一人見出《みいだ》されたが、これとても、どうやら参詣は目的ではなく、そのまなざしは、ひとつの目的をもって、眼下のとある地点へそそがれているようだ。

雑木林と竹林に掩《おお》われた狭間《はざま》——いわば、数山の踵趾《かかと》に結ばれた孤村の聚落《しゅうらく》が見出されていた。

黄ばんだ陸田が、小さな蓆《むしろ》をならべたように、ゆるやかな斜面にひろがっていた。その収穫よりも、炭焼きや蚕桑《さんそう》が生産の主とおぼしい、見るからに貧しい山村である。小鮎《こあゆ》川の清流は、ずうっと下方にあり、目で追えば、山巒《さんらん》が重畳《ちょうじょう》して、彼方《かなた》に丹沢山が巍然《ぎぜん》として、足柄上郡《あしがらかみ》の深山につづいている。

「酔狂な話だな。こんなところまで、てくてくやって来たとは——」

ふっと、自分自身をあざわらうように洩《も》らした。眠狂四郎であることは、ことわるまでもあるまい。

この時、鐘楼の陰から、ひょっこり姿をあらわしたのは、旅の小間物売であった。笄《こうがい》簪《かんざし》櫛《くし》元結紅白粉《おしろい》のほか、絵草紙や弄物《ろうぶつ》(蝶々《ちょうちょう》風車や花簪のたぐい)などを持って来るので、村々で、女子供に待たれている行商人であった。

「此処《ここ》はよい眺《なが》めでございますな。ちょっとごめん下さいまし」

紺木綿の大風呂敷で包んだ大きな箱を、どっこいしょと、石へおろして、

「旦那《だんな》様、火をお持ちでございますか?」

「あいにく、煙草《たばこ》はすわぬ」

「それは、どうも——」

「どこから来たのだ?」

「館山《たてやま》の方から参りました。これから、あの山裾《やますそ》へ出て、煤《すす》ガ谷村から七沢村の方へまわろうと存じます」

「このあたりには、年に幾度か来るのだな」

「左様でございます。あまり儲《もう》けにはなりませぬが……愉《たの》しみにして待たれて居りますと、まわらぬわけには参りませぬ」

「あそこの村に——」と、狂四郎は指さして、「旧《ふる》い大きな館《やかた》はないか？」

「ございます。源氏館でございましょう。旦那様は、あの館へお行きになりますので？」

「うむ」

小間物屋は、ちらと怪訝《けげん》そうに、青く冴《さ》えた狂四郎の横顔を見やったが、すぐ立ちあがって、

「どうも、煙草好きでございまして、途中で燧石《ひうち》袋を落して弱って居ります。一足お先に山を下ります」

と、云いわけして、大きな荷をかつごうとした。とたんに、狂四郎が脇《わき》に置いた茶弁慶の小包みの結びめへひっかけて、地べたへ落した。重い、金属性の音がして、中から、きらっと山吹色を輝かせて、こぼれ出たのは、一枚の小判であった。

「これは！」

小間物屋は、あわてて、それをひろった。

それは、小判には、まちがいなかったが、いずれの時代のものでもなかった。

「珍しい小判でございますな」

「武田信玄の私鋳金だ——と思う。その中に、ざっと二百枚入って居る」

狂四郎は、こともなげにこたえた。

曾《かつ》て、その当時、武田氏は、天産豊かな金を採掘して、定位貨幣及び切遣い金をつくった。非常に規模の大きなもので、金座を設け、松木、野中、志村、山下の四家が担当したという。世にこれを甲金といった。徳川氏は、元禄《げんろく》八年に貨幣改悪をやって、純良な甲金の通用を禁止して以来、そのすがたは市場から消えた。のちに、柳沢吉保《やなぎさわよしやす》が、甲金を元禄金と同位のものに吹きかえて通用の許可をしたが、これは甲安金といって、大したねうちはない。

完全な純度を有する甲金が、まだのこされていたとは、珍重というもおろかである。しかも、二百枚も！

「おどろきました！」

小間物屋は、本当に心からおどろいた表情をした。

思いがけず目の保養をさせて頂いた、と小間物屋が礼をのべて立ち去ってから、間もなく、狂四郎も、腰をあげていた。

二

狂四郎が、桑畑の斜面を辿《たど》って「源氏館」と呼ばれる豪壮な屋敷の前に立った時、日輪は真紅の輪郭をみせて、西の山波へ沈もうとし、茜色《あかねいろ》に焼けた雲の下を、夕鴉《ゆうがらす》が啼《な》いて飛んだ。

苔《こけ》むした石垣《いしがき》の前には、深い濠《ほり》がめぐらされ、渓流《けいりゅう》から引かれた清水が、枯葉を迅《はや》い勢いで流していた。石垣の上には、塗籠《ぬりごめ》の築地《ついじ》塀《べい》がつらなっている。狭間も設けられてある。土橋のむこうの棟門は、鉄の延板を打った扉《とびら》が閉められ、左右の壁には、武者窓と銃眼が開いていた。

すべてのかまえが、古く、岩乗《がんじよう》で、堂々としていた。建久中、源頼朝が、秋田城介《じようのすけ》義景をして、飯山観音堂を造営せしめた頃から、この山間に、陰然として居をかまえ、時の政権の栄枯盛衰とはかかわりなく、この家門をまもりつづけたと想像される。

但《ただ》し、現在は、当主は、老いて中風を病み、若い娘が一人、この古屋敷をささえている、と、途中で呼びとめた百姓から、狂四郎はきき出していた。

土橋を渡り、潜戸《くぐりど》を押して、一歩入ると、これは、まさしく、城郭の造りであった。塀の内側は、倉をならべた多門塀であり、空地は、枡形《ますがた》に曲げられて、檜皮葺《ひわだぶ》きの戸をたてた木戸が、母屋《おもや》の玄関を、さえぎっていた。

その木戸にむかって、すたすたと進む狂四郎にむかって、

「待て！」

と、鋭い声が、かかった。

倉の小路から、膝《ひざ》までしかない手織木綿の布子をつけた若い男が、六尺あまりの棒を摑《つか》んで、走り出て来て、こちらを食いつくように睨《にら》んだ。六尺余はあろう逞《たくま》しい体軀《たいく》だったが、それよりも、狂四郎の興味を惹《ひ》いたのは、その立姿が、みじんも隙《すき》をみせていないことだった。

――強そうだな。

身内にうごいた剣気をおさえて、狂四郎は、微笑した。

「御主人にお目にかかりたい」

「館《やかた》様は、ご病気じゃ」

「現在の御主人は、その娘御とうかがった」

「何用じゃ？」

若者の大きくひき剝《む》かれた双眸《そうぼう》は、らんらんと害意に燃えていた。

「お贈りいたしたい品を持って、江戸から眠狂四郎と申す浪人者が参ったとお取次ぎねがおう。よろこんで頂くためだ。他意はない」

「知らぬ他国者は、滅多に、嬢さまに会わせることは出来ぬ」

若者は、ひどく頑固《がんこ》な気質のようであった。

狂四郎は、わざと見すてて、木戸へ手をかけようとした。

「動くなっ！」

怒号して、さっと棒をかまえた若者の、目のくばり、手の位置、足のふまえかたは、まさに金剛不壊《ふえ》の練磨《れんま》の見事さをしめした。

狂四郎の眉宇《びう》に、かすかな険しい色が刷《は》かれた。この若者の攻撃を挫《くじ》くのは、容易ではないとみたのである。

——やむを得ぬ！

ほぞをきめた時——。

「仙之助！　なりませぬ！」

澄んだ声が、つよく、若者をたしなめた。

木戸脇の、蔀櫓《しとみやぐら》ともみえる建物の出格子《でごうし》窓からであった。

「お通しなさい」

やがて――。

狂四郎は、母屋の書院に坐っていた。質素な禅宗風のたたずまいで、花頭窓《かとうまど》の明障子だけが白く、あとは、すべてが、くすんだ時代色をたたえていた。

「小者が、ご無礼いたしました。おゆるし下さいませ」

茶をはこんできた娘は、おちついた態度で詫《わ》びた。まだ二十歳を越えたばかりであろうが、きびしくそなわった品格があった。顔立ちは、さして美しいというわけではないが、つくりが大きく、血統の正しさをしめす秀《すぐ》れた雰囲気《ふんいき》をもっていた。

「小乙女《こおとめ》と申します」

この館にふさわしい古風な名であった。

「これは、ご当家のものではありませんか」

狂四郎が、さし出したのは、蠟塗《ろうぬり》の褐色《かっしょく》の古紙であった。片隅《かたすみ》に、「相模国華厳《けごん》山麓《さんろく》、源氏館、善波《ぜんば》有胤《ありたね》」と、朱印が捺《お》してある。

「左様でございます。この紙に、何か？」

「偶然、妙なところから見つけたのです。……もうひとつ、うかがいたいのは、ご当家には、織田豊臣以前の古い小判が——たとえば、武田の甲金などが所蔵されてあったかどうかです。あなたはご存じないか？」

すると、小乙女は、はっと表情をひきしまったものにして、狂四郎を瞶《みつ》めかえした。これを、狂四郎は、私鋳金をかくしていたことを咎《とが》められて、警戒心を起したのだな、と解釈した。

「御懸念《ごけねん》には及ばぬ。わたしは、別に、公儀からまわされた隠密ではありません。……あったかどうか、それだけうかがえばよい」

「わたくしは、何もきいては居りませぬ」

「父上にきいて頂けまいか」

「父は、赤児《あかご》同然に、知能が廃《すた》れて居りまする」

「やむを得ぬ。あった、としておこう」

そう云ってから、狂四郎は、持参した茶弁慶の小包みをひらいた。

二百余枚の小判が、ざらっと、小気味いい音をたてて、ひろがった。

小乙女は、目を瞠《みひら》いて、息をのんだ。

「この小判が、ご当家の紙に包んであった」

出処は、しかし、狂四郎は、黙っていた。ころび伴天連《ばてれん》が、一念こめて作りあげた、狂四郎の母を慕《も》した蠟人形の首の中に、これは秘めてあったのである。

「後年にいたって吹きかえられた甲安金や甲東金なら、江戸にもいくらもあるが、信玄時代の甲金は、甲州のよほどの旧家でなければ遺《のこ》されていないと考えられる……で、わたしは、この古紙の朱印の、ご当家の所蔵であったと、解釈したのです」

人形とはいえ、亡き母の顔を両断した悔いから、せめて、中に詰められていた小判を、元の所蔵者に返すのが供養《くよう》になろう、と狂四郎は考えて、旅して来たのであった。ころび伴天連が、いかなる手段で、奪いとったか——それは、今となっては、知る必要もないし、知りたくもなかった。

「納めていただきたい」

ところが、意外だったのは、小乙女の態度であった。

「いただくわけには参りませぬ。この紙に包んであったから、小判が、当方のものであるとはかぎりませぬ」

つめたく、きっぱりと拒絶したのである。

これは、狂四郎として、唖然《あぜん》としたことであった、謝意のかわりに、敵意を投げつけられたのである。

「左様か——」

強《し》いて渡す理由はないのである。のこのこ江戸からやって来た酔狂なおのれを、おろか者とあざけりすてれば、それまでのことだ。小判は、武部仙十郎にでも贈れば、有効に使ってくれる筈《はず》である。

「失礼いたした」

「無人でございますれば、お引きとめ致しませぬ。飯山までお出なされば、旅籠《はたご》がございます」

いかめしい玄関で、小乙女に見送られて、狂四郎は木戸を抜け出た……。仙之助という、棒を持った若者の姿は、あらわれなかった。

暗い小径《こみち》を、しずかな足どりで、辿り乍《なが》ら、

——莫迦《ばか》をみたものだな。

と、あらためて、ふっと、苦笑した。

源氏館は、丘陵の斜面を砦《とりで》にかえ得るように広く空けていたので、部落へ出るには、かなりの道程を歩かなければならなかった。

狂四郎は、飯山までの坂道を越えるのは面倒だったので、どこかの百姓家の納屋《なや》でも、無断で借りる積りだった。

満天に、星屑《ほしくず》が散らばっていた。月は利鎌《とがま》のように痩《や》せ細っていたが、ふしぎに、ちぎれ雲が白く光っていた。暁闇のような、しろっぽい宵《よい》であった。

三

「おーい、おーい！」

畔道《あぜみち》へ降りた時、狂四郎は、自分が辿って来た斜面から呼ぶ声をきいて、ふりかえった。

提灯《ちょうちん》の火が、闇に赤く滲《にじ》んで、ゆれていた。

狂四郎が、立ちどまって待っていると、追って来たのは、仙之助のかわりに老いた下男をつれた小乙女であった。

「先程のご無礼の段おゆるし下さいませ。何卒《なにとぞ》、いま一度、お戻り下さいますよう——」

「泊めてやると云われるのか？」

「はい」

「辞退する。わたしは、平気で野宿の出来る男です」

「いえ、それだけではございませぬ。御厚意お受け致しとう存じます」

「小判を貰《もら》ってやろう、と云われる」

「はい」

狂四郎は、馬提灯の明りに透し見たが、小乙女は、ふかく顔を伏せて、表情をかくしていた。

急に思いかえした！　そこに、何か不審があった。先刻の態度は、鮮烈といいたいばかりに見事なものだったからである。何か、よほど、愕然《がくぜん》となる情勢の変化がなければ、このように心をひるがえすわけがないように思われる。狂四郎の鋭い直感だった。

「お気の毒だが、こんどは、こちらからお断りする」

「え？」

はっとあげた小乙女の顔を、なぜか、あきらかに、恐怖の色が走った。

「わたしは、生来のひねくれ者だ。一度、拒絶された屈辱は、容易に忘れぬ。自分の間抜なお人好《よ》しぶりに厭気《いやけ》もさして居る。遽《にわ》かに前言をとり消されても、こちらには、はいさようで、と相好を崩す用意がない」

「で、でも、ございましょうが……ご無礼の程は、いか様にもお詫《わ》び申上げまする故《ゆえ》、何卒、おひきかえし下さいませぬか」

狂四郎は、しばらく、こたえなかった。

「おねがいでございます」

小乙女が、重ねて頭を下げた時、ふいに、狂四郎の口をついて出たのは、

「たって、と申されるなら、交換条件がありますぞ……。あなたの操《みさお》と、小判をとりかえていただこう」

「えっ！」

小乙女の双眸が、まなじりが裂けんばかりに瞠かれた。憤《いきどお》りを押しころすには、しばしの間《ま》を費さねばならなかった。

「かしこまりました」

ひくく、しかし、はっきりとこたえる小乙女を、じっと見すえて、狂四郎は、にやりとした。

半刻のち——。

狂四郎は、書院で待たされてから、下男の案内で、暗い中廊下を歩いて行った。廊下は、

途中から、一段ずつ、いくども高くなっていた。左右は、一間の檜戸《ひのきど》がたてきってあった。

下男は、とある檜戸の前で、膝を折ると、内部へ、

「おつれ申しました」

と、告げておいて、すっとひきさがって行った。

狂四郎は、檜戸へ手をかけた途端、曾《かつ》て水野忠邦邸で、美保代を犯した夜のことを、ふっと思い出した。

——おれは、どうやら、女を不幸にする男のようだ。

自分へ呟《つぶや》きすてて、檜戸を開いた。

二十畳もあろう、広い部屋の中央に敷かれた牀《とこ》の上へ、花びらをまいたように、燃える鹿《か》の子《こ》の緋《ひ》縮緬《ぢりめん》の下着ひとつの小乙女が、仰臥《ぎようが》していた。

両腕をまっすぐに胴につけてのばし、目蓋《まぶた》をとじたその姿へ、狂四郎は、うっそりと彳《たたず》んで、冷たい視線を落した。

美しかった。

燭台《しよくだい》のゆらめく灯《ひ》をあびたその寝顔は、血筋正しい気品を湛《たた》え、清雅だった。初対面のおりは、さして美しい顔立ちとも思わなかった狂四郎も、こうして、覚悟をきめてひっそりと目蓋をとじた処女の面差《おもざし》を、手折られるのを待つ花の美しさと、見ないではいられなかった。

ゆったりとさしのべられた、しなやかな胸から脚へかけての線は、馥郁《ふくいく》と匂《にお》う懸崖《けんがい》の朝顔のように、華麗で、繊細であった。しかし、それは、みじんも、みだらな妖《あや》しい雰囲気《ふんいき》をも

ってはいなかった。

狂四郎は、つかつかと枕元《まくらもと》へ進んで、片膝を折り、片膝を立てた姿勢で、いきなり、左手を、すっと、その胸もとへさし入れた。

ふっくらと盛りあがった、白桃のような隆起を、ぐっと、五指でつかんだ狂四郎は、しかし、その眼光のみは、らんらんと、部屋の外へくばる全神経の緊張をみなぎらせていた。

生れてはじめて異性の手に弄《もてあそ》ばれた柔肌《やわはだ》は、焼鏝《やきごて》をあてられたように、四肢《しし》に烈《はげ》しい痙攣《けいれん》をつたわせて、大きく波うった。その悲痛な息づかいは、五指へ吸いあげられて、狂四郎の脳裡《のうり》の残忍な欲情の炎へ、かあっと油をそそいだ。

疼痛《とうつう》に耐え得ぬがごとく、かたく眉《まゆ》をひそめた小乙女の寝顔を、黙然と睨んだ狂四郎は、非常な努力で欲情をねじ伏せると、つと、手を引き、身を退けた。

小乙女は、眉をひらき、もとのしずかな無表情にもどった。

――いい度胸だ。

狂四郎は、もし、矢庭に前をひきはだけても、この娘は、仰臥の姿勢を崩さぬだろう、と思った。

――これだけの強い意志力をそなえた娘が、あえて操をすてようと覚悟したことには、深い仔細《しさい》がなければならぬ。その仔細をこの娘に告げた者がある！

狂四郎は、小判を奪うのみか、こちらの生命《いのち》も奪おうとする企てがあると、見破ったのである。

いかに狂四郎と雖《いえど》も、しなやかな処女の肉体の上で、欲情の虜《とりこ》となったさなかを、伏兵から突如の襲撃を受けては、これを防ぐ自信はなかった。

すっくと立った狂四郎は、そのまま、一言ものこさずに、部屋を出た。

四

風ともいえぬ微《かす》かな風が、襟《えり》もとへあたった瞬間、狂四郎は、目を醒《さま》した。

書院に敷かれた牀の中である。

深更——八つをまわっていよう。

花頭窓の明障子の仄白《ほのじろ》さが、わずかに、しんの闇からすくっている。といって、目にとめ得るのは、動くものの輪郭だけである。他のすべては、墨を流したような、黒一色の中に沈んでいる。

——来たな！

一尺あまり開いた檜戸の空間に、すっと動いた影を、薄目で凝視しつつ、狂四郎は、睡《ねむ》りの呼吸をつづけた。

期待していたのである。こう来なくては、面白くない。

狂四郎は、その影の足よりもさきに、一本の棒が、すっと、たたみをすべって、忍び入るのをみとめた。

小乙女の命令か？　それとも他の何者かの指嗾《しそう》か？　狂四郎が、つきとめたいのは、そのことだった。

忍び入って来るのは、仙之助に相違ないと予断していた。ただ、それが、仙之助一個の意志とは考えられなかったのである。

宵に、狂四郎は、小乙女の乳房を摑んだ瞬間も、部屋の外に身をひそめているのが、仙之助だと判じた。この企ては、どうやら小乙女ではない。小乙女が、こちらの腕前を知っている筈がないのである。小判を奪いたければ、仙之助の棒で、堂々と正面から、たたかいを挑《いど》むのではなかろうか。こちらの腕前を知らされたからこそ、操をすてる非常の屈辱手段をえらんだに相違ない。小乙女は、並の武家娘よりも、はるかに高い誇りをもった娘のようである。その誇りをすてて、下着一枚の姿を、見知らぬ素浪人の目にさらすのは、よくよくのことである。

陰で、糸をあやつる者がいる、と狂四郎はにらんだ。

いずれにせよ、当面の敵たる仙之助は、よほどの手練《てだれ》者であると、狂四郎はみていた。さいわいに、こちらは、闇に利《き》く目を持っている。

棒さきで、闇をさぐりつつ、全身を書院に入れ、檜戸つたいに、床の間の方へ歩を移して行く仙之助を、狂四郎は、目で、じっと追った。夜具の中に入れた、無想正宗の鯉口《こいぐち》は、すでに切ってある。

仙之助が、一寸きざみに動くにつれて、夜具も、すこしずつ持ちあげられた。

床の間には、小判の包みが置いてある。

仙之助は、棒さきが、床柱へふれると、ぴたっと停止して、臥床《ふしど》の方をすかし見た。だが、しかと見わけ難いらしく、しきりに首をうごかした。

ふたたび、仙之助が、棒さきで床の間をさぐりはじめた時、狂四郎は、まったく音たてずに、夜具を除けて、坐った。

ついに——棒さきは、小判の包みにふれた。狂四郎は、大きく闇に瞠いた眸子《ひとみ》に、さらにすべての神経を凝集して、棒さきが、包みを、すうっと持ちあげるのを、眺めた。

二、三歩、仙之助が、あとずさった途端、

「おいっ！」

と、狂四郎の声が飛んだ。

仙之助が、瞬間、周章して身をひるがえさなかったのは、流石《さすが》であった。

根生えたように両足をふまえたなり、ゆっくりと、首だけをこちらへまわした。

狂四郎の坐った牀と、仙之助の立った位置のあいだには、二間の空間があった。

「その小判をどうしようというのだ？」

皮肉な問いをなげて、狂四郎は、すっと片膝を立てた。

仙之助は、凄《すさま》じい殺気をあびて、化石したように不動だった。

いかんせん、武器たる棒は、重い包みをつりさげているのである。それを落せば、その隙に、狂四郎の抜き討ちが来るのは火を見るよりあきらかであった。また、せっかくぬすんだ包みをすてるのは、もう、この若者の意地として、出来なかったろう。

「どうする、おい――」

狂四郎は、三言めの皮肉をなげた。

刹那《せつな》――

「やあっ！」

喉《のど》を裂く気合とともに、仙之助は、窮鼠猫《きゅうそねこ》を嚙《か》む跳躍をした。

包みごと、棒を、おそろしい迅《はや》さで、狂四郎めがけて突き入れたのである。

これまで、狂四郎は、熟達した敵の槍《やり》を、いくたびか、敏捷《びんしょう》にかわして、汗もにじませなかった。

しかし、仙之助の棒は、躱《かわ》す間のない、おどろくべき練磨《れんま》の早業であった。重い包みを、その先にさげながら、これであった。もし、棒だけであったならば、坐って待ちうけた狂四郎の五体は、決して安全ではなかったであろう。

「えいっ！」

狂四郎は、こちらの頭蓋《ずがい》を突き砕くべく襲い来《きた》った棒と包みを、真っ向から、一直線に斬り下げた。

棒は、縦に両断され、包みもまた、真二つになって、燦《さん》たる音響を、深夜の館内へひろげて、二百枚の小判を、八方へ撒《ま》いた。

「うぬがっ――」

ふたつに割れた棒をふりかぶった仙之助にむかって、すでにすっと立った狂四郎は、つつつつと間合をつめた。

「くそっ！」

死にもの狂いで、ふり込んで来た棒は、しかし、もう威力はなかった。ふたつに割られた時、仙之助の手は、衝撃でしびれていたのである。

苦もなく、身を横へ移して、棒を払いのけた狂四郎は、たたみの中へ頭を突き込むように、だだっと泳ぐ仙之助の腰を、ぱっと蹴《け》った。

次には、狂四郎は、すばやく、仙之助の背を骨も折れよう力をこめて、片足で踏みつけていた。

仙之助を後手にしばりあげ、行灯《あんどん》に灯を入れた狂四郎は、ふと、たたみに散乱した小判のうち、自分の刃で切った半片へ目をとめた。不審げに、つまみとって、切り口をしらべるや、

「ふむ！　そうか！　わかったぞ！」

と、にやりとしたことだった。

五

今日も、晴天であり、飯山頂上の観音堂境内は、ひっそりとした明るい静寂をたもっていた。

そしてまた、昨日と同じく、眠狂四郎は、南端の憩《いこ》い石へ、腰を下していた。

昨日とちがっているのは、一夜をすごした村落へは背を向けて、下り口の方へ、視線をは

なっていることであった。

その下り口へ、ひょっこり姿をあらわしたのが、昨日の小間物屋であったのも、偶然であったろうか——。

いや、偶然ではなかった。

小間物屋が、狂四郎を見出《みいだ》して、ぎょっとなり、それをたちまちおしかくして、笑顔で、近づいて来て、

「これは、どうも……また、お目にかかりました」

と、挨拶《あいさつ》すると、狂四郎は、

「なに、お前さんを待っていたのだ」

と、云ったのである。

「お前さんは、昨日は、煤ガ谷村から七沢村の方へまわるといっていたが……中止して、江戸へ帰るのか！」

「へえ……それが——」

「帰って、備前屋に、どう報告する？」

小間物屋の両眼が、きらっと光った。

「おれは、江戸を発《た》って程なく、お前さんが後から来るのを知っていた。備前屋の手下か、公儀の隠密だろう、ぐらいの見当はすぐついていた。お前さんの方では、おれが何処《どこ》へ何しに行くのか、見当もつかずに、尾《つ》けていた。……だから、ここで、わざと、包みを落として、

小判をおがませてやったのだ。……昨夜《ゆうべ》は、いろいろと御苦労だった」

「…………」

「……貴様は、ここで、小判を見た時、これが贋《にせ》小判であることを知った。左様、二十年前に、まだ備前屋が、ケチな小泥棒《どろぼう》であった頃のことだ。あの源氏館の主人と共謀で、甲金を偽造して、それをもとでにして、抜荷売りをやって、大きくふくれあがった。……おれの想像では、もう贋小判を使う必要がなくなったので、残りをころび伴天連にくれて、蠟人形の首へ塗り込めさせたんだな……ところで、源氏館の娘は、癈人《はいじん》になっている父がむかし、贋金造りだったことを知っていた。で――おれがさし出した小判を一目見て、びっくりして、あわてて、受取るのを拒んだ。これを、貴様は、次の部屋で、ぬすみぎきしていた。おれが出て行くと、貴様は、娘にむかって、おれの素姓やら腕前やらをぶちまけて、是が非でも、とり戻さなけりゃ、贋小判が水野越前守側に渡ったら、それこそ一大事だ、とおどかした。そこで、娘は、操をすてるはめになったという次第さ。……貴様の希望通り、たしかに、贋小判は、娘にくれてやって来たぜ。そのかわりに、だ――」

狂四郎は、おもむろに、腰をあげた。

それから、ほんのわずかの時刻が過ぎて――。

鮮やかな一刀をあびた小間物屋は、もう地べたのものがきを止めて、永久に動かなくなっていた。狂四郎の姿は消えていた。

斬《ざん》奸《かん》状《じよう》

一

江戸に、八幡宮《はちまんぐう》の祭礼が来て、街々に、神楽《かぐら》太鼓の音がひびき、幟《のぼり》の立つところに、賑《にぎ》わしい雑沓《ざつとう》がみられる頃《ころ》、奇怪な殺人事件が、あいついで起った。

第一の殺人は、五節句の最終の儀式――重陽《ちようよう》の佳日《かじつ》の朝、外桜田にある西丸老中水野忠邦の上屋敷の裏門前で、発見された。まだうら若いさむらいが、背中を割られて仆《たお》れていたのである。

武家屋敷には、辻番《つじばん》があって、突棒《つくぼう》、差股《さすまた》、袖搦《そでがらみ》、捕縄《とりなわ》、松明《たいまつ》の用意があり、昼夜、菖蒲《しようぶ》革《がわ》の袴《はかま》をはいた番人が六尺棒を小脇《こわき》に抱えて警戒している。殊《こと》に、大名の一手持の辻番は、台提灯《だいちようちん》をかかげ、その家来が番にあたるのである。もし、屋敷の前で人が斬《き》られたのを知らずに居れば、番人の落度になる。

だが、そのような例は、泰平の治世にあって、稀《まれ》というよりも絶無といってよかった。まして、外桜田の上屋敷である。不寝番が、その夜、屋敷のまわりを、一刻毎《ときごと》にまわる勤めを怠っていたとしても、べつに咎《とが》めるにはあたらなかった。また、そうしたむだな役目ゆえ、

「辻番は生きた親仁《おやじ》のすてどころ」の川柳通りに、その殆《ほとん》どは老人であったので、裏門の殺人には、耳がとどかなかったのである。

殺された若ざむらいは、一瞥《いちべつ》して旗本の次男か三男かと見わけのつく、ぞろりとした縞縮緬《しまちりめん》に、短い仕立の黒八丈の羽織をまとい、子供でも折れそうな華奢《きゃしゃ》な刀をさしていた。雪駄《せった》をはいたまま俯伏《うつぶ》していたのは、背後からあびせられるとは、夢にも知らずに歩いていた証拠であろう。竹刀《しない》のかわりに三味線の撥《ばち》しか握らなかった未熟者であろうが、その見えぼうな身だしなみにふさわしい、白い色の佳《い》い男前であったことは、目撃者の誰《だれ》しもみとめるところであった。ところで、奇怪であったのは、蘇芳染《すおうぞ》めの背中に、一通の斬奸状《ざんかんじょう》がのせてあったことである。

『人の悪《にく》むところを好み、人の好むところを悪《にく》む。人の性に悖《もと》ることを悔いず、災いこの身に逮《およ》ぶことを懼《おそ》れず。路傍に、遊惰の徒を見て、無宿浪人眠狂四郎、これを斬る。但《ただ》し、この狂演は、西丸老中水野越前守が浮華軽佻《けいちょう》の世に対する警醒《けいせい》の為《ため》に、余を踊らしむるものと知るべし』

しかも、この数行の文字に重ねて、べったりと、忠邦の水沢瀉《みずおもだか》紋の朱印が、捺《お》してあった。

これを江戸家老から手渡された、側頭役《そばがしらやく》武部仙十郎は、

「ふむ!」

と、ちょっと首をひねった。いかなる事態に遭っても、決して表情を変えぬのがこの老人であった。表面にひろがる波紋の大きさを問題とせず、底に沈んだ投石をひろいあげようと、

思案を凝らすのを得意としていた。

それにひきかえて、江戸家老高木播磨《はりま》は、水野家の家紋を見ただけで、動転していた。ただひたすらに、形式儀礼を遵守《じゅんしゅ》して、公私の服装坐作《ざさ》進退が律に違《たが》うことばかりをおそれている小心きわまる型であった。かねてから、武部仙十郎が、得体の知れぬ浪人者を養っていることを不快に思っていたのである。

「貴公、こ、この不祥事を、いったい、ど、どうしまつする積りじゃ？」

「隠蔽《いんぺい》の手配に万端ぬかりはなくとも、世間の口に戸をたてることはむつかしゅうござるな」

「そ、それですむかっ！」

播磨は、かっと逆上して大声をたてた。

「わしの皺腹《しわばら》を切ることですむなら、いつでも覚悟はできて居りますわい。御家老に御迷惑はかけ申さぬ。まして、殿になど……はははは」

笑いすてて、仙十郎は、さっさと座を立ってしまったものだったが——。

第二の殺人は、それから六日後起った。こんどは、西本願寺裏にある、水野の中屋敷の裏門前でひそかに行われていたのである。

前同様、背中を割りつけられて俯伏していたのは、二十歳を越えたばかりの町家の息子であった。上田の小袖に、竜文の合着、花色の唐琥珀《からこはく》の帯を猫《ねこ》じゃらしにむすんだいでたちは、深川がよいの大問屋の放蕩児《ほうとうじ》にまぎれもなかった。

この若者もまた稀に見る優男《やさおとこ》であった。そして、死顔が、苦痛の色をみじんもとどめず、ねむるがごとくであったのも、第一の被害者と同じく、殺される気配をさとらず、斬手の秀れた技に、呻《うめ》きもたてず倒れたからにほかならなかった。

添えてあった斬奸状の文句も同じであった。

高木播磨は、この急報に接した時は、まだ牀《とこ》の中であったが、がばとはね起きたなりの姿で、武部仙十郎の家へかけ込んでいた。

喚《わめ》く播磨を、仙十郎は、おちつきはらって迎えて、

「水沢瀉は、当家ではありますまい。水野を称する旗本は五十家あって、いずれも、水沢瀉――」

「そ、そんな弁解が、な、なんの役に立つ！　貴公は、狂人めを、なぜひっとらえなかったのだ、と申して居るのだ！」

「呼ばないでも、事件が起れば、自分で出向いて参る男でござるよ、あれは――」

「莫迦《ばか》な！　武部っ、おのれは、耄碌《もうろく》のあまり、このことが、いかなる大事を惹起《ひきおこ》すかに気づかぬのかっ！」

「御家老、お手前様には、自分のつかっている人間から絶対に裏切られぬという信念がおありなさるか？」

「な、なにっ！」

「拙者には、その信念がありますわい」

仙十郎は、眠狂四郎が、旅に出て、江戸にいないことを知っていたのである。

二

「や、やられて居るっ！」

水野家の辻番をして、三度び絶叫させたのは、それからまだ十日も経《た》っていない早朝であった。ふたつある下屋敷のうち、本所御竹蔵をうしろにひかえ、大川に面した屋敷の裏門前の、夜来の雨で濡《ぬ》れた路上においてであった。

武部仙十郎の言葉通り、第一の殺人は、ただの辻斬ということに糊塗《こと》し得たが、第二の殺人が起って、斬奸状が世間に洩《も》れ、噂《うわさ》は大きくひろがっていた。

水野家では、上屋敷、中屋敷、下屋敷の辻番に、腕の立つ屈強の武士を配して、厳重な警戒を怠ってはいなかったのである。ところが、魞《ちぬ》る嘲笑《ちょうしょう》的行為は、悠々《ゆうゆう》として果されたのであった。

殺されたのは、仕事師らしい二十七歳の男で、結城紬《ゆうきつむぎ》に、花色繻子《しゅす》の帯をしめ、月代中《さかやき》ばえに、はやりの丸額、細銀杏《ほそいちょう》のさきを平なでにした、粋《いき》でいなせの代表ぶりであった。勿論《もちろん》、前二者とは別の意味で、きりりとした色男であった。

狼狽《ろうばい》した番士たちは、辻番所の奥へ死体をかつぎこむと、仲間を上屋敷へ走らせたが、その報《しら》せは、武部仙十郎の耳にだけもたらされた。仙十郎が、あらかじめ、もし、このことが起ったならば、自分にだけ知らせるように、と各番所へいいふくめておいたのである。

小半刻すぎると——、

奔馬のひづめのひびきが近づき、辻番所の前で、ひらりと降り立ったのは、黒の着流しの浪人者であった。

「武部仙十郎の代理の者です。死骸《しがい》をしらべさせて頂く」

と、ことわって、つかつかと入った。

皆が、一斉《いっせい》に目を光らせたのは、当然のことである。側頭役が来なくても、上役の一人があらわれるものとばかり考えて、烈《はげ》しい叱責《しっせき》を覚悟していたのである。意外にも、見も知らぬ浪人者が代理とは、信じ難《がた》いことだった。

「貴公の御尊名は？」

「眠狂四郎です」

あっと息をのんで、水をうったような一瞬の沈黙をまもる十余人の顔を見わたして、狂四郎は微笑した。

「但し、わたしが、下手人ではない」

狂四郎は、三日前に、江戸へ帰って来て、噂を耳にすると、すぐに、仙十郎をおとずれ、その家にずっと泊っていたのである。

奥土間に寝かされた死体を掩《おお》った菰《こも》をはいで、その切り口へ、じっとまなざしを寄せ、しばらく、まばたきもしなかった狂四郎は、急に立ち上ると、

「この男を発見された方はどなたか？」

と訊《き》き、番士の一人がこたえると、その場所へ、案内をたのんだ。

狂四郎は、裏門から二間と離れぬ黒塀《くろべい》沿いの、銅張りの天水桶《おけ》の脇を「ここだ」と指さされると、

「恐れ入るが、倒れて居った恰好《かっこう》をしてみせて頂きたい」と、申入れた。

番士は、にがい顔をしたが、しぶしぶと、それを演じてみせた。昨夜は、ずうっと小雨が降っていて、霽《は》れたのは、しらじらと明けた頃であったので、番士の衣服はべっとりと泥《どろ》にまみれた。

狂四郎は、その姿勢から、ずうっと視線を後方へ移して、とある個所で、ぴたりと停《と》めると、「これだな」と、呟《つぶや》いた。

ふたつの足跡が、はっきりとのこっていた。斬手がのこした唯一《ゆいいつ》の証拠であった。

狂四郎は、被害者と加害者との距離を目測してから、番士に、

「ご苦労でした。お起き下さい」

番士と肩をならべて表門へひきかえし乍《なが》ら、

「あの職人は、傘《かさ》を持って居りませんでしたな？」

そう云われると、雨だったのに、傘を持っていなかったな、と番士は、気がついた。だが、それよりも、彼をあっけにとらせたのは、狂四郎の行動だった。

狂四郎は、もう番所の中へ入ろうとせず、外につないだ馬へ、ひらりとうちまたがると、

「ご免――」

と、一言のこして風のように駆け去って行ったのである。

武部仙十郎家の書院に坐《すわ》った狂四郎は、

「どうだったな？」

と、何か面白い出来事の報告でも受けるように薄ら笑いを泛《うか》べている老人に、

「刀で斬っては居りません。切り口がちがうし、のこした足跡も、武士のものではなかった」

「ほう……どうしてわかる？」

「幼少から刀をおびている武士は、左足が、右足よりも発達して居ります。したがって足跡が、同じではない。左足の方が、すこし強く地面を押している筈《はず》です。斬る時のふまえかたでは、右足跡は、つま先が深く入るが、かかとは浅い。すなわち、左右のかかとの跡をくらべてみれば、武士か、しからざるか、一瞥で判明します。雨で濡れていたのが、さいわいした」

「成程――」

「切り口が刀でないとみたのを、確信したのは、両者の距離でした。いかに長い刀でも、あの距離では、とどかぬ」

「ふむ。すると――」

仙十郎は、腕を組んで、天井を仰いで、黙考した。

やがて、視線を交した二人は、お互いに同じことを想像していたのを、その目色から読み

合って、にやりとした。

「わたしがいかにも書きそうな斬奸状を添えたまでは上々だったが、どうやら、殺しかたに知恵が足りなかったようだ。老人、片づけますから、三味線堀の方の下屋敷の裏門前を、拝借したい」

「よかろう。どうするのだな？」

「こちらから誘うのです。もし乗って来なければ、こちらが、正面から乗り込むまでだが、むこうがせいぜい得意がって芝居をしている以上、こちらも、その所作にあわせる登場のしかたがあるというものです」

「ふっふっふ……そうでなくてはなるまい。ところで、貴公の相手は、わしが睨《にら》んだ奴《やつ》と同じかな？」

「のっぺりした女たらしの生血を吸う魔物は、そう世間にざらには居りますまい。このたびの殺人が、御老中失脚をねらう目的の小細工とすれば、その敵方の中から、魔物をさがせばいいわけだ。たやすい話です」

「魔物か……ふっふっふ、魔物じゃな、まさに――」

三

もし、敵が、越前屋敷の門前をねらって、さらに第四の殺人を行うとすれば、当然のこされた最後のひとつ――浅草三味線堀の転軫《てんしん》橋を渡ったところにある下屋敷でなければならなかった。

ところが敵の裏をかいて、その黒塀に、奇妙な貼紙《はりがみ》がかかげられたのは、それから二日後である。

『色男好みの眠狂四郎さま、まいる。人をきれきれ、きるならば、よつ切り八つ切り、みじん切り、やっこ豆腐や焼豆腐、二本ざしをば、リャンコと申し、その腰重げな旗本の、のっぺりしたる御三男、そのお次はとみてあれば、爪《つめ》に火ともす親爺《おやじ》の巾着《きんちゃく》、そっとくすねてちょきちょきと、猪牙《ちょき》でかようた深川の、羽織芸者に鼻毛をば、ぬかれてでれりの若旦那《だんな》、さてまた次の野郎こそ、頭も二分なら腹も二分、いさみ気どって、刷毛《はけ》先まげて、格子《こうし》女郎を値切る勘定の算盤《そろばん》しぼりを、吉原かぶりのおあにいさんなど、きるに不足はないけれど、同じきるなら木挽町《こびきちょう》、江戸の人気を守田座で、わっとわかした花の顔見世守田《もりた》粂次《くめじ》の仇姿《あだすがた》、四十八町になりひびく、石町《こく》の鐘の、九つ子刻《ねどき》をあいずにして、お迎えならば、いずこへなりとも参じまする』

この貼紙の噂は、ぱっと街々へひろがった。守田座の守田粂次といえば、かなり人気のある女形《おやま》であった。美貌《びぼう》の点では、江戸役者随一であったが、演技が地味で、半四郎や菊之丞《きくのじょう》ほど華やかにさわがれていなかった。

「あの粂次に、そんな度胸があったのか！」と、人々は、びっくりした。

人気とりの手段にはちがいないと思われたが、殺人鬼眠狂四郎にむかって堂々と挑戦《ちょうせん》した心意気は、喝采《かっさい》されてよいことだった。

だが——。貼紙が、雨に色あせて、風に吹きちぎられても、眠狂四郎は、ついに、粂次の前にあらわれなかった。

そのかわり、ある夜、大茶屋の番提灯にあかりが入った頃合、立派な紅網代《あじろ》の乗物が乗りつけられ、かたはずし髷《まげ》に、金糸銀糸の辻模様の衣裳《いしょう》をまとった奥女中があらわれて、お内儀にむかい、

「さる御大名のお姫さまが、粂次に会いたいと御懇望なされて居るゆえ、是非、別邸まで迎えたい」

と、申入れたのであった。

四

目かくしされた守田粂次が、長い道程を駕籠《かご》にゆられて、さる御大家のお姫さまのお住いという屋敷へ着いたのは、八つも下刻になっていたろうか。

それから、さらに半刻あまり、粂次は、とある部屋に、ひとり、ぽつねんと待たされていた。

立派な調度が、ひっそりと、粂次をとりまいていた。扇流しの屏風《びょうぶ》、蜀江錦《しょっこうのにしき》みたての襖《ふすま》、床の間には、白磁の花瓶《かびん》に、萩《はぎ》が楚々《そそ》たるふぜいをみせ、厨子《ずし》には、銀盤に香炉がのせられ、うすむらさきの煙を、ひとすじ、まっすぐにたてていた。

秋草をえがいた絹行灯《あんどん》の灯《ほ》かげの中で、粂次もまた、それらの調度のひとつと化したよう

に、動かなかった。

俯向いた白いうなじが、女と見紛《みまが》う、ほっそりとなよやかであった。その肩も、腰も、膝《ひざ》も、すべてが、すんなりとして、なまめかしい色気を湛《たた》えていた。

夜の陰翳《いんえい》に彫られた、水際立《みずぎわだ》った面差である。

それにしても、ひっそりと待ちうけ乍ら、条次の片頬《かたほお》には、時おり、不敵な薄ら笑みが、ふっと刷《は》かれていたのである。

やがて――。

襖が左右にさっと開かれるや、条次は、両手をつかえて、平伏した。

「条次、つむりを――」

と促されて、おそるおそる顔をあげた条次は、正面に坐った者を見て、あっとなった。

千代重ねの白無垢《しろむく》、綿帽子に面《おもて》をつつんだ婚礼姿の女が、そこにいたのである。

「あ、あの――」

条次は、瞠《みは》ったまなざしを、おろおろと、自分をここへつれて来た奥女中へ向けた。

「姫さまとそなたの祝言《しゅうげん》じゃ」

奥女中は、さもあたりまえのことのように、平然として云いはなった。

「ど、どういうわけでござりましょうか。わたくしには、一向に――」

「ほほほほほ。べつに狐狸《こり》にたぶらかされているのではない。安心しやれ」

「で、でもわたくし如《ごと》き賤《いや》しき者が、貴いご身分のお方さまと、たわむれにも、祝言などと

——」

「よいのじゃ。そちは、だまって、花婿《はなむこ》の座に就けばよい」

急に、奥女中は、冷たく、きびしい語気をあびせた。

その間にも、中央に、数人の侍女によって、三ノ山に高砂《たかさご》の尉媼《じょうおう》と鶴亀《つるかめ》を配した蓬萊《ほうらい》の島台がはこばれた。

女蝶男蝶《めちょうおちょう》を粧《よそお》った銚子提子《ちょうしひさげ》が、自分の前に来た時、粂次は、ちらと、花嫁の方へ、視線をくれた。

花嫁は黙念と、人形のように微動もしなかった。

奥女中が、まぶたをとじ、よく透《とお》る美しい声で、高砂の謡《うた》ひとふしをめでたく納めて、この奇怪な婚礼の儀式は終った。

粂次は、いったん、次の間へ控えさせられた。その時、その口から、新郎にあるまじき独語がもらされた。

「なんてこったい！　清水清玄《きよみずせいげん》の桜姫じゃあるまいし、淫婦《いんぷ》なら、淫婦らしく、男と寝るのに、余計な手間ひま、かけやがるない。こっちは、権助《ごんすけ》じゃないんだから、子供を生ませる気づかいはないんだ。ふん、化けて出るのは、そっちさまだい」

奥女中に呼ばれるや、粂次は、こっそりそんな啖呵《たんか》をきったことなどおくびにも出さず、虫も殺さぬしとやかさで、すすみ入り、命じられるままに、紅小袖にきかえた花嫁の手をとって、しずしずと奥の寝所へ——。

ここでの床盃《とこさかずき》は、略されて、奥女中に耳うちされた粂次が、花嫁の世話を万端することになった。

それにしても、寝所は、初夜のかざりに、手落ちはなかった。島台は鶺鴒《せきれい》、肴台《こうだい》は若松、屛風は鴛鴦《えんおう》、床は天一生万物はじめと表わして、北枕《きたまくら》。

燃えるような緋縮緬の夜具に、紅絹《もみ》の枕子《まくらふとん》がふたつならんで、新郎新婦を待っていた。

粂次は、屛風の前に立った花嫁を、じっと瞶《みつ》めて、思いきった風に、

「お帽子をおとりいたしてもよろしゅうございましょうか？」

と、問うた。

花嫁は、しずかにうなずいた。

綿帽子に手をふれた瞬間、粂次は、あるこんたんで、異常に緊張した面持《おももち》になった。

だが――。

綿帽子の下には、念入りにも、白羽二重でつつんだ首があり、すずしげな双眸《そうぼう》だけがのぞいていたのである。

粂次は、ほっと、表情をゆるめて、

「では、お召しものを――」

と、空色綸子《りんず》の帯へ、手をかけた。

蛇《へび》のようにうねって落ちた帯の上へ、紅紋縮緬の小袖が、ふわりとかぶさり、白羽二重の下着の立姿が、清楚に冴えた。

「おやすみなされませ」

掛具をはいで、こわれ物でも安置するように、そっと寝かせておき、粂次は、裾《すそ》へまわって、手ばやく、きものを脱いだ。

役者らしい茄子《なす》紺《こん》の大きな井桁《いげた》の浴衣《ゆかた》いちまいになった粂次が、するりと、脇へすべり込むと、花嫁は、ひとつ大きく、昂《たか》ぶった息をもらして、すり寄ると、

「みんな脱がせて欲しい」

と、ささやいた。

粂次は、姫様にあるまじきせりふときいたが、黙って、支那縮緬のしごきをほどいた。

襦袢《じゆばん》も腰巻もとりはらわれた花嫁の肢体《したい》は、むっちりと肉が盈《み》ちて、しかも、締って、瑞々《みずみず》しい弾力に富み、粂次のてのひらに、吸いつくように、あたたかい血をかよわせた。

「そなたも、はだかに――」

身をくねらせて、つと、耳もとへ口を寄せてささやく花嫁の、むせるような肌の香をかぎつつ、粂次は、一瞬、皮肉な微笑を口もとに作った。そして、花嫁の片手をとると、すっと、わが胸もとへさし入れたのである。

次の刹那《せつな》――。

花嫁は、おそろしい呻《うめ》きをもらして、その手をひっ込めると、背を弓なりに反らして、白羽二重からのぞけた双眸に、眦《まなじり》が裂けんばかりの驚愕《きようがく》の色をあふらせた。

「おどろいたかい、お姫《ひい》さま。お前さんと同じもんが、こっちの胸にもあるのさ」

条次の口をついて出たのは、伝法なその文句だった。

ぱっと、掛具をはねのけた条次は、内股《うちもも》あらわにあぐらをかいて、腕を組んだ。

「あたしが、おっぱい持ちなら、いったい、どうしようというんだい、お姫さま」

姫は、言葉にならぬ絶叫をあげて、その素裸を四ン《よ》ばいにして逃げ出そうとした。

「どっこい！」

のがさじと、とびかかった条次は、

「下がまる裸で、首だけ包んでいたってはじまらないや」

と、あざけりつつ、すばやい手さばきで、その白羽二重を、むしりとったが、……。

その面貌を一瞥するや、流石《さすが》に、あっと息をのんだ。

無慚《むざん》！　正視に耐えぬ化物であった。頬も鼻も唇《くちびる》も、いちめんに暗紫色に爛《ただ》れ熟した無花果《いちじく》を踏みつぶした様であった。

まんぞくなのは、その双眸だけだったが、それが、うらみとにくしみを罩《こ》めてらんらんと光りはなつや、条次は、ひるんで、やりきれなそうに、眉《まゆ》をしかめた。

姫の悲鳴をきいて、廊下を走って来るあわただしい跫音《あしおと》がきこえた。

五

この時、眠狂四郎は、降るような星空の下に、この屋敷の庭に立っていたのである。

ここは、浅草入谷《いりや》——小さな寺がいくつもうしろにひかえ、往還のむこうは一望の田がひろがった閑静な一郭である。この屋敷は、御納戸《おなんど》頭取・新番頭格・美濃部筑前守のもちものであった。

べつに、下屋敷ではなく、筑前守が、特に、一人娘のために、蔵前の某札差《ふださし》から、その別宅を寄付させたのである。住まっているのは、娘に仕える女ばかりであった。

その娘が、幼時、ひどい火傷《やけど》で、ふた目と見られぬ醜貌《しゅうぼう》をもっていることは、狂四郎の耳にも入っていたのである。

狂四郎は、粂次がつれ込まれた時から庭へ忍んでいた。

廊下を走って来る跫音をきいて、

――狂言も、そろそろ幕だな。

と、胸のうちで呟くと、沓《くつ》ぬぎにかけあがって、雨戸を蹴倒《けたお》した。

廊下に釘《くぎ》づけになった奥女中の、小脇にかかえられた薙刀《なぎなた》を見て、狂四郎は、にやりとした。この薙刀が、三人の遊蕩児の血を吸ったのだ。駕籠で送って、越前屋敷の裏門前で降し、今浦島の気分で歩きかけるのを、背後から斬りすてたのである。薙刀は多分、肩棒の中にしこんであったろう。

狂四郎は、眼光で、奥女中を押えつけつつ、

「師匠、ご苦労――」

と、明るい声を、部屋へなげていた。

「こんな役目は、二度とご免ですよ。先生」

こたえた粂次――いや実は、常磐津文字若《ときわずもじわか》こと女掏摸《すり》素通りお仙は、姫にむかって、紅小袖を抛《ほう》ってやった。

狂四郎は、奥女中の、左半身の青眼の構えを、秀《すぐ》れたものに受けとり乍ら、

「この廊下では、薙刀は使いにくかろう。庭に出て頂こうか」

と、不敵な譲歩をした。

奥女中の顔は、仄暗《ほのぐら》さの中にも、侮辱された者の憤怒《ふんぬ》の色をみせた。

狂四郎は、文字若を先に逃がしておいて、ゆっくりと庭へ出た。

足場をはかって、飛石に立つと、刀も抜かずに、

「さ、参ろうか」

それに応じて、奥女中は、縁側からぱっと飛んで、二間かなたに、左半身になり、石突きを下に、刃を前方に向ける天の構えをとった。狂四郎を使い手とさとっての攻撃と防禦《ぼうぎょ》を兼ねた構えをとったのである。

狂四郎は、まだ両手をダラリと下げたなりで、

「そちら様に名乗って頂く必要はないが、こっちは姓名を明らかにして置かねばならぬ。お前さんのおかげで、江戸中の色男をふるえあがらせた眠狂四郎という男は、こういう面《つら》だとおぼえておいてもらおう」

「………」

奥女中は、無言で、じりじりと間を詰めて来る。

「とんだ今様吉田御殿で、人三化七《にんさんばけしち》のお姫様のために、つぎつぎと遊冶郎《ゆうやろう》をくわえ込んだのは結構だが、そして、そいつらを、後日の軽口をおそれて、ばっさりやったのも、べつに、残酷だとは思わぬ。生かして置いても、どうせ、ろくな身すぎ世すぎはしない手合ばかりだったからな。ただ、この眠狂四郎が、あんな奴等《やつら》を斬る刀を持っていたと世間に受けとられては、我慢がならぬ。断っておくが、おれは、今日まで、自分から好んで、人を斬っては居らぬ。ましてや、手向いもせぬにおいてをやだ。油断させて背中から割りつけるとは、言語道断！」

「えいっ！」

裂帛《れっぱく》の気合もろとも、天の構えから、つつつと右足をふかく踏み込んで、左膝をつき、ぴゅっと袈裟《けさ》切りに極めて来たのを、狂四郎は、身軽く一間余跳び退って、

「そうだ。おれは、先《ま》ず、そういう具合に、相手から斬りかからせる」

「素浪人！　小癪《こしゃく》なっ――」

満身を火と燃やした奥女中は、猛然と攻撃を開始した。

正面を討ち、胴を切り上げ切り下げ、突きまくり……息もつかせず、襲い来る練磨の坂刃《さかば》を狂四郎は、風に舞う羽毛のようにひらりひらりと躱《かわ》していたが、一瞬、

「やあっ！」

と、凄じい掛声もろとも、その長柄《ながえ》を――相手の右手が揚った個所から一寸あまり先を、すぱっと切って落し、たたらをふむのを、蹴倒して、かたはずし髷《まげ》を、ぐいっと土足にかけ

た。

翌朝――夜が明けそめた頃、御納戸頭取・美濃部筑前守の上屋敷前の往還を、戛々《かつかつ》たる蹄《ひづめ》の音をひびかせて駆け抜けた一騎があったが、恰度《ちょうど》正門前を過ぎる刹那、小脇にかかえていた白い大きなものをどさりと投げすてて行った。

それは、高手小手にしばりあげられた全裸の女であった。

その背中に、一通の封書が添えてあった。

曰《いわ》く――

『人の悪《にく》むところを好み、人の好むところを悪む。人の性に悖《もと》ることを悔いず、災いこの身に逮《およ》ぶことを懼《おそ》れず。三人の色男を殺せし女を捕えて、無宿浪人眠狂四郎、これを路傍にさらす。但し、この狂演は、美濃部筑前守が、世に類《たぐ》い稀《まれ》なる醜貌の姫の淫蕩《いんとう》をゆるせしむくいと知るべし。呵々《かか》』

千両箱異聞

一

「ところは、いずこ当陽県、折しも秋の末つかた、涼風骨を刺す血戦場、生霊《いきりょう》実に十余万——。鬼哭啾々《きこくしゅうしゅう》たる原頭《げんとう》に、雲霞《うんか》の敵陣を、はったと睨《にら》んでただ一騎——これぞ、誰あろう、中山靖王劉勝《ちゅうざんせいおうりゅうしょう》が後胤劉備玄徳《こういんりゅうびげんとく》が股肱《ここう》にて、身の丈《たけ》八尺、豹頭環眼《ひょうとうかんがん》、虎体猿臂《こたいえんぴ》の荒若武者、姓は趙雲《ちょううん》、字《あざな》は子龍《しりょう》——」

両国広小路の垢離場《こりば》の高座で、いま、立川談亭《たてかわだんてい》は、ぴしゃりと、読み台を張扇《はりおうぎ》でたたいて、三国志の講釈の最中であった。

「そもっ——趙雲子龍が使命なる、守護する糜《び》夫人いまや亡《な》し、主君劉玄徳公におかせられては敗走また敗走、一点の骨血いずくにやある。惨たり、偉丈夫趙子龍、幼君阿斗《あと》を小脇《こわき》にかかえ、敵の重囲を突き崩し、血路を開いてのがれんと、三尖《さんせん》両刃の刀をば、一天高しとふりかざし、いでや、物見よ、これを見よ——紅光走って困龍飛び、征馬は衝《つ》くぞ長坂坡《ちょうはんぱ》、神威をここに虎《とら》将軍、一声吼《ほ》えてまっしぐら、飛び込んだるは千里の藪《やぶ》、ざわざわっとおめきたったる敵の陣——」

「うめえぞっ！」

客の中から銅銭が、ぱらぱらっと投げられた。

「銅銭、通せん、行かせんと、千とかぞえる旌旗《せいき》の波、さかまきたって、どどっとばかりにうちかかりければ、血ぶるいしたる趙子龍、なんの虫けら、いなごにばった、ばったばったと斬《き》りまくり、膾《なます》に叩《たた》いて鮓漬《すしづ》けにしようか、それとも交ぜ鮓、ちらし鮓、五目ににぎりに、毛抜きに笹巻《ささまき》、風味がいいのが与兵衛鮓、のどを鳴らして、生つばのんで、我慢じゃ高いぞ、ひとつが五匁《もんめ》、投げ銭ぐらいじゃ食べられぬ」

「そうだ、与兵衛鮓は高《たけ》えぞ。食ってやがるのは、札差《ふださし》から賄賂《わいろ》を貰《もら》ってやがる役人ばかりだぞっ」

「談亭先生、ひとつ、賄賂役人をやっつけてくれっ」

「賄賂と懐炉《かいろ》は、ふところが、暖まるものでな。うっかり手を出しゃ火傷《やけど》する。うまくやったら焼けぶとり――」

「面《つら》を焼いたら、美濃部筑前守の化娘だあ」

どっと、皆が笑った。三人の色男をひきずり込んで、祝言《しゅうげん》のまねごとをし、送るとみせかけて、薙刀《なぎなた》で斬り殺した今様吉田御殿の化娘の噂《うわさ》は、江戸中にひろまっていた。

「その化娘のおん皮を、ペリリと剝《は》いだ人ぞこれ、姓は眠で、名は狂四郎、剣を把《と》ったら日本一、描く円月、虹《にじ》の橋、かけてうれしい緋鹿《ひが》の子《こ》の、手絡《てがら》の娘がさわぐのも、ええむりはない、むりもない。お江戸名物がまたひとつふえやした」

「おうおう、談亭先生、趙雲子龍の方はどうしたい？」

「おっと忘れた猫《ねこ》の飯、めし捕れ生捉《いけど》れあの荒武者を、と、景山の頂きから梟雄《きようゆう》曹操《そうそう》が叫べども、血風巻いて趙雲に、子龍が乗ったすさまじさ、あれよあれよという間《ひま》に、大旗二本を斬り倒し、三条まで槊《ほこ》を奪い取り、曹営の名将五十余人を突き伏せて、雲をかすみと逃げのびたり。後人《こうじん》詩あり、血は征袍《せいほう》を染めて甲《かぶと》を透《とお》して紅なり、当陽誰か敢《あ》えてともに鋒《ほこ》を争わん、古来陣を衝いて危主を扶《たす》く、只《ただ》有り常山の趙子龍。はい、おたいくつさま」

談亭は、台へつけた額をあげたとたん、客席の片隅《かたすみ》に、苦笑を泛《うか》べている眠狂四郎の顔を見出した。

――慍《おこ》っているかな、眠さん。

談亭は、読本作家としては食えないので、この講釈場へ出ていたが、役人や金持を諷刺《ふうし》するので人気があった。今様吉田御殿の事件以来、素浪人眠狂四郎が敢然として強権に反逆するさまを、三国志講釈に読みこんで、喝采《かつさい》をあびていたのである。

談亭が高座を降りて、中入りになると、五六十人の客は茶を飲んだり、菓子をつまんだり、寝そべったり、――そのざわめきの中に、眠狂四郎という名がしきりに噂された。

「眠狂四郎って可笑《おか》しな名だの」

「偉《えれ》え人物は、本名をちゃんとふところにしまっていらあ。いざとなった時、なにを隠そう、それがしは一天万乗の皇位を継ぐべき身分にて――」

「おいらがそうだ。大工留五郎は仮の名で、えへん、そも、麿《まろ》こそは――」

「亭主関白越中褌守《ふんどしのかみ》鼻の下長だろう」

「おきゃあがれ。ところで、眠狂四郎って、そんなに強いのか？」

「強いかってもんじゃねえや。千代田の大奥へ、のんのんずいずい乗り込んで、公方《くぼう》老中若年寄の前でな、ぱっとけつをまくって、大あぐら、やいてめえら、しいたけ髱《たぼ》ばかり齧《かじ》ってやがらずと、ちったあ、街へ出てみやがれ、職人の手間賃がどんなに安いか、裏店《うらだな》の連中がなぜ店賃《たなちん》をためているか、朝から晩まで身を粉《こ》にして働いて手間がたったの三百文、これで一分の初鰹《はつがつお》が食えるか食えねえか、夜鷹《よたか》だって、ちょんの間百文かせがあ」

「だから、嬶《かかあ》の臍《へそ》をなめて我慢するよりしかたがねえか。それとも、なめるかわりに臍くりをまきあげるか」

「臍くりで思い出したがの、おいらの店《たな》の、村井源十郎という傘貼《かさは》り浪人の嬶が、どこでどうしやがったか、大層小金をためやがって、伜《せがれ》には、人形を買ってやるわ、てめえは目の縁へ紅などさしやがって、ぴらぴら物をつけやがるわ。急に、むかしの屋敷言葉をつかやがって、薄気味わるいったらねえ。亭主だけは、相変らず、渋紙面で、傘を貼ってやがるがの——」

「そいつは、一方、夜鷹をやってやがるんだろう。一合取っても武士の妻、なんて当節はやらねえや。いよいよ、夜鷹にも、やんごとなきおん身の御女中が出るようになった。肥溜臭《こえだめくせ》え小娘が成上った入山形《いりやまがた》に二つの星の華魁《おいらん》に、無理して一両一分を出すよりも、はずかし乍《なが》らお買い遊ばせ、と袖《そで》を引いてくれる武家女房を百つなぎの銅銭で買った方が、こりゃ、よっぽど、乙なもんだ」

「賤妓《せんぎ》は名妓を駆逐する——これを、グレシャムの法則といってな」

話がとんだ方向へ逸《そ》れた時、誰かが、

「もし、旦那《だんな》——、失礼でござんすが、貴方《あなた》様は、もしや眠狂四郎の旦那じゃございませんか」

と、呼びかけた——その声に、場内は、一瞬、水を打ったようにしいんとなった。

一斉《いっせい》に、好奇と畏敬《いけい》の視線を集中された狂四郎は、むっつりとした面持《おももち》で、立ち上ると、黙って、すっと、出て行ってしまった。

その後姿へ、

「世直し大明神！」

と、大声がかけられ、わっと客席が湧《わ》いた。

二

——くだらんことだ！

並び茶屋のひとつ「東屋《あずまや》」に入って、盃《さかずき》を口にはこび乍ら、狂四郎は、なんともいい様のないおぞましい気分だった。

いつの間にか、江戸の人気者にされているのだ。町人たちは、まるで、自分たちの代表者であるかのごとく受取ってしまっているではないか。迷惑なはなしである。

町人たちは、本能的に、幕府の命数の尽きたのをさとっている。威儀三千外観行装の美に対しては、もはや目をうばわれなくなっている。今はただ、傾いた大廈《たいか》が、いつ地ひびきたてて横倒しになるか——その時に興味をかけているのだ。そして、自ら進んで、その傾斜をさらに揺がせようとする勇敢な反逆者の出現を待っている。

他の何者が、その任を買って出ようと、勝手である。ただ、自分が、それと看做《みな》されるのは、狂四郎としては、まっぴら御免だった。

——おれは、ただ、頭上にふりかかる火の粉をはらっただけだ。

狂四郎は大声で叫びたかった。

——町人どもめ、桜が咲いたといってはうかれ、祭りが来たといってはさわぎ、暑くなったからといっては花火をうちあげ、寒くなったからといっては顔見世《かおみせ》狂言にうつつをぬかす。……このおれが桜や祭りや花火や役者同様に、野次馬どもの浮気のえじきになってたまるか！

こみあげる不快を、しかし、すてるすべもなく、盃の数をかさねているところへ、ひょっこり、姿を見せたのは、金八であった。

「先生、どうも、あっしゃ面白くねえや。湯屋へ行っても、髪床へ行っても、先生の名前をきかねえこたあねえんだ。べらぼうめ、左甚五郎《ひだりじんごろう》の猫じゃあるめえし、ねむりねむりっと心安くぬかしゃがるない、と啖呵《たんか》きってても追いつきませんや」

「どうだ、金八、ひとつ、守田座でも借りきって、眠狂四郎の円月殺法お目見得といくか。

河原崎座の、団十郎の『暫《しばらく》』のツラネのむこうぐらい張れるかも知れんぞ。しこたま儲《もう》けて、吉原で、紀文、奈良茂《ならも》気どりの上を下への大散財は悪くなかろう」

「置いてもらいましょうよ。金儲けなら、そんな手間をかけないでも、手っとり早い口がありますぜ。先生の人気を見込んで、用心棒代百両出そう、という途方もない大莫迦《ばか》野郎があらわれやがったんでさ。参考のために、ここまでひっぱって来やしたぜ」

「百両出す！」

流石《さすが》に、狂四郎も、聊《いささ》か呆《あき》れた表情になった。一両で、米が二斗買える世の中であった。

「どこの臆病《おくびよう》者だ？」

「そいつが、どうも、選《よ》りに選ったイヤな野郎でさ。佃《つくだ》町の駿河《するが》屋って廻米《かいまい》問屋でさ」

「廻米問屋！」

瞬間、狂四郎の胸に、ぴんとひびく直感があった。狂四郎の強敵備前屋は廻米問屋である。

――もしや？　ひょっとすると、金のすて場所に困った商人の酔狂とは、ちとちがう話かも知れぬぞ！

「駿河屋というのは、そんなに分限者《ぶげんしや》か？」

「持っているのなんのって、土蔵で、鼠《ねずみ》が大判小判をお手玉にして遊んでいるって――評判でさあ。親爺《おやじ》の弥八《やはち》ってえのが、今年、本卦還《ほんけがえ》り（還暦）のくせしやがって――おまけに、子無しの貰い娘が一人しかいねえのに、業《ごう》つくばりのこんこんちきで、一目見ただけで反吐《へど》の出そうな狒々《ひひ》じじいと来てやがる」

「むかし、首が飛ぶような悪事でもやって儲けたか――」

「図星、一文無しの棒手振《ぼてふ》りから成り上りゃがって、船饅頭《ふなまんじゅう》の親方までやりゃがったといいますぜ。その罰《ばち》があたって、今じゃ、片手片足が、ぐんにゃり萎《な》えた中気疾《や》み――。そろそろ、年貢《ねんぐ》の納め時だろう、千両箱をひとつ寄越せ、と脅迫状が舞い込んだ、というわけでさ」

「そんな紙っきれをまるめるのなら、出入りの仕事師（鳶頭《とびがしら》）でたくさんだろう」

「どっこい。相手が悪いや。拙者こそは、由比正雪《ゆいしょうせつ》が末裔《まつえい》にして、徳川将軍をでんぐりけえし、天子様をば千代田城へ迎え奉《たてまつ》らんと企てはべる志士にして、軍用金をもらいてえ――と来やがったぜ」

「おもてに待たせている依頼人を、ここへ呼べ」

「ほい来た」

入って来たのは、終日暖簾《のれん》掛けの薄暗い店の中で、十露盤《そろばん》をはじいたり、客にお世辞追従《ついしょう》を云っている生活が、そっくり蒼白《あおじろ》い顔に滲《にじ》み出ているような二十七八の男であった。

「駿河屋の番頭藤七でございます。このたびは厄介《やっかい》なお役目をおたのみ申しまして――何卒《なにとぞ》、曲げて、お引受け賜《たまわ》りますようお願い申上げます」

「お前さん、若いが、大番頭さんか？」

「いえ、大番頭は、ほかに居りますのでございます。ではございますが、私は、店の仕事よりも主人の身のまわりの世話を一切いたして居るものでございますから――」

中風で動けない弥八の、いわば手足になっているうちに、いつか、大番頭も一目置く実権を握ったというわけであろう。

「脅迫状は、天下覆滅の陰謀の軍用金を寄越せ、ということだそうだな？」

「左様でございます。最初に舞い込みましたのは、先月のはじめでございましたが、その時は、誰かのいたずらだろう、と笑いすてておきましたが、それから、十日毎に、必ず送って参りまして——なんとなく気味わるくなっているところへ、とうとう、一昨日、来る《きた》五日——つまり、明日より三日間のうちに、必ず受取りに参上するから、主人の居間に、千両箱を用意しておけと……」

「主人の居間に？　それは可笑《おか》しいな。どこかへ持って来い、というのではないのか？」

「私どもも、まことに妙な気がいたしまして……それだけに、急に、不安になって参ったわけでございます。忍び込んで来る日を予告する賊がいるなどとは、普通では考えられませぬ。金八さんからおきき及びと存じますが、主人弥八は、一代で莫大《ばくだい》な身上《しんしょう》をつくりあげた男でございますだけに、こんな途方もない莫迦げた脅迫状など、びくともいたすものではございません。私が、いくら、訴所へ届け出て、詮議方のお役人の御出張をねがおうとすすめても、頭から受けつけようとはいたしません。それで、思いあまりまして……恰度《ちょうど》、評判の高い貴方様のことを、主人にきかせましたところ、そこは、主人も、きもの太い男でございまして、それなら、その御浪人が、賊めをつかまえてくれるなら、百両出そう、とりにがしたら、一文も出さぬ、と申しましたので、まあ、兎《と》も角《かく》一応、先生にあたってくだけよう、と金八さんに、お願いした――と、こういう次第でございます」

「よし、引受けた」

狂四郎は、あっさり承諾した。

「やりやすか、先生、志士野郎を」

と、金八が、ぽんと手をうった。

「志士の十六、番茶も出花、切らざあなるめえ、煉羊羹《ねりようかん》とくらあ」

三

翌夕刻――狂四郎は、ぶらりと佃町へ出かけて行った。

四間間口の、堂々たる構えの駿河屋の店さきを素通りして、横手の路地へ入って、裏口へまわった。

二十坪以上ある広い台所に、ぬっと入って、番頭藤七を、女中に呼ばせた。すぐ走り出て来た藤七に、狂四郎は、

「屋敷内を一廻りさせてもらおうか」

と、云った。

「かしこまりました。御案内申上げます」

藤七は、先に立って、縁伝いに奥に入り乍ら、説明した。

「ここは、もと吉原の松葉楼の仮宅でございまして、ごらんのように粗末な建てかたをその

ままのこして居ります」

仮宅とは、吉原が火事で焼けるたびに、公儀の指定した仮営業地に、とりあえず建てた廓《くるわ》であった。したがって、建物の粗末さは当然のことであった。おそらく、弥八は、すて値で買い取ったものに相違ない。

そうきけば、妙に、この家には、小部屋が多く、廊下がぐるぐるまわり、とんでもないところに厠《かわや》がついていたりした。

主人弥八の寝所は、渡り廊下でつなぐ離れがあてられていた。猫の額程の小庭に面していて、南は、白漆喰《しっくい》の川岸土蔵、東は、文庫蔵でふさがれ、西は、隣家とのさかいの忍び返しの高塀である。庭から母屋《おもや》へ出る木戸には、錠がおろしてあった。

「この廊下を守れば、離れは絶対に安全なのでございます」

そう告げてから、藤七は、狂四郎を小庭へいざなった。離れの障子は、あけはなたれて、高く積み重ねた蒲団《ふとん》に凭《よ》りかかっている鬚《ひげ》だらけの男のだらしない姿が覗《のぞ》き見られた。

「主人は、最近ひどく人ぎらいになって居りますので――」

挨拶《あいさつ》を遠慮するが悪く思わないでほしい、とことわって、藤七は、そうっと、指さして、

「主人のうしろの床の間に、千両箱を置いてございます、但し、万一のことを考えまして、石を詰めまして、うわべだけ小判をならべてあるしろものでございます」

と、ささやいた。

狂四郎は、無言で、霜除《よ》けの芭蕉《ばしょう》の陰から、しばらく弥八を、じっと瞶《みつ》めた。障子のかげ

になって見えないが、女が、弥八の足を、揉《も》んでいた。弥八は、その揉みかたが気に入らぬらしく、自由な方の手を振って、こうしろああしろ、と苛立《いらだ》たしげに命じていた。狂四郎は、因業《いんごう》な性格をむき出したその表情から、肉体は不具になっても、まだ頭脳の働きはたしかだな、と読みとった。

「あの女は？」

「養い子のお八重でございます」

「離れへ自由に出入しているのは、お前さんとあの娘だけだな？」

「左様でございます」

母屋へひきかえして、大番頭以下十数名の傭人《やといにん》にひきあわされた狂四郎は、自分の鋭く磨《と》ぎすまされた神経にふれるような怪しい者が一人もいないことをたしかめた。

養女のお八重は、夕餉《ゆうげ》の席で瞥見《べっけん》したが、これはまだ二十歳にもならぬ、内気そうな娘であった。もう幾年も陽《ひ》にあたらないような、蒼白い皮膚が、その運命的な淋《さび》しさを、しめしているようであった。

狂四郎は、離れとつなぐ渡り廊下がつきあたった小部屋に陣どることになった。出された酒も肴《さかな》も、深川通のかよい料亭「平清」からとり寄せたもので、ひどくおごったものであった。

第一夜は、何事もなく明けた。

ただ、狂四郎だけは、ちょっとした、ひとつの発見をした。

更《ふ》けて、九つをまわった頃であったろう、疲れ果てて離れから戻って来た養女のお八重が、寝衣《ねまき》にきかえて、行灯《あんどん》のあかりを消そうとしたところへ、狂四郎は、音もなく、ぬっと入ったのである。

仰天するのを、手で制して、端坐《たんざ》した。狂四郎は、きびしい口調で、

「わたしの目を見てもらおう。見たら、はなすな！」

と、命じた。

お八重は、素直な気質であったし、また狂四郎の態度は、拒絶をゆるさぬ魔力をもっていた。

お八重のつぶらな双眸《そうぼう》が、次第に、怯《おび》えの色を消して、一種恍惚《こうこつ》とした遠い色を湛《たた》えるのを、待って、狂四郎は問うた。

「最近、この家に、見も知らぬ怪しい人間が来た筈《はず》だ。どんな男だ？」

お八重は、かすかに、かぶりをふった。

「誰も来ないというのだな？」

お八重は、頷《うなず》いた。

「では、お前の目にはべつに怪しいとは映らなかったろうが……さむらいの訪問者はなかったか？」

「ひとり——ありました」

「ふむ」

「藤七さんが、見廻り役をおねがいしようとしておつれしたお方です」

「浪人者だな？」

「はい」

「ことわったのか、ことわられたのか？」

「おことわりしたのだと思います」

「どんな男であった？」

「貧しい身なりをした……村井源十郎と仰言《おつしや》るお方でした」

「村井源十郎？」

きいたことがある、と小首をかしげた。

思い出したのは、自分の部屋へ戻ってからであった。講釈場で、職人のひとりのお喋《しやべ》りの中に出て来た浪人者の名前であった。当人は、毎日傘貼りの内職をしているが、その女房が最近景気よく金をつかいはじめたという話であった。

村井源十郎が、この駿河屋の用心棒にやとわれたので、景気がよくなったというのなら、わかる。ことわられて、景気がよくなったというのは、どういう謎《なぞ》か？

狂四郎は、しばらく考えていたが、

「賽子《さいころ》は、ふってみなければ、わからん」

と、なげ出すように呟《つぶや》きすてたことだった。

四

惨劇は、第二夜に、もう暁まぢかな七つどきに演じられた。

針でつついても、ぴいんと亀裂《きれつ》の入りそうな冷たい寂寞の夜気を、突如、けだものが圧《お》し潰《つぶ》されるような異様な絶叫がつらぬいた。

狂四郎が、風のように渡り廊下をかけ抜けたのは、それから数秒も過ぎていなかったろう。

離れの床に、弥八は、なま血にまみれて、俯伏《うつぶ》していた。行灯はつけっぱなしであった。

雨戸が一枚半開きになっていた。

浴衣《ゆかた》の背の切られざまを、ちらと一瞥しただけで、狂四郎は、斬手の凄腕《すごうで》をさとった。

この時——。

母屋で、

「曲者《くせもの》っ！」

と、怒号があがった。はっとなって身をひるがえそうとしかけた狂四郎は、咄嗟《とっさ》に、脳裡《のうり》に閃《ひらめ》くひとつの直感で光る眸子《ひとみ》を宙に据《す》えた。

——そうか！

皮肉な微笑が、口もとにのぼった。

「曲者だっ！」

「眠さんっ！　早くっ！」

「曲者は、こっちだぞっ！」

凄《すさま》じい物音とともに、自分を呼ぶ必死の声がひびいて来るのを、狂四郎は冷然ときき流して、のっそりと弥八の屍骸《しがい》に寄って仰向かせていた。

番頭藤七は、お店者《たなもの》の外見に似ぬ度胸で、心張棒を摑《つか》んで、覆面の武士を追っていた。

武士は、千両箱をかるがると小脇にかかえ、抜身をさげて廊下をつッ走り、曲り角で、大番頭がひょいと恐怖の顔をのぞけるや、

「斬るぞっ！」

と、吼《ほ》えて、ふりかぶった。

仰天して臀《しり》もちをつく大番頭の脇を、武士が駆け抜けるや、追いせまった藤七が、

「腰抜けっ！」

と、大番頭を罵《のの》りすてて、

「眠さんっ！　早くっ」

と、絶叫した。

武士は、いったん店の方へ出ようとしたが、急にくるっと踵《きびす》をまわすと、一間余まで追いせまった藤七へ、

「生命《いのち》が惜しくないかっ！」

と、威嚇《いかく》の太刀をひと振りして、藤七がたじたじとなった隙《すき》に、雨戸へ体当りして庭へととび出した。

「眠さんっ！　曲者が逃げるぞっ！」

藤七は、武士が、庭の北隅に据えられた石灯籠《いしどうろう》の笠《かさ》の上へ、はねあがるのを眺《なが》めて、あらん限りの声をふりしぼった。しかし、狂四郎は、ついに姿をあらわさなかった。

武士はたちまち、高塀を越えた。

狂四郎が、ふらりと出て来たのは、店で、集まった奉公人一同を睨《ね》めつけて、藤七が、もの凄い勢いで、皆の腰抜けざまを罵倒《ばとう》している最中だった。

藤七の憤怒《ふんぬ》は、たちまち、狂四郎へ向けかえられた。

「眠さん！　貴方は、それでも剣客ですか！　主人は殺され、賊は悠々《ゆうゆう》と逃げたじゃないか！　なぜ、せめて、賊をつかまえてはくれなかったんだ？」

「追っても、間にあわぬと、思ったのでな」

「そ、そんな――卑怯《ひきょう》な逃口上は、ききませんぞ！　すぐ、かけつけてくれれば、充分間にあったんだ！　なんという見さげ果てたお人だ！　そ、それで、いま江戸一番の人気者とは、嗤《わら》わせるわ！」

「どうも、申訳ない」

狂四郎は、きわめて神妙な面持で、大番頭の横に坐り込むと、腕を組んだ。

藤七は、いまいましげに舌打ちすると、

「おい、茂一、早く、番屋へ報《しら》せて来い！」

と、怒鳴りつけた。

するど、何を思ったか、狂四郎が、

「あいや――。番屋へ報せるのは、もうしばらく待っていただこう」

と、とどめた。

「なにっ？　それは、どういう意味です。眠さん！」

藤七が、食いつきそうに睨みつけた。

「長く待てとはいわぬ。ほんの半刻《とき》――」

「だ、だから、なぜ待たなければならんのだ」

「待っていればわかる」

狂四郎は、とぼけ顔で、威丈高につめよる藤七の相手にならなかった。

それから……半刻も待つ必要はなかった。

表戸が、烈《はげ》しく打ちたたかれ、小僧が急いで開けると、とび込んで来たのは、金八であった。

「へい、お待たせいたしやした。盗まれた千両箱は、この通り、村井源十郎からとり戻して参りましたぜ」

金八は、人を食った顔つきで、藤七の前へ、それを、ひょいと置いた。

藤七の表情が、一変した。驚愕のためであったことには相違なかったが、奇怪なことに、かえって、無表情にちかい不気味な、沈んだ色に変ったのであった。

狂四郎が、ゆっくりと立ち上った。

「藤七さん、そろそろ狂言も、はねる時刻が来たようだな」

瞬間、藤七の全身から殺気がほとばしったが、狂四郎は、うす笑いを泛《うか》べて、

「この若い男は、わたしの乾分《こぶん》でな、御苦労にも、二夜、この家のそとに辛抱強くしゃがんでいたのだ。無駄《むだ》にはならなかった。お前さんに追いかけられた村井源十郎が、塀を越えて逃げ出すや、あとを追いかけて行った。この男の商売は、掏摸《すり》だから、千両箱をかっぱらうのは、大いにやり甲斐《がい》があったといいたいが——」

と、云いざま千両箱をけとばした。からん、と音をたてて土間へころげ落ちた千両箱の中は、からっぽだった。

「眠！　おれを、ただの番頭ではないと見破ったのは、いつだ？」

藤七は、落着きはらった声音で訊《たず》ねた。ついさっきまでの、逆上し、血相変えて怒鳴り散らした町人が、この男であったか、と目をうたがわせる変貌《へんぼう》ぶりだった。

「はじめて会った時からだよ、藤七さん。いかにうまく化けても、余人は知らず、この眠狂四郎の目は晦《くら》ませぬ。尤《もっと》も、その時は、お前さんが備前屋のまわし者とばかり考えていた。村井源十郎という傘貼り浪人をつれて来たと、昨夜《ゆうべ》、お八重さんの口からきき出して、どうやらそうではない、と考え直した。備前屋なら、わざわざ痩《やせ》浪人などやといはせぬ。……あててみようか、貴様の正体を。御勝手掛若年寄林肥後守の命をうけた隠密——どうだ！」

「よくぞ見ぬいた！」

「貴様は、この駿河屋の莫大な財産を合法的に手に入れることを命じられた。つまり、公儀

が、泥棒を働こうというのだ。そこで、貴様は、うまく化けて住み込み、弥八殺しの謀計は成った。ついでに、目下ばかげた人気を博している眠狂四郎を用心棒にやとい入れて、まるつきり用心棒の役に立たなかったことを証明して、一転、こんどは世間の嗤い者にしてやろう、と一石二鳥のこんたんを抱いた。いい度胸だった。……ふっふっふ、おれは、弥八を殺すのは貴様だということをちゃんと知っていたぜ。くたばってもいいやつを殺すことは、これは結構だ。おれは、べつにとめる積りはなかったぜ。で、——貴様は、弥八を斬り殺しておいて、空《から》の千両箱をかかえて、小庭へ抜け出た。おれが、きいた断末魔の声は、貴様の口から発したにせものだった。貴様が母屋へ逃げる方が、おれのかけつけるのより迅《はや》かったのは、そのわけだ。貴様は、千両箱と血刀を小部屋にひそんでいた村井源十郎に渡して、さて、なれあいの追っかけっこをはじめた。貴様が、いくらおれを呼んでも、のこのこ出て行かねばならん義理はなかったというわけだ。第一、出て行っても、貴様が、おれに源十郎をつかまえさせる筈がなかった」

「庭へ出ろ！　眠！」

「いうにやおよぶ！」

しらじら明けの庭で、狂四郎の白刃が、長い息づまる沈黙の後に、ゆるやかにまわされていた。

その隠密もまた、狂四郎をして完全な円月を描き終らしめる敵ではなかった。

盲目円月殺法

一

橙《だいだい》や蜜柑《みかん》の実が黄色になる頃《ころ》には、医者の顔色が青くなる、と江戸時代には云われていた。医者が、夏中の患者のために、たくわえておいた敗鼓馬勃《はいこばぼつ》をつかいはたして、薬籠《やくろう》中の準備に大わらわになる一方、各戸の風邪でてんてこ舞いをしなければならぬからであった。そうした季節の一夜、大奥医師・室矢醇堂《むろやじゆんどう》が、その宏壮《こうそう》な邸宅の寝室で、一太刀あびせられて、息をひきとる事件が起った。

尤《もっと》も、醇堂は、町家の患者を一人も持っていなかったので、他の医者とちがい、非番のその夜は、愛妾《あいしょう》相手に、入浴と晩酌《ばんしゃく》にゆっくりと時間をかけて、鉤鼻《かぎばな》を程よく蜜柑色にして、就寝したのであったが——。

製薬室で、こくりこくりと居眠りし乍《なが》ら、神農と夢で会っていた書生が、深夜の寂寞をつんざく絶命の叫びに、いなごのようにはねあがって、寝所へ走った時は、もはや、兇漢《きょうかん》の姿は、かげもかたちもなく、醇堂と愛妾の屍骸《しがい》が、血海の中に、四肢《しし》をさらして、性の作法通りに、片や俯伏《うつぶ》し、片や仰臥《ぎょうが》していた。

翌朝、かけつけた備前屋は、その冴《さ》えた切り口を一瞥《いちべつ》して、

「眠め！」

と唸《うな》った。

それから、ずかずかと床の間に寄って、神農を描いた唐表装の掛物を剝《は》いだ。

壁のまん中に、二寸角の小穴が、ぽっかりと開いているのを見て、あっとなり、あわてて未練げに、片手をさし入れて見て、もう一度、

「くそっ！ 眠め！」

と呻《うめ》かなければならなかった。


押上村の古寺龍勝寺の離れへ、一人の武士がおとずれたのは、その翌日のことであった。

訪問者は、まだ若く、ひきしまった秀麗な風貌《ふうぼう》の持主であった。黒羽二重の紋付に白無垢《しろむく》を重ねた姿は、役付・高持、身分のある武士のいでたちであった。縞物《しまもの》着用の公許によって、武家がきそって織巧趣味に走っている時世にあって、この体面ある常服は、かえって、若い顔を立派なものにみせていた。応対に出た留守居の美保代は、その威儀のある姿に、はっと、警戒をおぼえて、おもてを伏せた。

「眠狂四郎殿は、御在宅か？」

「あいにく、外出いたして居ります」

「本日中には、お帰りであろうか？」

「わかりませぬ」

狂四郎が出て行って、すでに一月以上が経過している。美保代は、その一日一日を、いのちが細る思いで、待ちくらしていたのである。若い武士は、ちょっと思案していたが、

「失礼乍ら、貴女《あなた》は？」

「妻でございます」

とこたえる声音は、はじらいで、微《かす》かであった。

「眠狂四郎殿には、御内儀があったのか？」

俯向いた美保代の、ほっそりとした肩が、さらにほそるかとみえた。

「御内儀ならば、おたずねしたいことがある」

若い武士は、懐中から、小さな紙包みをとり出して、掌《てのひら》の上にひらいてみせた。

何気なく視線をあげた美保代は、思わず、小さな叫びをたてた。

それは、夢寐《むび》にも忘れ得ぬ男雛《おびな》の首だったからである。狂四郎が、水野忠邦に迫って、切り落させた将軍家拝領のお小直衣《このうし》雛の、男雛の方のこの首こそ、美保代が、いのちのつぎに大切なものとして胸に抱いていた品であった。常磐津文字若の家の二階で、忍び入った隠密に、奪い去られて以来、美保代は、この品がわが手に戻らぬ限り、狂四郎の妻たるよろこびが自分に与えられぬような気がしているのである。

女雛の首は、狂四郎の手にある。男雛の首が、わが手に戻ってこそ、内裏様の神秘な力は、二人の運命をむすびつけてくれるに相違ない。これは、もはや美保代の心で、抜きがたい信

仰となっていたのである。

げんに自分が、必死の勇気を起して、この古寺へおしかけて来たにも拘《かかわ》らず、男雛の首を持たぬばかりに、狂四郎は、その夜のうちに去ってしまったではないか。

ひたむきな慕情のよろこびとかなしみにもだえる女のあわれな迷信と嗤《わら》いすてれば、それまでである。しかし、人間に、生きる力を与えるものが、それであるとすれば、真実とは常に、その人間ひとりだけのものではあるまいか。鏡の中に見えるものは、鏡の中に在るのではないからである。

「驚かれたな。なぜ、驚かれた？　それをうかがおう」

若い武士は、きびしく、返答を促した。美保代は、臆《おく》せず、目を合わせた。

「わたくしは、只今《ただいま》、眠の妻と申上げました。まことを申せば、わたくしの方でだけ、勝手に思いきめていることでございます……その男雛の首が、わたくしに戻りました節、わたくしは、名実ともに眠の妻になれると、心にかたく信じて居りまする」

この言葉は、若い武士の双眸《そうぼう》が、敵意を微塵《みじん》も持たずに、美しく澄んでいたのにこたえて、静かに口から出たのであった。そして、理由を明かさぬままに、その真情は、相手の胸を打ったようであった。

ややしばらく、無言でいた武士は、やがて、

「眠殿におつたえ願おう。評定所留役勘定組頭・戸田隼人《とだはやと》が、お小直衣雛の首を、大奥医師室矢醇堂より奪いとって、持参いたした、と――」

室矢醇堂を斬ったのは、眠狂四郎ではなく、この若い武士であった。

「但《ただ》し、これは、眠殿にお返しするためではなく、眠殿がお持ちの女雛の首の方も、こちらに頂戴《ちょうだい》いたしたい所存である、と——」

美保代の顔からさっと血の気が引いた。

「お断りしておくが、拙者は、公儀に職を食《は》む者ではあるが、本丸御老中およびその一派の、よこしまな政争の具として、その指令によって動いているものではない。お小直衣雛の首が、本丸御老中と西丸御老中との間に紛擾《ふんじょう》をまき起す火種とならぬよう——未然に防ごうとする思案にほかならぬ。このことを、眠殿に、とくとお考えねがい、女雛の首を当方にお渡しねがいとう存ずる」

「それならば、貴方《あなた》様が、わたくしに男雛の首をお渡し下さいましても、べつに、御老中様がたのお争いの付火とはならぬと存じまする。御公儀のどちら様のお手に渡るものでもございませぬ」

「では問うが、貴女は、眠殿の妻となられたら、直ちに、雛の首を砕く勇気はおありか？」

「それは！」

美保代は、ひるんだ。

「眠殿が、稀世《きせい》の剣客ということはきいて居る。しかし、公儀隠密の中に、互角の勝負を挑《いど》み得る者がいないとは申されまい。……おてまえがたが、雛の首を持っている限り、これが本丸御老中側の手に渡る懸念《けねん》は消えぬ。……拙者は、ふたつ乍ら手に入れたら、即座にうち砕く心算《つもり》で居る故《ゆえ》――」

戸田隼人は、きっぱりと云いはなって、美保代が反感をこめて放つ強い眸子《ひとみ》の光を、冷然と受けとめた。

「拙者の宅は、市谷《いちがや》長延寺谷町にある。眠殿が戻られたら、必ず御一報を願いたい。畳の上で、穏便に受け渡すことを好まれぬのなら、勿論《もちろん》、剣を交えるのを聊《いささ》かも厭《いと》うものではない。場所は、渋谷宮益《みやます》町はずれ、元の大目付・松平主水正《もんどのしょう》が後身、楽水楼翁《おう》の隠宅――。眠殿より日時御一報あり次第、拙者は必ず赴くことを確約いたす」

戸田隼人が、云いのこして、数間遠ざかった時、美保代は、すっと身を起した。右手は、懐剣の柄《つか》へかかっていた。

とたんに、くるりと首をまわした隼人は、眼光鋭く、語気はおだやかに、

「貴女の腕では、拙者は斬れぬ」

二

楽水楼隠宅は、古い武蔵野の面影《おもかげ》をそのままとどめる雑木林の中に、今日も、ひっそりと在った。

常緑闊葉樹《かつようじゅ》の、層をなした深い枝葉をくぐって洩《も》れ入る淡い光の縞をあびて、戸田隼人がゆっくりと歩む道の行手に、雉子《きじ》が一羽、ひょっこりと姿をあらわして、小首をかしげるようにして動かなかった。隼人が、そっと、その地面を避けて通りすぎ、振りかえると、雉子

はひょこひょことあるいて、紫しのぶの実を、しきりにつつきはじめていた。

絶えて人のおとずれることのない道であるのを、雉子は、証明してくれたわけである。

――あれ程の資性高潔、経綸《けいりん》の大才を有する方が、このように隠れ住んで、むなしい日々を送らねばならぬ世の中なのだ。幕閣へ出入りするのは、どれもこれも巧言令色、私利を謀《はか》ることのみに汲々《きゅうきゅう》としている徒輩ばかりなのだ。政道は、腐りはてている！

若い純潔な魂は、そのことを考えて、勃然《ぼつぜん》と憤《いきどお》りをおぼえていた。閑寂の美しさは、この青年をして、むしろ烈《はげ》しく、想念を飛躍させることにしか役立たなかった。やがて、書院で、楽水楼老人と対坐《たいざ》した戸田隼人は、さわやかに冴えた眉目《びもく》を擡《あ》げて、報告した。

「室矢醇堂が隠匿《いんとく》して居りました男雛の首は、まさしく、越前守殿の切った拝領品でございました。眠狂四郎の住いに行き、その妻女に示して、たしかめました」

「妻女？　……狂四郎は、女房を持っていたのか？」

老人は、意外なことをきくものだ、と不審の面持であった。

いや、老人よりも、恰度《ちょうど》そこへ、菓子をはこんで来た静香が、強く打たれたようにびくっと身を顫《ふる》わせると、目を瞠《みは》って、まじまじと隼人を瞶《みつ》めたのであった。

「仔細《しさい》はきき洩らしましたが、只今の御老体同様、てまえが意外だとおどろいてみせますと、まだ実は正式の妻ではない、と白状いたしました」

つづけて、隼人が、そのままつたえる美保代の言葉は、優雅な茶式の作法をふるまっている静香の胸に、一句一句針をうちこむように疼痛《とうつう》を呼んでいた。

――あの人に、妻となろうとする婦人がいた！

夢にも、その様なことを考えていなかっただけに、衝撃は大きかった。

静香もまた、むささび喜平太の暴力に遭い、龍勝寺を去って以来、ずうっと、狂四郎の俤《おもかげ》を、想《おも》いつづけていたのである。

静香が、龍勝寺に狂四郎をたずねて行ったのは、女雛の首をとりかえす目的もあったが、もうひとつ、御主でうすを呪《のろ》う異端の魂を、自分のまごころで救えるものならば、という信仰心の発露からでもあったのである。だが、その時は、それが、狂四郎の滲《にじ》ませている孤独の寂寥《せきりよう》に惹《ひ》きよせられた母性本能であることには、気がつかなかった。

気がついたのは、この楽水楼へつれ戻されてからであった。

――わたくしは、あの人を慕っている！

はっきりと自分に呟《つぶや》いた瞬間から、静香は、恋というものが、いかに、胸を耐え難《がた》く疼《うず》かせる魔ものであるかを知った。

作法を終えて、襖《ふすま》の外へ出た静香は、しかし、そこを動けなかった。耳は、隼人の言葉をききもらすまいと全神経をあつめていた。

男雛の首を室矢醇堂が持って居り、女雛の首を眠狂四郎が所有し、この二個の首をめぐって、幾人の隠密が生命をおとしたか――そのことを祖父松平主水正に告げたのは、静香なのである。静香は、狂四郎が、女雛の首を失うことによって、生命を安全なものにできる、と考えて、祖父に相談してみたのであった。

老人は、ただちに、かつての部下であった評定所留役勘定組頭・戸田隼人を呼んで、政権争奪の禍因を断てと命じたのであった。

だが——。

静香の切なるねがいは、今や、思い掛けぬ事態を招いた。

「結局、眠は、てまえを斬って、男雛の首を奪う存念を抱くと存じます」

隼人の落ちつきはらった口調を、静香は、おそろしいものにきかなければならなかった。

書院にはわずかのあいだ、沈黙があった。静香は、祖父の叡智《えいち》を期待した。

ところが、やがてきこえた祖父の言葉は、静香の期待を裏切る冷酷なものだった。

「やむを得ぬことだな」

静香の全身が、かっと熱くなった。

——ちがいます！　わたくしがお祖父《じい》さまにおねがいしたのは、狂四郎殿を招いて、心静かに説いて頂きたいためでございました。お祖父さまなら、それがお出来になると思ったのです。斬り合わせて、奪いとって欲しいとは、たのんだおぼえがありませぬ！

静香は、書院へ走り入って、そう絶叫したかった。

「隼人！　いかなることがあっても狂四郎に勝たねばならぬぞ。負けては、わしの計画は、水泡《すいほう》に帰すのみか、公儀役人中ただ一人の気骨者を喪《うしな》うことになる」

「たたかってみなければわかりませぬが……てまえも一生のうち、一度ぐらいは必死の剣をふるってみとう存じます」

「わしは、そなたならば、狂四郎に勝てるのではないかと思う。狂四郎の腕がいかに天稟《てんぴん》を誇ろうとも、所詮《しょせん》は無頼の邪剣にすぎぬ。平山子龍《ひらやましりょう》について十年、寝食を忘れて学んだそなたが、よもや引けをとるとは考えられぬ」

子龍平山行蔵《ぎょうぞう》は、名は潜《せん》、号は兵原《へいげん》、『兵原文稿』以下数百巻の著作を持つ、当代随一の学者であり、剣客であり、且《かつ》また奇人であった。武芸十八般と定めたのは、この人である。寝る時に、寒中でも蒲団《ふとん》をもちいず、食事といえば、粟《あわ》を炊《た》いて水漬けにしてふやかしたものだけで、それに、路傍で摘んだ雑草をなまのままで菜とした。妻は持たず、和漢の蔵書千八百余冊をあつめるのを唯一《ゆいいつ》の趣味とした。

前年、矢立峠から、津軽の行列を砲撃して、天下を震撼《しんかん》させた相馬大作こと下斗米《しもとめ》将真は、その高弟であった。

この一世の奇傑平山行蔵をして、

「下斗米が仆《たお》れて後、わしの志を継いでくれるのは、お前だけだ」

と云わしめた戸田隼人であった。一門中、文武ともに群を抜いた俊才だったのである。

襖の外では——。

——いいえ、狂四郎殿は、たとえ相手が戸田隼人殿であろうとも、絶対に敗れはせぬ！

と、静香は、つよく自分に云いきかせていた。

しかし、狂四郎が勝つということは、静香にとって、よろこびとはならぬのであった。狂四郎が勝てば、男雛の首は、龍勝寺で待つ婦人の手にかえるのだ。それは、静香を、絶望の淵《ふち》につき落すことにほかならない。

――どうしよう？

静香は、瞬間、眼前が紫色に煙る眩暈《めまい》に襲われて、両手を畳につくと、声なく喘《あえ》いだ。

三

眠狂四郎が、龍勝寺の離れへ、飄然《ひょうぜん》と帰って来たのは、それから四日後の午《ひる》どきであった。

この時、美保代は、部屋の片隅《かたすみ》で、つつましく、縫物に心をこめていた。狂四郎に着せようとの、古渡《こわた》り唐桟《とうざん》であった。一昨日、常磐津文字若が、持って来てくれた品で、普通の町家ではちょっと手に入らぬ上物であった。柄は胡麻柄《ごまがら》で、両わきに藍糸《あいいと》が入り、古渡り中、最も渋いものであった。

「これなら、先生によくお似合いじゃないかと存じましてね、どうぞ仕立ててあげて下さいまし」

女心は女でなければわからぬ。文字若の心づかいであった。

――よろこんで下さるだろうか。それとも、黒以外は身につけるお気持はないのだろうか。

その不安はあったが、美保代にとって、これ程愉《たの》しい仕事はまたとなかった。

――もし、よろこんで下さったら……それだけで、わたくしは死んでもいい。

さいごの一針を縫い終えて、糸を、ぷっつり歯でかみ切ったとたん、美保代の想いにこたえるように、跫音《あしおと》が近づいて来たのであった。

――お戻りになった！

飛び立つよろこびとは、このことであった。にも拘《かかわ》らず、そのよろこびを、まなざしのほかにはあらわし得ぬ厳しい躾《しつけ》でしばられたわれとわが身が、美保代には、もどかしかった。

狂四郎は、黙って、部屋に上ると、仕立てあがった着物には目もくれず、ごろりと仰臥《ぎょうが》して、目蓋《まぶた》をとじた。彫り深い風貌に、暗い色が刷《は》かれているのは、相変らずであった。

「お枕《まくら》を――」

そっとさし出してから、美保代は、

「すぐに、食事のしたくをいたしまする」

「いや、よい。……それよりも、そなたは、文字若の家へひきあげてもらえぬか」

目蓋をとじたまま、狂四郎は云った。

美保代の顔を、みるみる失望の翳《かげ》が掩《おお》うた。

「わたしは、この寺を去るつもりで居る。わたしが留守している間は、この寺も安全だが、わたしが戻れば、たちまち波瀾《はらん》が起る。これ以上、空然《くうねん》さんに迷惑をかけたくないし、そなたをまき添えにしたくもない」

「どちらへお行きになるのでございましょう」

「わからぬ」

――このまま、別れては、もう二度とめぐり会えない！

咄嗟《とっさ》に、美保代はそう思った。

――そうだ、男雛の首を！

「あの……、四日前に、評定所留役勘定組頭をお勤めになる戸田隼人と申される方が、わたくしが奪われました男雛の首を持参なさいました」

「なに！」

むっくり起き上った狂四郎の表情は、生気あるものに一変していた。

「その男だな、室矢醇堂を斬ったのは――」

大奥医師の横死の噂《うわさ》をきいて、不審に堪えなかった狂四郎だったのである。

美保代が告げる戸田隼人の口上をききとるや、狂四郎は、急に、すっと立ち上っていた。

「文字若の家で待っていてもらおう」

云いすてて、庭へ出ようとする狂四郎の後姿を見あげて、美保代は、一瞬、名状しがたい不吉な戦慄《せんりつ》が身内をつらぬくのをおぼえた。

「旦那《だんな》様」

はじめてその呼びかけが、口をついて出た。

ふりかえった狂四郎にむかって、美保代は、本能の烈しい奔騰《ほんとう》と惑乱をもう怺《こら》えようとせず、無我夢中で狂四郎の胸へからだをぶちつけていった。

「生きて――生きて、帰って来て下さいませ！　生きてさえ、いて下されば……」

男雛の首はいらぬし、妻となるのぞみもすてよう、と云おうとして、声音が切れて、美保代は、突然、がっくりと、狂四郎の両腕に重心をあずけた。

狂四郎は、意識をうしなった哀れな女のからだを、そっと抱きあげると、奥へ寝かせた。

それから、そこに折りたたまれた古渡り唐桟の着物に気がついて、それをひろげると、ふわりとかけてやった。

ふしぎに、水のように澄んだ心境であった。美保代のとじられた目蓋から、ひとすじつたい落ちた泪《なみだ》のあとを、指でぬぐってやり、目でわかれを告げると、静かな足どりで、庭へ降りた。

庫裡《くり》へまわって、空然に、美保代を文字若の家まで送ってやってほしい、と頼んでおいて、狂四郎は、ふたたび、龍勝寺を出て行ったのであった。

四

その日のうちに、眠狂四郎は、市谷の戸田隼人邸へ、

『楽水楼宅へ、明朝辰《たつ》の上刻参上』

の報せを、使いに持たせてやった。

それから、神田岩本町で町道場をひらいている知人をたずねて、

「戸田隼人という旗本の腕前を知って居るか？」

と訊《たず》ねた。

知人は、すぐ、頷《うなず》いて、

「平山子龍の秘蔵弟子だろう」

「では、出来るな」

「出来る。ただの竹刀稽古《しないげいこ》の腕前ではない」

狂四郎も、平山行蔵の剣法については、かねて関心を抱いていた。その剣法は、敵を打つ一念を、直ちに敵の心へ貫通させる実用流であった。無念無想、精一無雑、飢えたる鷹《たか》のごとく、まっしぐらに打ち込んで、一下敵を仆《たお》す心の術こそ、真の業《わざ》である——というのが、実用流の面目であった。これは、一刀流の金翅鳥王《こんじちようおう》剣と同じ法形であった。金翅鳥王は仏説に論ずる鳥で、三千年にただ一度羽ばたいて、世界の底に入る、という。儒書に大鵬《たいほう》という鳥がある。この不死鳥のことである。万鳥の王で、太陽を意味する。すなわち、上段まっ向より、猛然と打ち挫《ひし》ぐさまをなぞらえたものである。

「おぬし、戸田隼人と試合をするのか？」

「そういうことになろう」

「みものだの」

「負けられぬが、勝ちたくもない」

「なぜだ？」

「この時世に、知行分限の沙汰《さた》に聊《いささ》かも心を動かさず、華靡《かび》の風に背を向けて千刀万剣を唯一心に具足するなどという武士は、珍重すべき存在ではないか。おれのような無頼者とたたかっても、心の悟りなどひらけぬとすれば、これはむだな試合だ。もし、おれに敗れたら、それまでの無量の習練はどうなる。勝負の根元は、自然の理、思わざるに勝ち、量《はか》らざるに負く、などと禅坊主のようなことを云ってもはじまるまい。敗れたら、元の木阿弥《もくあみ》だ。なんのために生れて来て、克己研鑽《こっきけんさん》したのかわからぬではないか……。おれは、そういう真正直な男とたたかいたくはない。といって、負けてやる義理もない」

狂四郎としては、めずらしく多くの口数を費してから、自嘲《じちょう》の色を濃く眉間《みけん》にただよわせていたのであった。

翌朝、辰の上刻――。

楽水楼の書院には、異常な静寂がみなぎっていた。

戸田隼人と眠狂四郎は、一間《いっけん》余へだてて対坐し、両者をむすぶ三角点の位置に、松平主水正が坐《すわ》っていた。

静香は、北の一隅《いちぐう》に、末松山釜のかたわらで、ひっそりと俯向いていた。

「では……、おのおの雛首を――」

老人は、用意の三方《さんぼう》を、前へ押しやった。

隼人は、男雛の首を――。

狂四郎は、女雛の首を――。

お小直衣内裏は、半年ぶりに、めぐり会うたのである。

老人は、その三方を、床の間に据えた。

試合に勝った者が、男雛女雛を取る約束が成ったのである。

老人は、あらためて、両者へ、視線を送った。どちらの姿も、闘志を深く内にひそめて、冷たく冴えた無想の静止であった。

──これは、もう、勝敗は天にまかすよりほかはあるまい。人間無常のならい！

老人は、胸中で、嘆息した。

「試合の前に、静香の点前《てまえ》を受けて頂こう」

この声を待っていた静香は、所作正しく、茶をたてはじめた。

なんという静けさであったろう。

きこえるものといえば、釜がたてる松濤《しょうとう》と、庭前で、チチチとさえずる雀《すずめ》の声だけであった。

柿葺《こけらぶき》の土庇《どびさし》が、朝陽をさえぎって、書院が仄暗《ほのぐら》いのも、この静けさを深いものにしていた。

まず、老人へ、利休平茶碗《ひらちゃわん》がさし出された。老人は、それを飲むと、まわさずに、膝《ひざ》の前へ置いた。次に、隼人へは、宗旦《そうたん》好みの黒茶碗がさし出され、さいごに、狂四郎に、白絵の赤茶碗がさし出された。

三者が、べつべつの茶碗を把《と》ったのは、足利義政《あしかがよしまさ》時代に、諍《いさか》いを起した武士同士が、後日に恨みを遺《のこ》さず、そして、見聞の第三者が依怙《えこ》を去るために、決闘直前に行った喫茶の式法にならったのである。

もとの座にしりぞいた静香は、狂四郎が赤茶碗をとりあげて、口へはこんだ瞬間、それまでずっと俯向き加減にしていた顔を、つと擡《もた》げて、異様に光るまなざしを投げた。そして、狂四郎が飲みほすさまを、息をとめて、まじまじと見まもり終えると、急に、かたくこわばった全身から、すうっと力が抜けたように、しらじらと虚脱の表情になった。

「両名とも、心おきなく、たたかいなさい」

老人が云いわたし、隼人と狂四郎が、太刀を左手に立ちあがるのを、呆然《ぼうぜん》と見やっていた静香は、不意に、高い鋭い声で、叫んだ。

「いいえ！　試合はできませぬ！」

「なにを云う！」

きめつける老人へ、静香は、必死の形相で、烈しくかぶりをふった。

「いいえ！　いいえ！　狂四郎様！　わたくしは……、貴方の茶碗に、しびれ薬を混じました」

「まことか！」

狂四郎の眉宇《びう》が、べつの光をあてられたように、険悪な色を刷いた。そして、その全身からほとばしらせた怒気は、思わず、静香をぶるぶるっと顫《ふる》えあがらせる凄《すさま》じさだった。

「理由はなんだっ？　云えっ！」

「………」

静香は、喘いだ。

「兄の仇を討とうとのこんたんか？」

「ち、ちがいます。……試合を、や、やめて頂きたかったのでございます！」

静香は、狂気のように、両手をあわせた。
「お祖父さまっ！　やめて下さいませ！　戸田さまっ！　お、おねがいでございます！　あ
あ――いけませぬ！　いけませぬ！　試合は、できませぬ！　狂四郎さまっ！」
いざり寄って来る静香を、狂四郎は、いきなり蹴倒《けたお》して、ぱっと庭前へ飛び下りた。
「戸田隼人殿！　参ろう！」
「狂四郎、後日にせい！」
老人が、当惑の面持で声をかけた。
「わたしという男は、明日の生命を大切がるような生きかたをして居らぬ！　今日只今が、
常に、生死の境目だ！　わたしの敗北をのぞんでいるのはお手前様ご自身ではないか！　な
まじ、憐憫面《れんびんづら》をするのが笑止だぞ！」
狂四郎は、はったと老人を睨みつけた。政道から追い落された身であり乍ら、なお、政道
のためには、血のつながる肉親であるこの眠狂四郎を犠牲にしてはばからぬ元大目付松平主
水正を、狂四郎は、心の底から憎んだ。
老人は、隼人へ「やれ！」と目くばせした。

五

刀尖《とうせん》を、爪先《つまさき》前三尺に落した狂四郎に、生涯《しょうがい》二度とないおそろしい危機が見舞っていた。
脳髄、臓腑《ぞうふ》、四肢《しし》を徐々に犯しはじめた麻酔薬の効力に耐えるために、蒼白《そうはく》な顔はいちめ

んに汗を吹き出させ、眥《まなじり》を裂くまでにひき剝《む》いた双眸は、黒瞳をひとまわり膨れあがらせていた。暗紫色に変じた唇《くちびる》は、絶間なく痙攣《けいれん》しつつ、ぎりぎりっと歯ぎしりを洩らしていた。

——今だぞ！　狂四郎！　絶体絶命のこの刹那《せつな》にこそ、卍字《まんじ》殺人刀即活人剣の極意がある！　業をすててこそ、機根《きこん》の神気が生ずるのだ！

師の声が、何処からともなくひびいた。

ついに——。

狂四郎の視野いちめんが、灰色にけむり、それまで、遠のき近づき、大きく小さく揺れていた、上段構えの戸田隼人の姿が、あとかたもなく消えはてた。

完全なる暗黒の世界で、狂四郎は、堪えに堪えぬいた気魂が、虚空《こくう》の中に溶け果てる「無」を悟るや、しずかに、しずかに、刀尖をまわしはじめた。

ああ、今こそ、無想正宗は、美しき円月を描き終った。

一瞬、戸田隼人の、碧空《あおぞら》に切先を刺して直立にかざされていた豪剣は、きえーっと唸りを生じて、狂四郎の頭上へ振りおろされた。

だが——、刃が月代《さかやき》にふれたかふれぬかの一刹那、無想正宗は、一条の白光を閃《ひらめ》かせて、その豪剣を、鍔元《つばもと》より二寸あまり先において、すぱっと断ち切っていたのである。

愕然として棒立ちになった隼人へ、にやりと一笑を送った狂四郎は、ぼきっと膝を折ると、地べたへ片手をつき、首を垂れ、そのまま昏迷《こんめい》の底へ落ちて行った。

仇《あだ》討《うち》無情

一

「にわか夕立、傘《からかさ》と、とくらあ、梅のつぼみと恋路の文《ふみ》は、へへ……開くその間を待ちかねえるう……か、やっ、い、い、やっしょめ、やっ、い、やっしょめ……」

どうやら、腰に携《さ》げた瓢《ひさご》を、空にしたらしい、怪しい足どりの渡り中間《ちゅうげん》が、見るからに逞《たくま》しい駿馬《しゅんめ》のたづなをひいて、ふらりふらりと、神田川沿いの往還へ出て行った。

あとには、責め馬一頭も見あたらぬ、蕭条《しょうじょう》たる一望の原がひろがっていた。

ここは、湯島大成殿（聖堂）の西方、桜馬場――。

その名のごとく、往時は桜並木があり、花の時分は、見物人も出たというが、今は、すべて立枯れて、わずかに、見守番屋の前に一本しか残っていなかった。ほかに、立木といえば、芝土手に、ひょろ高いしだれ柳が、二、三本、寒風に、はだか枝をなびかせているきりだった。いまにもぽつりと降って来そうな曇天が、いよいよこの枯景色を侘《わび》しいものにしていた。

眠狂四郎は、その土手芝のしだれ柳の一本の根かたに、死んだように仰臥《ぎょうが》していた。

もう、一刻《とき》以上も、そうしたままでいるのである。

楽水楼隠宅において、平山子龍《しりよう》の高弟・戸田《とだ》隼人《はやと》と、凄絶《せいぜつ》の試合をしてから、すでに、半月が過ぎている。

狂四郎は、静香にしびれ薬をのまされつつも、見事、試合には勝った。しかし結果は、勝負無しとして、男雛《おびな》女雛《めびな》は、松平主水正《まつだいらもんどのしょう》の預りとなったのである。そのために、狂四郎は、美保代のところへは戻って行けなかった。

江戸の花といわれる火事が、昼夜となく、繁《しげ》く、街々の空を燃えこがす仲冬を、狂四郎は、あてもなく、転々と、売女の宿を移っていたのである。さらに一層深まさった暗澹《あんたん》たる虚無の業念《ごうねん》をふりはらうためには、ただ、刹那《せつな》刹那の麻酔に沈湎《ちんめん》するよりほかはなかった。

金が尽きれば、使いを、越前守上屋敷の武部仙十郎のもとへ走らせると、即座に足りることも、狂四郎の放蕩《ほうとう》を果てしないものにした。

だが――。

女を忌《い》み、酒に厭《あ》きた時、狂四郎は、足もとに底知れぬ深淵《しんえん》を覗《のぞ》くような絶望感にとらわれて、孤独になる場所を捜さなければならなかった。

それは、あるいは大川端にもやった空舟の中であったり、あるいは、祭が終って人気の絶えた稲荷《いなり》の祠《ほこら》の内であったり、それからまた――こうした、茫漠《ぼうばく》たる馬場土手の上であったりした。

ふっと、目蓋《まぶた》をひらいて、柳の小枝から小枝へ、ちょんちょん飛び移っている雀《すずめ》を、見あ

げるともなく見あげ乍《なが》ら、

——もう一度やるか、戸田隼人と……。

と、狂四郎は、胸のうちで呟《つぶや》いた。

戸田隼人の豪剣を、盲目の殺法によって断ち切ったことは、狂四郎にとって、聊《いささ》かの満足とも、なっていなかった。あれは、おのれの技の冴《さ》えではなかったからである。皮肉にも、絶体絶命の窮地に追いつめられて、狂四郎がふるった一颯《いっさつ》の太刀は、敵の闘魂をうばう円月流ではなく、師の教えのままの剣理にしたがって、表もなく裏もなく、いわば垂手入塵《すいしゅにゅうじん》の精神的神気から発したものであった。

狂四郎の不幸は、それが悟りとはならなかったことである。

——もう一度！　おれの本来の、意志と技による円月殺法で、戸田隼人を仆《たお》せるか、仆せぬか？

奇怪なことに、狂四郎は、相手を仆すかわりに、おのれの円月殺法が破れて、血煙りあげて堂と崩れ落つわが姿を想像して、なんともいえぬ自虐《じぎゃく》の快感をおぼえた。

——あの男にならば、敗れても悔いはない！

狂四郎は、急に、力の満ちて来た四肢《しし》を、烈《はげ》しく動かしてみたい衝動に駆られて、かたわらになげ出していた無想正宗《まさむね》を、そっと摑《つか》んだ。

「えいっ！」

掛声は、仰臥から立膝《たてひざ》の姿勢に移る瞬間にほとばしっていた。

立膝の姿勢になった時はもう、白刃は、鞘《さや》におさまっていた。

雀は、二間あまりさきの、土手の崩れた個所へぽとりと落ちた。

偶然そこには、小さな通行人が立ちどまっていた。
十一、二歳の、品のある顔だちをした少年であった。継ぎのあたった袴《はかま》だが、きちんとつけて、脇差《わきざし》をさし、本の包みをかかえていた。隣りの聖堂における習学の帰途らしい。
大きく目を瞠《みひら》いて、狂四郎を見あげていたが、だまって、落ちた雀をひろいあげた。雀の細足は、二本とも切断されていた。

狂四郎が、背を向けて歩き出そうとすると、少年は、いきなり、斜面をかけのぼって来て、

「小父《おじ》さま！」

と、声をはずませて呼びかけた。

じろりとふりかえった狂四郎へ、

「おねがいがございます！」

「なんだ」

「仇討《かたきうち》の助太刀をおねがいできませぬか？」

「仇討？」

狂四郎は、眉《まゆ》をひそめた。

「誰が仇を討つのだ？」

「わたくしです！」

黒い瞳《ひとみ》をきらきらと輝かせて、きっぱりとこたえた。

「父の仇を討ちたいのです。おねがいいたします！　助太刀して下さいませぬか？」

狂四郎の手練の早業を、偶然目撃して、咄嗟《とっさ》に思いついたに相違なかった。

御家人《ごけにん》の伜《せがれ》だな、とその貧しい装《なり》を見やりつつ、

「そなた、いくつだ？」

「十一歳です。でも、素読《そどく》吟味は通りました。いつでも、元服できるのです」

武家の子弟は、十二歳になると、この湯島聖堂で、四書五経の素読の試験を受けなければならなかった。この試験に及第しなければ、たとえ長男であっても家督相続は許されなかった。

頭の良い少年は、十二歳未満でも受験できた。また、素読吟味にさえ合格していれば、十六歳にならないでも、十六歳になったといつわって、即《すなわ》ち公年をもって、元服することが出来たのである。父親が死んだ場合を考慮しての便宜的処置であった。

この少年が、聡明《そうめい》であることは、面差《おもざし》でわかる。

おそらくは御目見得以下の無役の御家人の家に生れたであろうこの少年が、公年をもって元服して、父の仇を討とうと志すけなげさは、けだし、この時世にあっては、珍重に価《あたい》する。

「そなたが是非とも討ちたいのなら、助太刀はよろこんでしようが、敵《かたき》は何者だね？」

「これから、ご案内いたします」

二

それから、しばらく後、狂四郎と少年の姿は、菊坂台町の胸突坂に見出《みいだ》された。

ここまで来る途中、狂四郎は、あらましの事情をきいていた。

少年は、伊沢鉄之助といった。父は、江戸城の御切手《きりて》御門番頭を勤めていた。父が、矢柄繁七郎という旗本大身に斬《き》られたのは、鉄之助がまだ母の腹の中にいた時であった。母方の伯父に、御小納戸《おこなんど》に勤める者がいて、父横死の際にはすでに鉄之助が生れていたことにしてくれたので、取りつぶしはまぬがれて、母子二人、ずうっと拝領屋敷に住むことをゆるされ、今日にいたっている。

伯父も母も、自分に父の仇を討て、とただの一度も云《い》わぬ、と鉄之助は、その不満を、語気にこめて告げたのであった。

「では、そなたの父が、矢柄繁七郎に殺されたことを、そなたに教えたのは、誰なのだ？」

「父につかわれていた中間です。わたくしが二歳まで家にいて、年が寄ったので、小田原で百姓をしている息子のところへ帰ったのですが、昨年江戸へやって来た時、わたくしを見て、泣いて、そう申しました。それまで、わたくしは、そんなことはすこしも知らなかったのです」

「それでは、母上も伯父上も、そなたに仇討をさせようという積りは、すこしもないのではないか」

「わたくしは、いやです！　わたくしは、さむらいの子です。父の無念をはらしたいのです」

狂四郎を見あげる鉄之助の眸《ひとみ》は、泪《なみだ》でいっぱいだった。

「そなたの父が殺された理由がわかり、それから、討ち取ってもかまわぬ相手ならば——だな」

やがて——。

「あの屋敷です」

と、鉄之助が指さしたのへ、視線を送った狂四郎は、心中、

——これは！

と、思った。

そこいらの小大名の上屋敷などおよびもつかぬ宏壮《こうそう》な構えであった。狂四郎は、三千石以上の寄合旗本と見た。

貧乏御家人の伜が、刃向う相手ではない。

いや、だからこそ、遽《にわか》に、狂四郎の五体に、いきいきと血が満ちて来たのであった。

——やるか、ひとつ！

狂四郎は、鉄之助を、見おろして、

「大敵だな」

と、笑ってみせた。

まさに、斧《おの》にむかう蟷螂《とうろう》である。だが、この宏壮な屋敷の主人と知りつつ、敢《あ》えておそれず、仇を討とうと決意したこの少年の勇気を思えば、蟷螂が、斧を打ち砕く奇蹟《きせき》は、実現していいのである。

「行こう」

狂四郎が歩き出すと、鉄之助は、

「小父さま！　敵討は、わるいことではありませんね」

「うむ」

「わたくしは、そう習いました。神武天皇も、兄上の五《い》つ瀬命《せのみこと》の仇をお討ちなさいました。曾我《そが》兄弟も、赤穂《あこう》の四十七士も――。お坊さまだって、敵討をした話をききました。仇《かたき》が、叡山《えいざん》の僧になったので、自分も頭をまるめて、山へのぼって、刀をつかうことができないから、毎日、夜も昼も、睨《にら》みつけて、睨み殺したという話をききました」

狂四郎は、黙って歩き乍ら、復讐《ふくしゅう》心というものが、人間の欺《あざむ》かざる感情の発露であることを、かすかな戦慄《せんりつ》とともに肯定しないわけにはいかなかった。これまで、狂四郎は、赤穂浪士について、その中には抱関撃柝《ほうかんげきたく》に過ぎぬ者もいたにも拘《かか》らず、遇された態度によってその志を毫《ごう》も変えなかった事実を、武士道の信念とはいえ、ふしぎなものに考えずにはいられなかったのである。

いま、目前に、わずか十一歳の繊弱にして、凜乎《りんこ》たる気概を有《も》つ復讐者を見出して、これを熾烈《しれつ》な人間本能と信じたくなった。

——よし！　討たせてみせる！

狂四郎は、少年の家を訪れることにした。その途中、書肆《しょし》に寄って、武鑑をしらべて、矢柄繁七郎が、御小姓組御番頭《おこしょうぐみごばんがしら》であることを知った。菊間《きくのま》・御用御取次見習であるから、すなわち、狂四郎を隠密の手によって暗殺せんと躍起になっている水野美濃守の下である。

正面から、仇討願いを出せる筋合ではなかった。

——結構だ。おれが助太刀する仇討に、公儀の許可を得る方が可笑《おか》しいのだ。

三

伊沢の家は、水道橋を渡って、三崎稲荷の前を曲った所謂《いわゆる》稲荷小路にあった。同じ構えの拝領屋敷が並んでいて、今日は七五三の祝いだというのに、この通りだけはひっそりとしていて、その貧しい暮しぶりがしのばれた。

大きな旗本屋敷のある往還には、麻上下《あさがみしも》に振袖《ふりそで》の襟紋《えりもん》をととのえて、馬に乗った幼童が、袴の股立《ももだ》ちを高く取った侍を幾名かしたがえている眺《なが》めがあったし、町家のある街には、粋《いき》と優美をつくした衣類に着飾った子供たちが出入の職人や抱え鳶《とび》に革羽織を着せて産土《うぶすな》神へ参詣《さんけい》する光景で賑《にぎわ》っていたのである。

——皮肉なものだ。浮世の愉《たの》しみからとりのこされてしまっているのは、直参小身の三万人だけなのだ。家門の誉《ほまれ》だけがのこっていて、上役からは邪魔もの扱いにされ、町人からはそっぽを向かれ、窮迫の打開の希望もなく、互いに隣家にひた隠し乍ら手内職で、ほそぼそと生命をつないでいるのだ。

湿った感慨にとらわれ乍ら、狂四郎は鉄之助のあとから、その一戸へ入って行った。

書院とは名ばかりの、壁も剝《は》げ、畳も赤焼けた部屋に通された狂四郎は、しかし、あらわれた鉄之助の母を一瞥《いちべつ》するや、はっと息をのんだものだった。

美しかったのである。鉄之助の品のいい面立から推量してはいたものの、かくまでに美しい女性であろうとは、やはり意外なおどろきに打たれたというほかはなかった。

鉄之助は、両者をひきあわせるや、少年らしいせっかちさで、

「母上！　わたくしは、父上の仇討をいたします。このお方が助太刀して下さいます」

と、云いはなったのであった。

この瞬間の母親の驚愕狼狽《きようがくろうばい》ぶりは、それまでの挙措がきびしい式法に叶《かな》ったものであっただけに、狂四郎をして、——おや！　と強い疑惑を抱かせる激しさだった。

——何か、かくされた秘密の事情があるのではないか？

母親は、瞬間のその表情を非常な努力で、内におさめたが、そのあとにただよわせた悲痛な困惑の気色が、またかえって、狂四郎の疑惑を深めた。

「わたしは、行きずりの者にすぎませんが、この幼さで、仇討を志す勇気にほだされました。義をみて勇む——という程あらたまった覚悟でうかがったわけではなく、事情によっては一臂《いっぴ》をお添えしないでもないと存じたまでです。貴女《あなた》のお口からおきかせ願えまいか」

母親は、俯向《うつむ》いてしばらくこたえず、鉄之助が苛立《いらだ》って、

「母上、わたくしにも、父上がなぜ殺されたか、おきかせ下さい」

と、迫ると、ようやく顔を擡《もた》げた。紙のように白く褪《さ》めた顔は、いっそ凄艶《せいえん》であった。

「お志は、かたじけなく存じまするが、何事もおききあそばさなかったことにして、おひきとりねがわしゅう存じます」

ぞっとするような冷たい声音だった。

「しかし、鉄之助君のご父君が、矢柄繁七郎に殺害されたのは事実でしょう。とすれば、遺児たる者が、恨みを報ぜんと決意するのは当然——。それをとどめるには、それだけの理由がなければならぬ」

この婦人を最初に一瞥した時の印象では、仇を討つ危険を避けて、わが子の生命を大切がる盲目的な愛情の持主ではない、と見てとった狂四郎であった。むしろ良人《おっと》の恨みを報ぜしめんとして、わが子の元服を待っている——そうした、おのれの感情を殺すことの出来る婦人のように思えたのだが……。

「母上！」

鉄之助が、目を怒らせて、叫んだ。

すると、母親は、急に、厳然として、

「鉄之助！　一人合点な振舞いはゆるしませぬ！」

鋭くきめつけていた。

——こりゃあ、こっちで、勝手に行動を起すよりほかはあるまい。

狂四郎は、ひそかに、そう考えた。

四

狂四郎が、覆面をして、矢柄繁七郎邸の庭へしのび入ったのは、その夜のことであった。大奥医師・室矢醇堂の屋敷にはおよばないが、金にあかした結構な庭であった。寒月の冴えた夜で、泉水のおもに浮いた鯉《こい》の尾鰭《おひれ》がたてる小波《さざなみ》が、きらきらと白銀を散らしていた。

まるでわが家に入ったように、悠々《ゆうゆう》と枝折戸《しおりど》を押して、敷石をふんでゆく狂四郎の影法師が、松葉一本とどめず掃ききよめられた地上を、濃く濡《ぬ》らした。

母屋《おもや》は、すでに雨戸がたてきられていたが、渡り廊下でつなぐ離屋の障子が、まだ明るく、庭前の山茶花《さざんか》の、八重咲きの白い花びらを浮きたたせていた。

狂四郎は、母屋内へ侵入するのを止《や》めて、まず、その離屋を覗《のぞ》くことにしたのであった。障子に映った影はふたつ、どうやら、主人と客の対坐《たいざ》と見受けられた。客は、町人のようであった。

狂四郎が、山茶花の下に立った時、客の笑い声がきこえた。

「はははは、お殿様も、近頃《ちかごろ》なかなか欲深くなられましたな」

——備前屋だ！

狂四郎は、意外なところで、強敵の声を、なつかしいものにきいた。尤《もっと》も、矢柄が、水野美濃守支配下にいるのであってみれば、備前屋がたずねて来るのに、なんの不思議はないのであった。

「備前屋、お前の方が儲《もう》けすぎるのだぞ」

「手前は、儲けるのが仕事でございますからな。……ともかく、お殿様も、商人顔負けの帳面合せがお上手におなりだ。佐賀町の地廻米問屋に、越後米を買わせ、大阪からの買付米の入船を遅らせておいて、相場を上げて、五百両もピンはねをなさる。なかなかどうして大したお腕前でございます」

これをきいた狂四郎は、

――そうか、これは忍び甲斐《がい》があったな。矢柄が討ちとって一向にさしつかえない人物であってくれたのは有難い。

と、にやりとした時、室内の声が、ふっと絶えた。

――感づいたな！

狂四郎が、くるりと山茶花の幹をまわった瞬間、客の影が、ぱっと立って、障子をひきあけた。

「何者だ？」

備前屋の右手には、短筒が握られていた。

わずか二間をへだてて、筒口をぴたっとねらいつけられ乍らも、狂四郎は別段あわてもしなかったが、備前屋のうしろに坐《すわ》っている四十前後の恰幅《かっぷく》のいい武士の顔へ、ちらと目をく

れた刹那《せつな》、思わず、小さく、

「おっ！」

と、驚きの声をもらしていた。意外な発見があったのである。矢柄繁七郎の容貌《ようぼう》は、なんと、鉄之助少年の面差と、はなはだしく似かよっているではないか！

――どうしたというのだ、これは？

「何者だと問うているのだ？　返答がないと撃つぜ！」

備前屋の脅しに、こたえるかわりに、狂四郎は不敵にも、ゆっくりと、あとずさりしはじめた。

銃声がとどろくや、狂四郎のからだは、あおられたように一間余、後へ、かるがると跳んでいた。そして、小莫迦《こばか》にしたように、会釈《えしやく》をのこすと、通り魔のごとく、月光を掠《かす》めて、たちまち枝折戸の彼方《かなた》へ姿を没していたのであった。

それから、小半刻過ぎて――。

備前屋をのせた駕籠《かご》が、矢柄邸を出て、湯島六丁目の広い往還へ出た時であった。本多中《なか》務大輔《つかきたゆう》の宏大な下屋敷の高塀《たかべい》の裾《すそ》から、ふっと湧《わ》き出たように、黒い影が出現して、その行手を遮《さえぎ》った。

「備前屋と見て、もの申す」

おだやかな呼びかけに、たれをあげた備前屋は、肩棒の提灯《ちょうちん》と月のあかりの中に、すっきりと浮きあがった覆面黒衣をじっと仰いで、

「やっぱり、眠さんだったのか――」

と、これも落着きはらった口調だった。

「久しぶりだな、備前屋」

「不死身の貴方《あなた》様には、この備前屋も、手を焼いて居りまするて」

「相変らず、公儀要職連を手玉にとっていて結構なことだ。今夜は、おぬしに、頭を下げねばならぬ立場になった。実は、一時、休戦協定を申入れたい」

「ほう……眠さんが、折れて出なさる」

「おれの本意ではないが、おぬしの力を借りなければ、こんどの芝居は、幕があがらぬのだ」

「うかがいましょうか――」

いつぞや、備前屋は、狂四郎にむかって、

「わたくしは、あんたというおさむらいが好きだ。わたくしが、これまで会った人間で、あんた程の魅力をもった者は一人もいなかった。と申したからとて、こっちに寝返ってくれとは、たのみはしませんよ。お互いに、敵同士の星の下に生れついたんだ。どっちが先に仆れるか、やってみることだ」

と云ったことがある。

いわば、こうした宿縁の敵同士は、時と場合によっては、肉親親友より以上に、相手の心懐が明白に読みとれるものなのであった。

「矢柄繁七郎を父の仇とねらう者が居る。十一歳の少年だ。貧乏御家人の伜だ。わたしがそそのかしたのではない。自分ひとりでひそかにほぞをきめていたのだ。……討たせてやりたいと思う」

「成程――」

「虫のいいたのみだが、おぬしに、仇討の日時場所をつくってもらいたい、と考えたのだが、どうだろう。矢柄がまだまだおぬしにとって利用価値のある人間としても、だ」

備前屋は、しばし沈黙をまもったが、急に、きっぱりと、

「よろしゅうございます。……敵であるわたくしにおたのみになった貴方様の心意気が気に入りました。なにね、矢柄様という人形は、わたくしにとっては、そろそろ操りにくくなっていたところでさ。お引受けいたしましょう」

「かたじけない。連絡は、わたしの方から、金八という男を遣《や》ることにする」

五

朝――。

つい今まで、四斗樽《しとだる》の竹輪《たが》を纏《まとい》がわりにして、縄《なわ》の馬簾《ばれん》を振り乍ら、火事ごっこをしていた子供たちが、どこかへ走りさってしまってから、稲荷小路は、明るい冬の陽《ひ》ざしをあびて、しーんとひそまりかえった。

鉄之助の母親千世は、裏庭に面した縁ちかくで、花札の絵を描く内職に余念がなかった。

鉄之助が町道場に稽古《けいこ》に出かけたあとは、家の中には、千世一人になってしまうのであった。中間が一人いるが、これも、昼までは、畠《はたけ》から戻らないのである。

透けるように白い千世の顔は、昨日から暗く沈んだままで、切れ長のまなじりのあたりがうっすらと黝《くろず》んでいるのは、一睡もしなかった証拠であった。

ほっと……ふかい溜息《ためいき》をついたとたん、千世は、背後に、だれか人が立っているような気配をおぼえて振りかえり、あっとなった。昨日の客が、いつの間にか、そこに姿をみせていたのである。

「無断で上りました。おゆるしねがおう」

狂四郎は、坐ると、まっすぐに千世を見据《みす》えて、

「わたしは、昨夜、矢柄の屋敷へ忍び入り、主人の面体《めんてい》を垣間見《かいまみ》て、不審に堪えぬことをひとつ発見いたした。この謎《なぞ》は、是非とも、あなたに解いて頂かねばなりませんな」

ずけずけと云ってのけた。

まったく血の気を引いた千世のおもては、ふしぎな表情をつくった。まなざしは、遠くを見て、焦点を喪《うしな》い、くちびるを、何か云いたげにかすかに痙攣《けいれん》させたが、それは狂四郎にこたえるためではなく、ここに存在しない何者かに訴えたいのだ、と読みとれた。

「いかがだ？　さしでがましい所業かも知れぬが、わたしにとっては、乗りかかった船だ。おこたえねがおう。なぜ、鉄之助君は、父の仇の矢柄繁七郎に酷似して居るのです」

千世は、こたえず、間を置いて、ふらふらと立ちあがると、障子を閉めた。

もとの座に就くと、

「存分になされませ」

と、呟くように云った。

「それはどういう意味です？」

狂四郎は、ふいに、なんとも名状しがたい不快感に駆られて、千世の横顔を睨み据えた。

千世は、覚悟をきめた者の冷然たる落着きをもって云った。

「わたくしは、昨夜、鉄之助のことにつき、兄のもとに相談に参りました。その折、貴方様のお名前を申したところ、兄は貴方様のことは、噂《うわさ》できいて居りまして……」

「ふむ——。人の悪《にく》むところを好み、人の好むところを悪む無頼浪人であるとな、とんだ奴《やつ》に見込まれた、と兄上は、嘆息なされたか」

「…………」

「そこで、無頼浪人の口を封じるには、女の最も大切なものをすてようという覚悟をされたのか！」

「…………」

「据膳《すえぜん》食わぬは、男の恥だろう。ましてや、貴女程の美しい婦人が、ざらにころがって居るものではない。正直、舌なめずりをいたして居る。だが、生憎《あいにく》、わたしという人間は、条件つきの据膳などは、死んでも食わぬ損な性分だ。……されば、こうなると、愈々《いよいよ》、御子息に仇討をさせてみたくなった。貴女がひた隠そうとされる過去の秘密をさぐり出す手段《てだて》は、いくらもあろうというものだ」

狂四郎は、すっと立って、出て行ってしまった。

六

夜や寒く白魚に出る佃島《つくだじま》。

白魚は、春、海から川へ上って、子を砂石の間に産みつける。その子は秋になると川を下って、海に入る。そこで、隅田川の川口である佃島や三股《みつまた》に四手網《よつであみ》が張られるのは、この季節であった。

その篝火《かがりび》焚きの網引き見物の屋形船が、いま、永代橋の下へ、吸い込まれるように入ろうとしたとたんに、黒い影がひとつ、欄干を躍り越えて、蝙蝠《こうもり》のように、音もなく、艫《とも》へ落ちた。屋形の内には、矢柄繁七郎が、深川芸者を左右に据えて、盞《さかずき》を口にしていた。急に船体が動揺したのを、船頭が杭《くい》でも避けた櫓《ろ》加減と思って、べつに怪しまなかった。

黒の着流し姿が、ぬっと入って来たのは、船が橋をくぐり抜けた時であった。

「な、なに奴っ？」

太刀をひきつけて目を剝《む》く矢柄繁七郎へ、にやりと薄笑いを送った眠狂四郎は、

「備前屋の招待で、せっかくお愉しみのところを、失礼つかまつる。わたしは、眠狂四郎と申す無頼者——」

「な、な、なにっ！」

「但《ただ》し、今宵《こよい》は、十一年前お手前様が殺した伊沢鉄之進の一子鉄之助の代理としてまかり出ました。……世上のならいにしたがえば、鉄之助が参上、父の仇、尋常に勝負せよと口上におよぶべきところ――そういかなくなったのが因果と申すものです。……あわてるな。きけ！　矢柄繁七郎！　十一年前、貴様は、伊沢鉄之進の妻千世に横恋慕し、上役の威光をもって、これを犯した。それを知った鉄之進は、一夜、貴様の下城途中を襲撃して、無念にも返り討ちになった。この時、千世は、身ごもっていた、と思うがいい。そして、生れた子が、皮肉にも、貴様生写しであったとしたら、どうだ！」

繁七郎が、この言葉になんの動揺もしめさなかったのは、すでに承知の証拠であった。繁七郎が、抜き討ちの隙《すき》をねらって、じりじりと片膝立てるのを、平然と見流して、狂四郎は、語を継いだ。

「偶然のことながら、おれは、鉄之助が父の恨みをはらすのぞみを抱いているのを知って、助勢を約した。ところが、母千世は、これを拒んだ。拒むわけだ、鉄之助は貴様の子だったのだ。……おい！　千世は、おれにその秘密をあばかれるや、自害したぜ！　おれの余計なお節介が招いた罪だと罵《ののし》られても、かえす言葉はない。それは、大いに慙愧《ざんき》のいたりだが――こうなったからには、この悲劇の因をつくった貴様にだけ、のめのめと生きのびて頂くわけにはいかなくなったというものだろう。だが、安心して死んで頂きたい。御令息は、水野越前守殿のお小姓に上ることにきまった」

一瞬――。

狂四郎の頭上へ、まっ向から、刃風が唸《うな》り落ちた。しかし、その切先は、むなしく、いままで狂四郎の坐っていた緋《ひ》毛氈《もうせん》へ突き立っただけであった。狂四郎の姿は、すでに、屋形の外に在った。

斬りつけた姿勢をそれなりに固着させていた繁七郎が、首を倒して、ばくっと頸根《くびね》に口を開け、どっと血汐《ちしお》を噴かせたのは、それから幾秒か後のことだった。

切腹心中

一

季節は、めぐって、暑月が来ていた。

江戸の絵本に云《い》う。

「炎官《えんかん》、政《まつりごと》をつかさどり、火傘《ひがさ》、空を張るこの月を、みな月というは、雨降りがたく、水なし月ということとかや。されば、古人も苦熱の吟、少なからず。避暑の計をもっぱらとす。しかるに、天王祭、山王祭は、かかる炎熱をして却《かえっ》て恐れしめしは、江戸っ子の威勢というべし」

その天王祭、山王祭も終った頃《ころ》の一夜――。

街は、更《ふ》けわたって、人影を絶ち、両側の商家の屋根が高くなり、間口も道路の幅も、こんなに広かったかとおぼえる程、がらんとした静寂にかえっていた。

当時、江戸市中夜半すぎの通行に、四害ありといわれていた。第一が武家の辻斬《つじぎり》、第二が物取りの賊、第三が酔漢、そして第四が吠《ほ》えつく犬――。

その犬の声が、けたたましく、寂寞の夜気をつきやぶった時、大通りへ、一個の影が、たちあらわれた。

旅装束の武士であった。月明りにも、菅笠《すげがさ》につもった旅塵《りよじん》が重げな、疲れはてた気色をみせていた。その足どりを、怪しんで、いっぴきの大きな白犬が、前後をかけめぐって、吠えついたのである。

「叱《し》っ――」

武士は、小うるさげに、二三度追いはらおうとしたが、狂気じみた執拗《しつよう》なその吠えぶりに、一瞬、むかっとなった。この一疋《ぴき》の声にこたえて、遠く、近く、数疋が吠えはじめたのも、武士の神経を荒立てた。

「一年ぶりに帰って来たこの小堀藤之進を歓迎してくれるのが、うぬか！」

武士の左手が、刀の栗形《くりかた》をつかむや――その殺気をあびて、犬は、さらに猛《たけ》り立って、凄《すさま》じく吠えついていた。

瞬間、白い稲妻が走って、犬の首は、数尺宙へはね飛んでいた。

刀身をぬぐって腰に納めると、何かひくく、自嘲《じちよう》的な独語をもらした武士は、ふと、この大通りに、ただ一軒だけ障子を明るくしている居酒屋を見出《みいだ》して、それへ足を向けた。

縄暖簾《なわのれん》はおろしてあり、架行灯《かけあんどん》も消してあるのだが、おそい客がまだいるとみえた。

障子をあけると、土間の隅《すみ》の細長い台へよりかかって、店の女が、ぼつねんとあご杖《づえ》をついていたが、

「あ――すみません。もう、おしまいなんです……」

あご杖をついたままで、女は、とろんとした目つきで、子供がいやいやをするように、かぶりをふってみせた。かなり酔っている。こんなうすよごれた居酒屋の酌婦《しゃくふ》にしては、ちょっと小股《こまた》のきれあがった佳《い》い女だった。

藤之進は、女のむこうの長床几《しょうぎ》に、寝そべっている黒の着流しの浪人者らしい姿を、ちらっと見やってから、

「冷酒でよい」

「おあいにく……酒樽《さかだる》の中は、ひとしずくもなくなりましたのさ」

不貞腐《ふてくさ》れたように、胴をくねらせて、片足をずるっと引くと、膝《ひざ》が割れて、水色の湯文字のあいだから、白い太股《ふともも》が、奥まであらわになった。

この時、寝そべっている男が、

「お仙、客を粗略にするな」

と、声をかけた。

この声をきいた藤之進は、反射的に首をのばして、台かどの下にある浪人者の横顔へ、つよい視線を送った。

——眠狂四郎ではないか！

「ふん、きいたふうな口をきいて……お前さんがあたしを粗略にしないとでもお云いかい。こんなに惚《ほ》れさせやがって——人の手前は手管《てくだ》とみせて、実は惚れたで胸の癪《しゃく》、ってんだ。女が酔って、口説くなんて——はずかしいやら憎いやら、主は、性悪《しょうわる》、田毎《たごと》の月よ、ええ、

ま、どこへ誠が映るやら——」

お仙は、藤之進の目もかまわずに、狂四郎の胸へ、身をなげかけた。

それを、ひょいと押しのけて、身を起した狂四郎は、のっそり立って、料理場に入ると、かたこと音をたてていたが、やがて、徳利を持ってあらわれた。

黙って、藤之進の前へ、酒を置いて、狂四郎が、自分の場所へひきかえそうとすると、

「眠狂四郎殿とお見受けする」

と、声がかかった。

じろりとふりかえって、

「お手前は？」

「公儀庭番、小堀藤之進と申す。昨年春、一時、貴公を尾《つ》け狙《ねら》ったことがあるのです」

「これは……隠密の方から、名乗って頂いたのは恐縮です。一献《いっこん》を酌《く》む誼《よし》みはありますな」

狂四郎は、微笑して、台をへだてて、腰かけ樽に就いた。

「やい、あたしは、どうなるのさ」

お仙が、さけんだ。

「お前は、そこで、うたたねでもして居れ」

「ばか、ぼけなす、かぼちゃ。西瓜《すいか》だって、割ったら赤いのに、お前さんなんざ、切ったたって、ひとったらしの血も出るもんかい、薄情者——」

二

奇妙な酒盛りであった。

半刻《とき》あまりの献酬のあいだ、狂四郎と藤之進が交した会話といえば、

「静かですな」

「左様——」

たったそれだけであった。

お仙は、奥の居間に、ひっこんでいた。

しかし、その沈黙も、おもてを、番太郎が、拍子木を打ち乍《なが》ら、「九つでござい」と時を知らせて通りすぎた時、ふいに、藤之進の口から破られた。

「眠殿は、切腹の作法をご存じか?」

「切腹?」

狂四郎は、藤之進のおもてが、険しくひきしまっているのを怪訝《けげん》なものに眺《なが》めた。

「知る必要がおありなのか?」

「作法通りの切腹など、拙者などのような表沙汰《ざた》の職務をすてた者には必要とせぬ、と存じて居ったが……武士というやつは、ひと通り心得ておかねばならぬことが、わかったのです」

その押えたひくい声音が、かえって、心中の苦悩の深さを滲《にじ》ませているようであった。

狂四郎は、ちょっと考えていたが、「ずっと以前、道金流介錯聞書《かいしゃくききがき》という本で読んだうろおぼえですが――」と、ことわって、その作法を教えた。

切腹の装束は、時服《じふく》を用いるが、着物、下着とも白、帯も白である。裃《かみしも》は無地あさぎ、紋は白く抜いたもの。刀は所持しない。介錯人は、切腹人の方で、何某がよいと指定する。

切腹の場所は、正式ならば、仮屋が作られる。二間四方に柱を立て、板屋根をふき、白砂をまいて、白縁の畳を敷き、その上へ、四尺四方のあさぎ布を張る。

切腹人が、座に就くと、介添人が末期《まつご》の水を盛った茶碗《ちゃわん》を三方にのせてさし出す。そのつぎに、僧侶《そうりょ》があらわれ、末期の教化を下す。おわって、目付役人が、切腹の小脇差《こわきざし》を四方(三方と同じもの)にのせて、切腹人にむかって切先を右に、刃を内にむけて置く。

小脇差は、鍔《つば》なしにして柄《つか》をつけ、切先五分ばかり出して、杉原紙二枚を逆に巻き、ひだをひとつ付けて、こよりで三カ所くくっておく。

介錯人は、切腹人の左うしろ四尺に、膝をつき、つま立ちしてひかえる。

検使から、

「介錯、静かに――」

と、声がかかるや、介錯人は、両手をつき、無言で目礼する。そして、切腹人の前へ、小脇差が置かれた時、帯刀を静かに抜いて、左膝を立て、右脚を折り敷いて、陰《いん》の構えをとる。

切腹人は、小脇差を取り戴《いただ》いて、両手を懸け、左の脇腹へ、突き立てる。

この時、立った介錯人は、おのれのふみ出した右足のつま先と、切腹人の左耳朶《じだ》とを見測し、これを曲尺《まがりじゃく》のごとく考え、刀をふりかぶっている。

切腹人が、左手で、腹の皮を左へひき寄せておいて、ぎりぎりと右脇腹までひき切るや、介錯人は、項《うなじ》の髪の生際《はえぎわ》を、打落す。上より下へ打ち、横へ薙《な》いではならない。そして、気皮を掛けて打落さなければならない。気皮を掛けるとは、皮一枚を残して切るの意である。すなわち、抱き首といって、切腹人は、おのれの首を隠すようにして、前へ倒れなければ見苦しいことになる。

介錯人が、頸皮《くびかわ》一枚のこさずに斬りはなしてしまうと、首は、六七尺も、むこうへ飛んでしまうのである。

抱き首に打落したならば、介錯人は、刀を下に置いて、脇差を抜いて逆手に持ち、首をかき落す。それから、三角に折った白紙二十枚を、懐中よりとり出して、右のてのひらにのせ、左手で、首の髪を摑《つか》んで持ちあげ、切口を白紙に据《す》えて、死顔を、検使に見せるのである。

検使が終ったならば、死骸《しがい》は柄杓《ひしゃく》の柄《え》で首をつながれ、敷ぶとんに包まれて、桶《おけ》に入れられる——。

終始、俯向《うつむ》いて、じっと耳をかたむけていた小堀藤之進は、狂四郎の説明が終ると、ひくく、

「かたじけない」

と礼をのべた。ぞっとするような陰気な声音であった。

——死神にとり憑《つ》かれているようだな。

狂四郎は、眉《まゆ》をひそめたが、しかし、何も云わなかった。

藤之進は、最後の酒を空けて、立ちあがると、

「では――」

目礼して、影のように深夜の通りへ出て行った。

狂四郎は、台の上へのこされた酒代としては多すぎる金を、眺めるともなく眺め乍ら、ほんのしばし、動かずにいたが、ふと自分をからかうように苦笑して、

「ふん……たまには、こちらが尾ける番にまわってもよかろう」

と、呟《つぶや》くや、のそりと立ち上っていた。

三

遠くで、時の鐘が、鳴った。しらじら明けの七つ半であった。

大川の川面《かわも》は、さして来る汐《しお》に乗って、魚が上って来たか、時折、はげしい音をたてては ねていた。霧が、視界をとざしている。一日のはじまる前の、ひとときの静寂の空気は、魚のはねる音にみだされるほかは、すべてをおしつつんで、しんとはりつめていた。

空には、都鳥が、雲から湧《わ》いたように、ゆるやかに、舞っていた。

と――。

掘割から、櫓《ろ》の音もひそかに、一艘《そう》の猪牙《ちょき》が、下って来た。こいでいるのは小堀藤之進であった。

右側は、宏壮《こうそう》な大名屋敷の石垣《いしがき》が、水にあらわれていた。

この屋敷は、つい三年前までは、本丸老中水野出羽守忠成《ただあきら》の中屋敷であったが、忠成が、川の向うへ、水戸侯邸の後楽園や紀州侯邸の赤坂の西苑《せいえん》にも劣らぬ豪華な別邸を構えてからは、若年寄林肥後守の所有となっていた。

北条高時が九献九種の奢《おごり》をきいて、楠正成《くすのきまさしげ》は、鎌倉滅亡を明察したというが……、御勝手掛たる林肥後守のこの屋敷の門前に昼夜、群れ集う贈賄《ぞうわい》の輩《やから》の夥《おびただ》しい数を眺めたならば、正成程の賢者でなくとも、幕政の終末を見通すのは易々たるものがあったろう。権門《けんもん》の徒が影を消すのは、わずかに、この夜あけのひとときだけであった、といって過言ではないのである。

この時刻をねらって、藤之進は、猪牙を、石垣へ、ぴたりと吸いつけた。

石垣の上は、高い海鼠塀《なまこべい》であった。

藤之進は、懐中から、手鉤《てかぎ》のついた細引をとり出すと、塀越しの松めがけてひょーっと投げた。

隠密である藤之進にとって、音もなく高塀をのりこえるぐらい、いとも簡単であったし、邸内の地図にもくわしかった。曾《かつ》て、庭番というものは、その名称のごとく、江戸城大奥と中奥の中間にある御籠台《ろうだい》下で、竹箒《たけぼうき》を執ったまま、密命を拝したのであるが、今では、若年寄の邸内で、任務を受けているのである。

ひらりと、庭内へ跳び降りた藤之進は、植込みを抜け、小径《こみち》を避けて、池畔《ちはん》を遠まわりして、寝所へ近づいて行った。普通の急使ならば、まず、宿直部屋《とのい》を通すのだが、隠密の場合は、じかに連絡がゆるされていた。

楓樹《ふうじゅ》の陰にうずくまって、小石を三個、間を置いて、雨戸へ投げた。これが隠密の合図であった。

雨戸がひらかれて、老女中が、こちらをすかし見た。

藤之進は、楓樹の前へ出て、平伏して、左手をあげた。

しばらくして、若年寄の寝衣《ねまき》姿が、縁側にあらわれた。

藤之進が、つつつつと二間前まで進み寄って、顔を擡《もた》げるや、林肥後守は、なぜか、ぎくっとなって、眉間《みけん》に険しい色を刷《は》いた。

「小堀藤之進、帰参叶《かな》わざる儀なれども、必死のお願いの為《ため》、拝謁《はいえつ》つかまつります」

「たわけ！」

肥後守はむなくそわるげに、吐きすてた。

「庭番ともあろう者が、密書を紛失いたすとは何事かっ！　よくも、今日まで、おめおめと生きのびおったな！」

「面目次第もございませぬ。あれから半歳、不眠不休にて捜索いたしましたなれど――」

「庭番に、弁疏《べんそ》は許されて居らんぞ――」

「はっ――」

小堀藤之進は、備前のある小藩をとりつぶす目的をもって二年前から忍び入っている隠密から、その調書を受取りに派遣されていたのである。その小藩は、広大な塩田をひらき、富有を誇っていた。幕府は、財政難をきりぬけるために、その小藩がひそかに瀬戸内海に巣食う海賊を利用して、塩の輸出をしている罪状を挙げて、改易にし、塩田を天領にしようと企てたのである。

ところが、藤之進は、その調書を、持ち帰る途中で、紛失してしまったのである。藤之進にとって不運であったのは、その小藩に忍び入っていた隠密が、藤之進に調書を渡す時には、重病の牀《とこ》にあり、藤之進が江戸へ発《た》って数日後、世を去っていたことである。

副書のないそれを、捜しもとめて、この半年、藤之進は、どんなに苦悩し、焦躁《しようそう》し、絶望し、狂奔したことか！

「殿！　藤之進、お願いと申すは、ほかでもございませぬ。せめて、正式の切腹の儀、仰《おお》せつけられますよう――」

「黙れ！　貴様は、おのれの職掌を忘れたか！　生命を断つなら、人知れず行うのが、掟《おきて》だぞ。なぜ、山中に果てるか、海の藻屑《もくず》と消えうせなかったか、うつけ者め！　……貴様が、いさぎよく生命を断てば、公儀においては、小堀家が三河以来の旗本たるを惜しんで、舎弟に家督相続せしめ、甲府勝手を命ずる用意があるのだぞ」

「殿！　おなさけを持ちまして、何卒《なにとぞ》、手前に、正式の切腹の儀を――」

「ならぬ！　下れっ！」

一喝《いっかつ》されるや、藤之進は、急に、決然として、首をまっすぐに立てた。

「では、おうかがい申上げます。手前が調書を紛失いたしましたにも拘《かかわ》らず、先月にいたって、評定所におかせられて、浜田藩の罪状明白の廉《かど》により、改易決定いたしましたとおききおよびましたが、いかなるわけでございましょうや？　手前が紛失いたしました調書が、殿のお手もとへ、何者かによって届けられたのでございましょうや？　おきかせねがいとう存じまする！」

奇怪なことであった。いつの間にか、調書は、若年寄がとりかえしていたのである。藤之進が、恥をしのんで江戸へ帰って来たのは、この疑問を、是非とも解きたかったからである。

「莫迦《ばか》者！　貴様が紛失したままで、黙って腕をこまねいて、捜す手段《てだて》を知らぬわしと思うか！　その手段を、今になって、きいてなんとするのだ。見下げ果てた横道者めが――」

四

ぴったりと閉ざされた雨戸を、茫然《ぼうぜん》と見やったなり、藤之進は、まだその場へ坐《すわ》ったままだった。

――わしは、卑怯《ひきよう》で、今日まで生きのびたのではない！　調書をなんとかしてとりもどそうとして、生恥をさらして来たのだ。その調書が、評定所に届いているときいて、わしは、驚愕《きようがく》して、戻って来たのだ。家へも帰らず、妻にも会わずここへやって来たのではないか！　叱咤《しつた》されるのは、いくらされてもよい。しかし、せめて正式の切腹の儀が、どうしてゆるしてもらえぬのだ！　わしは、直参ではないか！　切腹を仰せつけられるぐらいの慈悲を受けてもよいではないか。乞食《こじき》のような、のたれ死をしなければならぬ程、わしのたったひとつの落度が、小堀家三百年の忠勤をけがすというのか！

——やむを得ぬ！　ここで、腹を切るか！

そう思った時、藤之進は、突然、鍛えた神経に、殺気がつたわるのをさとって、はっと、首をめぐらした。

五名の武士が、露をふくんだ芝生を踏んで、しずかに近づいて来た。

いずれも、藤之進とは、面識のある腕の立つ御庭番たちであった。

無言のまま、半円形をとって、藤之進をおしつつんだ。

「わしを、斬るのか？」

「君命だ」

一人が、表情のない低音でこたえた。

「いやだっ！」

憤然と、はらわたが煮えた藤之進が、すっくと、つッ立ちあがるや、五人は、一斉《いっせい》に、刀を抜きつれた。

すると——。

「そうだ、斬られるこたあ、ないぜ、小堀さん」

その声が、意外な近い距離から飛んで来た。犬走りの脇の、五輪塔の陰からであった。

ぬっと出て、無造作な足どりで、すたすたとあゆみ寄った眠狂四郎は、

「ひとまず、逃げることだな、小堀さん。友人たちと斬り合うのは、気が乗らないだろう。ここは、わしが、引受けた。……どうやら、あんたを消そうというには、陰にカラクリがあるようだ。そいつをつきとめてから、切腹しても、おそくはないようだ。つきとめ役も、わたしが引受ける。……明晩、あの居酒屋で会うことにしよう。酌婦は、色きちがいだが、酒はまずくはない。第一、明晩は、お互いに共通の話題ができている筈《はず》だ」

きらりと抜きはなって、地摺《じず》りに構えた狂四郎の凄然《せいぜん》たる静止相は、一散に走り去る藤之進の後を、一人だに追わせはしなかった。

「お手前がたに、言わでものことを申上げておこう。小堀藤之進は、どうやら、若年寄の私欲の犠牲にされて居るらしい。すなわち、お手前がたも、一歩あやまれば、いつでも、小堀藤之進と同じ悲運に置かれるということだな。そういう奸佞《かんねい》非情の主人に使われているあじけなさを、ちょっと反省してみるのも、まんざら無駄《むだ》ではあるまい」

「貴様っ、眠狂四郎だな！」

「無頼者のこのおれから、忠告を受けるおのれ自身が、侘《わび》しいと感じられたら、刀を引くことだ」

「思いあがるなっ！　僭上《せんじょう》の邪剣を誇示する貴様の性根こそ、笑止だぞっ！」

「その邪剣の下に伏す者は、もっと笑止だというのだ」

にやりと、せせら笑いつつ、無想正宗は、正面の敵の青眼の切先を中点にして、ゆっくりと、円月を描きはじめた。

「えいっ！」

気合すさまじく、大気を搏《う》った刀が、水平で、ぴたっと停止した刹那《せつな》、狂四郎の姿は、すでに、その胴を薙《な》いで、次の敵へ正対し、もとの下段の構えをとっていた。

とうてい肉眼に映し得ぬ五体と剣との一如《いちによ》のうごきであった。

あまりの迅業《はやわざ》に、あっと息をのんで、恐怖本能で半歩を引いた第二の敵が、次の瞬間、斬られたと知らずに、むなしく一刀を空に舞わせて、崩れ落ちた時、狂四郎は、はやくも、三番目の獲物にむかって、円月殺法による地獄行を予告していた。

「しゃあっ！」

右端の者が、猛獣の跳躍をみせて、紫電を放つや——第三の敵を金縛りにしていた無想正宗は、一瀉《いっしゃ》の水流に似た白い閃《ひらめ》きをみせて、猛獣の頸《くび》を、すぱっと払って、真紅の飛沫《しぶき》をほとばしらせた。

——この隙《すき》！

一秒間の何十分の一かの直感を信じて、第三の敵が、

「やあっ！」

と、剝《む》いた眼球と口に、むざんな最後の闘魂をあふらせて、拝み打ちに、空気を唸《うな》らせた。

だが、その眼球と口は、たちまちにして、苦痛で、ひき歪《ゆが》んだ。

と、同時に——。

狂四郎は、もうすでに、半身の構えで、最後に残った敵へ、妖気《ようき》の燃える視線を送ってい

たのである。

五

それから、三日後の小雨の降る夕刻――。

すみだ川畔の並び茶屋「東屋」で、狂四郎は、巾着切《きんちゆくきり》の金八がやって来るのを待っていた。

ほどなく、おもてで、

「おうっ、姐《ねえ》ちゃん、なにをまごまごしてやがんだ。とんで来た来た、来たこらさだ、首尾は上首尾、しめこの兎《うさぎ》、駕籠《かご》からぴょんと跳んで出りゃ、主《ぬし》さん来たかとすがりつき――って知らねえか、まぬけめ。茶屋の女なら女らしく、もっとイキのいい声で出迎えろい」

と、威勢のいい声がきこえた。早駕籠をのりつけたらしい。

「おや、金八《きんぱつ》つぁん、どこからとんでおいでだえ？」

「駿河《するが》の国は、茶畑から、ちゃっきりちゃっきり、巾着切が、茶汲女《ちゃくみ》に会いたさ見たさ、茶々無茶苦茶に、駕籠をとばして、ただいま、いちゃつき、とくらあ。どうだ、こう、ちゃんと着かえた旅姿は――へへ、これを、えぎりす語で、チャーミングと云わあ。翻訳したら、ちゃきちゃきの江戸っ子、ってんだ」

「一名、こちゃ、ちゃらっぽこ、とも申します」

「置きゃがれ――」

ざれ口とばし乍ら、奥へ入って来た旅姿の金八は、

「先生、わかりやしたぜ」

「そうか、ご苦労――」

狂四郎は、御庭番五名を斬り伏せた翌夜、例の居酒屋で、小堀藤之進に会って、調書を紛失した時のことをくわしくきき出したのであった。紛失に気づいた場所は、三島であったという。前夜の泊りは、沼津を避けて、原の旅宿であったが、千本松原でたしかめた時は、たしかに懐中にあったという。

沼津から三島までの一里半の道程で、紛失したのだが、すりとられたと思いあたる記憶は、毛頭なかったのである。

狂四郎は、翌朝、金八を呼んで、江戸で腕きき揃《ぞろ》いの掏摸《すり》組黒元結連《くろもとゆいれん》をさぐれと命じた。

すると、黒元結連の頭目は、二年前から、久離《きゆうり》御帳外（江戸追放）となって、沼津に住みついていることが判明し、金八は、ただちに、箱根をとび越えて行ったのである。

「たしかに、黒元結の親分は、半年前に、小堀藤之進って御庭番のふところをすった、と泥《どろ》を吐いてくれましたぜ」

「誰にたのまれたか、きいたろうな」

「そこに抜かりはねえや。先生、わらわせるじゃござんせんか、黒元結の親分をつかったのは、なんと、林肥後守の用人でさあ」

「ふむ！」

狂四郎は、きらっと目を光らせたが、すぐ、にやりとした。

意外にも、林肥後守自身が、掏摸をつかって、小堀藤之進から調書をまきあげていたのである。

「そうか、なにやら、そんな予感もしていた……。そうとわかれば、謎解《なぞと》きは、下手な恋歌に首をひねるのよりも簡単だというものだな」

六

四万六千日には、市中の観世音のにぎわいは勿論《もちろん》だが、江戸城はじめ、各大名屋敷でも、庭園へ観音像を飾って、広縁に模擬店を出し、奥女中たちが大騒ぎするのが、ならわしだった。

その騒ぎも、ようやくおさまり、火の番が、廊下の灯《ひ》をひとつひとつ消してしまうと、ひろい屋敷内は、森《しん》と物音ひとつなくしずまりかえった。

奥の寝所では、水浅黄の蚊帳《かや》の中で、林肥後守が、愛妾《あいしょう》八重と、たわむれていた。八重は、緋縮緬《ひぢりめん》の寝衣《ねまき》をはだけ、脛《はぎ》も膝も股も、漆黒の恥毛もあらわな肢態《したい》をくねらせ乍ら、肥後守の執拗な愛撫《あいぶ》にわざと小さな悲鳴をあげたり、笑い声をたてたり、ぶったりしていた。きわだった美貌《びぼう》だし、雪をあざむく白いゆたかな膚《はだ》の女であったが、目もと口もとのあたりが、一種痴呆《ちほう》的な淫蕩《いんとう》の色に彩《いろど》られて、いやしげな不潔な印象であった。尤《もっと》も、肥後守には、それが、魅力であるのかも知れないが……。

「ふふふ、八重、どうやら、そなたは、藤之進に嫁《とつ》ぐ前から、男を幾人も知って居ったろうな」

「また、その様ないじわるを……存じませぬ。もう今宵《こよい》は、おいとまさせて下されませ」

すねて、くるりとむこう向きに寝がえった女の、むっくりとむき出され、盛りあがった臀《でん》部《ぶ》の柔襞《やわひだ》へ、肥後守の五指が、昆虫の触手のように這《は》い寄ったとたん――。

突然、有明行灯《あんどん》のあかりがまたたき、黒い巨大な影が、蚊帳へ投射された。

「何奴《なにやつ》っ！」

はね起きた肥後守が、蚊帳をあおって、床の間の刀へ腕をのばそうとすると、黒影は、一瞬はやく、風のように走って、その前に立ちはだかっていた。

「おっ！　藤之進っ！」

はねとばされたように、のけぞる肥後守へ、八重は、ひっと恐怖の声をしぼって、しがみついた。

「八重っ！　姦婦《かんぷ》め！」

小堀藤之進の形相は、幽霊がこの世にあるものなら、まさしくそれであったろう。

八重は、藤之進の妻であったのだ。肥後守は、八重を手に入れるために、藤之進から調書を奪いとったのである。

藤之進が、さっと白刃を右手にかざすや、八重は、あらん限りの声で、救いをもとめた。

廊下に、どどっと跫音《あしおと》がみだれた。しかし、寝所には、誰一人、姿をあらわさなかった。

眠狂四郎が、廊下のまん中に、うっそりと佇立《ちょりつ》して、おっ取り刀の連中の行手を、さえぎったからである。

「無頼浪人、眠狂四郎、小堀藤之進が不義の妻を、成敗するのに、助勢いたす。手向う者は、ことごとく、斬りすてるぞっ！」

凛乎《りんこ》たる大声をあびせられて、人々の四肢は、棒のようにこわばった。

熟達した、御庭番五名を仆《たお》した狂四郎の凄腕《すごうで》ぶりは、あまりにも耳目に新しかった。

やがて、八重の断末魔の悲鳴がつらぬくのをきき終えてから、狂四郎は、のそりと、寝所にふみ込んでみて、あっとなった。

白縮緬二布《ふたの》の蒲団を血海にして俯伏している妻の屍骸《しがい》を前にして、藤之進は、脇差を、左腹につきたてていた。

肥後守は、床の間の壁へ、家守《やもり》のように吸いついて、殆《ほとん》ど虚脱していた。

「小堀さん！　はやまったぞ！」

藤之進は、かすかにかぶりをふって、

「ご介錯を――」

と、云った。

「よし！」

狂四郎は、すらりと無想正示を鞘走《さやばし》らせると、

「おい！　肥後守、腐りはてた旗本数万騎のなかにあって、真に、武士らしい魂を持ったものの最期を、よっく、見ておけ！」

と叱咤してから、藤之進の背後に立ち、ぴたっと陰の構えをとった。
一閃《いっせん》！
藤之進の首は、頸皮一枚のこして、がくりと、抱き首に落ちていた。

処女侍

一

「ひとつとせ、ひろい世界で高いもの
富士のお山と米相場
へへ、そうだろそうだろ
ふたつとせ、ふたり忍んだ四畳半
猫《ねこ》に炬燵《こたつ》にやらず雨
へへ、そうだろそうだろ
みっつとせ、みせてやりたい紀伊国蜜柑《みかん》
色ではだかになりやした
へへ、そうだろそうだろ」

酔った中間《ちゅうげん》が、二階の廊下を、ひょこひょこと踊っていた。滑稽《こっけい》で、巧みな手拍子足拍子だった。のどの調子も上々だった。

料理や酒を運ぶ女中たちが、笑い乍《なが》ら、すれちがって行った。

ここは、深川富賀岡八幡裏の岡場所。いわゆる巽《たつみ》七場所のひとつで、朝から絃歌《げんか》の絶えることのない全盛を誇っている。

こんな一流茶屋に滅多にあがったことのない中間は、すっかり調子に乗って、すれちがう女中の臀《しり》を、ぽんとたたき、

「四つとせ、夜露で濡《ぬ》らそよこのおしり
朝陽《あさひ》さすまでしっぽりと
へへ、そうだろそうだろ」

廊下をまがり、だんだん奥へ入って行き、手水場《ちょうずば》にさがった手拭《てぬぐ》いを、ひょいと取って吉原かぶりにするや、こんどは、声高に、願人坊主《がんにんぼうず》の門付《かどづ》けよろしく阿房陀羅経《あほだらきょう》をやりはじめた。

「さっても、皆さん、きいてもくんねえ、めぐる因果の浮世のさだめじゃ、越中(松平定《さだ》信《のぶ》)ふんどし、きりりとしめこんで、田沼(意次《おきつぐ》)の泥水《どろみず》掘り出しかい出し、濁世《じょくせ》をきれいに掃除をしたけど、またぞろ出て来た水野(出羽守忠成《ただあきら》)おかげで、もとの田沼へ逆もどり、八百八町を白河夜船の楽翁(定信)にしたのもほんの束《つか》の間《ま》、水野泡《あわ》になりにける、おまけに権勢の蓑笠《みのがさ》(水野美濃守)かぶって、はやし(林肥後守)たてたる儕輩《ともばら》が、金銀たんまり筑前(美濃部筑前守)きめこみ、いっさい衆生《しゅじょう》は飢えてもかまわぬ、政治なんぞは秋た秋たと、咲かせているのは菊の間ばっかり——」

「こらっ!」

つきあたりの障子がひきあけられ、若い武士の顔がのぞいた。

「下郎っ！　われらを、本丸御老中羽州侯の家中と知って、そのたわ言をほざき居るのか！」

一喝《いっかつ》されて、中間は、色をうしなってへたへたと、廊下へ坐った。

「とんでもございませぬ！　つ、つい、酔ったまぎれに……何卒《なにとぞ》、お、おゆるしを——」

「あやまって、すむことかっ！」

刀を摑《つか》んで出て来た武士は、いきなり中間の顔を蹴《け》とばした。

うわっと、のけぞった中間は、蟇《ひきがえる》のように手すりにしがみついて、恐怖の形相をこちらへ向けたが、

「なんだ、その面《つら》は——」

と、武士が、刀の柄《つか》へ手をかけるや、無我夢中で、宙を泳ぐぶざまな恰好《かっこう》で走り出そうとした。

「逃げるかっ！」

抜き打ちに、その背中を割りつけた。

ほとばしる血汐《ちしお》と絶叫が、廊下へ走り出た女中たちの悲鳴を呼び、たちまち、屋内は騒然となった。

「死骸《しがい》をとり片付けい！」

刀身をぬぐって鞘《さや》におさめた武士が、遠くにかたまっている女中の群へどなった時、血相

変えて廊下を走って来た一人の若ざむらいが、女中たちをつきのけて、中間のところへ馳《は》せ寄った。

「忠助っ！」

抱き起して、絶命しているのをたしかめる若ざむらいへ、

「貴殿が主人か。この下郎め、無礼の雑言をほざいたによって、斬りすてた。拙者は、本丸御老中水野出羽守が老臣土方縫殿助《ひじかたぬいのすけ》の嫡子《ちゃくし》伴五だ」

威圧的な名乗りをあびせられた若ざむらいは、血の気ない顔面の筋肉を、かすかに顫《ふる》わせた。

土方縫殿助といえば、かつての田沼意次の寵臣《ちょうしん》井上伊織《いおり》以上の権力を有する人物であった。いやしくも、出羽守忠成に取り入ろうとする者は、まず、何を措《お》いても、土方縫殿助に媚《こび》を呈さねばならなかった。その威福は、主人羽州以上といわれていた。当時の記録によれば、土方縫殿助の旅行姿は、目をうばう華麗を誇ったという。曲彔《きょくろく》造りの山駕をびろうどでつつみ、つきしたがえる馬さえも、その尾袋にちりめんを用いていたという。

その土方縫殿助の嫡子が、この武士ならば、これは、あまりにも相手が悪いというものだった。

「貴殿は？」

「堀田摂津守《せっつのかみ》の家臣奥津知太郎です」

若ざむらいは、やむなく名のった。

「摂津守？」

土方伴五は、うしろに立っている二人の同輩をふりかえった。

「下野《しもつけ》佐野一万六千石だろう。内証からっけつで、先祖の墓をあばいて、六道銭をあさった
という噂《うわさ》だぞ」

一人が、嘲笑《ちょうしょう》した。

「なにっ！」

奥津知太郎は、主君を嘲罵《ちょうば》されて、かっとなった。

「無礼なっ！」

「やるかっ！」

伴五が、生血を吸ったばかりの刀を、ぎらっと抜きはなった。

ぐっと切先をつきつけられて、知太郎は、じりっと半歩退《さが》った。

──相手と場所が悪い！

一度は、歯をくいしばって怺《こら》えたが、

「かかれっ！　かからぬか、腰抜け！」

と、呶号《どごう》とともに、伴五が、上段にふりかぶるや、

──これまで！

と、血気が、忍耐の堰《せき》を切った。

──おのれ！　佞奸《ねいかん》の権勢を嵩《かさ》にかかり居って！

憤然と、目をいからせて、なかば無意識に、右手を、柄《つか》にかけた。間髪を入れず、伴五が、

「やっ!」

と、斬り込んだ。

躱《かわ》しざま、知太郎は、

「えいっ――」

冴《さ》えた気合とともに、白刃の延びも鮮かに、相手の腰を、ぞんぶんに薙《な》いだ。

「ううっ――ううう」

伴五は、呻《うめ》いて、うしろへ、たたらを踏むと、どさっと障子へ凭《よ》りかかった。

「小癪《こしやく》なっ――」

同輩二人が、一斉《いつせい》に、抜刀した。

――八幡! 負けてたまるか!

知太郎は、どくっどくっとかけめぐる全身の血の音をききつつ、毛髪一本にいたるまで、闘志をかりたてて、血塗った刀を八双に構え、

「来いっ!」

と叫んだ。

「吼《ほ》えるなっ!」

敵の一人は、あきらかに、知太郎の腕前をおのれの下に見てとった余裕のある薄ら笑いを泛《うか》べて、青眼から徐々に上段へ移して、だっ、と攻撃に出ようとした一瞬、

「うっ！」

と、呻いて、刀をとり落して、右の手首をおさえた。

飛んで来た茶碗《ちゃわん》に打たれたのである。廊下が鉤手《かぎのて》に曲った角の小部屋の、細めにあいた障子の隙間《すきま》から、それは投げつけられたのであった。

その障子をひらいて、のそりとあらわれたのは、眠狂四郎であった。

ゆっくりあゆみ寄って、知太郎に、

「逃げることだな、あんたは——。あとは、わたしにまかせて頂こう」

と、云いかけた。

「邪魔をするなっ、素浪人！」

と、喚《わめ》いたのは、刀を構えている三人目の敵だった。

「お前さんは、土方伴五の看護をしたらどうだ」

笑いかけた狂四郎へむかって、

「くそっ！」

と、びゅっと閃光を見舞ったが、簡単に、手首を逆にねじられて、指をひらいて、刀を廊下へころがしていた。

「手当をすれば助かろうに、愚図愚図するな！」

刀を中庭へ蹴とばして置いて、狂四郎は、いきなり知太郎の袖《そで》をつかんで、ぐんぐんひっぱって階段を降りると、

「奥津──さんといわれたな。この一件が上役の耳に入れば、お手前は、あるいは、腹を切れ、と命じられるかも知れぬ。小藩のかなしさ、お手前の首を、土方へさし出して、平謝りにあやまる一手しかあるまい。だが断じて腹を切ってはいかんぞ！　こちらは、すでに一人死んでいる。喧嘩《けんか》両成敗はすんでいる。もし、たってと土方から談判があれば、あの土方の伜《せがれ》の傷が癒《い》えるのを待って、いま一度、堂々と果し合いをしよう、とはねつけるべきだ。それだけの気骨のある上役が、御家中にいないとすれば、なんの、むざむざ、ひとつしかない生命《いのち》をすてることはない」

「…………」

「よろしいな、腹を切ってはいかん！」

狂四郎の脳裡《のうり》には、去月、林肥後守の面前において、不義の妻を斬り伏せておいて、切腹し果てた隠密小堀藤之進の悲惨な姿があったのである。

「おわかりだな！　くどく念を押す、断じて腹を切ってはならぬ！　隙をうかがって、出奔されるがよい。身のふりかたの相談に乗らぬでもない。両国の水茶屋あずまやへ、眠狂四郎に会いたいと御連絡ねがいたい」

狂四郎としては、見知らぬ他人の為《ため》に、これ程の熱意をしめしたのは、めずらしいことだった。

奥津知太郎の面差《おもざし》が、どこやら、あの不運な隠密の俤《おもかげ》に似かようていたせいであったろうか。

二

「知太郎さま——」

襖《ふすま》の外で、妙《たえ》の声がした。

知太郎は、机にむかって、漢籍をひらいていたが、勿論《もちろん》、読んではいなかった。

深川岡場所で、土方伴五を斬ってから三日が過ぎている。あの夜、帰宅早々、父に一切を告げて、自分の居間から一歩も出ずに謹慎をまもっている。父もまた、一度も、知太郎を呼びつけようとはしなかったので、その後如何《いか》なる事態になっているのか、一切知らなかった。

しずかに襖をひらいた妙は、入らずに、敷居へ両手をつかえ、

「お父上が、お呼びでございます」

——来たな！

知太郎は、かすかな戦慄《せんりつ》が身内を走るのをおさえ、ぐっと腹に力を入れて、立ちあがった。

俯向《うつむ》いた妙の白い顔は、不安の色で、やつれをみせていた。知太郎からも父からも、何事も一言もきかされてはいなかった。——いや、それだけに、不安で身も心もさいなまれ、この二夜を一睡もしないですごしたのである。

妙は、知太郎の許嫁《いいなずけ》であった。馬廻《うままわ》りをつとめていた父が三年前に逝《い》ってから、国許《くにもと》から出府して、西丸大奥に奉公にあがり、つい、一月ばかり前に下って来たばかりであった。祝《しゅう》言《げん》の日どりをきめるばかりになっていた頃日《けいじつ》、妙のひとみには、映るすべてのものが美しく

愉《たの》しかったのだが……。

知太郎は、清楚《せいそ》な、ういういしい妙の姿を見おろして、きりきりと心臓が疼《うず》いた。この文金高島田を、丸髷《まるまげ》にゆいかえる日を、この娘は、ひとり、胸のうちで、指折りかぞえていたであろうに――。

自分が、つい、気まぐれに、悪所へ足を入れたばかりに、自分たちの世界は、真暗闇《まつくらやみ》と化してしまったのだ。

「妙!」

「はい――」

見おろす眸子《ひとみ》と見あげる眸子が、ひたと合った。眸子が、すべてを語り、互いのくちびるはついにひらかなかった。

知太郎は、妙の華奢《きやしや》なからだを力一杯抱きしめたい衝動を、必死で防ぐと、足早にその脇《わき》を抜けて、父の居間へ歩いて行った。妙の視線を、背中に痛い程感じ乍ら――。

父信左衛門は、縁側に立って、小庭を眺《なが》めていた。庭造りを唯一《ゆいいつ》の趣味とする信左衛門の手で、小庭のたたずまいは見事であった。何気なく置かれたかにみえる灯籠《とうろう》や蹲踞《つくばい》にも、なみなみならぬ苦心が払われてあり、砂上の波紋や石組の清らかな美しい均衡は、俗界を忘れさせる静寂をたもっていた。

知太郎が、座についても、まだしばらく、信左衛門は、その姿を動かさなかった。

やがて、ゆっくりと踵《きびす》をめぐらして、居間に入った信左衛門は、しずかなまなざしを息子に据えた。

「知太郎、覚悟は出来て居ろうな？」

「は——」

「土方家から、そちの首を渡せ、と申出があった。殿は、はねつけよ、と仰《おお》せられたが、わしは、お受けして参った」

「……………」

「そちは不服かも知れぬ。しかし、土方家の申出をはねつけることによって、厄禍《やくか》が主君におよぶ危険を思えば、臣下として、お受けしないわけには参るまい。禄《ろく》をはむ士家に生れた不運だ。もとより、これが、武士道の吟味に叶《かの》うたこととは云わぬ。そちの振舞いこそ、廉《れん》恥《ち》を知った気概と、わしは信ずる。しかし、干戈《かんか》が跡を断った当代にあっては、処断必ずしも正しきに帰することにならぬ——それが泰平のさだめであろう。武士の意気地の通る世ではないのだ」

信左衛門は、語り乍ら、いつか、知太郎の頭上を越えた宙を、じっと瞶《みつ》めていた。

妻を、知太郎が三歳の時に喪《うしな》って、爾来《じらい》、独身を通して来た信左衛門であった。生甲斐《いきがい》は、わが子の成長だけであった。

わが手ひとつで育てて来た過去の思い出が、信左衛門の脳裡を去来していたのである。まさに、断腸の思いとは、このことであった。

「父上、おうかがいいたしますが、土方伴五は生存いたして居りましょうか？」

「それをきいて、なんとする？」

「もし生存いたして居りますれば、癒えるのを待って、いま一度、果し合いを——」

「たわけっ！」

すさまじい一喝があびせられた。

「わしが、今、申しきかしたことを、そちは諒解《りようかい》出来ぬ程血迷うて居るのか！　果し合いを主張し得る余地が聊《いささ》かでもあれば、わしが、なんで、この屈辱にあまんじようか！」

「…………」

「もし、これが、主家の厄禍となるのでなければ、このわしが、悪鬼羅刹《らせつ》と化しても、そちの一命をかばってみせる。それがゆるされぬ無念を、わしが抑えているのがわからぬか！」

知太郎は、父の悲痛な語気に、肺腑《はいふ》をえぐられ、ぐぐっとこみあげる血涙を、けんめいにこらえて、歯をくいしばった。

三

妙は、牀《とこ》の中にあって、闇に目をひらいて、微動もしないでいた。

——どうなるのであろう？

知太郎が、何か大きなあやまちを犯したことだけがわかっている妙であった。

もし知太郎が切腹でも命じられたら？　その想像は、当然、妙に起っていた。最初、その想像が頭にひらめいた瞬間は、全身がじいんと凍ったのである。しかし、三日をすぎたいまは、妙の心は、ふしぎにおちついていた。

——そのおりは、わたしも自害すればよい。

この決意がうごかぬものになっていたのである。

しのびやかな足音が、近づいて来て、部屋の前でとまったので、妙は、からだをかたくし、息をころした。

「妙——」

信左衛門の声であった。

「すまぬが、きかえて、わしの居間まで来てくれぬか」

「はい——」

胸をとどろかせつつ、妙が、入って行くと、信左衛門は、時服《じふく》をつけたままの姿を、机の前に端坐《たんざ》させていた。

時刻は、四更を過ぎていたろう。

「妙、知太郎が出奔した」

丸窓の方を向いたまま、信左衛門は、云った。

妙は、固唾《かたず》をのみ、ひとみを大きくひらいた。

「若い知太郎が、腹を切るのが不服だったのは、むりもない。出奔されてみて、はじめて、これでよかったような気もして居る」

それから、信左衛門は、はじめて、妙に、このたびのいきさつを語った。

黙って俯向いてきいているうちに、妙の心の中に、かすかな明るいものが差して来た。

——知太郎さまは、生きのびる道をおえらびになったのだ！

その先のことはどうなるのか見当もつかぬにもせよ、妙にとって、これは希望の灯をともしていいことだった。

「妙、ついては、そなたにたのみがある」

「はい」

「大任だが、なまじ家中の分別顔の御仁にやってもらうより、なんの駈引《かけひき》ももたぬそなたの方が、かえって相手を折れさせるかも知れぬ。但《ただ》し、勇気が要るぞ。女子のなすべき役目ではないからじゃ」

「何事なりとも仰せつけられませ」

「事が失敗に終っても、それはかまわぬ。こちらではなすべきことをつくしたのだから……そなたは、それをすませたなら、知太郎の後を慕うがよい」

そう云って、妙を見まもる信左衛門の双眼は、慈愛に満ちていた。

四

「先生！ようござんすかい。美保代さまの胸のうちってえものはね、惚《ほ》れたっていうような文句じゃ、あらわせねえんだ。あっしのような下衆《げす》にでも、美保代さまが先生のことを想《おも》い乍ら、会いたいのを、こう——じっと怺《こら》えていなさるお気持が、じーんとくるんだ、じーんとね。あっしゃね、生れてはじめて、女が男に惚れたけだかさってものを、この目ンくり玉で見とどけたんだ。このけだかさにくらべりゃ、富士山なんざ河童《かっぱ》の屁《へ》だ。……先生、おねがいだから、十日にいっぺん――いいや、月に一度でいいんだから、会いに来てあげておくんなさいよ」

今日は、狂四郎の顔色などうかがっている余裕はなく、金八は、必死になってしゃべりたてていた。

狂四郎は、仰臥して、後頭で手を組み、瞑目《めいもく》したまま、黙してこたえない。

広小路から打出し太鼓が忙しくひびき、出店の野天商人が荷を片寄せて葭簀《よしず》囲いをする灯ともし頃《ごろ》であった。並び茶屋の前は、かえって、納涼客の行き交いが繁《しげ》くなっていた。川には、涼み船が出て、それをとりまくうろうろ船の、呼び売りの声がのどかにつたわって来る。

「え、先生！　あっしのたのみがむりですかい！　美保代さまは、ただの一度だって、先生に会いたいとは仰言《おっしゃ》いませんぜ。だからこそだ――云わぬは云うにいやまさる、ってんだ！」

金八は、次第に興奮して来た。

――慍《おこ》ったってかまうもんか。今日は云いたいだけ云ってやるんだ。美保代さまの恋心を考えりゃ、おいら斬られたって、こん畜生、肚《はら》も尻《しり》もすわっていらあ、テコでもあとへ引かねえ。

「会いたいと口に出せねえ辛《つら》さを、先生も人間なら、ちったあ感じてもらいてえんだ。先生だって、一人ぼっちじゃござんせんか。美保代さまと世帯《しょたい》をもつのが——臭い仲じゃあるめえし、どこがはばかり雪隠《せっちん》だってんだ。女房にして置いて、気まかせ足まかせに、外を出歩くってえのは、まだ話がわかりやすぜ。このまんまじゃ、あんまり美保代さまがかわいそうだ。先生の了簡《りょうけん》が、あっしにゃ、さっぱり皆目のみこめねえんだ。あっしゃ、先生、すっとこどっこいの巾着切《きんちゃくきり》だが、いのちをすててまでもと思いつめる恋ってやつは、そこいらにざらにころがっているしろものじゃねえことぐらい、ちゃあんと知っていますぜ。何万人かのうちの一人が、一生いっぺんだけ神さまからさずかる御奇特ってえものなんだ。そばで見てると、美保代さまの頭から、後光がさしてらあ」

狂四郎が、むっくり起き上ったので、金八は、はっときもをちぢめて、口をつぐんだ。狂四郎は、衝立《ついたて》のむこうへ、

「わたしに御用がおありか？」

と、声をかけた。

金八は、誰かがそこにいる気配など全く気づかなかったので、びっくりして、首をのばして、そこに蒼白《そうはく》な顔面をこわばらせている若い武士を見出した。

「誰でえ？」

奥津知太郎であった。

狂四郎は、入って来て、前に坐った知太郎に、微笑を送った。

しかし、知太郎が言葉数すくなく語る前夜のいきさつをきいているうちに、急に、狂四郎の表情は、ひきしまった。

「お手前の父上は、この詰腹を武士道の吟味に叶うたことではない、と申されたのですな？」

「左様です」

「清廉剛直のお人のようだが……ふむ！」

腕を組んで、ちょっと何ごとかを思案していた狂四郎は、

「お手前に、ご兄弟はおありか？」

と訊《き》き、無いという返辞をきくと、刀をつかんで立ちあがっていた。

「この裏手に、武蔵《むさし》屋という旅籠《はたご》があります。そこで、待っていて頂こう」

と、告げておいて、金八をふりかえり、

「おい、金八、ついて来い！　人間には、恋よりも、もっとけだかいものがあることを、教えてやる」

五

妙は、とっぷり暮れた六つ半どき、人目を忍ぶようにして、堀田家上屋敷の長屋門を抜け出した。白布でつつんだ品をかかえる若党を一人連れて——。

人影の絶えたもの淋《さび》しい大名小路を、急ぎ足に過ぎて行く妙は、いつの間にか、うしろを

ふたつの黒影が尾《つ》けて来るのを、すこしも気づかなかった。

半刻《とき》あまりのち――。

妙主従は、愛宕《あたご》下大名小路を、幸橋御門の方にむかって歩いていた。

と――、尾けていた二人組の一人が、急いで、距離をちぢめて来ると、

「失礼乍ら――お待ちねがいたい」

と、呼びとめた。

月はなかったが、辻番所が町家にならってかかげた白張の盆提灯《ぼんぢょうちん》が、たがいの顔を見わけ得る仄明《ほのあか》りを往還に流していた。

「てまえは、眠狂四郎と申す浪人者ですが――」

と名乗るや、妙の口から、小さなおどろきの声が洩《も》れた。前年初夏、西丸大奥の庭園において、贋《にせ》幽霊を退治した狂四郎であったから、奥女中をしていた妙が、その名を知っていたとてふしぎはなかった。

「てまえを存じていて下さったのは好都合です。妙どのと申される――」

「…………」

「その者が持っているのは、奥津信左衛門殿の首ですな？」

あっとなるのを制して、

「長屋の門番から、今朝がた奥津殿が切腹されたことをきいて、こちらの予感が不幸にしてあたったのを知ったのです。貴女《あなた》が首を持参されようとは意外だった。が――これは、役柄《やくがら》

として無理な話だ。相手が、只《ただ》の曲者《くせもの》ではない。……貴女の役目を、てまえに、代ってつとめさせて頂けまいか」

「おことわりいたします」

妙は、きっぱりとはねつけた。

「わたくしは、義父《ちち》の遺言をまもらねばなりませぬ」

「貴女一人で、相手を妥協させる心算がおありか!」

「ございませぬ。……でも、義父は、不首尾に終ってもかまわぬ、と申しました故《ゆえ》――」

「それでは、奥津殿は、犬死ということになろう」

妙は、しかし、もう相手にならず、若党を目でうながして、歩き出していた。

あっさりひきさがったかにみえる狂四郎のそばへ、金八が、寄って来た。

「先生、あのまんま、行かせるんですかい?」

「どうやら、おれたちの役は、人柄並にしか割振ってもらえないらしいな、金八――」

苦笑が、狂四郎の口辺にきざまれていた。


江戸城の黒書院もかくやとおもわれる豪奢《ごうしゃ》な建物の奥の間で、土方縫殿助は、傲然《ごうぜん》として、妙の口上を受けた。

よどみなく述べ終って、妙が、首包みをさし出し、

「御検分下されませ」

と平伏するや、

「おろかもの！」

と、怒声が飛んだ。

「伜の罪を背負って、皺腹《しわばら》をかき切って、その心根を憐憫《れんびん》せよとか——たわけ！　武士が、咎《とが》なくしておのれの手でおのれの生命をちぢめるのは、ただひとつしかないのだぞ！　主君逝去《せいきょ》に際しての追腹《おいばら》だけだぞ！　それすらも、禁じられて久しい。それをなんぞや！　伜可愛さに、周章《あわ》てふためいて、死に急ぎして憐憫を乞《こ》うなどとは、見下げはてたる暗愚！　乞食根性にも劣るやつめ！」

きくに耐えぬ罵詈《ばり》をあびせられて、妙は、紙のように透きとおった白いおもてを、きっとあげると、

「おことばではございますが、貴方様《あなた》が、知太郎に詰腹の儀ご要求なさいましたのも、御子息さまが不具にされたおいかりからではございませぬか。子をかばう親心は同じではございましょう。なにとぞ、わがいのちに代えて嘆願申上げます父の情をおくみとり下さいませ」

「黙れっ！」

いちだんと声を荒げて怒鳴りつけた土方は、さらに烈《はげ》しい罵詈をたたきつけようとしたとたん、ふっと気を変えて、妙の美しさを見なおす目つきになった。

「その方、知太郎の許嫁と申したな？」

「はい」

「信左衛門がその方を使者にたのんだのは、無駄《むだ》ではなかったな。よかろう、首は受取ってつかわす」

「…………」

突然手の裏をひるがえした土方を、妙は、訝《いぶか》しげに仰いだ。

「その方を泊めるにふさわしい離れ家が、恰度《ちょうど》、数日前、建ちあがったばかりじゃ」

妙の顔色が、さっと変った。

「否《いな》やは云わせぬぞ。その覚悟で参った、とこちらは判じた。わしの側室として遇してやろう」

返答を待たず、土方は、立ちあがって、出て行こうとして、襖をひらいた――刹那《せつな》、あっと棒立ちになった。

眠狂四郎が、うっそりと立ち、足もとには、居間に臥《ふ》している筈《はず》の息子の伴五が、後手にしばられて、横倒しになっていた。そのうしろで、金八が、目を光らせていた。

「き、きさまっ？　何奴《なにやつ》だ？」

「眠狂四郎」

愕《ぎょ》っとなってあとずさりする土方を、冷やかに見据えて、

「子供の喧嘩に親が出て――どうも、とんだ血なまぐさい茶番になったものだが、なに、当

「いい度胸じゃ」

代随一の器量人の土方様だ。まるくおさめて、幕をおろして下さる。……うろたえないで頂こう。こっちは、御子息の首を切りとばしたくて、うずうずしているところなのだ。御家来がたも、おとなしくして、お手前様の裁きを待っていなさる。……左様、父の情を不憫とおぼしめせ、と妙さんが下手《したで》に出るから、つけあがるのに狎《な》れているお手前様は、ますますそっくりかえって難題をふっかけたくなるのだ。これは、ひとつ、商取引でいこうじゃないか。多くとは申さぬ、千両で、その首を買いとって頂きたい。ついでに、爾今《じこん》、双方怨恨《えんこん》を遺《のこ》さず、と一筆したためて頂ければ、幸甚ですな。こっちは二人も死んでいるのだし、そっちは一人が跛《びっこ》になっただけなのだから、こいつは、どう考えても、お手前様の方に損な取引ではない筈だ。土方家の千両は、まあ、おれたちの十文にもあたるまい」

それから、今の時刻で、二十分もすぎない頃合、狂四郎は、妙、金八、それに千両箱をかついだ若党をつれて、大名小路を抜けて、町家の並んだ日蔭町《ひかげちょう》通りへ出たが、とある地点で立ち止り、

「金八、妙さんを、武蔵屋へ案内してくれ」

「合点――」

「妙さん、知太郎さんに会ったら、武士をやめなさい、と眠狂四郎が云っていたとつたえて下さらぬか」

三人を行かせておいて、狂四郎は、くるりと踵をまわすや、ひたひたとあとを尾けて来て

いる黒影の群にむかって、自分の方から無造作にあゆみ寄って行った。
やがて、深夜の路上に、幾人かが円月殺法をあびて仆《たお》れ伏す筈であった。

嵐《あらし》と宿敵

一

薄暮の空を、細長く鉤《かぎ》線を引いた巻雲の列が、暈も厚さも急速に増しつつ、横切っていた。天候の崩れる前兆であった。雷も、遠くとどろいている。嵐《あらし》の季節が来ていたのである。

そのあわただしい空の下で、いま、白砂の平庭に、長い影を這《は》わせて、凝然と木太刀をかまえて睨《にら》みあっている剣客二人があった。

一人は、評定所留役勘定組頭・戸田隼人《はやと》。対手《あいて》は、布子《ぬのこ》一枚に、同じ黒の袴《はかま》を短かくつけた、六尺ゆたかな老人であった。総髪も、髭《ひげ》も、まっ白だが、肌《はだ》は青年のように艶々《つやつや》しい血色をたたえている。戸田隼人の師・子龍平山行蔵《しりようぎようぞう》であった。

隼人の亡父が聚集《しゆうしゆう》した端渓《たんけい》、歙州《きゆうしゆう》の硯《すずり》類を、子龍が、前ぶれもなくぶらりと鑑賞に来て、ひさしぶりの手合せとなったのである。

隼人は、上段の構えをとり、子龍は、右半身の下段の構えをとっていた。

両者はそうしたままで――空の巻雲の列が、まだ積乱雲の頂きから分裂しない以前から、睨みあっているのであった。

距離は、五歩。隼人のかざした木太刀は、三尺四、五寸はあろう。それにひきかえて、子龍のは、二尺に足りない。

子龍は、隼人に、切落しを命じたのである。

切落しとは、敵の太刀を切落して、然《しか》る後に勝つというのではない。石火の位とも、間髪を容《い》れずともいう――凄《すさま》じい刹法《せっぽう》を意味した。すなわち、金石打合せて、陰中陽を発して、火を生ずる理《ことわり》……敵の太刀を切り落すと同時に、敵の身体をもまた打倒している一刹那《せつな》の極意である。一刀流極意書にいう、「陰極って落葉を見、陰中に陽あって、落ちると共に、何時《いつ》の間にか、新萌《しんぽう》を生じる」これである。

子龍の剣法は、猛鳥が獲物をまっしぐらに襲撃する一念を眼目とし、受けたり、流したりの応変の所作に妙不思議などを生ずることを重しとしない。したがって、その道場における弟子たちは、まず、敵を望んで、右足を踏み出して、真向より胸部まで打下す面打ちの稽古《けいこ》をさせられる。いわゆる巻き打ちで、連続で、何百回でも、これを練習するのである。

子龍自身、六十半ばを越えた今日でも、夜明けに、水風呂《みずぶろ》に入った後、この巻き打ちを三百遍行っているのであった。

切落しが見事なし得たならば、子龍の剣法は会得《えとく》されたことになる。

刹法の秘太刀には、飛蝶《ひちょう》、竜尾、浦波、虎乱《こらん》など、数々あるが、すべては、一刀より起って万剣に化し、そして万剣は一刀に帰す剣理によって、心が極まる点にある。いわば、決死、相討ちの極意である。

子龍は、この極意を悟る弟子をもとめていた。そして、それが、戸田隼人であると、のぞみをかけていたのである。

ところが、隼人が、異常の邪剣を使う眠狂四郎に敗れたときいて、子龍は、ひそかに、痛嘆したのであった。

偶然の機会とみせかけて、子龍が、隼人に切落しを命じたのは、心に期するところがあったからである。

子龍は、まなこを炬《きょ》のようにして、じっと、隼人を、凝視して、待っている。

隼人は、これが印可を授けられるか否《いな》かの試合であることを、無言のうちに知って、一太刀を下す一瞬に、全生命を賭《か》けていた。

さすが――旗本随一の麒麟《きりん》児《じ》たる隼人の構えには、子龍の方から打ち込む隙《すき》などみじんもなかったが……。

この、無限に長くつづくかとおもわれる固着の対峙《たいじ》は、精神的な破綻《はたん》によって勝負が決するとは考えられない。均衡が破れるのは、肉体の力の消耗差が見えた瞬間であろう。

とすれば、子龍が、いかにかくしゃくたりとはいえ、隼人の若い生命力にかなう筈《はず》もない。しかし、それで、勝負が決したならば、隼人は、打落しの極意をさとったことにはならぬのである。ただ、若さによって勝ったにすぎないことである。

「かかれっ！」

子龍の口から、凄じい叱咤《しった》がほとばしった。

「えいっ！」

抑えに抑えていた体力を炸裂《さくれつ》させて、隼人は、木太刀を唸《うな》り下した。

一瞬、子龍は、ぱっと跳び退《すさ》った。

それにむかって、二の太刀、三の太刀が、電光の如《ごと》く襲い……子龍は、ふたたび、三度び、飛び躱《かわ》した。

「まいったっ！」

隼人は、叫んで、自分もまた、半間あまり後方へ身を引いた。

三の太刀までは打込み得るとしても、さらに追い打てば、こちらの体勢はあきらかに虚を生じる。敗北である。

総身に汗して、膝《ひざ》を地につき、頭を下げる隼人へ、静かな視線を落した子龍は、心中、

――未《いま》だし！　やんぬるかな。――

と、嘆息した。

二人が、座敷に上って、ふたたび、八卦硯、残月硯、顔子硯、松蔭硯などを、鑑賞しはじめた時――。

偶然であろうか、用人が持って来た手紙は、眠狂四郎の挑戦状《ちようせん》であった。

――去年早冬、お小直衣雛《このうしびな》の首を賭けた試合は、勝負無しとなって、松平主水正預りとなったままであるが、これは、当然孰《いず》れかが仆《たお》れるべき運命に定められてある筈。茲《ここ》に敢《あ》えて再試合を所望する次第である。場所は同じ主水正隠宅に於《おい》て。日時は、来《きた》る中秋十五日七つ

上刻。右、しかと御受諾ありたい。

黙読する隼人の表情は、すこしも変らなかった。

「果し状だの？」

子龍が、こともなげな口調で訊《たず》ねた。隼人が封を切る時、それが逆封になっているのを、子龍は、見るともなしに見てとっていたのである。

「眠狂四郎からでございます」

隼人は、書面をさし出した。

「達筆だの。王羲之《おうぎし》を習うたとみえる」

呟《つぶや》き乍《なが》ら、読み下すと、子龍は、微笑して、

「ひとつ、たのみがあるが、きいてもらえぬか」

「は――如何様《いかよう》なことでございましょう？」

「この挑戦を、わしにまかせてもらいたい」

「それは……しかし！」

「弟子に代って師匠が出るのじゃから、べつに、相手の方では不足を申すまい。但《ただ》し、わしは、無頼者とは、真剣勝負をやる積りはない。ただ、ちょっと、この男の腕前がどの程度のものか試してみたいのでな。おぬしがたたかうのは、そのあとでもよかろうではないか」

二

当日——。

眠狂四郎は、挑戦状に約した時刻よりも一刻《とき》早く、渋谷の丘陵をのぼって行った。

見わたす野は、灰色に煙り、迅《はや》い冷風が、稲穂を分けて渡る陰鬱《いんうつ》な午後であった。

富士も、層雲の彼方《かなた》に消えている。

ふと、狂四郎は、途中で、足を留めて、眉《まゆ》をひそめた。

丘の上の、櫨《はじ》の木の根かたに、うずくまった女の姿を見出《みいだ》したからであった。

草をむしっている様子であった。

それが、静香であることに気がついたのは、かなり近づいてからであった。

跫音《あしおと》にふりかえった静香は、はげしいおどろきの目を瞠《みは》って、立ちすくんだ。

狂四郎は、無言で、「霊」の一字を刻んだ小さな自然石の前に歩み寄ると、携《さ》げて来た秋《しゅう》海棠《かいどう》の一株を、植えようとした。

「わたくしが、いたします」

あわてて、静香が、うばうようにして受けとった。

狂四郎は、静香にまかせて、二歩ばかりさがった。

秋海棠は、亡《な》き母の、一番好きな花であった。

母は、病いが重くなった時、

「わたくしの墓の前に、秋海棠を植えて下さらぬか」

と、狂四郎にたのんだのであった。

十余年を経て、その約束をはたすわけであった。

詣《もう》でるのも、去年初夏、祥月《しょうつき》命日以来のことである。無頼の身を、ここへ運ぶのは、狂四郎としては、苦痛であった。狂四郎を生むことによって、生きた屍《しかばね》の境遇にとじこめられ乍らも、狂四郎を武士として厳しく躾《しつ》けようとした母が、今日のわが子の血なまぐさい姿を、よろこんで迎える筈がなかった。

狂四郎は、墓前に立ったからには、報告しなければならぬおのれの無慚《むざん》な行為があった。

それは、

「母上を犯して、このわたしを生ませた異邦のころび伴天連《ばてれん》を斬《き》りすてましたぞ！」

という報告であった。

母が、これをよろこんできくとは、到底考えられなかった。

狂四郎の表情は、この日の天候を映したように陰惨であった。

「あの……」

植えおわった手を、閼伽桶《あかおけ》から汲《く》んですすいだ静香は、不審を湛《たた》えた眸子《ひとみ》を、狂四郎にあてた。

「このお墓は、どなたの――？」

「そなたは、知らずに、詣でていたのか？」

「はい。祖父の言付けでございます」

狂四郎は、しばし、逡巡《ためら》ったのち、ひくく、

「わたしの母親が、ねむっている」

「えっ！」

「そなたの母の姉の千津――それが、わたしの母親だ」

静香は、何か云《い》おうと口をひらいたが、喘《あえ》ぎの息をもらしただけで、食い入るように狂四郎を瞶《みつ》めて、まばたきも忘れた。

狂四郎は、口辺に、ぞっとするような歪《ゆが》んだ薄ら笑みを刻むと、

「ついでに、もうひとつ、教えておこう。わたしの父親は、そなたが、去年の春まで、霧人《きりすと》亭《てい》の地下で、教えを乞《こ》うていた老いぼれ布教師《いるまん》だった、ということだ。彼奴《かやつ》が、実は、ころび伴天連であったのを、そなたは知るまい。……だが、もう、みんな、すぎ去ったことだ。彼奴も、この世の者ではない」

「そ、それは、本当なのですか？」

「わたしが斬った」

「………」

静香は、衝撃の大きさに、瞬間、うつろな面持《おももち》になり、そしてすぐ、なんともいえぬ困惑の気色を、からだぜんたいにあらわした。

「因果が深すぎるのだ」

吐きすてるように呟いた狂四郎は、ふと、ぽつり、と落ちて来た雨滴を、てのひらに受けて、

「行こう」

と、促した。

雨は、二人が、丘の中程まで達した時は、もう天地を暗転させて、凄じく降りくだっていた。

坂途《さかみち》は、みるみる洪水《こうずい》となり、静香は、狂四郎に手を引かれ乍ら、いくどかころびそうになった。

小川沿いの野路を走り出した二人は、彼方の一叢《ひとむら》の栗林の陰に、杣《そま》小屋を見出していた。

小屋に辿《たど》りつくまで、静香は、二度、膝を折り、そして、二度とも、岸の斜面に咲いた曼《まん》珠沙華《じゅしゃげ》の真紅の色が、網膜に焼きついたのを、のちのちになって、鮮かな印象として甦《よみがえ》らせることとなった。

小屋にとび込んだとたん、もの凄《すご》い稲妻が、一瞬、萱原《かやはら》を、田を、小川を、林を、白昼の明るさに化し、野路にしぶく雨足を銀色に光らせた。

と同時に、炸裂した雷鳴が、静香をして、無我夢中で、狂四郎にしがみつかせた。

そのまま、狂四郎は、静香をかかえて、粗朶《そだ》束《たば》に腰を下ろし、戸のあわいから、じっと、豪雨にさらされた野面《のづら》を眺《なが》めた。

車軸を流すこのどうどうたる水量と、轟然《ごうぜん》と宙をつん裂く雷鳴は、狂四郎の五体にふしぎ

な強烈な刺激を与えた。

母の墓前に佇《たたず》んでいた陰惨な虚妄《きよもう》の念は、あとかたもなく消し飛んで、いきいきとした野性の力が、四肢《しし》に満ちあふれるような——いわば、おのれ自身の生命力を、新鮮な、瑞々《みずみず》しいものに見る思いが湧《わ》いていた。

——おれは、生きている！

言葉にすれば、それであった。

ぴかっ、と稲妻が、低雲の中からほとばしり出て、ぱあっと一刹那の照射をひろげる毎《ごと》に、狂四郎は、何か大きく叫びたい衝動に駆られた。

それは、孤剣を閃《ひらめ》かせて、殺到する雲霞《うんか》の敵群にむかって、まっしぐらに躍り込んで行くような、壮絶な感覚であった。

狂四郎が、一人の処女を抱いていることに意識をもどしたのは、

「さむい……」

という呟きをきいてからであった。

「さむい？　寒気がするのか？」

「は、はい——」

静香は、ちいさく、カチカチと歯を鳴らして、顫《ふる》えるからだをちぢめた。

狂四郎は、抱く両腕に力をこめてやった。

しかし、静香のからだの戦《おのの》きは、しだいにひどくなる一方であった。狂四郎が、腕に力を

罩《こ》めれば罩める程、戦きは、つのるようにおもわれた。

ついに——

狂四郎は、戸をたてきると、手早く、静香の帯を解き、着物を、襦袢《じゅばん》を、蹴出《けだ》しを、腰巻をはだけさせた。

それを拒む力は失《う》せていた。

自身もまた、その姿になった狂四郎は、粗朶山へよせかけてある莚《むしろ》をひろげて、土間に敷くと、静香を仰臥《ぎょうが》させ、その上へ、掩《おお》いかぶさった。

片手で頸《くび》を抱き、片手を胴にまわし、両脚で両脚をつつんで、密着させた肌と肌の間に、温暖を生むべく、ゆっくりと摩擦をくりかえしはじめると、

「……ああ！」

と、夢うつつの声が、静香の口から洩《も》れた。

三

嵐は、止《や》んでいた。

戸口の隙間からのぞむ野末に、幾条かの光の箭《や》が落ちて、時刻は昼らしい明るさをとりもどそうとしていた。

風はまだすこし残っていたが、軒さきから、ぽつんぽつんと落ちる雨だれがきこえるくらいの静けさが、小屋をつつんでいた。

狂四郎は、粗朶束に凭《よ》りかかって、茫然《ぼうぜん》と虚脱していた。

静香は、下紐《したひも》を締めてはいたが、胸も膝もあらわな姿で、狂四郎の胸へ、顔をうずめていた。

そのまま、そうして、二人は、どれくらい動かなかったろう。

暗くぽっかりと口をあけた心の空洞《くうどう》へ、間歇《かんけつ》的に、潮が満ちて来るように、烈《はげ》しい後悔を湧かせている狂四郎であったが、身も心もこちらにゆだねて、恍惚《こうこつ》となっている静香を、おしのけるにしのびなかった。

――なるようになってしまった！

静香の体内に生血を甦らせようと、心死になった行為は、欲望をみたす結果を招いてしまったのである。

静香の冷えきったからだが、あたたかみをとりもどすには、小半刻も費さなければならなかった。そして、そのあたたかみをとりもどしても、静香の四肢は、羞恥《しゅうち》のために、死んだように、動かなかった。だが、――甦った生血は、泉が新しい清水を噴くように、その白い肌から、微妙な戦慄《せんりつ》とともに、官能のもとめてやまぬものを滲《にじ》み出していたのである。

その変化を、じかに吸いとった狂四郎の、鍛えあげられた逞《たくま》しい五体が、どうして、これをこばみ得たろう。

――なるようになってしまったことが、どうしたというのだ！

切りすてるように、自嘲《じちょう》の独語を、胸のうちに嚙《か》んだ時、ようやく、静香が、ほんのすこ

し、身じろぎして、かすかな声で、

「手が……」

と、云った。

「手？」

狂四郎は、静香の半身をどけて、

「どうした？」

「手が……う、うごきませぬ」

「うごかぬ？」

いそいで、白い細い両手を握ってみると、十指は、石のように硬直していた。折りまげることも、のばすことも不可能であった。静香は、わが胸をおさえたままで、強く抱き締められ、しびれたのを、それなりに怺《こら》えていたので、両手から全く血をうしなったのである。

このように、十指の感覚が喪失してしまうまで、生まれてはじめて抱擁される衝撃に耐えた処女のいじらしさが、狂四郎の心臓をはじめて、ずきっと疼《うず》かせた。

狂四郎の熟練した圧力をくわえても、十指は、頑固《がんこ》に柔軟さをとりもどさなかった。

静香は、狂四郎がもみほぐすにまかせて、じっとしていたが、そのことに心をうち込んでいる狂四郎の、俯向き加減の顔を、見まもるうちに、なぜともなく、熱い感動がのどもとにこみあげ、双眸《そうぼう》がみるみる潤《うる》んで来た。

狂四郎の顔からは、静香が見馴《みな》れた虚無の仮面が剝《は》げ落ちていた。また、その必死ぶりは、いわでものことだが、剣気をみなぎらせ、妖気《ようき》を罩めたそれとは全く別のものであった。いわば、狂四郎が、はじめてみせる青年らしい無心な美しい表情であった。

すると——。

不意に、狂四郎は、静香の感動をはねつけるように、すっと身を引いて、立ち上った。

「もう、行かねばならぬ」

元の冷たく冴《さ》えた眼光であった。

狂四郎は、静香の感動を感じたのではなく、遠くで、七つ上刻を告げる寺の時鐘がひびくのを耳にとめたのであった。

狂四郎は、豪雨に洗われた野路に出て、静香の身じまいを待って、歩き出した。

「どちらへお行きになりますの？」

「そなたの家へ、だ。老人と約束がある」

戸田隼人との再試合のことは、すでに二日前に隠宅へ通報してあった。但し、静香に知らせないで欲しい、と断っておいたのである。

静香は、ちょっと訝《いぶか》しげに狂四郎の横顔を、ちらと仰いだが、すぐ、べつの意識で、ほのかに頬《ほお》を染めると、思いきって、

「わたくし、幸せです」

と、呟くように云った。

こたえず、狂四郎は、遠方を見ていた。

いちど、思いきって口をきると、静香は、なんでも云えそうな勇気が出た。

「わたくし、お別れしてから、じぶんの心が、はっきりわかりました。……わたくしにとって、貴方《あなた》は、いつかめぐり会わなければならないお方でした。そのことに気がついた時から、わたくしは、じぶんがじぶんでなくなりました。いつかは、きっと、貴方に、わたくしの心が、わかって頂けると信じました。それだけが、生甲斐《いきがい》となって居りました」

——今日の思い出だけでも、わたくしは、これからの生涯《しょうがい》を生きてゆくことができまする。

声には出さなかったが、静香は、はっきりと自分に云いきることが出来た。

敏感な処女の心は、狂四郎とともに暮す幸せを、自分の未来に描くおろかさをさとっていた。

狂四郎が、自分の従兄《いとこ》であったことに、一時の大きなおどろきはあったが、いまは、それは、ずっと前からわかっていたような気持であった。

狂四郎は、一言も返辞をせずに、次第に足をはやめた。

やがて、道玄坂を降りて、堀川に添うた往還へ出た時、狂四郎は、自分はともかく、静香のずぶ濡《ぬ》れ姿を町中《まちなか》にさらすことに不憫《ふびん》をおぼえた。

「駕籠《かご》を呼ぶから、ここで待っていなさい」

すると、静香は、かぶりをふって、

「わたくしを育ててくれた乳母の家が、そこの角雲寺というお寺の裏にあります。そこへまいります。貴方もお寄りになって、着物をかわかしてからお行きなさいませぬか」

「いや、わたしは、このままでよい」

狂四郎は、ちょっと、静香と視線を合せたが、無表情を崩さずに、すたすたと歩き出した。

「狂四郎様！」
四、五歩離れるや、静香は、身も心も与えたものの、はずんだ声で呼んだ。
ふりかえったのへ、

「もう一度お目にかかるのを……お待ちして居ります」

狂四郎は、そう云う静香の顔を、匂《にお》うような美しさに見た。

「今日のことは、無かったことにして、忘れてもらいたい」

冷酷につきはなす言葉が、静香にどんな反応を与えたかを見とどける余裕もなく、狂四郎は、どんどん大股《おおまた》に急いで行った。

四

楽水楼隠宅の冠木門《かぶきもん》をくぐって、蘚苔《こけ》の中の石だたみを、ゆっくりと数歩あゆんだ狂四郎は、ふっと、身のひきしまるのをおぼえた。

——はて？

ごく間近なところにひそんだ殺気が、こちらの神経に、ぴりりっとつたわったのである。

曾《かつ》て、それを直感して、あやまったことのない狂四郎であった。

頷《うなず》けぬことだった。戸田隼人ともあろう武士が、卑怯《ひきょう》な待伏せなどしている筈がないのである。

——何者か？

機先を制すことが考えられた。身を匿《かく》している場所は、およそ見当がつく。

しかし、こちらから攻勢に出るのは、性に合わぬことだった。

歩みを止めずに、玄関に達した狂四郎は、自分をわらった。

——眠狂四郎も、女に溺《おぼ》れると、ヤキがまわるな。

何者も、襲って来なかったのである。

案内を乞《こ》い、すぐあらわれた女中へ、

「遅参して相すまぬ。戸田隼人殿は、すでにお見えであろうと存ずるが——」

と云うと、女中は、黙って頭を下げた。

しかし、狂四郎がみちびかれたのは書院ではなく、裏庭に面した小部屋であった。

ほんのしばし待たされたのち、ふたたび顔を見せた女中から、

「お風呂がわいて居ります。丈が合いませぬと存じまするが、御召物をおきかえなさいますよう——」

と、すすめられた。

これは女中からこの濡れ鼠《ねずみ》のさまを告げられた楽水楼老人の配慮と、解された。

「こちらは、このままで一向かまわぬが、相手に失礼とあらば……頂戴《ちょうだい》しようか」

「お召換えになりましたら、書院の方へお越し下さいませ」

隠宅にふさわしい凝った湯殿で、狂四郎は、おくれついでに、時間をかけて、冷えたからだをあたためた。

もう杣小屋内のことは、遠い記憶となっていた。

裏手は、一望の田畑になって居り、蛙《かえる》の啼《な》き声が、かまびすしかった。その騒々しさの中に、澄んだ虫の音がひびいていた。それを、平和なものにきく自分の心の落着きに、狂四郎は、満足した。

上ってみると、乱箱《みだればこ》の中には、縹《はなだ》羽二重の襦袢、小紋の羽二重の下着を重ねた熨斗目《のしめ》の時服《じ》《ふく》に、献上博多の帯が添えてあった。このような立派な品をまとうのは、狂四郎として、はじめてのことだった。

つけおわった時、狂四郎は、刀と脇差《わきざし》が消えているのに気がついた。

瞬間——直感が走った。

——謀《たばか》ったな！

これであった。

だが、このことも覚悟すべきが当然であったのであり、狂四郎は、憤怒《ふんぬ》を、悽愴《せいそう》の闘志のうちに納めると、檜戸《ひのきど》を開いて廊下に出た。一歩一歩を、微塵《みじん》も隙のないものにして、廊下をふた曲りすると、書院の襖《ふすま》を、さっとひき開けた。

床の間を背にして森厳《しんげん》の空気をたもっているのは、主水正と同じ白いあご鬚《ひげ》を垂らしているが、別人であった。

床の間の鹿角《ろつかく》に架けてあるのは、無想正宗にまぎれもなかった。

「貴様、何者だ？」

狂四郎は、その端坐《たんざ》の姿勢がおのずからなる明澄《めいちょう》の威圧力を含んでいるのを見てとりつつ、声音を抑えて問うた。

「戸田隼人の代人平山子龍じゃ」

「なに！　秘蔵弟子の敗北を予測して、その師が出向いて来たというのか？」

「左様——」

「平山子龍ともあろう剣客が、一介の素浪人を討つのに、卑劣の計を用いなければならぬのか！」

「わしは、貴公とたたかうために来たのではない。その腕前を見物に参ったまでじゃ……貴公、円月殺法とやら、変化《へんげ》じみた術をつかうそうだの？」

「おのぞみとあらば、ごらんに入れよう」

「見せてもらおう。但し、無手で——」

「難題だな」

狂四郎は、にやりとした。

「円月殺法が、まこと、貴公の心眼をひらいた術ならば、無手でやれぬ筈はなかろう」

「相手は？」

「貴公にふさわしい相手を、呼び寄せてある。庭へ出てみるがよい。どこからか、あらわれるて――」

狂四郎は、この屋敷に入りがけに、殺気をおぼえたのが、気のせいではなかったことを知った。そいつは、やはり、物陰にひそんでいたのだ。

「よかろう」

狂四郎は、殆《ほとん》ど無造作な足どりで、庭へ降りた。

黄昏《たそがれ》の薄明りが、木にも石にも草にも、仄《ほの》かな陰翳《いんえい》を織って、しっとりと漂うていた。

足場をはかって佇《たたず》むと、ゆっくりと四方を見まわし、さいごに、目をあげた狂四郎は、柿葺《こけらぶき》の土庇《どびさし》の上に突っ立つ異形の影を見た。

余人ではなかった。むささび喜平太の矮軀《わいく》であった。異様に幅広い扁平《へんぺい》な貌《かお》、盛りあがった背中の瘤《こぶ》、そして、片袖《かたそで》はだらりと垂れている。

狂四郎は、宿縁の強敵に、三たび、出会ったのである。

「その男は、わしのかつての弟子じゃ。狂気の振舞いがある故《ゆえ》に破門したが……、貴公とは、いずれ、勝負を決しなければならぬ相手ときいて居ったので、呼び寄せたのじゃ」

縁側からの子龍の声をききつつ、狂四郎は、氷のように冷たいものが、脳天からつま先まで掠《かす》めすぎるのをおぼえた。

この前の争闘においても、化物は、やはり、頭上の高処に立っていたが、その有利は重い蠟《ろう》人形の首をかかえることによって相殺されていた。ところが、いまは、化物は、地歩の絶対有利を確保しているばかりか、無手の相手を睨《にら》み下しているのである。

これは狂四郎にとって、戸田隼人との試合で見舞われた危機に、まさるともおとるものではなかった。

「行くぞっ! 眠狂四郎っ!」

むささび喜平太は、満身にこもった憎悪《ぞうお》と怨恨《えんこん》を、たたきつけるのはいまぞ、とばかり、にたりと残忍な一笑を降らせると、太刀を抜きはなった。

狂四郎は、右手を手刀として、目の高さにさしのべるや、しずかに、ゆるやかに、円月を描きはじめた。白熱の炎を噴かんばかりの眼光を、喜平太のひき剝いた巨眼に合せつつ——。

手刀が、完全な円月を描ききるかとみえた一刹那、

「いやあ——っ!」

怪鳥の啼くに似た掛声を、膨れた咽喉《のど》から放って、喜平太は、土庇を蹴って、四肢をちぢめるや、一塊の肉弾と化して宙を翔《か》けた。

閃光《せんこう》の墜《お》ちたところに、ぱっと鮮紅の繁吹《しぶき》があがった。同時に、太刀は、ひらっと、喜平太の手をはなれて、高く飛ぶや、泉水の中へ、ずぶっと沈んだ。

狂四郎は、依然として同じ位置に立っていた。その左袖は、肩から二寸下りのところを切り裂かれ、だらりと垂れた手をつとうて、血汐《ちしお》がしたたり落ちていた。狂四郎は、左の上膊《じょうはく》で刀を受けて、右の手刀で、喜平太の手くびを搏《う》ち払ったのである。

「見事っ!」

縁側から、子龍の称嘆があがるのと、二間余かなたに降り立った喜平太が、「くそっ!」

と唸って、脇差をひき抜くのが、同時だった。

「それっ！」

子龍が、びゅうっと抛《ほう》った無想正宗を——その柄《つか》を、がっきと摑《つか》んだ狂四郎は、下緒《さげお》をぱっと口にくわえ、目にもとまらず鞘走《さやばし》らせるや、悪鬼宛然《さながら》に躍りかかって来た喜平太を、幹《から》竹割《たけわり》に斬り伏せていた。

夜鷹《よたか》の宿

一

暑からず寒からず、日脚がすこしずつ早くなると——弥陀詣《みだもう》でに、札所の観音参りに、老爺老媼《ろうやろうおう》が、野外に杖《つえ》をひく。

大名旗本屋敷では、観月吟詠の宴がひらかれ、町内では、八幡宮《はちまんぐう》の社《やしろ》から山車《だし》をひき出し、お神楽《かぐら》を囃《はや》したて、新吉原では、太夫《たゆう》が白小袖《しろこそで》で仲の町をねりあるき——江府の繁昌《はんじょう》は、年中の好季をのがさずに、華やかにくりひろげられるのである。

全盛の楽天地両国広小路の賑《にぎわ》いは、いわずもがなである。そして、人波は、並び茶屋へうち寄せられて、赤前掛の女たちは、朱塗竈《かまど》と床几《しょうぎ》の間を、一日中走りまわる。

その床几の一郭を占領して、地廻《じまわ》りや放蕩《ほうとう》息子や仕事師などの常連が、行き交う人々をからかったり、女郎や芸妓《げいぎ》や役者の噂話《うわさばなし》に花を咲かせている光景は、今も昔も変りはない。

そこへまた一人、若い衆が、

「おうおうおう、おうっ——」

と、陽気な声を掛けて入って来た。

「幽霊を見たぞ、幽霊を——」

「また、千公の法螺《ほら》がはじまりゃがった」

「法螺かどうか、この尻の泥《どろ》をみてくれ。腰を抜かした証拠だぞ。小屋敷の前で、ぺたんとついた尻餅《しりもち》だあ」

昨秋、妾《めかけ》と同衾《どうきん》中の大奥医師・室矢醇堂が殺害されてから、誰が云《い》うともなく屋敷内に幽霊が出ると流布《るふ》されていた。それをおそれたわけでもあるまいが、公儀では、一向に、次の住人を指名しようとせず、あの見事な数千坪の廻遊《かいゆう》式庭園は、荒れるにまかせてあった。

「千公め、てっきり、川獺《かわうそ》の化けた夜鷹《よたか》に毛を三本抜かれやがったんだろう」

「どっこい、昨夜《ゆうべ》はな、ちゃあんと、仲町《なか》で——」

「振られて帰る道すじで、ついだまされた川獺の、化けた丸髷結城《まるまげゆうき》の小袖、か」

「くそくらえ。おれがあんまりもてるものだから——へっ、腕がちがわあ。きれて未練でまた立ちかえり、今度逢《あ》うのがわしゃ命がけ、ってな、てめえなんざ、女郎が心底惚《ほ》れて使う法ってえのを知らねえだろう。骨が鳴るぞ、骨が——」

「方途もなく吠《ほ》えるな。幽霊はどうした？」

「話の順序だ。階子《はしご》の段の階段で、袖ひきとめて目に泪《なみだ》、かえしともなや帰さにゃならぬ——口説く敵娼《あいかた》ふりきって、さしかかったる柳原、堤になびく青柳《あおやぎ》の、結んでといた縁の糸、引きとめられて見かえりの、思わせぶりな捨ぜりふ——うふん、とひとつ、思い出し笑いをしたと思いねえ。折から、丑三《うしみ》つ刻《どき》の風なまぐさく、ぼーんとひびいた石町《こくちょう》の鐘の、陰にこもっても凄《すご》く……」

「莫迦《ばか》野郎、いい加減にしろい」

「まあ、ききねえってことよ。ひょいと、小屋敷の塀《へい》の上を見ると、どうだ、ふわあっと白いものが――」

「てめえ、敵娼のことばかり思っていやがったから、大方、枕紙《まくらがみ》でも、目さきにちらつきやがったんだろ」

　それを、隣りの床几の隠居がひきとって、

「左様さ、きぬぎぬのあとにのこれるぬぐい紙、ってな。清少納言枕草子にあるて」

「けっ、何をほざきゃがる。……ともかく、おれが、小屋敷の塀をとびこえる白いものを見たのは、金輪際、まちがいはねえんだ」

「それでどうした、千公」

「おらあ、そうっとな、塀の破れ目へ近よってな――」

「常闇《とこやみ》の岩戸をさぐる猿田彦《さるたひこ》、ってやつだ。見えたか？」

「見えたとも！　その白いふわふわが、見えつかくれつ、奥の方へな――」

　この時、千公は、急に、口をつぐんで、上目づかいに、むこうの衝立《ついたて》を、ちょろりと見やった。皆も、その視線を追って、はっとした。ふらり、と陰からあらわれたのは、眠狂四郎だったのである。皆は、室矢醇堂を斬《き》りすてたのは、この不気味な浪人者であると信じていた。

一時、秕政《ひせい》に対する無官の反逆者として、江戸中の庶民が湧《わ》かした狂四郎の人気は、大変なものであった。だが、それもさめてみれば、狂四郎のただよわせる暗い虚無の雰囲気《ふんいき》は、庶民たちの感覚からは程遠かった。

まるで自分たちの代表者であるかのごとく、わっと騒いで駆け寄った町人たちは、冷たい一瞥《いちべつ》で睨《にら》みかえされて、鼻白んでたじたじとあとずさりしたあんばいであった。そして、それきり、人々は、なんとなく、狂四郎の名を口にするのをはばかるようになっていた。人気とは、所詮《しょせん》そんなものであり、いわば、狂四郎は、もとの孤独の座に戻ったのである。

それにしても、今宵《こよい》の狂四郎の様子は、異様であった。

そこで喋《しゃべ》りたてていた連中など、全く目に入らぬように、焦点をうしなった眼眸《まなざし》を、宙に据《す》えて、泥酔《でいすい》の蹣跚《まんさん》とはちがった蹌踉《そうろう》たる足どりで、夢遊病者のようにふらふらと表へ出て行ったのである。

二

一ツ目橋を渡って、御舟蔵裏を新大橋の方角へむかってあゆむ狂四郎の姿は、何かに憑《つ》かれたような妖気《ようき》をただよわせ、すれちがう人々の足を急いで避けさせた。

狂四郎は病んでいた。

楽水楼隠宅で、むささび喜平太に斬られた左上膊《じょうはく》の創傷が原因だった。平山子龍の応急の縫合処置を受けて、いったんは、殆《ほとん》ど癒着《ゆちゃく》とみえたにも拘《かか》らず、旬日を経た今頃《いまごろ》になって、遽《にわか》に、からだ具合が悪化したのである。

今日でいう破傷風であったろうか。

硬直が、顔面に拡《ひろ》がり、口を開くことが困難になっていた。熱は底に燃えているようであったが、四肢《しし》の感覚は冷たく凍っていた。そして、間を置いて反射作用が亢進《こうしん》していた。頸《くび》から背筋にかけて、強くつっぱり、びくっびくっともの凄い痙攣《けいれん》の発作が起っていた。そのたびにともなう疼痛《とうつう》は、形容を絶していた。

——のたれ死にをするのか、このおれも……。

疼痛に堪える刹那《せつな》、脳裡《のうり》を掠《かす》めたのは、この自嘲《じちょう》であった。

のたれ死に結構だ。おれにふさわしい。

敢《あ》えて、休息の場所をもとめようとせず、狂四郎は、絶望的な気力で五体をささえて、あてもなく、町中をうろつこうとするのであった。

気力が尽きた瞬間が、死であった。

いわば、狂四郎は、おのれの気力の量を、死魔とのたたかいに、賭《か》けていた。それが、虚無の男の、生けるあかしをたてんとする無慚《むざん》な現実への反逆であった。

ふと——。狂四郎は、自分の立っている場所に気がついた。

いつの間にか、仙台堀《せんだいぼり》を過ぎて、今川町の横町の角に来ていたのである。

曲って、十間もあゆめば、常磐津《ときわず》文字若の家であった。二階には、美保代が、この自分を待ちくらしている筈《はず》である。

——おれは、美保代に、たすけをもとめようとしていたのか？

それを意識したおぼえはなかった。

——おい、狂四郎、みっともないぞ！

自分で自分を叱咤《しった》した時、ぐぐっと痙攣が襲って来、骨も肉も裂くような疼痛がつらぬいた。思わず、

「うっ……ううう っ！」

と、呻《うめ》いて、木戸柱へ凭《よ》りかかるや、ずるずると地べたへ崩れ込んだ。

通りかかった物売りや願人坊主《がんにんぼうず》や町人たちが、ぎょっとしたように、狂四郎の周囲を空けた。

破傷風特有の惨たる形相は、幽鬼を彷彿《ほうふつ》せしめたのである。この時、塩瀬の饅頭《まんじゆう》包みをかかえて、急ぎ足に木戸を入ろうとした老婆《ろうば》が、人々の怯《おび》えた視線につられて、そちらをすかして見て、

「おや？」

と、小さな声をたてて、二、三歩近よるや、

「せ、せ、せんせい！」

と、魂消《たまぎ》る叫びをあげた。

文字若の家の賄《まかな》い婆《ばあ》やだった。

「ど、どうなすったんでございます？　先生、ご、ご病気じゃございませんか！」

おろおろと、すがってくるのを狂四郎は、小うるさげに、わななく手ではらった。

「家へ、早く……ああっ。だれか——いいや、わたしが走って行った方が早い。先生、ここに、じっとしていらっしゃいましよ、おうごきになっちゃいけませんよ。よござんすか、すぐ、美保代さまと師匠をつれて参りますからね」

自分一人の力ではだめだ、とさとって、婆やは、ばたばた走り出した。

狂四郎は、何か呼びかけようとしたが、舌がもつれた。

「し、し、師匠っ！　美保代さまあっ……」

婆やは、二、三軒さきから、金切声を発した。格子《こうし》が途中でひっかかったのに、ますます逆上した婆やの、

「た、たすけてっ！」

という悲鳴に、奥の稽古場《けいこば》の、唄声《うたごえ》と三味線の音が止って、

「なんだい、騒々しい。青大将《くちなわ》にでも嚙《か》みつかれたっていうのかい」

いそいで文字若が出て来た。

「どうしたっていうのさ」

「た、たいへん……先生が、そこの木戸口で——」

「先生っ?!　眠さんが、ど、どうしたっていうんだい？」

文字若は、血相変えた。

「病気で、う、うごけなくなって——」

「な、なんだって！」

文字若は、夢中で土間へとび降りようとして、はっと気がついて、階段下へ走った。

「美保代さまっ！」

と、二階へ叫ぼうとした時、すでに、美保代は、踊り場へ、白い顔をみせていた。

「先生が……そこの木戸口で、病気で倒れて、おいでですよっ！」

これをきくや、美保代は、何も云わず、裾《すそ》の乱れもかまわず、階段をかけ降りるや、玄関へ走り、下駄《げた》をはこうとしたが、自分のが目に映らないもどかしさに、素足のまま、おもてへとび出していた。

おそらく美保代が、他人の目に、みずから、女のたしなみを忘れた姿をさらしたのは、この時がはじめてであったろう。

だが――。美保代が、木戸口へ達した時、狂四郎の姿は、そこから煙のように消えうせていたのである。

狂気のごとく、堀沿いの表通りへ走り出て、左右を見わたす美保代の背後で、

「ばあやっ！ど盲《めくら》っ！どこにいるんだい、先生は――」

と、文字若の鋭い声と、婆やの驚愕《きょうがく》の叫びがあがった。

「狂四郎さまっ！」

われをわすれた美保代の口から、その名が噴いて出た。文字若は、木戸脇《わき》の自身番へかけ寄って、

「おっさん！　その木戸柱んとこに倒れていた、黒の着流しの御浪人を知らないかい？　どこへ行っちまったんだい？」

と、おそろしい早口で訊《き》いた。六十すぎた番太郎は、のんびりした調子で、

「さあ？　おれは、たった今、のこり金魚をしまつして戻った来たばかりでな」

「唐変木《とうへんぼく》！　番太は、金魚や焼芋を売るのが仕事じゃないんだよ！　水っ洟《ぱな》たらして、拍子木打つ能しかないくせに、小内職だけは、せっせと欲の皮をつっぱりゃがって、頓馬《とんま》のくそったれ爺《じじ》い！」

それから――。

三人の女は、血まなこになって、中ノ橋、上ノ橋、松永橋の一区画はもとより、佐賀町から堀川町まで、堀沿いを捜しまわったのであったが、ついに、狂四郎の行方を知ることはできなかった。

三

狂四郎は、上ノ橋の下にもやった猪牙《ちょき》のひとつに、死んだように仰臥《ぎょうが》していた。婆やが走って行った時、突然、狂四郎は、死力をしぼってつッ立ち上り、木戸口を離れたのであった。

嵐《あらし》の中の杣《そま》小屋で、静香を犯した光景が、脳裡に甦《よみがえ》ったからであった。重病は、その罪のむくいのような気がしたのである。

美保代の看護を受けることは、この自虐意識《じぎゃく》がある限り、拒まなければならなかった。おのれ自身の心をごまかす行為は死んでもとれないのが、狂四郎という人間の身上であった。狂四郎は、橋の上で、わが名を呼ぶ美保代の声を、臓腑《ぞうふ》にしみわたらせ乍《なが》ら、微動もしなかった。

それから、どれくらいの時刻が移ったろう――。

狂四郎は、

「起きられそうだな」

と、自分に呟《つぶや》き、それから、のろのろと起きあがった。

すでに、川面《かわも》から舟影は消え、路上に人の足音は絶えていた。

やがて、どこをどう歩いたか、狂四郎は、神田川を越えて、第六天の門前の通りを、ふらふら歩いていた。

前を、千鳥足で行く酔った職人にむかって、もの陰から、

「兄さん……ちょいと、遊んでお行きな」

と、女の声がした。

「へへ……面《つら》を見せろ、面を」

ぐうっと首をつき出して、酔眼をこらしていたが、

「ちょっ、なんでえ、牛とかぼちゃがくっついたような面をしやがって。こっちは、深川の羽織に首ったけになられてよう、換えふんどしを締めて来たばかりなんだぞ。みせてやろう

か、緋《ひ》ぢりめんの意気なしろものを――」

と、ぱっと裾をまくってみせた。

「なんだい！　からっ尻《けつ》なんざ見たくもねえや。よいよい、かったい、側甚野郎《そばじん》っ！」

「へちゃむくれめ！　生まれかわって来やがれ――」

職人が行き過ぎ、狂四郎がさしかかると、女は、また、つとより添おうとして、月あかりに、その横顔を見るや、気味わるそうに、すうっと身をのけてしまった。

しかし、篠塚稲荷《しのづかいなり》の前まで来ると、また一人、夜鷹が、

「もし――」

と、呼びかけた。

「お遊びなさいまし」

言葉づかいの丁重さと、声がきれいなのに、狂四郎は、ふと気をとめた。

「ねぐらは、どこだ？」

「つい、そこに……宿は、ちゃんとした長屋でございますよ」

夜鷹は、このあたりに出るのは珍しいことであり、また、昼は取除き夜だけ組立てるようになった小屋で商売しているのが普通だった。

「つれて行け」

いったん大通りへ出て、茅町《かやちょう》を抜けて福井町の横町を幾曲りかして、とある路地に入ると、

「ここでございます。すぐ、開けますから――」

と、女は、吹き流しの白手拭《しろてぬぐい》をとりはらうと、いそいそと勝手口へまわって行った。

行灯《あんどん》の灯《ひ》が入るのを、格子ごしに見やって、――成程、夜鷹にしてはぶんに過ぎた長屋に住んでいるな、と思ったとたん、狂四郎は、またもや、痙攣と激痛にさいなまれなければならなかった。

格子を開けた女は、下見板にぐったり凭りかかった狂四郎に、びっくりして、

「おや、どうかなさって？」

と、顔をのぞき込んだとたん、はっと、突きとばされたように身を引いた。

病苦に歪《ゆが》んだ形相におどろいたのではなかったのは、唇《くちびる》をふるわせて、

「ねむり……狂四郎！」

と、相手の耳にはとどかぬ程度に、かすかにその名を呟いたことである。

それと気づかず、狂四郎は、女にたすけられて、部屋に上ると、袂《たもと》をさぐって、一分銀を抛《ほう》った。夜鷹の相場は、二十四文であったから、これは、大変な客の筈であった。しかし、女は、黙って、押入を開けて、夜具を引き出していた。

狂四郎は、刀と脇差を抜きとると、そのままのなりで、ごろりと身を横たえた。

とじたまぶたの中を、色のついた火花がくるくるとまわる眩暈《めまい》が起っていた。

「お客さん――」

ひくい呼び声に、

「一人で、寝かせてくれ」

とこたえたつもりだったが、声になったかどうか——狂四郎は、それっきり、深い深い淵《えん》底《てい》へひきずり込まれるように、意識をうしなって行った。

四

「七つでござい」

拍子木を打って、ねむそうな番太の声がきこえて来た。

もう暁は近い。いや、台所の明り窓が、ほんのりと白くなっている。

女は、次の間に、ひっそりと坐《すわ》っていた。あれから、帯も解かず、横にもならず、こうしているのであった。

凄惨《せいさん》なまでにやつれはてた肌《はだ》であったが、顔の造りは整い、まだ前身の正しさをどこかにとどめていた。また、洗いざらしではあるが、黒の石持《こくもち》の着つけも、崩れはてた夜鷹の扮《よそお》いとはちがって、きちんとして居り、光綸《こうりん》の半えりのあたりは、むしろ清潔な匂《にお》いすらただよわせていた。堕《お》ちきれない何かが、この女をささえているようであった。齢《とし》は、すでに三十をいくつか越えていよう。

と——。

急に、女は、ひくく、鋭く、

「畜生っ！　わたしがこうなったのも、あの男のせいじゃないか！」

と、自分自身をけしたてるように、独語をもらすと、宙に目を据《す》え乍ら、長火鉢《ながひばち》の下の抽《ひき》斗《だし》を抜いて、白鞘《しろざや》の匕首《あいくち》を摑《つか》み把《と》っていた。こうすることを、思いつめ、迷いぬいた挙句なので、いったん、匕首を摑むや、女は、もう逡巡《ためら》わなかった。すっと立って、一寸あまり閉めのこした襖《ふすま》のあわいから、狂四郎の寝顔を凝視したのち、そろりと開いて、つまさきで、畳を踏んだ。

抜きはなった匕首を、右手に握りしめて、片膝《かたひざ》を立て、狂四郎の上へ掩《おお》いかぶさるように上半身を傾けて——女は、ひとつ、大きく、肩を波うたせた。

痙攣と疼痛はおさまったらしく、狂四郎の寝息は、規則正しさをとりもどしていた。女は、右腕の肱《ひじ》を張り、切先を、狂四郎の心臓の上に、狙《ねら》いさだめた。

その咄嗟《とつさ》の間、女が、もし、寝顔へ一瞥《いちべつ》をくれなければ、その決意は中断されなかったに相違ない。なんとなく、寝顔へ、視線が、ちらと移ったのである。とたんに、全身から、ふっと力が抜け落ちた。

病苦に堪えぬいた果ての、深い疲労の滲《にじ》んだ寝顔は、あまりにも静かなおだやかなものだったのである。

女は、かすかな歯音とともに、唇をひらき、ほっと溜息《ためいき》を洩《も》らした。

——殺せない！

狂四郎の上から、身をどけた女は、しばし、呆然《ぼうぜん》としていたが、一瞬、頰《ほお》の筋肉をひくひくっと顫《ふる》わせると、みるみる、にごった眸子《ひとみ》を潤《うる》ませていた。それから、自分の気弱さを嗤《わら》うように、口辺をゆがめると、のろのろと立ちあがろうとした。

このおり、いっぴきの蝿《はえ》が、いま生まれ出たような勢いのいい羽音をたてて、狂四郎の寝顔の上を目まぐるしく舞い狂った。

女は、急いで、その蝿を、はらいのけてやり——そのしぐさのあとで、自分のしたことに気づいて、なんともいえぬ淋《さび》しい面持《おももち》になると、音もなく、次の間へ去った。

女は、去ろうとする自分の後姿を、狂四郎が、薄目をひらいて、じっと見送っているのに、すこしも気がつかなかった。

狂四郎は、女が忍び入った時に、すでに目ざめていたのである。

やがて、夜は明けた。

五

翌日——いちにち、狂四郎は、なぜか、昏冥《こんめい》の底から覚めぬがごとく、女の前では、一度も、目蓋《まぶた》をひらかず、微動もせずに、仰臥をつづけた。事実、困憊《こんぱい》も深かったのであろうけれども……。

女は、もう、狂四郎に、憎悪の目を注がなかった。いや、反対に、手拭いをしぼって、顔や頸や手を、そっとふいてやったり、蝿を追ってやったりした。そうすることに、なんのためらいもないかのようであった。

そして、長い間、枕元に坐って、ぼんやりと、寝顔を眺《なが》めて過したりした。午後になって、女が、何かの用事で外へ出て行くと、狂四郎は、突然、ふらりと起き上って、次の間にふみ込み、粗末な仏壇へ近寄った。朝がた、女が、鉦《かね》を鳴らしているのをきいていたのである。

まつられた位牌《いはい》は、一基だけであった。手にとって、裏をかえした狂四郎は、俗名鷹野又《また》之丞《のじよう》、と読んで、

——そうか。

と、頷《うなず》いた。

備前屋にやとわれていた浪人者であった。狂四郎は、この刺客に二度、襲われている。一度は、将監橋《しようげんばし》で斬りかかられ、逆に捕えて、室矢醇堂邸内の霧人亭《きりすとてい》の秘密を白状させている。二度目は、本所押上村の往還においてであった。

だが、この男を斬ったのは、自分ではない。むささび喜平太であったのだ。

——そうだったのか。鷹野の女房だったのか。

良人《おっと》を殺したのは、眠狂四郎と思い込んでいるのだ。

——おれが斬ったようなものだ。弁明してもはじまるまい。

女が、戻った時、狂四郎は、臥牀《ふしど》に、元の姿勢になっていた。

黄昏《たそがれ》が来て、なんとなく、路地中にも、あわただしい空気が流れた。この長屋には、夜鷹蕎麦《そば》屋が集まっているらしく、荷箱の屋根裏の風鈴を鳴らし乍ら、つぎつぎと出かけて行く様子を、狂四郎は、妙にしみじみときいたことだった。

女が、次の間で、つくろい物か何かしている折柄《おりから》、一人の訪問者が、勝手口から顔をのぞけた。お店者《たなもの》のいでたちだが、額に刀創のある、目つきの険しい男であった。

「あ――弥八さん！」

はっとなった女の表情をじろりと見やって、

「笑顔で迎えてもらえないのは、承知の上だが、そう露骨なそぶりを見せなくてもよかろう。こっちは、お前さんに、迷惑かけたおぼえはないんだ。……上らせてもらうぜ」

女の前に坐ると、声をひそめて、

「お常さん、備前屋の旦那《だんな》は、やっぱり、お前さんを、一度しめあげる肚《はら》ぐみでいるぜ。……室矢醇堂のかくし金の在処《ありか》を知っていたのは、やっぱり、鷹野さん一人だけだった、と備前屋の旦那も、おれと同じ考えに落ちたのさ。……あの欲っ張り医者が、殺されてみて、たった二百両しか残していなかった、なんて、お笑い草じゃすまされないんだ。醇堂が、ためこんだ金は一万両を下らねえと睨んだおれたちの眼《がん》に狂いはない。……醇堂が、お前さんの旦那にたのんで、斬り殺した三人の職人が、いったいどこへ千両箱のかくし処《どころ》を作ったか、だ。お前さんの旦那は、斬る前に、職人の口を割らせているに相違ないんだ」

「そのことは、この前、耳にたこの出来る程きかされていますよ」

「だからよ――」

「弥八さんの方で、鷹野という人の気性を知らないわけじゃあるまいし……女房なんぞに、そんな大事な秘密を洩らしたりする筈がないって、あれ程くりかえしてことわったじゃありませんか」

「他《ほか》の者なら、一度でひきさがっただろう。おれは、ちがうぜ。……お常さん、おれは、生命がけなんだぜ。備前屋の旦那をだし抜こうというんだ。備前屋が、在処を知ったら、お前さんもおれも一文だって、ふところには入らないんだ。……いいかい、ここんところを、よく考えることだぜ。備前屋が、お前さんから、泥を吐かせようとほぞをきめたら、やらずにはすまさねえ。きっと、白状させる。白状させておいて、亭主の後を追え、とせせら笑うのが落ちさ。……そうなる前に、千両箱をこちらに頂戴《ちょうだい》して、二人で逃げ出そう——この相談に乗れないお前さんの了簡《りょうけん》がわからねえ」

「弥八さん、あんたも、しつっこいね。金の在処を知っていれば、なにを好んで、こんな夜鷹なんぞに堕ちているものか」

「時節到来をねらっているのさ、お常さんは——」

「止《よ》しておくれ。……わたしは、なんにもきいていないったらいないんだよ」

思わず、声を高くした女は、はっと病人のことに気がついた。

——眠狂四郎が、となりに寝ているんだよ。起きあがれない重病にかかって……。

そう云ってやったら、この男は、どんなにおどろくだろう。

「ともかく、とくと思案してもらいたいんだ。お前さんのためを考えてのことだぜ。また来る」

弥八が、出て行ってからも、しばらく、女は、じっとその場を動かなかった。

やがて、そっと、隣室をのぞいてみると、狂四郎は、依然としておとなしく目蓋をふさぎ、夢魂をさまよわせている様子であった。

六

深夜——二更を過ぎていたろう。

室矢醇堂邸の庭園は、見すてられて一年余を経ているとはいえ、下弦の月明の中では、かえって深山幽谷の風趣を濃いものにしていた。降るような虫の音が、この寂寞を、さらにふかめていた。

と——。

荒磯《あらいそ》の岬《みさき》をかたどった石だたみのわきの水面に、波紋がひろがったかと思うや、ぽっかりと黒いものが浮きあがった。

仰向いて、ぶるっとひとぶるいして、夜気を吸いそして吐いた顔は、鷹野又之丞の妻——お常にまぎれもなかった。

左様——、お常は、良人が、生前、室矢醇堂は、池底に金をかくしている、と云っていたのを、記憶にとどめ、こうして一人ひそかに捜していたのである。幽霊の噂《うわさ》は、この女のことだった。

ゆっくりと月影を砕いて、岬におよぎつくと、すっと全身をさらした。一糸もまとうてはいなかった。

岩かげに脱ぎすてた衣類へ手をのばした瞬間——。

二間とへだてぬ高麗塔《こうらいとう》の陰から、ぬっと黒影があらわれた。

「やっぱり、幽霊はお常さんだったのだな。大方、こんなことだろうと思っていたぜ」

弥八であった。

宵におとずれたお店者のいでたちとは、がらりと変った、軽捷《けいしょう》なやくざの身なりになり、ぬすっとかぶりで、長脇差をぶちこんでいた。

あっとなって、衣類を両手にかかえて前をかくすお常へ、のそっと近づくと、

「どうやら、千両箱の在処の見当はついたぜ。一人占めしようたあ、虫がよすぎるというものだ」

ふくみ笑いとともに、長脇差を、ひき抜いた。

すると――、

「おい、弥八とやら――」

と、背後から、つめたい呼び声をあびせられて、弥八は、はじかれたように向き直った。

幽霊は、こちらだ、といわぬばかりの、悽愴な眠狂四郎の立姿が、そこに月光をあびていたのである。

お常が驚愕の悲鳴をあげるのと、弥八が、ものも云わずに、だっと斬り込むのと、同時だった。

ゆらりと、狂四郎の姿影が揺れた。

のびきった弥八の五体が、大きく水面へむかって傾き、高い水音たてて、沈んで行った。

狂四郎は、白刃を腰におさめると、立ちすくむお常に、静かな口調で、

「女一人の力で、宝さがしは、無理だろう。欲をすてることだな」

と云いすてると、踵《きびす》をまわしていた。

あの重病人がどうして起きあがることができたのだろう、とその驚愕の大きさで、目を瞠《みは》り、息をのんでいたお常は、狂四郎の姿が、木立のむこうに消えると、がくりと膝を折って、うなだれた。はたして、まことにかくされているかどうかもわからぬ千両箱をさがして、狂気じみた行為をくりかえしていた自分のあさましさが、狂四郎の一言で、さび釘《くぎ》のように胸につきささったのであった。

因果街道

一

因縁というものであった。

東海道を西にむかって、ぶらぶらとあてもなく歩いて行く眠狂四郎が、最初に、その若いさむらい夫婦の、普通でない様子に気がついたのは、平塚の立場《たてば》茶屋においてであった。

昨夜、江ノ島の縁日をあてこんで開かれた片瀬の賭場《とば》で、なんとなく夜あかしした狂四郎は、奥のたたみ二畳の鼠壁《ねずみかべ》ぎわに、ごろりと仰臥《ぎょうが》して、二刻あまり仮睡をとった。

ふと、衝立《ついたて》のむこうから、かすかな歔欷《すすりなき》の声がもれて来て、まぶたをひらいた狂四郎の目の前に、下手くそな雲竜を描いた煤《すす》けた杉板の割れめがあった。すなわち、好むと好まざるとに拘《かかわ》らず、狂四郎の視線は、衝立のむこうの様子をとらえることになった。

両手で顔を掩《おお》った女の半身と、それを覗《のぞ》き込んでいる男の横顔が、そこにあった。

それは、何事に対しても無感動な生きかたをしようとしている狂四郎の気持を、ふとうごかす程のすごい美男であった。のみならず、目もと口もとに刻んでいる当惑とも焦躁《しょうそう》ともつかぬ表情が、非常に卑屈なものであるのも、狂四郎の興味をそそった。

「三千代！　昨夜、そなたは、覚悟ができたといったのは、い、いつわりなのか！」

詰《なじ》るというよりも、嘆息に似た押殺した声音であった。

女は、こたえず、哭《な》きつづける。

男は、急に、憎々しげに目を光らせたが、すぐに、もとの苛立《いらだ》たしい困惑の色にかえって、俯向《うつむ》いてしまった。

口もとが烈《はげ》しく痙攣《けいれん》したとおもうや、じんわりと泪《なみだ》を滲《にじ》ませるのを、偸《ぬす》み見乍《なが》ら、狂四郎は、

――さむらいのくせに、よほど気の弱い男とみえる。

と思った。しかし、軽蔑《けいべつ》はなかった。泣くことのできる男に、かすかな羨望《せんぼう》をさえおぼえた。

やがて、女の歔欷《すすりなき》の声が絶えた。しかし、両手を顔からはなすには、またかなりの間を要した。

――これは！

狂四郎は、ちょっと目を瞠《みは》らされたことだった。女もまた、非常な美貌《びぼう》の持主だったからである。

おそらく、これ程の似合いの美しい夫婦は、江戸中をさがしても、滅多に見あたらぬであろう。

女は、泪ののこった眼眸《まなざし》を、ちょうど、狂四郎の覗く隙間《すきま》へ――まるで、狂四郎を凝視するかのように、じっと当てて、

「覚悟はできて居ります」

と、呟《つぶや》くように云《い》った。

「そ、そうか。……すまぬ！」

男は、がくっと、頭を垂れた。それは、へんに芝居じみたしぐさだった。

女の眸子《ひとみ》から、ひとつぶ、雨だれのように、ぽつりと、膝《ひざ》へしたたった。

「でも……それで、貴方《あなた》とわたくしの縁は、きれまする」

虚脱の底から、かすかに、そう洩《も》らして、女は、ほっと溜息《ためいき》をついた。

「そ、そんなことはない。本懐をとげれば、また一緒に……こんどこそ、わしらに、本当の幸せが来るのだ」

「……………」

女の目も口も、顔ぜんたいが、なんともいえぬ淋《さび》しい翳《かげ》につつまれた。

「三千代！　信じてくれ。決して、わしは、そなたをすてはせぬ。いや、これ程惨《みじ》めな目に遭わせた上で、すてなどしたら、わしは、罰があたる。な、信じてくれ。わしは、そなたが無くては生きていけぬ。そなたと、とも白髪《しらが》まで添いとげるためにも――ただ一度だけ、目をつむって、……そ、そうだ、怪我《けが》をしたと思えばいいのだ、怪我をした、と。……傷はすぐ癒《い》える。わしのまごころで癒やしてみせる」

女は、しかし、沈黙をつづけた。

「三千代！」

男は、女の膝の手を摑《つか》んだ。女は、なんの反応もしめさなかった。

男は、首を徐々に折って、女の膝へ顔をうずめようとした。

この時、おもてから、旅人が、

「おうい、婆《ばあ》さん、草鞋《わらじ》をくれ」

と声をかけた。

二人は、はじかれたように離れた。

やがて、狂四郎は、そうっと身を起して、出て行く二人の後姿を見送った。

男の方は、袴《はかま》をつけず、熨斗目《のしめ》の半纏《はんてん》(旅用の短い着物)に、型付《かたつけ》の股引《ももひき》、手甲《てっこう》、大小に柄袋《つかぶくろ》をかけて、菅笠《すげがさ》をかぶっていた。女は、こぼれ松葉模様の足利絹の着物を裾《すそ》短かにつけて、竹杖《たけづえ》をついていた。裕福な旗本の嫡男《ちゃくなん》夫婦の道行といった眺《なが》めであった。

狂四郎の目に、そのこぼれ松葉模様が、皮肉な印象としてのこった。

こぼれ松葉は、かわらぬ夫婦愛を寓意《ぐうい》せしめたものであったからである。

二

狂四郎が、ふたたび、この夫婦者の姿を見出《みいだ》したのは、国府津《こうづ》袖《そで》ガ浦《うら》の疎林《そりん》の中においてであった。

この時、狂四郎は、真楽寺勧堂のかたわらに立つ「親鸞聖人《しんらんしょうにん》御庵室《あんしつ》」と彫った石碑の根かたに、腰を下して、放念の眼眸を海へなげていた。

浜には地曳網《じびきあみ》をひろげてのどかな鄙歌《ひなうた》をひびかせている漁夫のむれがあり、右方からのびた相州真鶴《まなづる》の岬から、初島をむすぶ海原は、紺青《こんじょう》を溶き延べ、そして、高く、遠のいた秋空はひとむれの白雲を吊《つる》して無限にひろがっていた。

——おれは、海を見に来たのか？

美保代のことも静香のことも、江戸で起った一切の出来事を脳裡《のうり》から剝《は》ぎすてて、病み上りのからだを箱根の湯にでも、しばらく、つけようかと武部仙十郎にたのんで、道中奉行から切手を貰《もら》って、ぶらりと旅に出て来てみたのだが……。

海を眺めた狂四郎は、自分自身意識せぬ心が、瀬戸内海の一孤島に棲《す》む恩師を恋うていたのではないか——卒然と、その思いを湧《わ》かせたのであった。

——莫迦《ばか》な！　血迷うたか、おい狂四郎！

師が、この腰の無想正宗を渡す折に云った言葉が、矢となって胸を刺した。

「独尊の神我が持てば、破邪降魔《ごうま》の利剣となり、無明の自我が持てば残虐《ざんぎゃく》無道の毒刃となる」

師は、そう云った。

無頼の弟子は、後者をえらんだのだ。どの面《つら》さげて、のめのめと、会いに行けるものであろう。

——帰れ帰れ、狂四郎。きさまが生きるもくたばるも、江戸という土地しかないのだ。見知らぬ清澄《せいちょう》の山河のふところに入るには、もう、きさまの身心は、けがれすぎている。積み重ねた無頼のかずかずの忘却を願うおのれに冷笑が湧き、

「帰るか――」

と、呟いて、腰をあげようとした時であった。
七、八間かなたの松の根かたに蹲《うずくま》った人間をみとめて、――おや、と思った。
平塚の立場茶屋で妻をかきくどいていた若侍にまぎれもない。必死に、固唾《かたず》をのんで、勧堂の方を凝視している。

そちらへ、目を移した狂四郎は、勾欄《こうらん》の下の葛石《かずらいし》に、ひっそりと腰を下しているその妻の姿を発見した。

――これは、どういう芝居を見せてくれようというのか？

狂四郎は、あげかけた腰を、またおろした。

それから、今の時間で、ものの十分も過ぎたであろうか。

疎林をくぐって、ゆっくりとした足どりで、勧堂に近づいて来る人影があった。月代《さかやき》をのばした浪人ていの武士であった。

狂四郎は、すばやく、遠く離ればなれになって蹲る夫婦の様子を見くらべた。

この浪人者が、彼らの待ちうけた対手《あいて》であることは、良人《おっと》の方の態度でしめされた。妻の方は、俯向いたなりで、まだ気がつかぬようであった。

浪人者は狂四郎がそこに腰を下しているのを知るや知らずや、石碑のうしろを通りすぎた。

ひどく青褪《あおざ》めた、頬《ほお》の殺《そ》げた、険しい風貌であったが、眸子が澄んでいるのを、狂四郎は、悪役らしくないものに見てとった。歩きかたには、隙がなかった。

女が、跫音《あしおと》に顔を擡《もた》げて、はっとなって、はじかれたように、立ちあがると、浪人者は、立ちどまって、不審そうに、

「三千代殿、お一人か――」

と、云った。声音も、穏かであった。

女は、かすかに唇《くちびる》をひらきかけたが、言葉は出さなかった。

「新之助殿は、如何《いかが》された？」

問うて、一歩出ると、三千代は、喘《あえ》ぐように、

「存じませぬ」

「なに？　それは、どうしたわけだ？」

「………」

「拙者は、新之助殿に呼び出されたものとばかり思って来たのだ。貴女《あなた》が、一人で、拙者を呼び出したのか？」

「………」

「解《げ》せぬことだな」

「………」

「まさか、新之助殿は、貴女をすてたわけではあるまい」

「そうかも知れませぬ」

「そうかも？　……本当か、それは？」

浪人者の顔が、さらに険しいものになった。そして、殺げた頬に血をのぼせると、弱い咳《せき》をふたつみつもらした。どうやら、胸を病んでいるらしい。

「新之助殿は、拙者を討つ意志をすてたのか?」

「………」

「三千代殿、どうしたというのだ?」

鋭く問い詰めて、浪人者がさらに一歩迫った瞬間、三千代は、帯にひそめた懐剣を抜きはなって、

「覚悟っ!」

と、絶叫とともに、突きかかった。

浪人者は、わずかに身をねじって、三千代の手首を摑んだ。

「けなげな——貴女一人で討つつもりだったのか。……新之助め! 幸せ者が——」

女に対する憐憫《れんびん》と男に対する嫉妬《しっと》が、同時に、胸に来たのであろう、浪人者の形相は、なんともいえぬ奇妙な、苦しげな色を刷《は》いた。

女の指から、懐剣が、ぽろりと地べたへ落ちると、浪人者は、摑んだ手をはなし、

「新之助に会われたらつたえて頂きたい。拙者は、今日は、いさぎよく討たれる存念で参ったのだ。が、かよわい妻一人に敵討《かたきうち》をまかせて、おのれは、雲隠れするような男には、討たれてやる気持は毛頭失《う》せた、と——。ごらんの通り、拙者は、持病が亢《こう》じて、もうあまり長い生命《いのち》ではない。しかし、新之助には、もう断じて討たれぬ。拙者は、畳の上で死ぬ」

「三千代殿、国許《くにもと》へ戻られることだ。新之助のことなど忘れて、べつの幸せをさがす方がいい。拙者も、はるかに、祈っている」

云いすてて、踵《きびす》をまわすや、三千代は狂おしい目つきで、

「お待ち下さい！」

と、呼びとめた。

浪人者は、首だけまわして、じろりと三千代を見据《みす》えた。

その鋭い視線に堪えられぬように、顔を伏せた三千代は、ひくい声で、

「わたくしを、つれて行って下さい」

と、ねがった。

浪人者は、女の真意を疑う目つきになったが、次の瞬間、疑う自分をあざけるように苦笑いすると、

「もうおそい。いま申した通り、生命も短かくなって居るし、今の下条庄一郎は、博徒の用心棒だ。泊めるねぐらさえ持たぬ」

「…………」

三

浪人者――下条庄一郎が、ふたたび歩き出そうとすると、三千代は、突きとばされたように、その袖へすがった。

「つれて行って下さい！　おねがいです！」

食い入るように瞶《みつ》めて、まばたきもせぬ三千代の悲痛なまなざしに、庄一郎は、瞬間たじろいだ。

「わたくしは……死ぬつもりで、ございました――」

「何を云うのだ！　貴女に、死なねばならぬ理由はない」

「浮世がいやになりました！　つれて行って頂きとう存じます。おねがいです！　わたくしを、ど、どうなさろうとも、かまいませぬ！」

「嘘《うそ》ではないな？」

「嘘ではありません！」

「よし――」

庄一郎は、頷《うなず》いて、ついて来るがよい、と促してあるき出した。

この二人の会話は、およそ十間余もへだてた石碑の陰の狂四郎の耳に、風に乗ってのこらずききとられた。常人とちがう聴力を狂四郎は持っているのだから――。

二人の姿が、枳殻《からたち》の生垣《いけがき》をまわって、境内から出て行くや、松にかくれていた新之助が、手傷でも負ったような歩調で、あとを追った。

天台宗の古刹《こさつ》真楽寺を右に見て、すこし歩めば、幅三間あまりの森戸川が流れ、海道に架けられたのを親木橋という。富岳を正面にのぞむ地点にあるので、富士見川ともよばれている。

新之助が、妻をつれた仇敵《きゅうてき》の姿を一町余かなたにとらえ乍ら、宙をふむ足どりで、この橋を渡ろうとすると、ふいに、背後から、

「新之助殿――」

と、声がかかった。

愕《ぎょ》っとなって振向いたのへ、狂四郎は、微笑を送って、

「いや、あいにく、御苗字《ごみょうじ》を存じあげぬので、失礼――。いかがでしょう、おともをさせて頂けまいか。御貴殿のような美男の御仁には滅多にお目にかかれぬのでな。と申して、別に、てまえは、衆道《しゅどう》趣味はないが……」

「拙、拙者は、さきを急ぐ身ゆえ――」

「べつに、お急ぎになる必要はなかろう。先方はゆっくりと歩いておいでだ。海道はひとすじ――小田原の江戸口までは、見失うおそれはない」

愕然《がくぜん》として、さらでだに血の気の失せた顔色をさらに生きたものでない程蒼白《そうはく》と化す新之助に、狂四郎は、つづけて、

「おことわりしておくが、てまえは、先方のまわし者でもないし、貴殿を以前から存じあげてもいない。ほんの行きずりの素浪人にすぎないのです。ただ、因縁というもので――平塚の茶屋で、貴殿が泣かれるのを見た」

「………」

新之助は、唇をわななかせたが、何も云わなかった。いや、言葉を出す余地さえも、うし

なっていたのであろう。

「てまえは、武士が泣くのを、はじめて見せて頂いた。いや、皮肉で申しているのではないのです。妙なひねくれ者なので、武士が武士の特権を背負って、虚勢をはるのに対しては、胸くそがわるくなる方ですが、泣く純情を見せられると、うらやましくなりました。これは、てまえの言葉通りに受取って頂きたい。……偶然、あの勧堂で、また、貴殿御夫婦をお見かけしたので、てまえにも何か一役買わせて頂けないものか、と思ったまでですが——いかがですか？」

新之助を歩かせ乍ら、狂四郎は、本音をうちあけてみせた。

地面へ落した新之助のひとみは、うつろであった。受けた衝撃がおさまると、小心者の常で、思考力が稀薄《きはく》になってしまったのである。

こうなると、もはや、あやつり人形のように、この見知らぬ、薄気味わるい浪人者の云いなりになるよりほかはなかった。

小田原の東門江戸口に近づくや、狂四郎は、新之助をあとにのこして、急いで、庄一郎、三千代との距離をちぢめた。

溜井のわきを過ぎる時は、その差は二間と迫っていた。

そこへ——木戸口から、七、八名のやくざ者が、勢いよくとび出して来た。

一人が、庄一郎を見つけて、

「おっ——先生、ご無事ですかい」

と、大声をあげた。

「なんのことだ?」

庄一郎は、わざと眉《まゆ》をひそめてみせた。

「なにね、先生が、うちの親分に妙にあらたまって挨拶《あいさつ》されて、出てお行きになったときいてね、ちょいと気がかりになったんで、先生に呼び出しをかけた奴《やつ》を、問屋場《といやば》に問合せたんでさ。そうしたら、大磯《おおいそ》からの戻り人足が、途中で、血相変えたさむれえに手紙をことづかったときやしたのでね。てっきり、こいつは、果し合いだと――」

「懸念《けねん》におよばぬことだった。この婦人を三島まで送ってくれ、とたのまれたのだ」

「なんだ。そうでござんしたか」

やくざたちは、拍子ぬけのていだった。

狂四郎は、彼らのそばを通りぬけ乍ら、

――こういう虫けらがくっついているんじゃ、どうやら、おれの出番もまわって来そうだな。

と、内心、にやりとしたことだった。

四

庄一郎と三千代が、透頂香やら提灯《ちょうちん》やら紫蘇梅《しそうめ》やら干魚やらを呼び売りしている新宿町を通りすぎて、蹴上坂の中途の旅籠《はたご》へ入るのを見とどけてから、狂四郎は、江戸口へひきかえして、足軽長屋の前で、しょんぼり待っている新之助を呼び、ともに、その旅籠のむかいにある小料理屋に入った。

それから一刻《とき》――。

つるべ落ちの陽《ひ》が消えて、江戸へ行く人も、箱根を越える人も、ここで一泊しなければならぬ時刻となり、旅籠の前がいちだんと喧騒《けんそう》をきわめるのを眺め乍ら、狂四郎は、幾本目かの銚子《ちょうし》を傾けていた。

新之助は、卓子をへだてて、悄然《しょうぜん》と俯向いていた。酒にも料理にも、手をつけていなかった。

座には、かなり長い沈黙がつづいていたのである。

狂四郎は、新之助から、あらましの事情をきき出してしまったし、あとは、こちらが立上る汐合《しおあい》を待つばかりだった。

新之助は、兄の仇討をしようと計っているのであった。

備前新田二万五千石池田豊前守《ぶぜんのかみ》政善の年寄役佐々木周右衛門の弟新之助は、取柄《とりえ》はその類《たぐ》い稀《まれ》な美男ぶりで、学問も武芸もからきし駄目《だめ》だった。それにひきかえて、馬廻《うままわり》役下条蔵人《くらんど》の嫡男庄一郎は、人好きのせぬ陰気な翳《かげ》の持主だったが、文武ともに抜群だった。この対蹠《たいせき》的な二人の青年が同時に愛したのは、蔵目付田所瀬左衛門の一人娘三千代であった。えらばれたのは、新之助の方であった。三千代は婿《むこ》取りであった――それだけの理由で、庄一郎は失格したのである。

祝言《しゆうげん》の日、庄一郎が、馬場で、狂気のごとく責め馬をしていたのを見かけた若侍が、新之助の兄周右衛門に告げた。

周右衛門は、日頃《ひごろ》は温厚だが、一度酒が入ると、まったく別人のごとく乱れる悪癖があった。

正月二日、乗馬初《ぞ》めの式に、ひどく酔った周右衛門は、馬場外で、庄一郎にぶっつかるや、いきなり、

「庄一郎、女より馬の方が、よいぞ。黙って乗せてくれるからのう」

と、皮肉をあびせたのであった。

二、三の烈しい言葉が、互いに投げ交されたのち、双方同時に、刀を抜くのを目撃した馬場内の武士たちが、あわてて、かけつけた時は、一太刀で袈裟《けさ》がけに斬《き》り伏せられた周右衛門は、地面に俯伏して動かなくなり、庄一郎は、柵《さく》につないであった馬にとび乗って、かなたに土煙をあげていたのである。

庄一郎は、そのまま逐電し、一月後に、新之助は新妻三千代をつれて、仇討に出たのであった。

庄一郎が小田原の博徒の用心棒になっているのを、新之助たちがつきとめたのは、すでに三月《みつき》も前の初夏である。しかし、新之助は、江戸の浅草馬道の長屋に蟄居《ちつきよ》したきり、荏苒《じんぜん》として日をのばした。定府《じようふ》の叔父に呼びつけられて、その仮病を詰《なじ》られて、ようやく、腰をあげたのであったが、新之助には、庄一郎を討つ自信が全くなかった。返り討たれる恐怖だけ

が心を占めていた。

で――ついに、藤沢の旅籠で途方もなく惨めな一計を案じ出したのであった。

三千代を囮《おとり》にして、その操《みさお》をすてさせ……庄一郎が、情欲に溺《おぼ》れている最中を、ふみ込んで、斬る――。これよりほかに討つ手段はない、と思いきめ、三千代を納得させたのであった。

狂四郎は、このことを打明けられても、すこしも、侮蔑の念が湧かなかった。

――この臆病《おくびよう》者にやれるのは、それだけかも知れぬ。

と、ただ、そう思っただけで、肚《はら》のうちは変えなかった。

敵は、すでに余命いくばくもないのである。臆病者に花を持たせてもよかろうではないか。

五つがまわって、旅籠の前の人影もまばらになると、狂四郎は、のっそりと、立ちあがった。

不安を罩《こ》めたまなざしを仰がせる新之助へ、

「こういう目付役ははじめてなので、出たとこ勝負でやるよりほかはないが……貴殿に、敵の首を取らせることは、約束しよう。待っていたまえ」

と、云いのこした。

この小料理屋の女中に、金をつかませて、前の旅籠の女中に連絡をとってもらい、庄一郎と三千代が入った部屋の隣室を空けさせておいたのである。

五

仄暗《ほのぐら》い行灯《あんどん》のあかりが、ふたつの影を、大きく、畳と壁に貼《は》りつけていた。

黙念と対坐《たいざ》してから、どれくらい経《た》つであろう。

宿の女中が、全く手のつけられていない食膳《しょくぜん》を、下げてから、ずうっと、こうして、庄一郎と三千代は、無言の行をつづけているのであった。

庄一郎にも、三千代にも、云うべきことは、胸にいっぱいつまっているようであった。そのくせ、口をひらいて、交すべき言葉は、ひとつも見当らなかった。

おもての海道を通る足音も、まれになった。

早飛脚らしい男の声が、走り乍ら、

「なんどきだ？」

と、どなり、

「五つ半ですよっ――」

と、店さきからこたえる番頭の声をきいて、庄一郎は、刀をとって、ふらっと立ちあがった。

「では……拙者は、これで――」

「あ――庄一郎さま！」

三千代は狼狽《ろうばい》して、手をさしのべた。

「ここに、御一緒に、ど、どうぞ——」

「逃げるのではない。明朝早く、迎えに参る。箱根を越える手形も貰わねばならぬし……」

「い、いえ、わたくしを一人になさらないで……」

「拙者は、貴女を、国許《くにもと》まで送って行く役目を引受けただけだ」

「貴方は、わたくしをどこかへつれて行く約束をなさいました」

「そうではない。貴女を国許へ送って行こうと考えたまでです。せめて、拙者に出来るのは、それだけなのだから——」

「わたくしは、国へなど帰りませぬ！」

「三千代殿！　貴女らしくもないぞ！　お互いに、清らかな心とからだで、別れたのではないか。いまになって、あの思い出をけがそうというのか！」

睨《にら》みつける庄一郎の視線を、薬玉《くすだま》のように大きく瞠《みひら》いた黒い瞳孔《どうこう》で受けとめた三千代は、急に、その光をうつろなものに失せさせると、巫女《みこ》の祈禱《きとう》にでもかかったような、抑揚のない口調で、

「庄一郎さま！　……白状いたします！」

と、云った。

「白状？」

「……わたくしが、一人だけで、貴方にお会いして……こうして、むりについて参りましたのは、新之助の、はかりごとでございました……」

「なにっ！」

庄一郎は、竦然《しょうぜん》として、身を顫《ふる》わせた。

「では、あの勧堂のどこかに、新之助は、身をひそめていたのだな？」

「はい——」

庄一郎の眉間《みけん》に、烈しい痙攣《けいれん》が走った。

「卑劣な！　な、なんという見さげはてた痴《し》れ者！」

双眼を、めらめらと青い炎を噴かんばかりに燃やして、三千代へそそいだ庄一郎は、一瞬、別の光をあてられたように、顔面の筋肉をこわばらせた。

けだものの狂暴性が、沸騰《ふっとう》したのだ。

ずかずかと迫った庄一郎は、いきなり、三千代の華奢《きゃしゃ》なからだを抱きすくめた。

「三千代殿！　新之助ののぞみ通りに、おれは、貴女を犯すぞッ！」

庄一郎は、ぎらぎらと血走った目を、三千代の顔へはいずりまわした。

このたとえ様もなく美しいものは……とじられた目蓋の巧緻《こうち》なまつげも、臈《ろう》たけた鼻梁《びりよう》も、桜桃の朱唇《しゅしん》も、みんな、自分のものにしようとおもえば、出来たのだ、それを、死の苦悩に堪えて、新之助にゆずったのだ！

——よし！　いまこそ、思う存分、なぐさんでやる！　新之助め、ふみ込んでこい！

庄一郎は、胸のうちで絶叫した。

この悽惨《せいさん》な形相を、隣室の襖の一分程の隙間から、じっと瞶《みつ》めていた眠狂四郎が、つと、音もなく、身を引いた。

突然、狂四郎の心中で、変化が起ったのだ。

——おれは、新之助に、出たとこ勝負でやろう、と云ったが……これは、どうやら、こっちの敗《ま》けだ。

影のように廊下へ抜けると、狂四郎は、そのまま、旅籠を出て、小料理屋に入った。

そして、痴呆面《ちほうづら》の新之助へ、薄ら笑いをなげて、

「どうやら、あと一刻は待たねばならん」

と、云ったことだった。

その一刻は、またたくうちに過ぎた。

再び、狂四郎は、新之助をともなって、旅籠に入り、その隣室に忍んだ。

二人の部屋は、森《しん》と静寂をもって、気配が絶えていた。

「開けてみるがいい」

狂四郎に促されて、新之助は、わななく指を、襖にかけて、五分……一寸……二寸、と開いて、あっとなった。

無慚《むざん》の光景が、そこにあった。

膝をしばり、胸で十指を組み合せて、仰臥している三千代のかたわらに、庄一郎が、頸《くび》に突きたてた脇差の柄を摑んだまま、俯伏していたのである。

蠟《ろう》のように褪《さ》めた三千代の死顔は、安らかであった。

へたへたと、その場へ崩れ込む新之助のうしろで、狂四郎は、ひくく、

「これよりほかに、解決方法はなかったな」

と、独語をもらしていた。この結果は、先刻抜け出る時に、すでに見透《みとお》していたのである。

夜あけ――。

人影のまったくとだえた、乳色の霧の流れる街道を、狂四郎と新之助は、黙々として歩いて行った。新之助の背の包みには、庄一郎の首があり、懐中には、三千代の遺髪があった。

箱根へ通じる上方口を出て、ものの一町も行ったであろうか。

後方から、あわただしい足音がして、

「待ちゃがれっ！」

「駄三《ださん》ぴん！　待てっ！」

と、怒号が飛んで来た。

狂四郎は立ちどまると、怯《おび》えた新之助へ、

「ではここでおわかれしよう。道中気をつけられい」

と云った。

「だ、だいじょうぶでござろうか」

「てまえの出番が、やっとまわって来たようです」

狂四郎は、新之助を行かせると、しずかに向きなおった。しかし、べつだん、追手の数を

かぞえるでもなく、目は遠く、朝焼けの空へはなっていた。

――今日も、いい天気らしい。

そんなことを思っていたのである。

解説

遠藤周作

I

「眠狂四郎無頼控」は週刊新潮に連載され、週刊誌小説の中でも最も評判のよかった、柴田錬三郎氏の代表作である。

私も「眠狂四郎無頼控」を当時、愛読した一人だが、小説そのものの面白さはもとより、週刊誌というものの有り方を極度に利用して、我々を楽しませた柴田氏の巧みな手腕に非常に感心したことを今もおぼえている。

そこでまず、この「眠狂四郎」がなぜ洛陽《らくよう》の紙価をたかめたか、その理由を幾つか分析してみたい。

㈠狂四郎の面白さは現代人の感覚とタイミングにマッチした点にあった。現代の人々は多忙だし、多忙でなくても毎日、ひどく忙しいような気分を味わわされている。そんな人々にとって「三銃士」や「ドン・キホーテ」のような大冊はとても読む暇も心のゆとりもない。実際、都会生活者が読書できるのは会社に行く朝夕の電車の中か、昼休がせいぜいであるから、僅《わず》かな時間で読みきれる物が次第に歓迎されるようになった。眠狂四郎がその発表当初から多くのファンをえたのはそれがだらだらとした連載物ではなく、狂四郎を主人公とする一回ごとの読みきりだったからである。どの回から開いても新しい事件が始まり、登場人物についての特別の予備知識はいらない。狂四郎連作は悉《ことごと》くタイミングの点で現代人の読書感覚に合ったのである。

㈡そういう忙しい現代人にとっては刺激は何よりも大切だが、眠狂四郎の小説の場面、場面はもとより、その構成が刺激的にできている。元来、柴田氏の小説はもともと「ドンデン返し」を得意とした作品が多い。「ドンデン返し」といっても柴田氏の場合は更に手がこんでいて「結んで、ひっくり返して、更にもう一度ドンデン返しをやる」という構成が多い。つまり、オー・ヘンリイの短篇やリラダンの短篇によく使われる手を更にもう一段、刺激的に仕組むのである。「狂四郎」連作のなかでも質の時々おちる作品もあるが「切支丹坂」や「皇后悪夢像」（いずれも「眠狂四郎無頼控」㈡）のような作品はみな、この三段構えの構成法の刺激を読者に与えるのである。

㈢次に大衆小説の本質的な条件はみな「眠狂四郎」のなかにサービスされていることに注意して頂きたい。その大衆小説の本質的な条件というのは、

(イ)「宝物探し」の要素があること。

これは当然の話であっていかなる大衆小説にも多かれ少かれ、この宝物探しの筋がきは含まれていなければ面白くない。「狂四郎」の場合も将軍家が水野家に与えた男雛《おびな》、女雛《めびな》をめ

ぐってのお膳《ぜん》だては整えてくれている。

(ロ)狂四郎が現代的感覚の強さを持っていること。

「狂四郎」連作の殺陣《たて》の場面で狂四郎がいかに勝つにきまっているにせよ、この強さは三好清海入道やバン団衛門のような大力な肉体的な強さではない。狂四郎を痩身《そうしん》にして頑丈《がんじよう》ではない人間として創作したのは柴田氏のほむべき才能である。ただし狂四郎は現代人のごとく非力で痩身だが、しかし頭と技術でよく敵を倒す所が一つの理想像として魅力を読者に与えるにちがいない。

(ハ)あぶな絵趣味が現代的であること。

「狂四郎」連作におけるエロティシズムは多少の異常性が含まれている。極端にいえば現代人向きのサディズムとマゾヒズムが適当に加味されている。たとえば読者は「禁苑《きんえん》の怪」の中で狂四郎が姦婦《かんぷ》、志摩を懲《こ》らしめる場面を連想されたい。「ぱくっと背を割って前へめくれた衣裳《いしよう》が足にもつれて、たたらを踏む志摩。その悲惨な姿に対して、狂四郎の刀は、さらに情容赦ない攻撃をくわえた。たちまちにして、白羽二重の下着を切り、緋《ひ》ぢりめんの肌襦《はだじゆ》袢《ばん》を切り、むっちりと肉の盈《み》ちた肩を、胸を、背を、腰を、剝《は》ぎ出させていった。そして、ついに、女の悲痛な叫びとともに、腰をまとうた最後の一枚をも、刀尖《とうせん》ではぎとって、空中へ投げ拡《ひろ》げてみせた」

(ニ)狂四郎を除く副人物が他の読みなれた大衆小説のおなじみ人物に似ている。

もともと狂四郎の相貌《そうぼう》は中里介山の「大菩薩峠」の机竜之助に通ずるものがあることは今

更言うまでもあるまいが、その言葉使いは大仏次郎《おさらぎ》氏の「鞍馬天狗《くらまてんぐ》」の倉田さんの口調に似ている。また副人物の金八は「銭形平次捕物控」に出現するガラッ八と一緒にして読んでも差支えはない。狂四郎を慕う美保代の面影には「宮本武蔵」のお通さんの面影に相通ずると思う人も多いだろう。こういう風に「眠狂四郎無頼控」の人物が他の大衆小説のおなじみ人物に似ている点も、物語を読みやすくさせているのである。

以上、私が述べたことを要約すると、「眠狂四郎」の連作は現代人に実にマッチした作品だということになる。つまり従来の読書が要求したような無駄《むだ》な労力はすっかり省いてくれるしスピーディなのである。第一その分量や読切りという形から言って面倒臭くないし、第二にその場面にも構成にも非常に近代的なサービス精神が充《み》ちているのである。

だが「眠狂四郎無頼控」の魅力はこうした表面的なものだけではない。この小説が多くのファンをえたのは狂四郎その人が我々現代日本インテリそのものだからである。

II

たんに強い男だけなら狂四郎はこれほど、我々にはファンを作らなかったであろう。ある批評家が我が眠狂四郎をミッキー・スピレインの探偵《たんてい》小説の主人公と同じであると言ったそうだが、これは大きな誤解であって、スピレインに出てくるような探偵の冷酷非情さと狂四郎の冷酷さとは質がちがう、性格もちがう。

何処《どこ》がちがうかといえば、ハード・ボイルド型探偵には本質的に運命感が欠如しているのである。彼もおそらく孤独なのかもしれない。だがその孤独には人間の力ではどうにもならぬ運命の重さ、暗さがまつわりついていない。宿命の暗さ、業《ごう》の悲しさが感ぜられない。一時はあれほど騒がれたハード・ボイルドの主人公たちが結局、我が日本の風土に遂《つい》に根をおろさなかったのは、彼があまりに運命感や宿命感を持っていなかったからなのである。

狂四郎の孤独はこれら紅毛碧眼《へきがん》の毛むくじゃら探偵のように粗雑なものではない。それはどうにもならぬ運命の重さ、宿命の暗さ、業の悲しさを背負って出てきたものなのだ。

狂四郎は生れながらにして不幸な運命を生涯《しょうがい》、背負わねばならぬ男であり、転びばてれんと日本の女との間に生れた私生児なのである。原作者によればここから彼は人生にたいする虚無感と復讐《ふくしゅう》感とを養ったそうである。彼はある陰惨な使命をおびた人間なのだ。狂四郎は隠密《おんみつ》であり、隠密であるためもし敵に捕えられれば味方の毒殺を甘んじて受けねばならぬ。後をふりかえっても死、前をみても死、彼の顔にはいつもその使命の故《ゆえ》に死の翳《かげ》が漂っているのである。

のみならず彼は愛する美保代とおそらく生涯、結ばれぬ運命を背負っている。美保代はあまり美しいが故に罪の匂《にお》いを狂四郎に感じさせる娘だ。狂四郎はこの娘を犯したことがあり、しかも彼女は労咳《ろうがい》を患《わずら》って小量の血を吐き続ける女である。

狂四郎は父を殺した男である。また、その従妹《いとこ》を従妹と知らず犯してしまった男である。このような業が彼の周りに少しずつ波をつくっていく、彼の黒い罪障感はすべてこの因果と業との結果でありしかも狂四郎はその業から決して脱《のが》れられない人間なのである。剣においては無双に強い彼の表情をふとかすめる暗い翳は、どうにもならぬ運命に抗《あらが》いもせず、じっと耐えてきている所から生れているのである。

狂四郎は決して所謂《いわゆる》スーパーマンやハードボイルド的探偵と同質ではない。彼の虚無も孤独も悉く運命感と宿命感とを背負わされているからだ。ここが狂四郎の大きな魅力であり、ファンを獲得したひそかな理由でもあるのだ。

古来、英雄や強者がどうしようもない運命と業に流されていく物語に、我々日本人は感激、感動するのである。たとえば大衆小説を例にとっても吉川英治氏の作品はみなこの線を受けついでいる。眠狂四郎が我々日本人インテリに大いに愛読されたのもこのために他ならない。小粒ながら狂四郎はこの宿命と業とに押し流される小英雄である。そこが我々を惹《ひ》きつけ、我々に親愛感をいだかせるのだ。彼の孤独？　とか陰惨さ？　とかは、原作者がいかに仏蘭《フラン》西《ス》十九世紀の呪《のろ》われた詩人の影響を受けたにせよ（柴田錬三郎氏は仏蘭西の十九世紀末の呪われた詩人や作家が好きな作家なのである）、それは西欧的な孤独や罪とはおそらく無縁なものであり、実に日本的、日本大衆的なものであることは言うまでもない。

もっとも原作者、柴田氏もこのことは重々心得ているのであり、氏が眠狂四郎を白人と日本人との混血児にしたてたのは実は日本インテリを諷刺《ふうし》するためだったのではなかろうか。狂四郎は白人でもなければその母のように生れながらの日本人でもない。これは言いかえれば、現在、通勤電車の往復で眠狂四郎をよみ会社で英文タイプライターを叩《たた》く我々の姿ではないか。しかも狂四郎と同じように我々もまた外国映画をみながら、その人生観は日本的な運命感以外、なにも持ちあわせていないのである。

（昭和三十五年七月、作家）

「雛の首」から「仇討無情」までは『眠狂四郎無頼控㈠』として昭和三十一年十一月、「切腹心中」から「因果街道」までは『同㈡』として昭和三十二年一月、新潮社から刊行された。

柴田錬三郎著
剣は知っていた（上・下）
戦いの世に背を向けて人間らしい生き方を求める青年剣士・眉殿喬之介と、家康の娘・鮎姫の悲しい恋――雄大なスケールの戦国ロマン。

柴田錬三郎著
孤剣は折れず
三代将軍家光の世に、孤剣に運命を賭け、時の強権に抗する小野派一刀流の剣客・神子上源四郎の壮絶な半生を描く雄大な時代長編。

柴田錬三郎著
赤い影法師
寛永の御前試合の勝者に片端から勝負を挑み、風のように現れて風のように去っていく非情の忍者〝影〟。奇抜な空想で彩られた代表作。

柴田錬三郎著
運命峠（前・後）
豊臣秀頼の遺児・秀也を守り育てる孤高の剣士・秋月六郎太。二人の行方を追うさまざまな刺客……。多彩な人物で描く時代ロマン。

柴田錬三郎著
弱虫兵蔵
不器用で蔑まれていた剣術師範の嫡男が必殺剣を会得して、宿運に立ち向かう姿を描く表題作等、傑作6編収録。剣鬼シリーズ最終編。

柴田錬三郎著
徳川浪人伝（上・下）
織田信長の血を享けた孤独な剣士重四郎を中心に、徳川に一泡ふかせようとする豊臣家の残党など、権力に抵抗する浪人群像を描く。

柴田錬三郎著

心形刀

それを手にした者の運命を翻弄する妖刀の遍歴を綴る表題作。寛政の三奇人の一人、蒲生君平の読書三昧の日々を描く「奇人」等10編。

多岐川恭著

用心棒

過去は捨てた、未来も捨てた。色と欲の泥沼の中で、明日をも知れぬ用心棒——骨の髄まで腐った奴らを南無三宝と捨て身斬り。

多岐川恭著

暗闇草紙

お先真っ暗な連中が肩寄せ住まう、人呼んで暗闇小路。わけありの娘から奪われた観音像は誰の手に、また観音像に隠された秘密は？

多岐川恭著

江戸の一夜

江戸勤番になった実直な侍と妖艶な女の一夜を描く表題作など十六編。江戸を舞台に色と欲に狂奔する人々の姿を活写する時代小説集。

多岐川恭著

追われて中仙道

いきがかりで道連れになった男と女。どちらも互いにすねに傷持つ身。迫る追手を斬り捌き、辿りつくのは極楽かはたまた地獄か……。

多岐川恭著

江戸三尺の空

縄抜けして脱走した囚人と、責任をとらされて切腹した牢屋同心の息子との手に汗握る対決。江戸の闇を描いたピカレスク長編！

子母沢 寛著
勝海舟（一〜六）
新日本生誕のために身命を捧げた維新の若き志士達の中で、幕府と新政府に仕えながら卓抜した時代洞察で活躍した海舟の生涯を描く。

海音寺潮五郎著
西郷と大久保
熱情至誠の人、西郷と冷徹智略の人、大久保。私心を滅して維新の大業を成しとげ、征韓論で対立して袂をわかつ二英傑の友情と確執。

吉村 昭著
法師蟬
思い返してみると、激しい渦にまきこまれたように絶えず慌ただしい日を送ってきた――人生の秋を迎えた男たちの心象を描く短編集。

吉村 昭著
ニコライ遭難
〝ロシア皇太子、襲わる〟――近代国家への道を歩む明治日本を震撼させた未曾有の国難・大津事件に揺れる世相を活写する歴史長編。

吉村 昭著
天狗争乱
大佛次郎賞受賞
幕末日本を震撼させた「天狗党の乱」。水戸尊攘派の挙兵から中山道中の行軍、そして越前での非情な末路までを克明に描いた雄編。

吉村 昭著
プリズンの満月
東京裁判がもたらした異様な空間……巣鴨プリズン。そこに生きた戦犯と刑務官たちの懊悩。綿密な取材が光る吉村文学の新境地。

池波正太郎著

忍者丹波大介

関ケ原の合戦で徳川方が勝利し時代の波の中で失われていく忍者の世界の信義……一匹狼となり暗躍する丹波大介の凄絶な死闘を描く。

池波正太郎著

侠客

「お若えの、お待ちなせえやし」の幡随院長兵衛とはどんな人物だったのか——旗本水野十郎左衛門との宿命的な対決を通して描く。

池波正太郎著

剣の天地

戦国乱世に、剣禅一如の境地をひらいて新陰流の創始者となり、剣聖とあおがれた上州の武将・上泉伊勢守の生涯を描く長編時代小説。

池波正太郎著

闇の狩人（全二冊）

記憶喪失の若侍が、仕掛人となって江戸の闇夜に暗躍する。魑魅魍魎とび交う江戸暗黒街に名もない人々の生きざまを描く時代長編。

池波正太郎著

上意討ち

殿様の尻拭いのため敵討ちを命じられ、何度も相手に出会いながら斬ることができない武士の姿を描いた表題作など、十一人の人生。

池波正太郎著

闇は知っている

金で殺しを請け負う男が情にほだされて失敗した時、その頭に残忍な悪魔が棲みつく。江戸の暗黒街にうごめく男たちの凄絶な世界。

山本周五郎著

樅ノ木は残った

毎日出版文化賞受賞（全二冊）

「伊達騒動」で極悪人の烙印を押されてきた原田甲斐に対する従来の解釈を退け、その人間味にあふれた新しい肖像を刻み上げた快作。

山本周五郎著

五瓣の椿

自分が不義の子と知ったおしのは、淫蕩な母と相手の男たちを次々と殺す。息絶えた五人の男たちのそばには赤い椿の花びらが……。

山本周五郎著

赤ひげ診療譚

小石川養生所の〝赤ひげ〟と呼ばれる医師と、見習い医師との魂のふれ合いを中心に、貧しさと病苦の中でも逞しい江戸庶民の姿を描く。

山本周五郎著

さぶ

ぐずでお人好しのさぶ、生一本な性格ゆえに不幸な境遇に落ちた栄二。二人の心温まる友情を描いて〝人間の真実とは何か〟を探る。

山本周五郎著

正雪記

染屋職人の伜から、〝侍になる〟野望を抱いて出奔した正雪の胸に去来する権力への怒り。超大な江戸幕府に挑戦した巨人の壮絶な生涯。

山本周五郎著

ながい坂

（全二冊）

下級武士の子に生れた小三郎の、人生という〝ながい坂〟を人間らしさを求めて、苦しみつつも着実に歩を進めていく厳しい姿を描く。

松本清張著

西郷札

傑作短編集(三)

西南戦争の際に、薩軍が発行した軍票をもとに一攫千金を夢みる男の破滅を描く処女作の「西郷札」など、異色時代小説12編を収める。

松本清張著

状況曲線（上・下）

二つの殺人の巧妙なワナにはめられ、追いつめられていく男。そして、発見された男の死体。三つの殺人の陰に建設業界の暗闘が……。

松本清張著

ゼロの焦点

新婚一週間で失踪した夫の行方を求めて、北陸の灰色の空の下を尋ね歩く禎子がまき込まれた連続殺人！『点と線』と並ぶ代表作品。

松本清張著

眼の壁

白昼の銀行を舞台に、巧妙に仕組まれた三千万円の手形サギ。責任を負った会計課長の自殺の背後にうごめく黒い組織を追う男を描く。

松本清張著

点と線

一見ありふれた心中事件に隠された奸計！列車時刻表を駆使してリアリスティックな状況を設定し、推理小説界に新風を送った秀作。

松本清張著

砂の器（全二冊）

東京・蒲田駅操車場で発見された扼殺死体！新進芸術家として栄光の座をねらう青年の過去を執拗に追う老練刑事の艱難辛苦を描く。

新田次郎著

孤高の人（上・下）

ヒマラヤ征服の夢を秘め、日本アルプスの山々をひとり疾風の如く踏破した〝単独行の加藤文太郎〟の劇的な生涯。山岳小説の傑作。

新田次郎著

栄光の岩壁（上・下）

凍傷で両足先の大半を失いながら、次々に岩壁に挑戦し、遂に日本人として初めてマッターホルン北壁を征服した竹井岳彦を描く長編。

新田次郎著

八甲田山死の彷徨

全行程を踏破した弘前三十一聯隊と、一九九名の死者を出した青森五聯隊――日露戦争前夜、厳寒の八甲田山中での自然と人間の闘い。

新田次郎著

アラスカ物語

十五歳で日本を脱出、アラスカにわたり、エスキモーの女性と結婚。飢餓から一族を救出して救世主と仰がれたフランク安田の生涯。

新田次郎著

銀嶺の人（上・下）

仕事を持ちながら岩壁登攀に青春を賭け、女性では世界で初めてマッターホルン北壁完登を成しとげた二人の実在人物をモデルに描く。

新田次郎著

珊瑚

華やかな珊瑚景気にわく五島列島を襲う空前の海難事故。海に生き、珊瑚採りに愛と野心と生命を賭けた三人の若者を描く海洋ロマン。

城山三郎著

総会屋錦城
直木賞受賞

直木賞受賞の表題作は、総会屋の老練なボス錦城の姿を描いて株主総会のからくりを明かす異色作。他に本格的な社会小説6編を収録。

城山三郎著

雄気堂々（上・下）

一農夫の出身でありながら、近代日本最大の経済人となった渋沢栄一のダイナミックな人間形成のドラマを、維新の激動の中に描く。

城山三郎著

乗取り

株の買占めによる老舗デパートの乗取り。金と若さだけを武器に、この闘いに挑む青井文麿。経済界をスピーディなタッチで暴く快作。

城山三郎著

毎日が日曜日

日本経済の牽引車か、諸悪の根源か？　総合商社の巨大な組織とダイナミックな機能・日本的体質を、商社マンの人生を描いて追究。

城山三郎著

官僚たちの夏

国家の経済政策を決定する高級官僚たち——通産省を舞台に、政策や人事をめぐる政府・財界そして官僚内部のドラマを捉えた意欲作。

城山三郎著

イースト・リバーの蟹

ほろ苦い諦めや悔やみきれぬ過去、くすぶり続ける野心を胸底に秘めて、日本を遠く離れた男たちが異郷に織りなす、五つの人生模様。

山崎豊子著

暖簾《のれん》

丁稚からたたき上げた老舗の主人吾平を中心に、親子二代"のれん"に全力を傾ける不屈の大阪商人の気骨と徹底した商業モラルを描く。

山崎豊子著

女の勲章

洋裁学院を拡張し、絢爛たる服飾界に君臨するデザイナー大庭式子を中心に、名声や富を求める虚栄心に翻弄される女の生き方を追究。

山崎豊子著

仮装集団

すぐれた企画力で大阪勤音を牛耳る流郷正之は、内部の政治的な傾斜に気づき、調査を開始した……綿密な調査と豊かな筆で描く長編。

山崎豊子著

二つの祖国（上・中・下）

真珠湾、ヒロシマ、東京裁判――戦争の嵐に翻弄され、身を二つに裂かれながら、祖国を探し求めた日系移民一家の劇的運命を描く。

山崎豊子著

白い巨塔（全三冊）

癌の検査・手術、泥沼の教授選、誤診裁判などを綿密にとらえ、尊厳であるべき医学界に渦巻く人間の欲望と打算を迫真の筆に描く。

山崎豊子著

華麗なる一族（全三冊）

大衆から預金を獲得し、裏では冷酷に産業界を支配する権力機構〈銀行〉――野望に燃える万俵大介とその一族の熾烈な人間ドラマ。

新潮文庫最新刊

池宮彰一郎著
島津奔る（上・下）
柴田錬三郎賞受賞

現代のリーダーに必要なのは、この武将の知略だ！　関ヶ原の戦いを軸に、細心にして大胆な薩摩の太守・島津義弘の奮闘ぶりを描く。

深田祐介著
蘇る怪鳥艇（上・下）

上陸強襲艇の存在をめぐって諜報戦に巻き込まれた北朝鮮女性将校と日本人商社マン。二人の壮絶な脱出行を描く大冒険ラブロマンス。

遠藤周作著
狐狸庵閑話

風流な世捨人か、それとも好奇心旺盛な欲深爺さんか。世のため人のためには何ひとつなさずグータラに徹する狐狸庵山人の正体は？

高杉良著
あざやかな退任

ワンマン社長が急死し、後継人事に社内外が揺れる。そこで副社長宮本がとった行動とは？　リーダーのあるべき姿を問う傑作長編。

池澤夏樹著
明るい旅情

ナイル川上流の湿地帯、ドミニカ沖のクジラ、イスタンブールの喧騒など、読む者を見知らぬ場所へと誘う、紀行エッセイの逸品。

車谷長吉著
業《ごう》柱《ばしら》抱《だ》き

虚言癖が禍いして私小説書きになった。深い自己矛盾の底にひそむ生霊をあばき出す、業さらしな「言葉」の痛苦、怖れ、愉楽……。

眠《ねむり》狂《きょう》四《し》郎《ろう》無《ぶ》頼《らい》控《ひかえ》 (一)

新潮文庫　し－5－6

昭和三十五年八月三十一日 発行
平成 三 年 九 月 十 日 四十八刷改版
平成十三年五月二十五日 六 十 刷

著者　柴《しば》田《た》錬《れん》三《ざぶ》郎《ろう》

発行者　佐藤隆信

発行所　株式会社 新潮社
郵便番号 一六二―八七一一
東京都新宿区矢来町七一
電話 編集部(〇三)三二六六―五四四〇
読者係(〇三)三二六六―五一一一

価格はカバーに表示してあります。

乱丁・落丁本は、ご面倒ですが小社読者係宛ご送付ください。送料小社負担にてお取替えいたします。

印刷・株式会社三秀舎　製本・加藤製本株式会社

ISBN4-10-115006-0 C0193